徳 間 文 庫

剣豪将軍義輝 下

流星ノ太刀

宮 本 昌 孝

徳 間 書 店

目次

第一章　悪御所《あくごしょ》　7
第二章　竜鳳《りゅうほう》の契り　70
第三章　虎、来たる　121
第四章　大牙《たいが》の謀事　146
第五章　鬩牆《げきしょう》の間《かん》　207
第六章　宿敵　261
第七章　麒麟児《きりんじ》、盟《めい》す　291
第八章　修羅、簇《むら》がりて　333
第九章　三好崩れ　379
第十章　洛陽の暗雲　419
終　章　雲の上まで　471
解説　澤田瞳子　530

流星《りゅうせい》ノ太刀《たち》

第一章　悪御所《あくごしょ》

一

漣《さざなみ》立つ湖水の向こう、姿のやさしい山の上空を黒雲の塊《かたまり》が動いている。秋の叡山《えいざん》は、時雨心地《しぐれごこち》に包まれていた。

伝教大師《でんぎょうだいし》最澄《さいちょう》の延暦寺《えんりゃくじ》開基より約八百年、この王城鎮護の聖地に、一歩でも踏み入った者は、温和《おとな》しやかな外見に騙《だま》されたと思うであろう。断崖《だんがい》ばかりを幾重にも重ねて盛り上げたような、急峻《きゅうしゅん》の連続する山相が、叡山の正体といってよい。

今も、武家の三人伴《づ》れが踏みしめる密林の中の道は、道ともよべぬものである。草木の密生する急斜面に、細い棒でくねくねとひっかき傷をつけたぐらいにしか見えぬ。

上りに挑む三人伴れの足運びは、しかし、力強い。笠の下の呼吸も規則的で、よほどに身体の鍛練を積んだ者たちであろう。

吐く息が白い。樹叢《じゅそう》の濃いこの山は、朝夕の冷え込みがきついのである。

やや平坦な場所へ出たところで、三人はひと息つくためか、足を止めた。周囲には、樹齢何百年とも知れぬ老杉が林立している。

「玄尊《げんそん》の云《い》うたとおりだな」

いちばん長身で逞《たくま》しい体軀《たいく》の持ち主が、笠をひょいとあげた。その明るい相貌《そうぼう》は、十三代将軍足利義輝《あしかがよしてる》のものであった。

「まことに……」

義輝の云わんとしたことを察して、まんまるい腹を突き出した男も、笠をあげて、笑いかける。これは忍びの者、浮橋《うきはし》である。

残る一人は、朽木鯉九郎《くつきこいくろう》。今では義輝の武芸師範というだけでなく、随一の股肱《ここう》として軍師的役割も担っている。

ここまで上ってくる間、いくつかの堂舎の近くを通過したが、それらの建物は悉《ことごと》く、もう長いこと修繕をしていないのが一目で知れるほどに荒廃していた。人影を発見することすらできなかった。

また、回峰《かいほう》修行者の往来する筈《はず》の道に、ただ一人の僧と行き合うこともない。

「始祖伝教大師の定めし山修山学十二年の掟《おきて》に遵《したが》う者は、今ではほとんどおりませぬ」

と石見坊《いわみぼう》玄尊は、叡山の大衆《だいしゅ》（僧侶）たちの実態を告白している。山修山学十二年とは、文字通り、十二年間を一歩も山から下りずに修行せよという意味であった。

このころの大衆の大半は、はじめから坂本の里坊に住んで、俗人の生活にどっぷり浸《つ》かっており、乱妨狼藉《らんぼうろうぜき》を日常茶飯とする悪僧も少なからずいた。

「かく申す拙僧《せっそう》も……」

玄尊は、慚《は》ずかしそうに頭を掻《か》いて、義輝を笑わせたものだ。

だから、叡山へ上っても、途中で法体《ほったい》に出くわすこともございますまい、というわけであった。玄尊の云うたとおりだ、という義輝の言葉は、これを指している。

もとは叡山の荒法師だった玄尊が、道案内に立たなかったのは、あまりの乱行ゆえに放逐《ほうちく》された身としては、大いに憚《はばか》りがあるからだそうであった。

義輝主従三人は、ある人に会うために、叡山を登攀《とうはん》している。

弱年より東国に武名を轟《とどろ》かせてきたその人は、一国の事実上の国主でありながら、国人らの分裂の甚《はなは》だしさに、とても統率者の職責を全うできないと、この春、突如、隠退を決意し、叡山に籠《こ》もってしまった。

その隠退者の籠もる一堂が、山内のどのあたりにあるか、すでに浮橋が突き止めてきている。

「あと一丁ばかり上ったところに」

「そうか」

義輝は顔を輝かせ、

「愉《たの》しみだな、鯉九郎の私淑する人に会えるのは」

と鯉九郎を見やる。

「それがしも初めてお会いいたすお人ゆえ、人物のほどは、大樹《たいじゅ》のご慧眼《けいがん》をもって見極めていただきとう存じます」

目的地が近いというので、主従の足取りは速められた。が、半丁ほど上ったところで、三人はほとんど同時に、また足を止めた。

「浮橋」

「畏《かしこ》まって候」

鯉九郎と浮橋との、一瞬の緊迫したやりとりであった。刃と刃の嚙《か》み合い。三人とも、その耳馴《な》れた音を聴いたのである。めざす人が危地に陥っているのに違いない。

主従が駆け上るにしたがい、剣戟《けんげき》の響きは大きくなる。左方の崖《がけ》の上からであった。

浮橋は、早くもその崖を回り込んで、義輝と鯉九郎の視界から姿を消した。鯉九郎は、走りながら、笠を投げ棄《す》てると、刀の下《さ》げ緒《お》を外し、それで手早く襷《たすき》をかける。

「うっ」

「ぎゃっ」

「なんだ、こやつは」

それらの悲鳴と狼狽《ろうばい》の声で、浮橋が戦いの場へ跳び込んだことが分かった。

義輝と鯉九郎も崖上へ出た。細長い削平地《さくへいち》である。

奥に小さな一堂が建っており、その堂を背にして、黒々とした総髪に、ひげも伸び放題の、墨染めの衣をまとった男が、血濡《ちぬ》れた長剣をひっさげて立ち、炯々《けいけい》たる眼光で敵勢を睨《にら》みつけている。

その足許《あしもと》と、堂の階段のところに、武家の小者ふうの装《なり》を紅に染めて突っ伏す二個の屍《しかばね》がある。男の従者たちと思われた。

敵勢は、袈裟頭巾《けさずきん》、素絹《そけん》、葛袴《くずばかま》の僧兵どもであった。かれらも、七、八名が仆《たお》されているが、まだ十余名が、薙刀《なぎなた》をかまえて、男を押し包むべく迫ろうとしている。

その僧兵どもの陣形を、浮橋の縦横無尽の動きが崩していた。

「助勢仕《つかまつ》る」

おめきざま、斬《き》り込んだ鯉九郎は、忽《たちま》ち三名に血煙をあげさせた。

鯉九郎の刀は、細身で腰反《こしぞ》り高く、踏張《ふんば》りがあり、血を吸ってなお優美である。この夏、二年余の廻国《かいこく》修行の旅から朽木へ戻ってきた義輝より、

「わしのわがままを聴《ゆる》してくれた礼ぞ」

と賜った青江貞次、二尺五寸余の業物《わざもの》である。

僧兵どもの恐慌は一挙に頂点へ達した。

義輝はまだ、この堂へ達する一筋道の出入口に、笠もとらずに佇立《ちょりつ》している。そこへ、遁走《とんそう》にかかった僧兵どもが殺到した。

「退《の》け。退かぬと斬るぞ」

眼を血走らせた先頭の者は、叫ぶが早いか、薙刀を義輝の頭上へ振り下ろした。その刹那《せつな》、声を失った。薙刀が義輝の手のうちに移っていたからである。

義輝は、薙刀を頭上で、くるりと回転させた。袈裟頭巾が、ひとつ、ぱっと舞い上がり、杉の枝にひっかかる。

「あっ」

首から上を完全に曝《さら》された先頭の者は、あわてて頭を押さえた。

「めずらしや、月代《さかやき》の坊主とは」

おどけてみせた義輝だが、実は最初から、偽の僧兵どもだと見破っている。

義輝が、すうっと腰を落とし、薙刀を地摺《じす》りに構えると、偽の僧兵どもは憚《はばか》りのない恐怖の悲鳴を放って、わあっと向きを変えた。そのまま次々に、崖から跳び下りる。

義輝は、崖縁から下をのぞいた。草木が密なので、それらにひっかかりながら、偽の僧兵どもが滑落していくのが見える。死にはすまいが、傷だらけになるであろう。

総髪にひげ面《づら》の男が、助太刀に入った三人のうち、義輝を主と見抜いたらしく、歩み寄ってきた。

「ご助勢、かたじけない」

六尺豊かな義輝にほとんど見劣りのせぬ体軀のその男は、外見と違って、意外に若い声を出した。

「礼には及び申さぬ。当方は、お手前に会いとうて上ってきた者ゆえ」

義輝も、笠をとって、微笑を返す。

男の眼色が、複雑なものになった。義輝の言葉には警戒心を抱きながら、現れた尊貴の顔立ちに戸惑いをおぼえている。

男が右手にさげている血刀を、義輝は見やる。元幅、先幅いずれも広く、大鋒《おおきっさき》で、刃渡り三尺余という大太刀《おおだち》であった。

「兼光《かねみつ》。越後《えちご》の虎にふさわしき逸物《いつぶつ》」

義輝主従が対面を望んだこの男は、世に越後の虎とよばれる。長尾景虎《ながおかげとら》、二十七歳。のちの上杉謙信《うえすぎけんしん》であった。

後日、僧兵に変装した刺客団の黒幕は、景虎の近臣で、執政のひとりであった大熊朝秀だとされた。というのも、景虎の越後出奔の直後に、朝秀が甲斐《かい》の武田晴信《たけだはるのぶ》（信玄《しんげん》）のもとへ奔《はし》ったからだが、しかし、真相は結局、藪《やぶ》の中であったという。

「そこもとは……」

景虎が、まだ警戒心を解かずに義輝に問うた。

鯉九郎と浮橋が、足早に来たって、義輝の左右に、それぞれ折り敷いた。武門の棟《とう》梁《りょう》の名を景虎に告げたのは、鯉九郎である。

「こちらにおわす御方は、足利義輝公にあらせられる」

景虎の双眼が、くわっと瞠《みひら》かれる。

ぱらぱら、と大粒の雨が落ちてきた。叡山は、時雨に烟《けむ》っていく。

二

「わしは悪御所《あくごしょ》になる」

　そう義輝が宣言したのは、弘治《こうじ》四年（一五五八）二月二十八日のことである。この日をもって、年号は永禄《えいろく》に改元された。

　足利義輝、二十三歳の春であった。

　朽木谷を貫流する安曇川《あどがわ》の雪解け水は、陽光をはじいてきらめき、川べりの猫柳が絹のような銀鼠《ぎんねず》色の毛を微風に顫《ふる》わせている。

　将軍仮御所の御座所には、義輝と側室小侍従《こじじゅう》を上座に仰いで、六人の男が居竝《いなら》ぶ。即ち、朽木稙綱《たねつな》・鯉九郎父子、浮橋、明智十兵衛《あけちじゅうべえ》、石見坊玄尊、小四郎《こしろう》という、いずれも異彩を放つ顔ぶれである。義輝のためにいつでも命を抛《なげう》つ覚悟のできている者たちであった。

「大樹。悪御所などと、またこの弥五郎めの寿命を縮めてやろうとの思《おぼ》し召《め》しにございますな」

　稙綱が、いまなお一徹者の気概を失わぬ顔で、義輝を睨んだ。この朽木家の隠居は、義輝を幼少より温かく見戍《みまも》りつづけてきたが、義輝の廻国修行の旅以来、その気儘《きまま》な行動に幾度も胆を冷やしている。

「縮むほどの寿命もないでしょう」

と笑ったのは鯉九郎である。伜《せがれ》であるだけに遠慮がない。

「何を云うか。そもそも、鯉九郎、おぬしが仕えるようになってからじゃぞ、大樹がご放埒《ほうらつ》におなりあそばされたは」

「また、それですか」

「またとは何だ、またとは」

稙綱が白髪を逆立てんばかりに怒り出したのをみて、ご隠居、と玄尊が声をかけた。

「仏の道では、怒りは五悪のひとつにござるぞ」

すると、今度は、浮橋が茶々を入れる。

「仏道の五悪とは、殺生《せっしょう》、偸盗《ちゅうとう》、邪淫《じゃいん》、妄語《もうご》、飲酒《おんじゅ》にござるよ」

「はて、そうだったか……」

「いずれも叡山随一の悪僧石見坊が得意芸だったときいておるがのう」

これには、義輝の傍《かたわ》らに座す小侍従が、くすりと笑った。玄尊は慌《あわ》てる。

「おい、浮橋。御局《おつぼね》さまの御前で、根も葉もないことを申すな」

「いいのです、石見坊。わたしも五悪のうちのいくつかはやっていますから」

将軍の側室にしては無茶なことを云って、小侍従は、ぺろりと舌を出した。

真羽《まは》である。

真羽は、義輝が弘治二年（一五五六）の四月に廻国修行の旅から近江《おうみ》へ帰還した後も、しばらくは堺《さかい》にいて、養父橘屋又三郎《たちばなやまたさぶろう》のもとで暮らしていた。その間に、義輝の意をうけた植綱が、真羽を将軍家に迎え入れる下準備を調《ととの》えた。

若狭《わかさ》武田家の旧臣の娘を義輝が見初《みそ》めたという話を創ったのだが、これには、武田家に嫁いでいる義輝の妹の陰ながらの尽力があった。その娘を幕府御供衆《おともしゅう》たる朽木稙綱が養女とし、将軍家へ輿入《こしい》れさせる、という手順が踏まれたのである。娘は小侍従と名乗るようになった。去年の春のことである。

いまだ正室を持たぬ身の義輝は、小侍従をその座に据えたかったのだが、稙綱がこれを諫止《かんし》した。もし正室として娶《めと》れば、必ず小侍従の素生《すじょう》を詮索《せんさく》する者が出てくる。事実を暴かれたときに、小侍従ひとりが苛《いじ》められることになる、というのがその理由であった。

もとより小侍従の素生にこだわる義輝ではないが、封建の世というものがこれに目くじらを立てるのである。

「正室も側室もあらしまへん。うちは、菊さまのおそばにいられるのやったら、ほんま、それだけでええの」

義輝と二人きりのとき、小侍従は地金を隠さず、明るい声音で云ったものである。

菊さまとは、義輝の幼名菊幢丸《きくどうまる》よりとられている。この小侍従の屈託のなさが、義輝には救いであった。

「弥五爺《やごじい》」

と義輝が、敬愛してやまぬ稙綱老人に、笑顔を向ける。

「わしは、乱行をしようというのではない。わが意志に従うというだけのことさ」

義輝は、朽木に幽居したとみせかけた四年半の歳月のうち、二年余の間を隠密裡《おんみつり》の廻国修行の旅にあてた。その旅で義輝は、乱世の巨人と呼びたいような男たちと関わった。

五峰王直《ごほうおうちょく》、斎藤道三《さいとうどうさん》、武田晴信、塚原卜伝《つかはらぼくでん》、織田信長《おだのぶなが》らである。また、朽木へ帰ってからは、叡山に登って、長尾景虎とも対面した。

別して、美濃の斎藤道三は、義輝の心に鮮やかな印象を刻みつけた。

まったくの徒手空拳から、謀略の限りを尽くして、美濃《みの》一国の主にまでのし上がり、天下の覇者となることを夢見たが、退《ひ》き時を悟るや、前国主の子にみずからすすんで討たれ、桜花《はな》のように潔く戦場に散った梟雄《きょうゆう》。道三は、乱世の男子の本懐を体現してみせたような人物であった。

道三を知って、義輝はおのれの来《こ》し方《かた》を冷静に省みることができた。自分ではそのつもりはなくとも、結果的には、足利将軍という虚名のみを後生大事に抱え込み、ただ乱世を嘆き、不満を蔵する許《ばか》りで、無為に過ごしてきたのではなかったか。そう慙《は》じ入らざるをえなかった。

歴代の足利将軍の右往左往は、直属軍も経済的背景も持たぬ身ゆえの必然といえるが、といって、足利将軍こそ乱世の元凶だと庶人から罵声《ばせい》を浴びせられれば、これに返す言葉を義輝は持たぬ。また、その現実から逃れられるものでもない。

翻《ひるがえ》って云えば、乱世を鎮める者は、足利将軍のほかにありえぬということであった。それこそ、この国の政《まつりごと》の頂点に立つ足利将軍の当然の義務であり、使命ではないか。

武門の棟梁たる足利将軍が、いかにして乱世を終熄《しゅうそく》させるのかといえば、武をもって鎮める以外に道はない。武と平和とは、一見矛盾するようだが、古来より武のない平和など存在せぬ。

とすれば、義輝の存在意義は、戦いの中にのみある、修羅《しゅら》の中にのみ生きることにある。その身が、もし座して傍観するだけであれば、死せる者も同然であろう。武門の棟梁は、修羅の巷《ちまた》に、おのが全身全霊を懸けて戦うべきではないか。その果てに平和の光明が見えるのなら、どれほど無惨な戦いであろうとも、退いてはならぬ。

さらに、その戦いは、義輝みずからの意志によって開始しなければなるまい。六郎《ろくろう》晴元《はるもと》や三好長慶《みよしながよし》の思惑に踊らされてはならぬ。むしろ、渠《かれ》らが乱世の終焉《しゅうえん》を妨げる者共ならば、逆にいかなる手段を用いても、これを屈伏せしめ、場合によってはその生命を断つことも辞さぬほどの覚悟を必要とする。

そこまで突き詰めれば、軍事力も財力も持たぬ足利将軍は、おのれ一個を恃《たの》みとして戦うほかはない。おのれ一個を恃みとすれば、余人の意のままにはならぬことになる。管領《かんれい》以下の意のままにならぬ将軍は、渠《かれ》らにとって「悪御所」でしかない。その悪御所に、敢《あ》えて義輝はなろうというのであった。

「わしの決意、余人は知らず、弥五爺なれば分かってくれような」

義輝の植綱を見る表情は、祖父に甘える孫にも似ている。

「念を押されるまでもなきこと」

植綱の皺《しわ》深い老顔が歪《ゆが》んだ。泣き面に近い。

応仁《おうにん》ノ乱後の歴代足利将軍は、いずれも流浪者であった。周囲の思惑によって、担ぎ出されたり、放り出されたりするために、擁立者が失速すると、忽ち、ほとんど身ひとつで落ちてゆくのが常だったからである。そこに将軍自身の意志はない。というより、将軍の意志など一顧だにされなかった。

そんな流浪の将軍を、義澄《よしずみ》、義晴《よしはる》、義輝三代にわたって朽木へ迎えたのが、稙綱である。この老武士ほど、足利将軍の哀しみを、わがことのように感じている人間は、ほかにはおらぬであろう。

だから稙綱には、自分の意志を貫いて生きるという義輝の宣言が、足利将軍として生命を懸けるほどの重大さをもつことを、念を押されずとも察せられた。

そして、尊貴の身でありながら、強《し》いておのれに不退転の重責を課した義輝の胸中を推し量ると、稙綱は涙せずにはいられないのである。

「大樹……」

あとは言葉にならなかった。

「親父《おやじ》どの。そう涙もろくては、大樹の楯《たて》にはなれませぬな」

鯉九郎がまた揶揄《から》かうと、稙綱は拳で泪《なみだ》を拭《ぬぐ》い、息子を睨みつけた。

「鯉九郎、策を申せ。いかに大樹の御意気壮《さか》んなれども、策なくして、この乱世を鎮められよう筈もない」

「策は……」

「ふむ、策は」

「ございませぬ」

「な、な、何じゃと」

穂綱は眼を剝《む》いた。が、鯉九郎のほうは涼しい顔である。

「鯉九郎」

「乱世にござる」

「何を今更《いまさら》、寝惚《ねぼ》けたことを」

「おききなされ、親父どの」

「きかいでか」

穂綱は、返答次第では、息子を斬り棄てかねないばかりの形相で、身を乗り出した。

鯉九郎は苦笑する。

「乱世に、将軍も足軽《あしがる》もござらぬ」

才覚ある者のみがのし上がることのできるのが乱世である、と鯉九郎は切り出した。

故に、義輝とて、のし上がるためには一個の才覚でもって売り出さねばなるまい。

売り出したその才覚を買う者がいて、はじめて義輝は勢力を得る。その勢力をもって、乱世を鎮める。

「そういう成り行きですから、今は策はございませぬな」

「この痴《し》れ者《もの》めが。売り出すとは何事じゃ。大樹は一服一銭《いっぷくいっせん》茶ではないぞ」

植綱は竟《つい》に、脇差《わきざし》に手をかけ、片膝を立てた。白髪頭から湯気が出ている。

義輝が、噴き出した。その笑いに植綱は気を削《そ》がれてしまう。

「弥五爺、わしの値は一銭か」

「あ、いや、それは……」

小侍従も笑っている。

「お安い公方《くぼう》さまですこと」

「お、御局さままで、そのような……」

植綱の、老齢にしては頑丈すぎる体軀が、消え入りそうなほど縮められた。穴があったら入りたいという風情《ふぜい》である。

座は笑いに包まれた。

義輝が、悪御所になる決意を秘めて、朽木谷を出立《しゅったつ》し、近江坂本の本誓寺に陣を布《し》いたのは、五月三日のことである。梅雨《つゆ》の到来を予告する蒸し暑い日であった。

三

「ご出馬無用と存ずる」

「そうもいかぬ。心月どのが公方さまのご出馬を仰いだとなれば、この筑前《ちくぜん》も出張《でば》って、味方の士気を鼓舞せねばなるまい」

心月とは、兵三千を率いて、坂本の本誓寺に義輝を迎えた細川六郎晴元のことをさす。入道して、心月一清と号しているのである。

「それがし、お屋形《やかた》ご幼少よりの宿老として、敢えて申し上げる。お屋形は、御身のお立場を弁《わきま》えておられませぬ」

「わが立場とな」

訝《いぶか》る三好筑前守長慶に向かって、松永弾正久秀《まつながだんじょうひさひで》は、ひと呼吸の間をおいてから、

「お屋形は、今や天下人にあらせられる」

確信に満ちた声音を弾き出した。

「天下人……」

長慶の眼は大きく瞠《みひら》かれる。思ってもみなかったことを指摘され、一瞬、頭の中が

空白になったかのようであった。

「ご一党の所領をお思い候《そうら》え」

長慶一党の勢力圏は、山城《やましろ》・摂津《せっつ》・和泉《いずみ》・丹波《たんば》・淡路《あわじ》・阿波《あわ》・讃岐《さぬき》の七ケ国、及び播磨《はりま》と伊予《いよ》の一部である。近くは天文年間の尼子《あまこ》氏が、これに比肩しうる版図を有したが、中国・山陽に京都はない。京都は、天子のおわす所であり、幕府政治の中心地である。そういう意味では、この時期、京都を含めた畿内の過半を制圧していた長慶は、天下一の実力者といえたかもしれぬ。

「畿内を制し、京に覇を唱える者を、天下人と称《よ》ぶのは当然のこと。その天下人の前には、心月どのは云うに及ばず、畏れながら公方さまとて、下風に立つ御方」

実際には、日本六十余州にあまねく威令の行き届く政治形態を確立した者を、天下人という。いかに長慶が急速にのしあがってきたとはいえ、その域には遠く及ばぬ。

つまるところ、弾正の言葉は、長慶に対する追従にすぎなかった。むろん弾正は、ただ諛《へつら》っているわけではない。この蝙蝠《こうもり》に似た異相の男は、どす黒い野望を肚裡《とり》に渦巻かせている。天下人という蠱惑《こわく》的な言葉でもって、主君長慶の心に驕慢《きょうまん》を植えつけるのも、計算の内なのであった。

「そうか。出馬するまでもないか」

顎《あご》を撫《な》でつつ、長慶は独語するように呟《つぶや》いた。満更《まんざら》でもないのである。

「お屋形には、お好きな連歌《れんが》の会など催され、お心を安んじて、吉報をお待ちあそばされましょう」

「では、弾正。采配《さいはい》は、そちがとれ」

長慶は上機嫌になっていた。

「身に余る栄誉」

こうして、長慶の居城の摂津芥川《あくたがわ》城を辞した弾正は、三好一族の最長老の三好長《なが》逸《ゆき》らと、摂津・丹波・山城などの兵をまとめて入京し、現今《いま》の京都駅機関車庫の西側一帯に陣を布いた。これが五月九日のことである。

弾正は、直《ただ》ちに、武家《ぶけ》伝奏《てんそう》の中納言勧修寺《かじゅうじ》晴秀を通じて、洛中洛外の警固には別儀のない旨を奏聞《そうもん》した。が、市街戦を恐れて、早くも禁裏に暇乞《いとまご》いする公家衆もみられた。市民たちに到《いた》っては、家財を背負って避難する者が後を絶たない。京は騒然となった。

このころには、心月勢の斥候《せっこう》が、北白川の勝軍山《しょうぐんざん》（瓜生《うりゅう》山）に出没し始めている。

これに対して、弾正は、十九日、降りしきる雨の中を、実弟の松永甚助長頼、三好長逸、伊勢《いせ》貞孝《さだたか》らと、一万五千の大軍を率いて、京都市中を打廻し、心月勢に東山の一線を越えさせぬ構えをみせた。

打廻しというのは、当時の京における独特の軍事用語で、いわば戦闘前の武装示威行軍と解すればよいであろう。行軍中に、兵の加わることが多かったらしく、徴兵活動を兼ねていたと思われる。農民でさえ武装が当たり前の時代だから、一旗挙げようと野心を燃やす者は、自前の具足《ぐそく》をつけ、槍を引っ担ぎ、勇んで参加した。

このとき松永軍の兵が、入京の前に宇治《うじ》へ立ち寄って、平等院《びょうどういん》から太鼓をかっさらっている。陣太鼓にするという名目であった。

「義経《よしつね》にも貸しただろう」

と松永軍の兵は、無理難題を吹っかけた。実際、源義経入京の折り、宇治川の合戦で、平等院の御堂より太鼓を取り寄せて打ったというが、四百年近くも前の話である。それに、義経の場合は、木曾義仲《きそよしなか》追討の宣旨《せんじ》を賜っており、事情がまったく異なる。

むしろ松永軍は、京市民に嫌われているという点で、義仲軍のほうに似ていた。松永軍にこういう乱妨狼藉が甚だしかったのは、三好軍団の中で急激に地位を高めた弾正が、身代に合わせるため、素生もわからぬ有象無象《うぞうむぞう》を一挙に抱えたがためであったろう。

平等院は、建武年間に兵火に遇って以来、修復もままならぬ寂れようで、今をときめく松永軍の無法を黙過するほかなかった。

心月勢の斥候は、三好勢の大兵に驚き、勝軍山から姿を消してしまう。

その後しばらくは、敵味方とも鳴りをひそめて、互いの動静を探り合った。

先に動いたのは、三好勢である。六月二日、弾正は、岩成友通《いわなりともみち》・伊勢貞孝らを派して、勝軍山を占拠させた。

勝軍山は、高さ三百メートル程度の山で、その頂付近から、叡山の無動寺へ通じる一里半の尾根道が、なだらかで歩きやすい。無動寺まで出れば、近江坂本が眼と鼻の先である。そのため、このルートは、応仁ノ大乱以来、京に戦乱が起こると、将軍ばかりでなく、僧侶や公家衆などにも、近江へ逃れる避難路としてよく使われてきた。

それだけに、心月勢にとれば、洛中を一望に見下ろしつつ、同時に退路も確保できる絶好の地として、この山を奪取したい筈であった。心月勢が後手に回ったのは、六角《ろっかく》氏の援軍の到着を待っていたがためである。弾正は、その機先を制したというべきであろう。

弾正は、勝軍山の南の裾《すそ》から東北行する志賀越えの道も警戒し、万全の迎撃態勢を整える。

漸《ようや》く六角氏の来援を得て、総勢五千余の兵力に膨らんだ心月勢は、その夜、本誓寺において軍議を開いた。

軍議といっても、義輝はといえば、上座に黙然と鎮座しているにすぎぬ。この時代の足利将軍は、擁立者たちの決定に従うのが、なかば慣例となっているから、神輿《みこし》のように担ぎ出されるのを待つだけなのである。

しかし、居並ぶ諸将の中で、ひとり心月だけが、義輝の沈黙を惧《おそ》れていた。

（何か途方もないことを……）

そのうち義輝が云い出すのではないか、という不安が頭を擡《もた》げてくるからであった。

長く将軍義輝の保護者面をしてきたこの男は、義輝が無断で二年余りも旅に出ていたことを、いまだに不快に思っている。帰ってきた義輝から、鹿島において剣術修行に費やしたばかりで、他に何もしなかったときかされたが、とても鵜呑《うの》みにできる話ではない。

だから心月は、今回の出馬要請に対して、こちらが拍子抜けするくらい、義輝があっさりと承諾し、身軽に朽木谷を出てきたことに、大いなる不安をおぼえていた。或いは義輝は、旅の間に、密かに三好長慶と手を結んでおり、機をみて心月を見限るつもりではないのか。そんな疑念を湧《わ》かせすらした。

それに心月は近頃、義輝に拝謁するたび、何故か気後れしてしまう自分をどうしようもない。傀儡師《くぐつし》に操られるだけだった傀儡人形が、不意に巨大になって振り返り、傀儡師を踏み潰そうとしている。そんな脅威を感じてしまう。義輝は変わった。

それもまた、義輝が長慶という後ろ楯《うしだて》を得たからだと疑えば、納得できないこともなかったが、義輝の変貌は、それだけでは説明がつかないような気がする。もっと別の何かが義輝を衝き動かし始めている。それが何であるかは、分からぬ。分からぬだけに、心月の不安感は一層募っていた。

その不安を拭いたいばかりに、心月は軍議の進行中、幾度となく、

「大樹の思し召しは」

と義輝の意見を徴した。だが、義輝からは、皆はどう思う、という問い返しがあるばかり。

これを、諸将の多くは、表情にこそ出さねど、心月の弱気と受け取ったらしく、軍議は甚だ気勢の上がらないものに終始した。

結局、三好勢の次の出方をみてから動くという、策ともいえないような策が可とされて、軍議は終了する。

義輝は、自室へ引き揚げるため座を立ったが、廊下へ出たところで皆を返り見た。

「こたびの戦《いくさ》、わしが先鋒《せんぽう》をつとめよう」

平伏していた諸将は全員、思わず顔をあげた。一様に呆気《あっけ》にとられている。

「皆、よいか」

義輝が同意を求めてにっこりした表情というものは、無邪気そのものではないか。それで諸将は、武芸好みの若き将軍が、腕試しをしてみたくなったのだ、という程度にしか考えなかった。

「いちばんの勇者が承る先鋒を御みずから望まれるとは、さすがに武門のご棟梁」

ひとりがそう賛辞を送ると、次々に義輝の意気軒昂《けんこう》を褒《ほ》めそやす言葉がつづき、

「公方さまお先駆けのさいは、それがしが右翼をお護《まも》りいたしましょうぞ」

「では、それがしは左を固めよう」

などと諸将は、殊更《ことさら》に明るい声で口々に云い合った。誰も義輝の宣言を本気にしていない証拠であろう。また、義輝が戦場において本当に先鋒をつとめようとしても、そんなことを許すつもりは、渠《かれ》らにはない。

名ばかりとはいえ、義輝は総大将である。それが敵と真っ先に激突する先鋒をつとめてよい筈はあるまい。死ぬ確率が最も高いのである。古来より、わが国の合戦においては、総大将たる者、中軍、或いは後軍にあって泰然自若としていなければならぬ。

心月だけが、しかし、義輝の宣言を取るに足らぬものとは、受け取らなかった。何

とはなしに、自分にとってよからぬ事態が起こりそうな、疑心暗鬼にとらわれた。

心月は、義輝に正対するべく、膝をずらす。諫言《かんげん》の必要を感じたのである。

「畏れながら……」

と心月は云いかけた。しかし、それを打ち消してしまう大声で、義輝に語りかけた者があった。

「それでは、大樹におかせられましては、ご合戦のときまで、存分にご英気を養われまするように」

細川與一郎藤孝《ほそかわよいちろうふじたか》である。與一郎は、今では、形ばかりの和泉《いずみ》半国守護《しゅご》家の家督を嗣《つ》いで、心月勢の一手の将となっていた。

義輝の幼少期より、その最も信頼厚い近習《きんじゅう》として仕えてきた與一郎だが、かつて牛殺しの異名をとった武辺者《ぶへんもの》とは思えぬほど、今ではその風貌に知性の輝きがある。

これには理由があった。

義輝が廻国の旅に出ていた間、その替え玉をつとめたのが、実はこの與一郎である。

当初は、義輝と同腹で一歳下の弟覚慶《かくけい》が、替え玉にうってつけだろうと考えられ、都落ちした兄を慰めてほしいという書状《ふみ》を遣《や》って、これを朽木へ招《よ》び寄せた。覚慶が六歳で奈良興福寺一乗院に入室して以来、十数年間、兄弟は再会していない。

さすがに覚慶の顔だちは義輝に似ていたが、線が細すぎた。何よりも人物が、義輝の好むところではなかった。覚慶は、板敷の部屋は寒いと火桶《ひおけ》を要求し、義輝が三好ごときに逐《お》われたのは口惜しいと嘆いた。いずれも僧侶の身が口に出すべきことではない。覚慶は俗世に大いなる未練を残す男だったのである。

このとき、京都鹿苑寺《ろくおんじ》で禅行に励む異母弟の周暠《しゅうこう》も招ばれており、こちらは挙措といい、話しぶりといい、覚慶とは対照的に涼やかそのものといえた。ただ周暠は、年齢が離れすぎていた。

この周暠が、兄弟三人水入らずの部屋へ灯芯を代えにきた與一郎を見て、その佇《たたず》まいが義輝に似ていることを、子供らしい無邪気さで指摘したのである。

義輝は、與一郎のことを、そんなふうに見たことはなかった。あまりに近しい人間なので、却《かえ》って気づかなかったというべきであったろう。

だが、義輝と與一郎の風貌が似ていても、何ら不思議ではない。何故なら、與一郎は義輝の異母兄にあたる。もう少し詳しくいうと、細川與一郎は、前将軍義晴に近侍した三淵晴員《みつぶちはるかず》と儒学者清原宣賢《きよはらのぶかた》の女《むすめ》との間に生まれ、六歳で晴員の実兄細川元常《もとつね》の養《よう》嗣子《しし》となったのだが、この清原宣賢の女というのが、義晴の側室であり、晴員に下賜されたときすでに與一郎を身籠《みご》もっていたのである。

与一郎は、朽木館で将軍の真似事をして暮らすことになった。それで本格的に習い始めた和歌・茶道・音曲《おんぎょく》・有職故実《ゆうそくこじつ》などの学術芸能が、思いのほか肌に合ったとみえて、それらを探究するうちに、與一郎の内面は磨かれた。今の與一郎の思慮深い風貌は、そうして作り上げられたものといえよう。

その與一郎に、義輝は笑顔で頷き返し、

「皆、大儀」

その一言を残すと、さっと背を向け、引き揚げてしまった。

義輝を呼び止める機を逸した心月は、與一郎をじろりと睨んだ。が、穏やかすぎるその表情から、何も読み取ることはできなかった。

四

妙に生暖かい夜気の中に、ぱちぱちと燃え木の爆《は》ぜる音がする。

闇の中に点在する光は篝火《かがりび》である。山上の城砦《じょうさい》をぼんやりと照らし出していた。

ゆっくりと移動する明かりもあちこちに見える。見張り兵たちのもつ松明《たいまつ》の火だ。

二つの火が、鹿垣《ししがき》の際まで下りてきて、そこに止まった。尿意を催した足軽二人が、これから放尿しようというらしい。

「筑前守さまがいてへんかったら傍若無人やな、松弾《まつだん》は」

「あれくらいでのうては、成り上がっていかれへんのや」

「そらそうやろが、ほんまええ身分やで」

そうして二人は、松明を地に突き刺してから、鹿垣へ向けて無防備な姿をさらした途端、いずれもうっと呻《うめ》いて、へなへなと崩れ落ちた。鹿垣の向こうから、鑓《やり》の石突きが繰り出されたのである。

予《あらかじ》め切り離しておいたものであろう、鹿垣の一部が、ほとんど音をたてずに取り除かれ、そこから四つの影が素早く入ってきた。浮橋、十兵衛、玄尊、それに小四郎である。

「松永弾正がきておるようだわ」

浮橋が皆に確認を求めるように云う。昼間のうちに得た情報では、松永兄弟や三好長逸らは京都市中に陣している筈で、岩成友通がこの勝軍山占領軍の総指揮官ということであった。岩成友通は、その剛力を誇って主税助《ちからのすけ》と称する。

浮橋らの役目は、三好兵に化けて城砦内へ潜入し、鯉九郎たちが騒ぎを起こす間に、あるものを頂戴《ちょうだい》して遁《に》げることであった。

だが、もし弾正が勝軍山に上っているのなら、これは棄ててはおけぬ。

「事のついでぞ、われらで殺《や》ろう。弾正を討てば、三好勢は浮足立つ」

早くもその気になって腕を撫《ぶ》す玄尊を、

「逸《はや》るな、石見坊。大樹にお知らせ申し上げてからじゃて」

と十兵衛が落ち着かせる。

浮橋は、気絶させた足軽のひとりに活を入れて、正気を取り戻させるや、その口を押さえ、喉元《のど》に飛苦無《とびくない》を突きつけた。

「松弾の居場所を教えてくれるかの」

そのころ義輝は、鯉九郎のほか、別して忠義の近習三名を随《したが》えて、深い木立の中に床几《しょうぎ》を据え、浮橋からの連絡を待っていた。この場所は、頭上に崖が迫《せ》り出してお り、上方の三好軍の野営地からは死角になっている。

（十一年前……）

山上に父義晴の築いた城があった。そこに籠城《ろうじょう》したのが、当時十二歳だった義輝の初陣《ういじん》である。

（ばかな戦いだった）

義輝は、目眩《めまい》のするような暑さだった夏の間じゅう、薄暗い城の建物の中で生活させられた。なのに、三ケ月の籠城後、味方は一戦も交えることなく遁走してしまう。しかも、夜の山路は遁げるのには暗すぎるから、と城に火をかけて。自焼の命令を下したのは、義輝の傅役《もりやく》の伊勢貞孝であった。貞孝は今、長慶政権のために働いており、この勝軍山占拠軍の部将として、城砦内にいる筈である。

尤《もっと》も、ばかな戦いであることは、十一年たった今も渝《かわ》らぬ。

「あの極悪人めは……」

心月は、義輝を本誓寺に迎えた日、四十五歳にしては老いのひどく目立つ顔に朱を刷《は》かせ、諸将を前にして喚《わめ》いた。極悪人とは、かつて自分の家臣だった三好長慶をさす。

「わが嫡子聡明丸を、質子《ちし》とした許《ばか》りか、和談に違約し、細川宗家の家督を嗣がせることを拒んでおる」

心月の指摘する和談とは、六年も前のそれのことであった。その折りの条件の中に、聡明丸が元服したら、細川京兆《けいちょう》家の家督に取り立てるという一項があったのは、事実である。細川京兆家の家督とは、即ち幕府管領職に就くことを意味する。それまでは、典厩二郎《てんきゅうじろう》（細川氏綱《うじつな》）が一時的な家督者として、管領をつとめるという約定が結ばれた。典厩二郎は長慶の傀儡《かいらい》にすぎない。

以来、長慶の手に引き取られていた聡明丸が、この二月、典厩二郎の加冠で元服し、六郎と称することになった。心月の論理では、その時点で、聡明丸は京兆家の総領となり、幕府管領とならねばならぬ。が、現実は、元服の式を済ませただけに止《とど》まっている。

それで心月は、これを長慶の違約であり、道義に悖《もと》るとして、その非を鳴らしたわけであった。

（身勝手な……）

義輝は、内心、苦笑を禁じえない。

六年前の和談では、心月の隠居も条件に含まれていた。ところが心月は、和談の直後に遁走し、隠居どころか、その後も長慶方への攻撃を熄《や》めていない。暗殺に対する恐怖があったにせよ、違約したのは、心月のほうが先であり、その時点で和は破れ、約定も白紙に戻されたとみるのが常識であろう。

あのとき長慶は、人質の聡明丸を殺してもよかった。だが長慶は、旧主の子をそれとして遇し、今日まで六年間傅育《ふいく》したあげく、管領典厩二郎を烏帽子親《えぼしおや》として、元服式を執り行っている。無論これには、京兆家の不動の後見者たるを世に示す、長慶の政治的配慮が多分にあったであろう。しかし、その点を割り引いても、長慶は筋目を通したといってよい。

心月が、この上のことを長慶に期待するのは、虫がよすぎる。今では、心月は没落した名門の生き残りにすぎず、長慶は強大な軍事力を有する京畿の覇者なのである。

そのような心月に、本心から服している者が一体どれほどいるのか、と義輝は疑う。今夜の軍議の席に、しかつめらしい顔つきで居竝んでいた諸将の中にも、いつでも心月を見棄てるつもりの者がいるに違いなかった。或いは、すでに長慶に款《よしみ》を通じた者すらいるやもしれぬ。

（長慶打倒の妄執の念のみに生きる心月には、もはや人の心は読めまい……）

義輝は、これは最初から敗《ま》け戦《いくさ》だと思っている。長慶と心月とでは、軍事力に差がありすぎる。そういう意味でも、まさしくばかな戦いであった。

それでも義輝が出馬したのは、朽木の仮御所で鯉九郎が云ったように、みずからを売り出すためである。将軍義輝ではなく、一介の武人義輝の名を世に轟かせねばならぬ。

こうして小勢をもって、夜陰、ひそかに勝軍山へ奇襲を仕掛けようというのも、天下売り出しの第一歩を標《しる》さんとする以外のなにものでもない。

「大樹。痛快にございまするな」

義輝の傍らに侍す近習のひとりが、くっくっと笑った。野本式部少輔輝久《のもとしきぶしょうゆうてるひさ》という。なんとなく鎌倉武士のような土の匂いをもち、才気走ったところのまったくない若者で、そこが義輝の心に適《かな》って、諱《いみな》の一字を与えたものである。

残る二人の近習は、大森伝七郎と亀松三十郎という。こちらはいずれも、鯉九郎がその剣才を見込んで、義輝に推挙した者であった。

「大樹のご不在を知ったら、坂本の腑《ふ》抜《ぬ》け衆は、慌てふためくことでございましょう」

式部少輔輝久は、本誓寺の心月らのことを嗤《わら》っている。

「わしが先鋒をつとめるのは、皆も承知のこと。慌てはすまい」

義輝も、おかしそうに云った。軈《やが》て、輝久の指摘通り、坂本でもひと騒動持ち上がることになるであろうが、そちらのことは細川與一郎に任せてある。

「小四郎か……」

鯉九郎が、気配を感じて声を投げた。

木立を縫って、小四郎の小軀が現れた。この少年は、戦場の連絡係である使番の役を義輝から仰せつけられている。

小四郎は、義輝に一礼してから、手近の木へ素早く伝い登り、枝にひょいと腰を下ろした。かと見るまに、枝に両脚をひっかけて、逆さ吊りになり、その恰好で両腕を大きくひろげてみせた。

「飛鼠《ひそ》だな」

即座に義輝が云い当てる。小四郎は二、三度頷《うなず》いてから、ぱっと地へ降り立った。

小四郎は、唖者《あしゃ》である。

この少年は、甲斐の武田館で義輝に命を助けられたときには、すでに玄尊と父子のような間柄になっていたが、それ以前は、風箏《ふうそう》と名乗る老人に連れられていた。

叡山を破門されて放浪中だった玄尊が、風箏と小四郎に出会ったのは、出羽《でわ》の山中においてであった。玄尊は、米沢城下で、博奕《ばくち》の諍《いさか》いから伊達《だて》家の足軽を殺してしまい、山へ逃れたのである。

紙鳶《たこ》のことを風箏というが、その名の通り、風箏は、骨ばかりとみえる薄っぺらな躰《からだ》の持ち主であった。小四郎はといえば、赤児でもないのに、信じがたいほど小さい。いずれも山に棲《す》む精霊の化身か、と疑われた。

風箏は、みずから仙人だと称した。博奕好きを咎《とが》められて、仙界を放逐されたのだという。実際、玄尊の眼の前で、空中浮揚の術を披露してみせる。

密教僧くずれだろう、と玄尊は思った。真言密教の修法のひとつ、摩利支天《まりしてん》の法は変通《へんつう》自在であり、これを体得すれば、超人的な力をもちうる。

風箏は、玄尊が幾許《いくばく》かの銭を持っているのを見抜き、骰子《さいころ》勝負を乞うた。自分が負ければ、小四郎をくれてやるという。どうやら風箏の博奕好きだけは真実のようであった。

風箏のような異常人に育てられる子を不憫《ふびん》に思った玄尊は、これに応じる。結果は、玄尊の勝ちであった。

風箏の云うには、小四郎は甚だしい月足らずの子で、何年か前、殺されたばかりの女の死体から、仙術をもってとりあげたのだという。口はきけぬが、人がましく扱ってやれば、余人にない才能を発揮する、と断言した。そして風箏は、風に吹き流される紙鳶のようにして、玄尊の前から去ったのである。

小四郎の躰は、玄尊と出会ったときほどではないにせよ、いまだに小さい。浮橋などは、十四、五歳だろうと見当をつけているが、躰だけみれば十歳を越えているとは思われなかった。

小四郎は、滅多に笑わぬ。が、義輝にだけは、まるで邪気のない笑顔をみせる。それは、義輝にとって、何故か懐かしいような笑顔であった。

そんな小四郎を、義輝も弟のように可愛がっている。だから、小四郎のちょっとした表情の変化から、この少年が伝えたいと思うことを、あますところなく感知することができる。口のきけないことは、何の障害にもならぬ。

「飛鼠が山上に留《と》まっているそうだ」

義輝は、小四郎に微笑みかけつつ、鯉九郎に云った。

飛鼠とは、蝙蝠《こうもり》のことで、松永弾正の綽名《あだな》である。もともと堺商人たちがひそかに付けたものだが、この数年、弾正が長慶に代わって政務や軍事の大半をみるようになったことで、いつしか世に広まっていた。

弾正は夕刻、陣地視察のため、この勝軍山へ上ってきて、そのまま夜を明かすことにした。しかも女伴れだ。浮橋らに捕まった足軽が、弾正は傍若無人だと話していたのは、そのことをさす。

「千載一遇《せんざいいちぐう》の好機にございます」

十年前、京都法観寺で武芸稽古《ぶげいけいこ》中の少年将軍へ、刺客を差し向けてきた松永弾正を、それ以来、義輝にとって最も危険な男とみている鯉九郎である。今や長慶政権最大の実力者にのし上がってしまったこの男を討ち取るのは、容易なことではない。

今なら討ち取れる。三好勢の兵気がだらけきっているからである。

合戦のたびに心月勢を一蹴しつづけてきた渠《かれ》らにしてみれば、今回も戦前より兵力で圧倒し、この勝軍山の占領も実に易々《やすやす》と成功させているのだから、油断するなというほうが無理であろう。また、そう見抜いたからこそ、義輝らは夜襲を仕掛けようとしている。

（浮橋も十兵衛も玄尊もいる……）

自分以下、それら手錬者《てだれ》が一丸となって、弾正ただ一人をめざせば、よもや討ち洩らすことはあるまい、と鯉九郎は確信した。

「大樹」

決断を促す鯉九郎の眼色には、強く訴えるものがある。

応えて、義輝は床几を蹴った。

「弾正を討つ」

五

陣貝《じんがい》の音が、突如、夜気を顫《ふる》わせた。短くひとつ、長くひとつを繰り返す、何やら切迫した調子である。

弾正は、くわっと双眼を剝き、床に上半身を起こした。

（夜討ちか）

左右を見ると、女たちは素裸のまま軽い鼾《いびき》をかいて眠っている。

松永弾正は陣中に女を侍《はべ》らせることでよく知られていたが、実はこれは、好色のゆえばかりではない。

万一、寝込みを襲われたとき、女を楯にしようと考えたからであった。女の裸身と悲鳴は、敵を苛立《いらだ》たせ怯《ひる》ませる効果がある。その一瞬に、敵刃から逃れようという深慮であった。

臆病《おくびょう》なのではない。この男は、おのが生への執着が強烈なだけであった。中風予防のため、毎日、灸《きゅう》をすえていたが、後年、織田信長に攻められて城もろとも自爆する直前にさえ、これを欠かさなかったといわれる。弾正は、野心という肉体が甲冑《かっちゅう》をつけて動いていたような異常人だから、生死についても、常人には測り難い感覚の持ち主だったのかもしれぬ。

陣貝の音は、やや遠い。白鳥越えの道から心月勢が現れたか、と弾正は推察する。その尾根道を扼《やく》すのは、伊勢貞孝の兵である。

伊勢軍の陣地から二丁ばかり南へ寄ったところに、三筋の道の交差する地点があった。すなわち、坂本へ通ずる北の道、京へ下りる南の道、そして弾正の陣屋のある勝軍山山頂へ延びる西の道である。この山中の衢地《くち》には、猛将岩成友通の軍が控えていた。

岩成軍陣地から松永軍陣地まで、五丁ほどの距離がある。陣屋の周辺ではざわめきが起こっているが、ここまで攻め寄せられることはない、と弾正は安心しきっていた。

ほどなく、陣屋の周辺が慌ただしくなる。

「御免下されましょう」

宿直番《とのい》の声がした。陣屋などといっても、狭小な山頂に急造したものゆえ、部屋は一間きりであり、宿直番は間仕切りの屏風《びょうぶ》の向こうに控えている。

「伊勢どのが陣に、火矢が射込まれたとのことにございます」

案の定、心月勢が白鳥越えから現れた。取るに足らぬ小勢らしいという。

弾正は、蝙蝠に似た顔をわずかに歪めた。笑ったのである。

「児戯《じぎ》に等しいわ」

それだけ云うと、弾正はまた横になった。自軍の兵を動かすまでもない。そうして、すぐに眠りに落ちた。このあたりは、神経《きも》が太い。

その眠りも、再度、宿直番の声で覚まされた。

「伊勢どのがお運びにございます」

伊勢貞孝は、夜襲の敵を一蹴したので、そのことを総大将たる弾正に報告にきたのだという。

「伊勢どのの律儀なことよ」

弾正は鼻で嗤った。

夜襲といっても、敵も様子見の小当たりだった筈。それを蹴散らしたぐらいで、わざわざ一手の大将の貞孝自身が出向いてくることもあるまい。

だが、伊勢家は武家礼法の宗家である。軍陣の作法にも喧《やかま》しい。これもそのひとつかと弾正は思い至ったので、伊勢どのは律儀だと嗤笑《ししょう》したのである。

弾正の心に、ふいに悪戯《いたずら》の虫が涌《わ》いた。

「ここへ通せ」

礼法にうるさい伊勢貞孝のことゆえ、裸形の女の横たわる寝所へ通されたら、怒りと屈辱で身を顫わせるに違いない。いつも取り澄ました顔でいる貞孝の、そんなようすを眺めてやろう、と弾正は思いついたのである。

武士といっても、おのれの才覚ひとつでのしあがってきた弾正は、伊勢家のような名門を、存分に利用はしても、心の底では悪《にく》んでいる。その暗部が、こうして、ときに噴出することがあった。

間仕切りの屏風が取り払われる。

宿直番は四人いた。ひとりは禿頭《とくとう》の中年で、あとの三人は屈強の若侍である。

廊下も何もない。戸の代わりに筵《むしろ》を垂らしたばかりの玄関から、貞孝が三名の供《とも》を随えて入ってきた。当然のことながら、いずれも鎧《よろい》兜《かぶと》の軍装である。供衆は猿頬《さるぼお》で顔貌を被っているが、貞孝だけは、兜を供にもたせて、顔をさらしていた。

貞孝らは、左右に二名ずつ端座する宿直番の間を通って、奥へ進んだ。

弾正は、寝衣姿で、床も広く敷きのべたままであった。そこには、裸形の女が二人、来客も知らずに睡《ねむ》りこけている。

貞孝が、立ち尽くしたまま、ごくりと喉仏を上下させる。淫佚《いんいつ》の光景に、怒りと屈辱をおぼえたのだ、と弾正にはみえた。

(面白き眺めよ)

弾正が、暗い満足を抱いた刹那、貞孝の脇をすり抜けて、我が身へ迫ってくる者があった。

それが貞孝の供のひとりだと分かったときには、白刃が灯火の明かりをきらりと反射させている。弾正は仰天した。

白刃を振り上げたのは、鯉九郎である。あとは、弾正の脳天を真っ向から斬り下げるばかりであった。

「斬るな」

後ろから切迫した声が投げられた。義輝のものである。鯉九郎は、青江貞次を大上段に支えたまま、首だけ振り返らせた。

義輝は、貞孝の脇にくっついている。

窮地に陥っていたのは十兵衛であった。禿頭の武士に、背後から首を決められ、脇腹に小刀を突きつけられているではないか。

（十兵衛ほどの者が……）

鯉九郎には信じられぬ。

それは義輝も同様である。義輝の猿頬面の間からのぞく双眼は、禿頭の武士を見据えて、驚愕に引き剝かれていた。

鯉九郎が弾正を斬れば、禿頭の武士も十兵衛を刺し殺すことは明白といわねばなるまい。

「躊躇《ためら》われるな。はや弾正を」

十兵衛は、おのが不覚を詛《のろ》い、慚じ入りつつ、鯉九郎が弾正を討つことを、心より望んだ。

鯉九郎は、義輝を見た。この場は十兵衛を犠牲にしても、弾正を討ち取ってしまいたかった。また、それが今の十兵衛の心にもかなうことではないか。

「ならぬ」

義輝は、禿頭の武士から眼を離さず、鯉九郎に向けて云った。

このときには、残りの三人の宿直番が、抜刀し、義輝と貞孝の脇から弾正のほうへ回り込もうと、隙を窺っている。

その三人にも、義輝は宣した。

「命の引き替えは一人と一人。おぬしら三人は、手出しいたせば斬る」

三人は、嘲るように一様に唇を歪めてみせた。腕に相当のおぼえがあるらしい。

「皆、手出しはならぬぞ」

と意外にも、禿頭の武士が義輝の宣言を素直に受ける。

三人は不満そうな顔をした。

「湖雲斎《こうんさい》どのは、われらがこやつに敗れると申されるか」

その名に、鯉九郎が、はっとする。

(小笠原《おがさわら》湖雲斎か)

剃髪《ていはつ》前の名を、小笠原長時《ながとき》という。

信濃国守護職として、筑摩《ちくま》・安曇《あずみ》両郡を領していた長時が、甲斐の武田晴信に敗れて国を逐われ、摂津芥川城の三好長慶を頼ってきたのは六年前のことである。

鎌倉時代、信濃守護加賀美遠光の子小笠原長清が、承久ノ乱における戦功によって、阿波守護職に補せられ、その子長経がこれを嗣いでより、阿波にも小笠原家が栄えた。三好氏は、その後裔《こうえい》にあたる。その縁をもって、長時すなわち湖雲斎は長慶の食客となったのであった。

信濃小笠原氏は、伊勢氏と並ぶ、兵法弓馬術の宗家である。味方が次々と武田晴信の軍門に降《くだ》る中、孤軍よく奮闘した湖雲斎の武名は京にまで聞こえていた。

十兵衛ほどの手錬者が、一瞬のうちに易々と手捕られてしまったのも、無理はなかったろう。

長慶の重用ひとかたならぬ弾正のこと、戦陣の護衛者として湖雲斎を藉《か》りうけてきたのに違いなかった。

その湖雲斎が、不満気な三人の宿直番を凄い眼で睨んだ。

「たわけども。わしを見て、分からぬか」

訝った三人だが、湖雲斎の立ち姿をあらためて子細に眺めてみて、あっと声をあげそうになった。湖雲斎は、膝頭を微かに顫《ふる》わせているではないか。手出しすれば三人とも斬ると宣言した猿頬武者を、湖雲斎がひどく恐れている証拠であった。

「ちいっ」

血気を抑えきれなかったのであろう、ひとりが床を蹴って義輝へ斬りかかった。

義輝の身が沈んだ。かと見るまに、対手《あいて》の剣をおのが手へ奪いとっている。

義輝へ襲いかかった者は、その頭上を越えて、弾正の寝具の上へ仰のけにひっくり返った。喉笛から鮮血を撒《ま》き散らしながら。

それで漸く女たちが目覚める。が、二人の女は、悲鳴をあげる前に、湖雲斎のつづけざまに放った小柄《こづか》を眉間《みけん》に受け、絶命した。

「何をする、湖雲斎」

激怒する弾正を、

「お静かに」

湖雲斎は低い声で抑えつけた。

「女どもが悲鳴を放てば、外の者が駆け込んでまいる。そうなれば、この方々は、死戦を覚悟し、弾正どののお命を奪うことを躊躇わぬ」

湖雲斎の云う通りであった。弾正も、そのあたりのことを察して、ぶるっと身を顫わせる。

実際、鯉九郎は、いま女たちが悲鳴を発していたら、義輝の厳命を破って、逡巡《しゅんじゅん》せず弾正を真っ二つにしたことであろう。その場合は、十兵衛の生命が断たれるのもやむなし、であった。

「弾正どの。この方々に、あとを追わぬと約定なされよ」

湖雲斎が弾正に促す。弾正の蝙蝠の眼の中に、狡猾《こうかつ》の光が一瞬、奔った。

「分かった。追わぬ」

お聞きのとおり、と湖雲斎は義輝に決断を迫る。義輝は頷いた。

では、と云ってから湖雲斎は、十兵衛を楯としたまま、弾正のかたわらまでゆっくり身を移した。

「刀を引け」

義輝も鯉九郎に命じる。

鯉九郎は、青江貞次を鞘に収めて、つつっと義輝のところまで後退した。

それを見て、湖雲斎は、十兵衛を解き放つ。

義輝は、猿頰面の下から、微笑を湛えた双眼で湖雲斎をちらりと見やったあと、くるりと背を向けた。騙《だま》し討ちされるかも、などという懸念を毛筋ほども抱いていないようすである。

義輝主従は、蓆戸《むしろど》をはねて、悠然と外へ出ていった。その途端、弾正が立ち上がる。

「約定を」

と湖雲斎はぴしりと云う。声音に、明らかに殺気が籠められていた。

弾正は、人を呼ぼうとして開きかけた口を、顎をがくがく云わせながら閉じるほかない。

それまで立ち尽くしていた伊勢貞孝が、へなへなと崩れ落ちたのを見て、弾正は怒りをそちらへぶつけた。

「伊勢どの。これは如何《いかが》したことにござる」

貞孝は、まだ茫然自失の態《てい》である。

火矢騒ぎの間に、音もなく貞孝の陣屋へ忍び入ってきた義輝らに、あっという間に人質にとられた貞孝であったが、まさか将軍みずから夜襲を仕掛けてくるなど、いまだに信じられなかった。

この折り、松永軍の者が、弾正の陣屋へ駆け込んできた。

「申し上げます。陣太鼓が何者かに盗まれたよしにございます」

今回、松永軍が陣太鼓として使用する太鼓は、宇治平等院より奪いとってきたものである。だが、戦陣から陣太鼓を盗まれるほうが、はるかに外聞が悪いし、武士にとって恥辱というべきであった。

「なんだと」

弾正は、注進の者のほうへ歩き出してから、地団駄《じだんだ》を踏んで、貞孝を振り返る。

「伊勢どの。あやつらは何者じゃ」

貞孝は、皮肉の笑みを浮かべて、弾正を見上げた。この成り上がり者が、と云わぬばかりの顔つきである。

「お声で分からぬとは、迂闊《うかつ》な」

「お声……」

「公方さまよ」

弾正は絶句した。五体が凍りついたように動かなくなる。

遠くで太鼓の音がした。祭り囃子《ばやし》のように、愉しげな調子ではないか。

平等院の太鼓を松永軍からまんまと奪い返して遁げた浮橋、玄尊、小四郎の三人が、これを打ち鳴らしているのであった。

六

義輝主従は、勝軍山に夜討ちを仕掛けた後、坂本へは帰還せず、如意嶽《にょいがたけ》へ登った。六月三日深夜のことである。

如意嶽というのは、現今《いま》ではその西の中腹で大文字の送り火を行うことで有名な山で、東山三十六峰《ひがしやまさんじゅうろっぽう》中の主峰である。

ここで義輝主従は眠った。

すると翌四日の朝、心月軍全軍が、あたふたと汗みどろになって如意嶽に上ってきた。細川與一郎の姿も見える。

「やあ。きたな」

義輝は、ゆったりと微笑する。

これは、かねて義輝が與一郎に言い含めておいたことであった。義輝の不在が心月ら諸将に露顕したら、先駆けとなって如意嶽占領に向かったと申せ、と命じておいたのである。

心月が、顔を真っ赤にして、義輝のもとへ走ってきた。あまりに無茶な振る舞いを、今こそ諫《いさ》めねばという気であったろう。

だが、心月は機先を制せられた。

「六郎」

義輝は心月を昔の呼び慣れた名で呼ぶ。

「敵が丸見えぞ」

その指さした方角を思わず眺めて、心月はあっと呻《うめ》いた。北に白川谷を隔てて、勝軍山を見下ろすことができた。本当に、三好軍の陣営が丸見えではないか。

しかも、こちらの山頂は、かなり広いし、平坦なところが少なくない。大軍を駐屯させるのも可能と思われる。如意嶽は、東山連峰中では高峰で、道も険しいところから、三好軍もまさかここを心月軍が占拠するとは考えていなかったであろう。心月自身、その気はなかったのだが、義輝が小勢でもって上っていると聞いたので、仰天し、急ぎに急いで登攀《とうはん》してきた結果が、これであった。

（大樹にまんまと……）

はめられた、と心月は今にして分かったが、ともかくこれで、三好軍より優位に立ったことは間違いない。

「六郎。あれを平等院へ返しておけ」

義輝が、後ろへ顎をしゃくった。

そこに置かれてある太鼓を見て、心月はもう一度、あっと驚声を放つ。

「まさか……」

足利将軍が十名にも足らぬ部下をみずから率いて敵陣深く潜入し、陣太鼓を奪ってきたということなのか。

この事実には、駆けつけてきた諸将全員が胆《きも》を潰した。義輝は一体どうやって、そんなことを可能にしたのであろう。

「ぽるとがるやいすぱにあなど南蛮の国々では、大将が真っ先駆けて敵陣へ乗り込む勇気を見せねば、兵はこれを見限るそうな」

義輝は、あっけにとられる諸将を前に、のんびりとそんなことを語った。慥《たし》かに、西洋の戦にはそういうところがある。兵ことごとく死して後、漸《ようや》く大将が出張る日本の戦い方とは、合戦というものに対する考え方がまったく異なるといわねばなるまい。

だが、日本の兵士たちにとっても、それを実際にやるかやらぬかは別として、大将に矢弾の雨をものともせず先頭きって進む勇気のあったほうが、いいに決まっている。

実際、この戦国時代、越後軍は最強といわれたが、その理由は、上杉謙信が、日本人にはめずらしく、合戦場でみずから先頭に馬を駆る大将であったから、といってもよい。大将が前に出ていたら、兵は尚更退くことができず、死に狂いに戦うしかなかろう。強い筈である。

義輝のぽるとがる云々の話は、実は倭寇《わこう》の大頭目五峰王直《ごほうおうちょく》の娘梅花《メイファ》からの受け売りだが、義輝自身も、西洋的な戦い方のほうが性に合っていた。だから、昨日の軍議で、自分が先鋒をつとめる、と諸将の了承をとったのである。

義輝が昨夜、僅かな手勢でもって三好軍陣地へ乗り込み、平等院の太鼓を取り返してきた事実は、忽《たちま》ちのうちに全軍に伝わった。

「魂消《たまげ》たことをおやり召された」

「ご武芸鬼神の如しという評判は、まことのことだったのじゃな」

「松弾は、公方さまの威にうたれて、手も足も出なかったのに相違ないわ」

「今度の戦《いくさ》は勝てるやもしれぬぞ」

「勝たいでか。云うを憚《はばか》るが、心月さまのお下知では心許《こころもと》ないが、公方さまおんみずからご采配をふるわれるなら、ご勝利間違いなしじゃ」

「そうだ、そうだ」

これで士気が上がらぬ筈はない。

その日のうちに、戦闘が開始され、戦略的位置において突然劣勢に立たされた三好軍は、闇雲に如意嶽へ攻め上ろうとした。

弾正は怒りで眼の前が真っ暗になっている。無理もない。お屋形こそ天下人であり、公方さまとて下風に立つ、とまで長慶をもちあげて、今回の戦の総大将を任された手前、その下風に立つ義輝から虚仮《こけ》にされたのだから、弾正の面目はまる潰れであった。

三好軍と、如意嶽から駆け下った心月軍とは、鹿谷《ししがたに》辺りで遭遇戦を展開した。

兵力では三好軍に分があっても、心月軍のほうは義輝の活躍が兵に勢いを与えている。この緒戦は、心月軍が押し気味であった。

それから、両軍の激烈な白兵戦は、六日までつづく。それでも三好軍が、心月軍に賀茂川を越えさせなかったのは、さすがに兵力の差であったろう。如意嶽の心月軍陣地も不落である。

その間、義輝は、如意嶽の山頂から、のんびりと戦況を眺め下ろしていた。鯉九郎らを動かそうかという気振りすらみせぬ。

そんな義輝を横目に見ながら、心月はたまらなく不安になった。

長慶憎しの一念で凝り固まっているとはいえ、この男もばかではない。今回の戦でも、三好軍に対して軍事的勝利を得られるとは、ゆめ考えていなかった。ただ、およそ五年ぶりの将軍出馬に、長慶が気力を萎《な》えさせることを期待した戦いなのである。

長慶が旧主の自分に対しても、また将軍家に対しても、刃を向けることに気がすすまぬ思いをもつことを、心月は承知している。そこのところを、いわば切り札として、戦いはゆるやかに行いつつ、裏面で和談にもっていくことを目論《もくろ》んだ。過去の長慶との戦いからして、うまくいくという確信が、心月にはあった。

その場合、心月は、将軍とともに自身の還京を、和談の絶対条件にする。京へ戻ることができさえすれば、公家、寺社、町衆、その他諸勢力をひそかに動かして、反長慶の陰謀を存分に巡らすことができるからである。

しかし、初手から誤算が生じた。というのも心月は、今回の戦に、まさか長慶自身が出陣しないとは思ってもみなかったのである。旧主と将軍が対手なのに、その戦を家臣共に任せきりという法はないではないか。長慶の僭上《せんじょう》も極まったというべきであった。

彼我の実力差を思えば、百歩譲ってそれは仕方ないとしても、三好軍の全権を委任されたのが松永弾正であることに、心月は茫然たる思いを抱いた。近年の弾正に専断の振る舞いが多く、それをまた長慶が黙許していることは、誰もが知るところであった。

今回、長慶が弾正にすべてを委ねたのは、もしやして、義輝を害することは論外としても、心月を亡き者にするため、ということは充分ありうる。つまり、旧主を滅ぼすのに、自身の手を汚すことは到底できぬが、弾正が勝手にやってしまったことなら、致し方ない。長慶はその思いを秘めて、みずからは芥川城を出ず、弾正を総大将として派したのではないか。或いは、弾正が長慶のそうした思いを汲《く》んで、出馬を止めたのかもしれぬ。

であるならば、心月の目論む和談など、画餅《がべい》に等しい。今度こそ長慶は、わしを徹底的に滅ぼす覚悟ではないのか。そうに違いない、と心月は思わざるをえなかった。

実は、先月来の三好軍の先手先手をとる動きに、心月が後れをとってきたのは、そうした心の動揺があったからである。合戦は得策ではない、と思い始めていた。

義輝の敵陣乗り込みは、その矢先のことである。義輝は弾正を怒らせてしまった。弾正は、まさかに将軍を罵るわけにもいくまいから、その怒りは心月に向けられる。もはや弾正は、もし長慶が制止したとしても、それを無視して心月の命を狙うぐらいのことは、やりかねぬ。

還京の望みは、

（断たれた……）

と心月は暗澹《あんたん》たる思いに苛《さいな》まれた。いや、この分では、義輝の身も危ういかもしれぬ。将軍殺害とて、過去に例がないわけではない。

「明日、勝軍山に上る」

外に据えた床几に腰を下ろす義輝が、心月ら諸将を前にして云った。別に気負っているようすもなく、まるで花見にでも行くような口ぶりではないか。

皆は、初めは、あいた口がふさがらず、次いで、一斉に異を唱えはじめる。今はこちらが優位に立っているのだから、何も危険を冒して敵陣を攻めることはない。もっともな意見であった。

「誰が攻めると云うた」

皆はわけが分からぬ。

「明日は三好軍は勝軍山を下りる。そのあとに上るだけのこと」

諸将は呆《あき》れたといってよい。せっかく手に入れた戦略的要地を、どうして三好軍がみすみす手放すというのか。

「三好の勝軍山占拠は、われらに東山を越えさせぬためのものだ」

それだけ云って、義輝は黙ってしまう。心月らにくどくど説明するのは億劫《おっくう》であった。

「大樹の思し召しは……」

代わって説明を始めたのは、細川與一郎である。義輝は苦笑しただけで、與一郎の語るにまかせた。

心月軍が如意嶽に布陣してしまった以上、今度は、その麓《ふもと》を扼すのが三好軍の当面の目的になる。現実に今、両軍はその一点で攻防をつづけている。それでも三好軍が勝軍山を押さえているのは、無駄というわけではないが、重要性はかなり薄れたといってよい。

況《ま》して、谷ひとつ隔てて敵から見下ろされている陣地など、落ち着かないし、士気が鈍る。だいいち、その景色を京の市民がなんと見るか。やはり将軍家こそ頂《いただき》に立たれる御方、勝軍山の三好軍はまるで侍臣のようではないか。

心月軍とて、隣の山に敵軍が布陣しているとあっては、いつまでたっても如意嶽を下りぬ。これを三好軍が攻め落とすのは、この数日間の戦闘の結果が示した通り、容易ではない。今のままでは、三好軍は徒《いたず》らに兵を損する許《ばか》りであろう。

そうして戦いが長引けば、圧倒的兵力を誇る三好軍の不甲斐《ふがい》なさが目立ち、京の人々が将軍を擁する心月軍の応援にまわることは、眼に見えている。そうなれば、三好軍の将の中から、心月軍に寝返ろうとする者が現れないとは云えまい。

ここは三好軍は、勝軍山を明け渡すぐらいの余裕をみせるべきであった。どう転んでも、兵の質量ともに劣る心月軍に敗れることなどありえないのだから。そうして、動きのとりやすい市中の要所に陣を布き、心月軍の出方をじっくり待てばよい。退いて待つという行為は、将軍家に対して害意のないことを示すことにもなろう。

「如何」

與一郎は、義輝の代弁を、その問いかけで結んだ。

なるほど、と頷く者が多かったが、心月は違う。その表情には、釈然とせぬ思いが露わであった。

與一郎の話は、心月軍が弱いことを強調しすぎている。否定はできないが、腹が立つ。それに、これでは主導権は義輝にあるようで、心月の立場がない。しかし、それもまた、口に出して抗議できることではなかった。現実に、総大将は義輝なのである。だから、よけいに心月の胸中穏やかならずといえよう。

そんな心月の思いを知ってか知らずか、義輝が、六郎、と手招きした。

「はっ」

何事か、とすすみでた心月の耳もとで、義輝は囁《ささや》く。

「黙って、わしに随《したご》うていることだ。いずれ、そちの望み通りになる」

「…………」

「はなから敗《ま》けと決まった合戦だ。要は敗け方であろう。違うか、心月」

心月は、ひやりとした。義輝は、心月の望みが、自身の還京という、その一事のみにあることを疾《と》うに見抜いていたのである。

心月の膝が顫えだす。が、義輝は、素知らぬ顔でつづけた。

「和議のことは、承禎《じょうてい》にやらせよ」

承禎とは、近江南半を領する六角義賢《よしかた》のことで、長子義弼《よしすけ》に家督を譲って入道した今も、事実上の当主として実権をふるっている。心月にとって、正室の弟であり、舅《しゅうと》六角江雲《こううん》亡き後、最大の軍事的後ろ楯《うしろだて》でもあった。今回の心月軍も、承禎からの援軍が主力といってよい。

「すぐというわけにもいくまいが、正月は都で過ごせるであろう」

義輝はほとんど断言した。年内には和議が成立して、京市中へ戻ることができよう、という意味である。

翌七日、雨の中を、義輝は勝軍山へ上った。その予言通り、三好軍はこの山を棄てて、市中へ退いたのである。心月軍の本陣は、勝軍山に移された。

その後、六月中は、洛東一帯を舞台に、幾度かの激戦と小競り合いがつづいた。むろん、戦闘そのものは三好軍が優勢であった。しかし、京の市民の大半が、義輝を応援して、兵糧や武器などを密《ひそ》かに勝軍山へ届けるものだから、決着は容易につかない。

七月に入ると、厭戦《えんせん》気分が起こり、両軍とも自陣を出なくなった。

摂津芥川城で安穏《あんのん》とした日々を送っていた長慶も、ここに到って重い腰をあげ、八月から九月にかけて、三好軍団中の最強軍である阿波軍、淡路軍、讃岐軍を海路、次々と呼び寄せる。総勢二万の援軍であった。

九月十八日、長慶とその三人の実弟たちをはじめとして、三好一党の錚々《そうそう》が、堺の海船政所《かいせんまんどころ》に一堂に会する。

ちなみに、長慶の長弟で、阿波守護代である三好実休《じっきゅう》（之康《ゆきやす》、義賢《よしかた》などと名乗っていたが、この年、入道して実休）が、心月と従兄弟《いとこ》同士の主君細川持隆《もちたか》に遠慮なく出陣できたのは、五年前にこの持隆を暗殺してしまったからである。実休は、持隆が側室小少将に産ませた子真之を守護家の後嗣にたてたが、これは年少の身で、名ばかりの存在にすぎぬ。更に実休は、美貌の誉《ほま》れ高い小少将をわが妻としてしまった。

軍議の席上、この実休と、鬼十河《おにそごう》の異名をとる末弟の十河一存《そごうかずまさ》が、今度こそ心月を滅ぼし、阿波国平島に三好氏が養っている足利義維《よしつな》の子義栄《よしひで》を将軍職に就けるべきだ、と強硬に主張する。現在の三好氏の実力をもってすれば、さしたる難事ではないように、同席の大半の者にも思われた。

ところが、総帥の長慶は煮え切らぬ。というより、なぜか終始不機嫌であった。援軍を呼び寄せておきながら、この長慶の態度は不可解というべきであろう。更には、三好の知嚢《ちのう》といわれる次弟の安宅冬康《あたぎふゆやす》も、六角承禎の斡旋《あっせん》する和議の話にのるほかあるまい、と消極策を支持した。

結局、援軍は堺に留《とど》まったまま、長慶の意にまかせることになった。

そして、十一月初旬。長慶は、六角承禎に使者を送り、和睦《わぼく》を承知する旨を伝える。

これには、和議に向けて奔走した承禎自身も、勝軍山の心月軍の諸将も狐につままれたような思いをもった。

「云うた通りになったであろう」

と義輝に微笑を向けられた心月は、このとき総身を顫わせた。

心月は、和睦成立後、あれほど渇望していた都の土を踏もうとせず、みずから行方を晦《くら》ましてしまう。世人は、長慶に謀殺されるのを恐れたのだと噂《うわさ》したが、そうではない。心月が恐れたのは、長慶などではなく、義輝である。義輝は、底知れぬ思いを秘して、おのが意志で動きはじめてしまった。そんな将軍に随っていることの危うさを、心月は骨身にしみて感じたのである。

以後の心月は、ほとんど目立った動きをすることなく、失意の日々を送る。

十二月三日、義輝は、管領典厩二郎、政所執事伊勢貞孝、そして三好長慶の出迎えを白川口にうけて、入京した。雪催《もよ》いの曇り空であったが、義輝が賀茂川を渡るとき、遽《にわか》に陽が射した。

馬上の義輝の威風、あたりを払い、宛然《さながら》、凱旋《がいせん》将軍のようであった。

第二章　竜鳳《りゅうほう》の契り

一

「小侍従《こじじゅう》はどこか」

小侍従の部屋を訪れた義輝《よしてる》は、その姿がないのを訝《いぶか》って、侍女たちの顔を眺めた。

侍女たちは、一斉に平伏し、申し訳ございませぬ、と額を床にすりつける。

「ははあ……」

何事か察した義輝は、こみあげてきた笑いを嚙《か》み殺しつつ、

「そなたらも大変だな」

ねぎらいの言葉をかけてやった。すると、ひたすら恐れ入っていた侍女たちも、
漸《ようや》く小侍従の居場所を白状した。

「御本堂の御屋根の上におわしまする」

　ここは、妙覚寺の内である。

　天文五年（一五三六）の法乱で京を逐《お》われた洛中法華宗二十一本寺は、その六年後に朝廷より帰洛を赦《ゆる》されたが、実際に京に還住を開始したのは、山門（比叡山《ひえいざん》）との和議が成った天文十六年（一五四七）のことであった。二十一本寺のひとつ妙覚寺は、法乱で焼失するまでは四条大宮にあり、還京後は室町西二条南小路衣棚に建てられた（この地には現今《いま》でも、上・下妙覚寺町という町名が残っている）。

　義輝は、帰京したものの、今出川御所（室町御所）が焼亡したままだったので、とりあえず妙覚寺内に仮寓《かぐう》することになったものである。当時は、妙覚寺自体、まだ堂《どう》塔伽藍《とうがらん》すべての再建が成ったわけではなく、寺域に将軍の仮御殿を設けるぐらいの余地はかなりあったと思われる。

　妙覚寺内外の要所要所に、三好《みよし》の兵が配されているのは云《い》うまでもない。表向きは衛士《えじ》だが、実際には将軍の監視が任務であった。

　程なく、義輝の姿は、本堂の大屋根の廂《ひさし》の上へひょいと現れた。どのようにして、そこへ到《いた》ったものか、軒下から身を振り子のように転回させて上ってきたのである。

　途端に、迅影《はやかげ》が義輝を襲った。電光のような木刀の突きである。その瞬間、義輝は、微笑すら浮かべて、これを躱《かわ》すと、攻撃者の小さな尻をぽんと叩《たた》いた。小四郎《こしろう》であった。

小四郎は、勢いあまって、廂を越えた。墜落して助かる高さではない。

だが、この唖者《あしゃ》の少年に、慌てたようすは見られぬ。小四郎は、空中を四間余りも飛んで、本堂の脇に聳《そび》える檜《ひのき》の枝に両手を摑《つか》まらせた。そのさい、木刀を口にくわえている。

義輝は、朽木《くつき》に幽居中の頃から、小四郎に、いつでもどこでも、義輝に隙《すき》ありとみたら斬《き》りかかってよいと申し渡してある。義輝にそうした気持ちを自然に起こさせるほど、小四郎には武芸の天稟《てんぴん》があった。

小四郎が枝に腰を落ち着けたのを見て、義輝は満足げに頷《うなず》く。小四郎も、にっこりする。以心伝心の兄弟のようではないか。

義輝は、勾配《こうばい》のきつい大屋根を、瓦《かわら》を踏んで上りはじめる。

雲雀《ひばり》が一羽、掠《かす》め過ぎた。仰ぎ見る永禄《えいろく》二年（一五五九）二月初めの空は、まだ幾らか冬の名残《なごり》の灰色をとどめて、うそ寒げだが、降る光は暖々として心地よい。

屋根のいちばん高い所である大棟に、先客が二人いた。小侍従と石見坊玄尊《いわみぼうげんそん》である。脚が固定するよう工夫した大きな縁台を、大棟を跨《また》がせて据え、それに毛氈《もうせん》を敷いて、その上に二人は端座している。いわば簡易な展望台で、茶道具まで用意してあった。

「浮橋《うきはし》に誂《あつら》えさせたな」

大棟まで上ってきた義輝が、ちょっと小侍従を睨《にら》んだ。むろん怒ってなどいない。小侍従のこういう突拍子もない行動は、出会ったころの真羽《まは》を思い出させるので、義輝はむしろ愉《たの》しんでいる。

「お上がり召されませ」

小侍従のほうも、けろりとして、点前《てまえ》の仕度を始めた。屋根上の野点《のだて》とは、いかにも小侍従らしい趣向といえた。

小侍従は、緋色《ひいろ》の袴《はかま》を着けている。屋根へ上るので、動きやすい服装にしたものであろう。といって、寺院の屋根など、女の身で、誰にでも上れるというものではない。小侍従なればこそである。

小侍従は寔《まこと》に愉しげだが、玄尊が蒼《あお》い顔をしていた。義輝は訝《いぶか》る。

「いかがした、玄尊。顔色が悪いぞ」

「は……」

そう短く応じただけで、玄尊はあとはうんでもなければ、すんでもない。額に汗の粒を噴き出させている。

小侍従が、くすくす笑う。

「叡山一の悪僧どのは、高い所が苦手なのだそうでございます」

「お、御局《おつぼね》さま」

ぱくぱくするばかりの玄尊の口から次の言葉は出ない。よほどに高所が怖いらしい。

「それでよく、ここへ上れたな」

却《かえ》って義輝は感心してしまった。

玄尊は、義輝の鹿島参籠《かしまさんろう》の夏、小侍従の供をしてその身を堺《さかい》へ送り届けて以来、この将軍最愛の女人の護衛者を自任している。だから、小侍従が屋根へ上ると云えば、眼を瞑《つぶ》って随《したが》う。

突然、玄尊が、わっと悲鳴をあげて、毛氈の上に突っ伏した。

「こ、小四郎、おのれは……」

へっぴり腰の玄尊は、いつのまにか後ろに立っていた小四郎に漸《ようや》く気づいて、怒鳴りつけた。だが、迫力のないこと夥《おびただ》しい。小四郎は、玄尊の背中を、指先でちょっと突ついただけなのである。

義輝と小侍従は、ほとんど腹を抱えて笑ってしまった。小四郎も、顔をくしゃくしやにし、手を叩いておかしがる。

「遠来の客をここから眺めるのも面白い」

聴《やが》て、小侍従の点《た》てた茶を喫しながら、義輝は云った。眼下に、参道も山門も一望に見渡すことができる。実は、その客を見せてやろうと思って、義輝は小侍従を呼びにいったのである。

「遠来のお客人とは……」

「織田信長《おだのぶなが》」

そうこたえた義輝の顔を、小侍従はのぞきこんだ。

「待ち人きたる、でございますね」

義輝は、ちょっと驚いたが、すぐに頭を掻《か》いて笑う。義輝は、何事によらず、自身に起こった出来事を、この恋人に話すが、そのとき小侍従は義輝の心事まであますところなく察するようであった。

「そなたには敵《かな》わぬ」

義輝が小侍従に何でも話すのは、小侍従を、恋人というだけでなく、鯉九郎《こいくろう》や浮橋らに劣らぬ同志のひとりとしても認めているからであった。

同志というのは死ぬときも一緒である。小侍従にとって、これほどの歓びはない。

だから、昨年の暮れ、義輝が還京と同時に、母慶寿院《けいじゅいん》の勧めによって前関白近衛稙家《このえたねいえ》の息女を正室に迎えたときも、小侍従の心に嫉妬《しっと》など少しも起こらなかった。

ついでながら、正室も小侍従を嫌っていない。日常の行動があまりに違いすぎるせいであったろう。たいていは居室に籠《こ》もって書状を認《したた》めたり、和歌を詠じたり、噂話に興じたりするだけの深窓の姫君が、馬で遠駆けに出るわ、飛礫《つぶて》で流鏑馬《やぶさめ》の的を打ち割るわ、寺院の高い屋根へ平気で上るわ、というような女に、対抗心を燃やしようがあるまい。

「今《いま》し方《がた》、浮橋が戻ってきた。信長は宿所に旅装を解いて、こちらへ向かったそうな」

この初上洛で、信長は、八十名の供を連れ、室町通上京裏辻《かみぎょううらつじ》に宿をとった。

本来ならば、信長が足利《あしかが》将軍に謁見を望むなど、僭上《せんじょう》の沙汰《さた》といわねばならぬ。何故《なぜ》なら信長は、実力でもって尾張《おわり》一国をほぼ掌中におさめはしたが、その身分は、尾張下四郡守護代家の三奉行のうちの一家の家督者にすぎず、将軍からみれば陪臣《ばいしん》の陪臣だからである。受領《ずりょう》名の上総介《かずさのすけ》も自称であった。

義輝は、それらを承知で、謁見差し許す旨を信長に伝えている。それだけで信長の格はあがったといってよい。無論、これを下剋上《げこくじょう》の一現象で、無力の将軍家が実力ある武将に媚《こ》びる図にすぎぬと捉えることもできようが、前代までの将軍ならば知らず、義輝には深慮あってのことであった。

「信長どののご上洛は、何やら遽《にわか》のことのように感ぜられまするが……」

　小侍従が義輝に訊ねた。

「一日も早く正式に尾張守護に任じられたいらしい」

「不遜《ふそん》な」

　と怒りの声をあげたのは玄尊だが、義輝も小侍従も噴き出した。玄尊は毛氈の上に巨体をへばりつかせたまま怒っている。

「わ、笑い事ではございませぬぞ。正式の尾張守護と申さば、斯波《しば》家と決まっておりまする。当代の斯波義銀《よしかね》どのもご存命中と聞きますに、信長如きが守護を望むとはもってのほか」

　玄尊の考えでは、三好長慶《ながよし》も松永弾正《まつながだんじょう》も織田信長も同類で、いずれも、

「将軍家を蔑《ないがし》ろにする奴輩《やつばら》」

なのである。義輝は、そうした玄尊の単純さを好ましく思っているので、苦笑しながら、そうよな、と返辞《へんじ》を濁した。

　実は、制度的にいえば、足利将軍というのは独裁者である。その輔佐《ほさ》役の管領《かんれい》は、

鎌倉幕府の執権《しっけん》ほどの権限を持たぬし、また鎌倉幕府の評定衆《ひょうじょうしゅう》は合議による政策の最高決定機関であったが、室町幕府のそれは形式的な存在にすぎぬ。つまり、足利将軍が直接、幕府の各機関を支配し、決定権を握るというのが、室町の政治制度であった。

だが、こうした独裁政治というのは、独裁者の人物がすべてである。義輝以前の足利将軍で、それに相応《ふさわ》しかったのは、カリスマ性のあった初代尊氏《たかうじ》と、強力なリーダーシップを発揮した三代義満《よしみつ》だけであろう。室町幕府の政治が、義満の没後、急速に乱れていったのは、歴代の将軍がおのが器量《きりょう》を弁《わきま》えず独裁を行ったり、逆に大名らが将軍の独裁性を利用したりしたことに、大きな原因があるといってよい。その結果、六代義教《よしのり》は謀殺され、八代義政《よしまさ》は応仁《おうにん》ノ乱を招いた。

以後の足利将軍は竟《つい》に、その時々の実力者の囲い者にすぎないような存在に成り下がる。戦国期になると、将軍御教書《みぎょうしょ》より細川《ほそかわ》・三好などの添状や直状のほうが法的効力があったというから、もはや足利将軍の独裁性は完全に消失していた。

それでも制度的に将軍が独裁権をもつ以上、義輝の一存で、尾張守護職を斯波義銀から織田信長へすげ替えても、両者間に生じる争いは別として、本来何の問題もないといえる。問題はないが、しかし、義輝の実状は、三好政権下の将軍である。その立場で信長を尾張守護に任じたところで、現実的には正式とはなりえぬ。更《さら》に云えば、足利将軍が有名無実と化し、幕府政治が乱れきった現状では、何事であれ、正式に決定することなど出来はしないのである。

ただ、義輝が信長を引見する真意は、守護職云々《うんぬん》のことではなかった。

（それにしても、信長の尾張斬り取りがあと三年早かったなら……）

斎藤道三《さいとうどうさん》を死なせずにすんだかもしれぬ。だが、それをいまさら義輝が悔やんだところで、詮《せん》ない。信長は、義輝以上に口惜しい筈《はず》であろう。

（なれど、妙覚寺で信長と再会いたすとは奇縁というべきか……）

義輝は感慨深く思わずにいられぬ。

義輝と信長を引き合わせたのは、斎藤道三である。正確には、道三の遺言状であった。その道三が、法蓮坊《ほうれんぼう》の稚児《ちご》名で少年期を過ごした寺が、この妙覚寺だったのである。

道三の末子が今また、その遺言によって出家し、ここで仏道に励んでいる。この少年の姿を見出《みいだ》したとき、義輝は信長が霞新十郎《かすみしんじゅうろう》との約束を守ったことを知った。すなわち信長は、道三の遺言状を、蛸薬師《たこやくし》裏に住む末子の後見者であろう人物に、間違いなく見せたのである。

ただ、遺言状そのものは、いまだ信長の手のうちにある筈であった。何故なら、それは信長が美濃攻めを行うときの大義名分となるものだからである。

義輝は、しかし、信長と対面しても、そうしたことを口に出すつもりはない。道三に関わる事柄は、なんとなく感傷を伴う。霞新十郎つまり義輝を評して、

「愛するものを殺せぬ」

そう断じた信長を相手に、交わす話ではなかろう。

山門のあたりが遽《にわか》に騒がしくなった。

「来たな」

武家の一行が、山門前に馬を繋《つな》いで、参道へ入ってくる。総勢三十名ほどであろう、献上品とおぼしい荷を担ぐ者も、太刀《たち》を佩《は》いた者も、それぞれ身分に応じた正装姿だが、いずれも緊張した面持《おもも》ちであることが、屋根上からでも見分けられた。尾張の田舎《いなか》武士が初めて上洛し、仮寓とはいえ将軍家の住居に足を踏み入れたのだから、無理もない。

だが、一行の中にひとりだけ、冷たい相貌《そうぼう》にいかなる色も顕《あら》わさず、悠然たる足運びですすむ男がいた。

「あれが信長だ」

義輝が指さすと、小侍従は、まあ、と腰を浮かせて眼を瞠《みは》った。あまりに大仰なその驚きぶりに、義輝は笑った。

「思うていた風貌と、そんなに違っていたかね」

「いいえ、ちっとも違っていませぬ。昔のままでございます」

「昔のまま……」

小侍従は何を云っているのであろう。まさか昔、信長に会ったことがあるとでもいうのか。

「ほら、あそこ」

小侍従が指さしたのは、信長ではない。門外から、中をきょろきょろと窺《うかが》い見ている男であった。どうやら信長の馬番らしい。遠目のせいかもしれぬが、猿に似たくしゃくしゃの顔に見える。

尚《なお》も訝る義輝にかまわず、小侍従は、縁台の上に立ち上がると、その男に向かって手を振り、声を張り上げた。

「日吉丸う」

二

義輝は、奏者《そうじゃ》に、対面所へは信長だけを入れておくよう命じた。

奏者の細川與一郎藤孝《ほそかわよいちろうふじたか》は、このとき初めて出会った信長に、後年属することになろうとは、夢にも思わなかったに違いない。

本来、お目見得の儀式には、煩瑣《はんさ》な作法が伴うのだが、義輝はそういう一切を省略する。対面所に御簾《みす》もかけさせず、直答《じきとう》も許す旨をあらかじめ與一郎から信長に伝えさせた。礼法にうるさい伊勢貞孝《いせさだたか》がこの場にいれば、眼を剝《む》いたであろう。

そうして、信長の待つ対面所へ入った義輝は、與一郎だけを傍らに控えさせ、上段の間についた。着座するなり、下段の間に平伏している信長の頭へ声をかける。

「まだわしを馬廻《うままわり》にするつもりはあるか」

信長の両肩が、ぴくりと動いた。そのまま信長は、黙っている。

信長が、まさかと疑いながらも、三年前の四月二十日の夜、濃尾街道上の出来事を脳裡《のうり》に蘇《よみがえ》らせようとしていることが、義輝には手にとるように分かった。

事実、信長は、床を瞶《みつ》めつつ、霞新十郎のことを瞬時に思い出している。

あの夜、舅《しゅうと》の斎藤道三を援《たす》けることの叶《かな》わなかった信長は、濃尾国境から清洲《きよす》へ帰陣する途次、斎藤義竜《よしたつ》と示し合わせた岩倉勢の待ち伏せに遭遇したが、突如現れた霞新十郎なる牢人者《ろうにんもの》に、危ういところで命を救われた。仕官が望みなのだと早合点した信長は、まだ乱刃中に身をおいていたにもかかわらず、

「馬廻にしてやる」

と云い放った。つまり、今、上座にある人の口から発せられた一言は、信長の聞き違いでなければ、信長と新十郎、二人の間にしか通じ合わぬ符丁にも似たものなのである。

あのとき信長は、新十郎の牢人者にしてはあまりに尊貴すぎる顔立ちから、霞新十郎など偽名だと見抜いた。すると新十郎は、斎藤道三の縁者であると云って、その遺言状を見せた。これを信長は貰《もら》い受けた。

新十郎が道三の縁者というのも偽りだと看破できた信長であったが、素生《すじょう》については竟《つい》に問わなかった。何故なら、別れ際に、

「上総介（信長）どのが尾張一国をわがものとされたとき、再度、相見《あいまみ》えたく存ずる」

と新十郎が、宣言する如く云ったからである。信長の鋭い勘も、この男とは本当に

もう一度会うに相違ない、と告げていた。

そして三年後の今、信長は、尾張一国をほぼわが手におさめ、その事後承認を得るべく、足利将軍を訪ねている。霞新十郎が将軍足利義輝であるとすれば、まさしく、その言葉通りの再会ではないか。

信長の沈黙は、それでも五、六秒の間のことであったろう。まだわしを馬廻にするつもりはあるか、という義輝の問いに、

「信長の馬前で死ぬお覚悟がおありなら」

と返辞をした。甲高い声だが、それは信長独特のもので、口調はむしろ冷然たるものである。

口許《くちもと》に微《かす》かに笑みを刷かせた義輝であったが、すぐにその表情を消すと、面《おもて》をあげよと命じた。

信長に躊躇《ためら》いはない。すうっと顔をあげた。

足利将軍と尾張の風雲児、再会の瞬間であった。義輝二十四歳、信長二十六歳である。

互いに無表情で、眼と眼を見交わす。

「尾張守護を望むか、信長」

暫《しば》しの沈黙のあと、いきなり義輝は、本題に踏み入った。

義輝が上総介と呼びかけないのは、その官名が信長の自称にすぎないからである。将軍がそう呼びかければ、信長を上総介と認めたことになる。素牢人霞新十郎が、上総介どの、と呼びかけるのとはわけが違う。

「今は」

と信長は返辞をした。

「ぬけぬけと本音を吐くものだな」

「ごまかしの通じぬ御方ゆえ」

戸を背にして控える與一郎は、このときぞくりとして、微かに身を顫《ふる》わせた。義輝と信長、双方の視線が中空で烈しく斬り結び合ったのを感じたからである。

「岩倉か」

「御意」

短い会話である。與一郎には何のことやら分からぬが、それで義輝と信長は意を通じ合っているらしかった。そのようすは、まるで年来の友のようにも、或いは互いを認め合った宿敵のようにもみえる。

（大樹《たいじゅ》に長年ご奉公致してまいったが……）

このような対面に立ち会うのは初めてだ、と與一郎は思った。この瞬間、與一郎の眼裏に信長の風姿は強烈に焼き付けられたといってよい。

義輝の云った岩倉というのは、尾張上四郡の守護代をつとめる岩倉織田氏のことをさす。信長にとって、尾張国内に唯一残る眼の上の瘤《こぶ》である。

父伊勢守信安を追放して岩倉織田氏の当主となった信賢は、美濃の斎藤義竜と結んだり、信長の実弟勘十郎信行を唆《そそのか》したりと、信長への対決姿勢を強めていた。これを信長は、昨年の夏、浮野《うきの》で撃破しながら、岩倉城へ攻め込まずに、あっさりと引き揚げている。

「気早な信長どのらしからぬ戦《いくさ》ぶりにござい申した」

とは、義輝の命令でたびたび尾張へ旅をしている浮橋の洩《も》らした感想だが、その時点で岩倉織田氏の命脈を断たなかったのは、信長の深慮であった。

岩倉織田氏は、もとは尾張織田一族の惣領《そうりょう》家で、戦国乱世に突入する以前は、尾張一国の守護代を独占していた家柄である。国内に群雄割拠の後、下四郡守護代家の奉行のひとりになった織田氏傍流の信長の家とは、家格が違う。だから、信長がいかに実力随一にのし上がったとはいえ、宗家筋で身分も上位の岩倉織田氏を無闇に攻め滅ぼせば、国内の反撥《はんぱつ》を招くのは必至といわねばならぬ。これを滅ぼすについては、国内を納得させる大義名分が必要となる。

その大義名分こそ、尾張守護の称号であった。尾張守護として、守護代の岩倉織田氏に臣従を強いるのなら、何ら支障はなく、これに服さぬ場合はやむを得ず滅ぼす。

そういう形に、信長はもっていきたいのである。

それによって、竟に信長こそ尾張武士の棟梁《とうりょう》たるを内外に強く印象づけ、あわせて国内の人心を一挙にまとめあげることができよう。尾張平定の総仕上げである。

「今は」

と返辞をした信長の意図は、ここにある。今はその必要があるから尾張守護の称号を望むということであった。

裏を返せば、しかし、いつまでも尾張守護などでとどまっているつもりは毛頭ない、という意味でもあろう。信長の目標は、更なる高処《たかみ》にある。

武門の最高位にある足利将軍を前にして、これほど傲岸《ごうがん》不羈《ふき》の申し様もないが、

（さすがに蝮《まむし》の道三が見込んだ男……）

義輝には、信長のその過剰な自信が、いっそ痛快に思えた。

だが、義輝が信長に質《ただ》したいのは、「今は」から先のことであった。来年、押し寄せるであろう危難に対していかに処するつもりなのか。その処し方によっては、信長

は志の端緒にして息絶えることになろう。それでは道三の見込んだ三人の若造のうち一人が欠けることになる。

「守護の名のもとに岩倉を滅ぼし、一挙に国内統一をはかるは、焦眉《しょうび》に迫りつつある大敵に備えてのことであろう」

「いかにも」

間髪を入れず信長は首肯する。

「治部大輔《じぶだゆう》といかに戦うぞ、信長」

今川義元《いまがわよしもと》のことであった。

今川氏は、駿河《するが》・遠江《とおとうみ》の守護であり、斬り取った三河《みかわ》と合わせて、三国を領する東海の覇王である。門地においても実力においても、信長とは比較にならぬ。兵力だけでも、現在の信長の十数倍も動員できるであろう。

織田と今川は、尾張と三河の国境線で、長く小競り合いを繰り返してきたが、大兵を催しての決定的な合戦には至っていない。理由は、東部戦線で相模北条《さがみほうじょう》氏という大敵と対さねばならぬ今川が、西部戦線にまで充分に兵を回す余裕がもてなかったからである。

ところが、天文二十三年（一五五四）の善徳寺の会盟で今川・武田・北条の三氏が同盟を結んだことによって、今川は東方の憂いを取り除くことができた。その後、尚も北条の動静に注意していた今川だが、しばらくは盟約の破れる惧《おそ》れなしと判断するに到ったらしく、当主の義元はいよいよ尾張侵攻作戦に着手した。そのことを義輝は、浮橋からの報告で知っている。

今川義元というのは、織田側の十倍もの兵を擁しながら、桶狭間《おけはざま》の奇襲戦であっけなく首級を獲《と》られたことで、後世、公家《くげ》かぶれの暗君、といったイメージをつくられてしまったが、実際は決して凡庸の人ではなかった。同じ東国の上杉・武田にさきがけて戦国大名としての領国体制を磐石《ばんじゃく》なものとし、その内政面の充実ぶりには眼を瞠《みは》るものがある。合戦のやり方や外交面においても、太原崇孚《たいげんすうふ》という名軍師を得て、武田・北条にもひけをとらなかった。前述の三国同盟も、義元と崇孚が提案し樹立させたものである。

それほどの人物だから、信長など虫けら同然とは思っても、遮二無二《しゃにむに》、尾張へ雪崩《なだれ》込むようなことはしない。義元は、虫けらを叩き潰すのに、周到な準備をめぐらせていた。

浮橋の探索では、義元は信長を尾張国内に包囲する作戦を樹《た》てているという。すなわち、知多半島の有力豪族に海上封鎖の協力を要請し、木曾川の川筋衆に調略《ちょうりゃく》の手をのばし、更には美濃の斎藤義竜がどう出るつもりか探りを入れているのである。つまり、尾張の東から侵入する義元は、残る南北と西にも手配りを怠らぬのであった。

義元は、尾張国内に密《ひそ》かにのばした調略の手が握り返されれば、直ちに数万の大軍を率いて侵攻してくるであろう。義輝の云ったように、決戦はまさしく焦眉に迫っている。なればこそ信長は、今のうちに尾張守護の権威をもって国内統一を強化しておこうというのだが、それで義元との実力差がさして縮まるわけではない。

治部大輔といかに戦うかと義輝に問われた信長は、はじめて、ほんの微かながら表情を動かした。頬がやや上気している。

「この信長、こたび密かに上洛致したつもりが、どうやら今川に気取《けど》られたらしゅうござる」

そのことも義輝は、浮橋の報告で知っていた。今川ばかりか、美濃の斎藤義竜にも、信長上洛の事実は洩れている。

「わざわざ気取らせたのであろう」

義輝は、ずばり云いあてた。

「ご賢察」

と信長も悪びれず、

「義元は、それがしのこたびの上洛を、悪あがきとみるに相違なし」

　確信に満ちた声で応じた。

　その通りであろう、と義輝も思う。今川軍侵攻の前に、信長はなんとしても尾張をまとめておきたい。そのために、あわてふためいて上洛し、将軍に守護職拝命を願い出た。義元の眼にはそう映るであろう。

「つまるところ、信長は今川が恐ろしくて堪《たま》らぬ。いざ、合戦となれば、清洲に籠もって顫えているばかりに違いない。かように義元は思う筈」

　信長自身が義元を恐れているか否かは別として、実際、常識的に考えれば、圧倒的兵力の今川に対して織田のとる道は、清洲に籠城《ろうじょう》して、できる限り持ちこたえる以外にないのである。その間に、武田・北条に働きかけ駿河に乱入させるのが上策だが、これは甲・相・駿の三国同盟が存在する限り難しい。となれば、あとは長途遠征の今川軍が疲弊、撤退するまで、城をささえるほか、信長が対今川戦を凌《しの》ぎ切る術《すべ》はなかろう。

　だが、いまの信長の言辞には、明らかに含みがあった。つまり、籠城などせぬ、という。

「それがし、御流儀を拝借仕《つかまつ》る」

信長は、にこりともせず云った。

「わしの流儀とな……」

「勝軍山《しょうぐんざん》」

義輝は声をあげそうになった。昨年の五月、小勢をもって勝軍山の三好軍陣地へ奇襲を仕掛け、平等院《びょうどういん》の太鼓を奪還してきた義輝に対して、信長もまた、乾坤一擲《けんこんいってき》、義元を奇襲する決意を明かしたのである。

（そうであったか……）

義輝は、信長の上洛の真意を、いまはっきりと悟った。

将軍に謁見し守護職拝命を願い出ることより、むしろ上洛すること、それもあわてふためいて上洛することそのものに、信長の意図は隠されていた。そういう自分を義元にみせることで、所詮は成り上がりにすぎぬ者が実力ある名門の侵攻を極度に恐れている、という姿を信長は演じたに違いない。

それによって生じるのは、義元の油断であり、慢心である。大敵を対手《あいて》に籠城して凌ぐつもりなど、信長の兵法にはなかった。義元の心の隙を衝いて、信長はこれを討ち取ろうというのである。

（なんという男だ）

本心ならば、狂気の沙汰というほかはない。義輝は、しかし、嗤《わら》わなかった。

（この男なら、或いは……）

義輝にそう思わせる何かが、信長という男の佇《たたず》まいから感じられる。

現実に信長は、この上洛の旅を終えて帰国するや、尾張守護の名のもとに、直ちに岩倉を攻め落とすが、その後は今川との決戦のときまで、ほとんど策無きがように装いつづけ、義元の油断を誘うことのみに腐心するのである。

「信長。そのようなこと、わしに話しても構わぬのか」

「一向に」

「治部大輔は、将軍家とは浅からぬつながりをもつ」

「将軍家がことは知らず」

と信長は云って、義輝を凝視する。

義輝は理解した。信長は、将軍としてではなく、足利義輝というひとりの武人として、今川義元と織田信長のいずれを頼みとするか、それを選べと迫っている。なればこそ、乾坤一擲の奇襲戦で義元を討つ覚悟を披瀝《ひれき》してみせたのである。

それは、とりもなおさず、信長が義輝という武人を、上に戴《いただ》くに足る器量の持ち主と認めたことに他ならぬ。但《ただ》し、いまのところはであろう。何といっても信長は、浮

橋の評言を藉《か》りれば、

「淵《ふち》に蟠《わだかま》る竜」

のような男。機会を得れば、おのが上に存在するものは、何もかも破壊して上昇しつづける危険きわまる人物なのである。

それを承知の上で、義輝は、信長に対して、尾張守護職拝命願いについて、何らかの返答をしなければならぬ。義輝の返答によっては、竜が昇りはじめるさいしょの機会を、信長に与えることになろう。

義輝は、信長の視線を真っ向から受けたまま云った。

「数々の献上品、しかと受け取ったぞ、尾張守」

尾張守。義輝はその一言でもって信長の尾張守護たるを黙認した。

もとより、正式の守護任命ではない。が、将軍義輝が尾張守と呼びかけた以上、これは内意である。この場合、細川與一郎は立会人ということになる。

信長にとっては、これで充分であった。正式な叙任については、追って沙汰するということでよい。それで曖昧《あいまい》なまま終わってしまっても、信長はかまわぬ。守護の名が必要なのは、義元を討ち取るまでであった。

「粗末な品ばかりにて」

軽く信長は頭を下げた。が、尾張守護を黙認されたことへの礼は述べぬ。傲岸不羈もここまでくれば、却って清々《すがすが》しかった。

「返礼いたさずばなるまい。と云うても、見ての通り、仮住まいの身。与えるものは、わが名ぐらいしかない」

諱《いみな》を授けるという意味であった。つまり「輝」の一字ということになる。

将軍より偏諱《へんき》を賜ることは大変な名誉であり、それで帰国後の信長は、国内においても対外的にも箔《はく》が付く。だが、信長はあっさり断った。

「名をかえるつもりはござり申さぬ」

実の伴わぬものは要らぬ、という意味である。義輝にとっても、予想された信長の返答であった。

義輝は、ふいに立ち上がると、後ろの刀架《とうか》から大刀を取り上げ、それを提げて信長の前まで歩をすすめた。

「大般若だ。とるがよい」

差し出された信長が、はじめて表情をかえた。大きく双眼を瞠《みは》って、義輝を仰ぎ見たのである。

刀は敵を殺すことができるという意味で、間違いなく実を伴う。だが、信長が驚いたのは、そういうことではない。大般若長光が義輝の愛刀であることは、信長も耳にしていたからである。

信長は、無言で、押し戴いた。

義輝が好んで差料としていた大般若長光を、この後、信長は、姉川ノ合戦の大功を賞して徳川家康に与えるまで、長く秘蔵しつづけた。

義輝は、愛刀を授けると、あとは何も云わず、対面所を出ていった。その姿が見えなくなり、足音が消えても、尚しばらく、信長はひとり平伏したままであった。

三

「公方さまの御側室だってえ」

木下藤吉郎《きのしたとうきちろう》は、驚倒しそうになったが、

「大きな声を出してはなりませぬ」

と小侍従の指が唇に当てられたので、慌ててあたりを見回した。

妙覚寺境内の林の中、二人のほかには、誰も見当たらぬ。門前で馬番をしていた藤吉郎を、小侍従が連れ込んだものである。

先程、日吉丸と呼ぶ声が降ってきたときには、聞き違いだろう、と藤吉郎は思った。将軍家の仮御所に、自分の幼名を知っている者がいる筈はない。

ところが、ほどなく、門前へ出てきた緋色の袴姿の美しい女人から、もう一度、日吉丸と声をかけられ、藤吉郎はびっくりした。真羽だと分かったからである。

その真羽に林の中へ引き込まれて、今では小侍従ノ御局と敬称される将軍家側室だと打ち明けられ、藤吉郎は胆を潰した。

「へへえ」

藤吉郎は、地に額をすりつけて、平伏してしまった。

「阿呆くさ。日吉丸とうちの仲やないの」

小侍従は、地金を出して、藤吉郎に微笑《ほほえ》みかけ、手をとって立ち上がらせた。

「お、畏《おそ》れ多いことにございまするで侍《はべ》りおり……」

動転から立ち直れぬ藤吉郎は、無茶苦茶な話し方になっている。

そんな藤吉郎を見て、小侍従は口も被《おお》わずに、けらけらと笑った。その姿が少女時代の真羽に重なったものか、藤吉郎は安心したらしい。照れ笑いだが、一緒になって猿顔を綻《ほころ》ばせる。

藤吉郎の気持ちが落ち着くと、小侍従は、自分の来《こ》し方《かた》を包み隠さずに語った。

聞き終えた藤吉郎は、若いながらさすがに苦労人というべきであろう。小侍従が何も云わぬ前に、

「ご素生《すじょう》のこと、また、それがしとの関わりのことも、一切他言いたしませぬ」

と真面目な顔で誓ったのである。それから、あらためて小侍従を瞶《みつ》めた。なんて美しいんだろう、たとえようもない、と溜《た》め息が洩れた。同時に、呟《つぶや》きも洩らす。

「公方さまはお狡《ずる》い」

「えっ、何か申しました」

「な、何も申しませぬでございまする、はい」

藤吉郎は、十一年前、身を寄せていた橘屋《たちばなや》又三郎《またさぶろう》のもとを去るとき、いずれ一国一城の主となって真羽を迎えにくると宣言した。むろん、それだけの長年月を経て、真羽が待っていると思うほうがおかしいが、それにしてもこれほどの美女になると分かっていたら、今の足軽《あしがる》身分でも慌てて迎えにきただろう、と後悔しきりの藤吉郎なのである。

だが、豊臣秀吉《とよとみひでよし》となってからの晩年の未練たらしさは別として、それ以前のこの男は、底抜けに陽気で、こだわりをもたぬ性格であった。真羽の幸せを、わが事のように祝福する気持ちが、後悔を吹き払ってしまう。

藤吉郎はにっと笑った。

「つまるところ、お幸せなので」

「いやな日吉丸」

小侍従の頬が赧《あか》らむ。

藤吉郎も、小侍従と別れて以後のことを、手短に話した。諸国を経巡《へめぐ》って、竟には織田信長に仕えるようになったのは、尾張が故郷だからではなく、信長という大将が何か途方もないことを仕出かしそうな男に見えたからだという。

「ご上洛のお伴《とも》に選ばれたということは、殿さまのお覚えがめでたいのですね」

「お屋形さまは、鉄炮《てっぽう》を大層お好きで、堺へ寄りたいと仰せ出されました。そこで、この藤吉郎めは、堺の鉄炮又《てっぽうまた》を存じておりまするると足軽頭さまを通じて申し上げ、お伴衆の端に加えていただいた次第」

「まあ、日吉丸らしい。ご主君に、自分を売り込んだのですね」

「武士も商い上手でなければ出世できぬ世の中にございまする」

鼻をうごめかせて、もっともらしいことを云う藤吉郎が、小侍従はおかしかった。

そこへ、どこからか小四郎が馳《は》せ寄ってきて、義輝がよんでいる旨を、仕種で小侍従に伝えた。

「信長どのの謁見が済んだようです」

と小侍従が告げると、藤吉郎は名残を惜しむ暇もなく林から駆け出していく。

だが、名残を惜しむ必要はなかった。軈《やが》て、信長が姿をみせたとき、なんと小侍従も同行してきたのである。

藤吉郎は後で知るが、信長が家臣の待つ控え所へ戻って帰り仕度をしているとき、小侍従は義輝より遣わされてきたという。

「信長どのが京や奈良や堺をご見物なさるおつもりなれば、道案内をつとめよと公方さまより仰せつかってまいりました」

京、奈良見物のことはともかく、堺を訪ねるつもりでいることを、何故に公方さまはご存知か。その疑念を湧《わ》かせた信長であったが、敢えて反問しなかった。義輝は織田信長という男をよくよく知っている。いまや、信長本人がそう察知していた。

信長は無言で小侍従に頷き返した。

藤吉郎は、信長と一緒に小侍従が門から出てきたとき、素知らぬ顔で、前田犬千代に、あの女人は何者かとこっそり訊ねた。犬千代は、信長の近習《きんじゅう》で、織田家における身分は藤吉郎よりも上だが、この二人は妙にうまが合い、出会ったときから莫逆《ばくげき》の友となっている。

「志乃《しの》どのと申される。公方さまの御武芸の御弟子だそうな」

「まさか、女人の身で」

　公方さまの御側室だと教えたらびっくりするだろうなと思いつつ、藤吉郎は犬千代の顔を見た。

「侮ってはいかぬぞ、藤吉郎。あの身ごなしは、なかなかの達者よ」

　その志乃こと小侍従には二人の従者がいた。自身も武芸自慢の犬千代は、あの大男は途方もない怪力の持ち主で、子供のように小さな若者は獣に似た軽捷さを秘めているに違いない、と見抜いた。石見坊玄尊と小四郎のことである。

　この日、小侍従の案内で京を見物した信長の一行は、翌日は奈良を見て廻り、翌々日に堺へ到着した。

　京でも奈良でも、ほとんど表情を動かさなかった信長が、堺ではらんらんと眼を輝かせた。四囲に濠《ほり》をめぐらせた自治都市、身分の上下なく行き交う種々雑多な人々、尾張の津島湊など塵も同然と思わせる巨大な海港、芬々《ふんぷん》たる異朝の匂い、底知れぬ財力を想像させる佇まい。進取の気象に富む信長の心の中で、それらが火花を発して混じり合い、この男の身を熱くした。

　信長は、その堺で、今もっとも新しく勃興《ぼっこう》、成長しつつあるものに、殊《こと》に深い関心を寄せていた。鉄炮製造業である。

信長一行が町中を見物する間、藤吉郎はひとり鉄炮町の橘屋へ駆けつけ、又三郎と十一年ぶりの再会を喜びあった。小侍従が義輝の命令で同行してきていることも告げた。それからまた一行のもとへ取って返した藤吉郎は、

「されば、藤吉郎めがご案内仕りまする」

得意げに先頭に立って、皆を引き連れて歩き出した。猿回しの猿が人間どもの主人になったような塩梅《あんばい》が、小侍従にはひどく可笑《おか》しかった。

鉄炮製造が急成長した元亀・天正から江戸時代初期にかけて、堺の鉄炮鍛冶《かじ》の数は、最盛期には三十軒を越えていたといわれる。鉄炮町の名は現今に残るが、当時の鉄炮町はそれよりも遥かに広い地域で、四町歩くらいあったという。ちなみに、「旧鉄砲鍛冶屋敷」の現存するのは北旅籠町《はたごちょう》。

鉄炮又と称ばれる橘屋又三郎は、堺における鉄炮鍛冶の先駆者である。にもかかわらず、その鍛冶屋敷が他家に比してひときわ立派ということはない。むしろ、小ぢんまりとした造りであった。

又三郎には、狷介《けんかい》なところがある。気に食わぬ相手には、どれほど儲《もう》けが莫大《ばくだい》と予想されても、鉄炮を売らぬ。逆に、これはと見込んだ武将のもとへは、みずから売り

込みに出かけた。もとをただせば貿易商のくせに、職人的性格のほうが勝っているのである。それが災いしてか、鉄炮の生産量や利益ではすでに他家に追い抜かれているが、それも気にしてはいない。

そんな又三郎であるから、遠路、鉄炮を買い付けにやってきた信長に、愛想笑いひとつ返すこともしなかった。

「奥へ」

又三郎は、仏頂面で信長を招じ入れ、主屋へ向かう。

通り庭から鍛冶場がちらと見えるや、信長が足を止めた。又三郎は頷いた。

「ご随意に」

信長が鍛冶場のほうへ歩き出すと、小姓《こしょう》たちがあとを追おうとする。それを信長は睨みつけた。

「鍛冶師たちの戦場《いくさば》ぞ」

それで、小姓たちは、引き下がったが、お屋形さまはどうして突然、不機嫌になられたのだろう、と不安顔をしている。渠《かれ》らは、信長の言葉の意味を理解できなかったのである。

（これは……）

眼を瞠《みは》る思いをもったのは、又三郎だけであった。

信長という男は、職人たちの仕事場に門外漢が踏み入る非礼を知っている。信長ひとりでも邪魔になるのに、扈従《こじゅう》者たちまで入るのは言語道断。それを、鍛冶師たちの戦場、という一言で制した。

（公方さまは、やはりご慧眼《けいがん》にあらせられる）

実は又三郎は、会う前から信長に興味を持っていた。

「信長は竜駒《りゅうく》だ」

かつて義輝が云ったからである。

又三郎は、自分が養女として育てた真羽を、将軍義輝がみずから足を運んで迎えにきた日のことを、忘れてはいない。義輝はそのとき朽木に逼塞《ひっそく》中で、三好軍団の兵站《へいたん》基地ともいうべき堺へ、その身を潜入させるのは、危険この上なかった筈であった。

「又三郎どの。娘御、真羽どのをわが室に迎えたい。ご承知下されるまで、幾度でも訪ねてまいる所存」

これで又三郎は義輝にまいってしまう。

その心服する義輝が竜駒と評したからには、信長が尋常の武将である筈はなかろう。

信長は、鍛冶場の職人たちの仕事ぶりに見入り、飽きるところがなかった。時折、質問も発する。その声は、通り庭で待つ又三郎の耳にまで届いた。

軈《やが》て、信長が鍛冶場から出てきたとき、その手に一挺の鉄炮を提げていた。

「これを試させてくれぬか」

信長が数ある中から選び出してきた鉄炮は、最も出来のよいものであった。むろん一見しただけでは分からぬ。

（鉄炮のことを知悉《ちしつ》しておる……）

又三郎は、内心、舌を巻いた。が、顔色には露ほども出さず、黙って信長を裏庭へ案内する。

信長の射撃術は、見事というほかなかった。二十間先の木の枝から糸で吊り下げた永楽銭を左右に振らせて、これに命中させたのである。

鉄炮術をこれほど自家薬籠《やくろう》中のものとしている武将は、ほかにおるまい。

そんな又三郎の心を読んだのかどうか、信長は云った。

「橋本一巴《いっぱ》なる者に学んだ」

なれど、と信長はつづける。

「鉄炮は、刀槍と違うて、習う気があれば、百姓でも名人上手になれる」

これはある意味で真理といえた。

刀槍の戦いは、接近戦ゆえに、どうしても恐怖心を抑えきれないが、鉄炮は違う。この新兵器は、遠くの敵を殺す武器である。その事実は、自分の安全は確保されているという安心感を伴い、そこに、まったく武芸の心得なき者でも、習熟に達する可能性が生まれる。

更に信長の思うところを察して云えば、鉄炮さえ大量に保有していれば、兵は弱くとも充分に戦えるということであった。

「但し、鉄炮は、刀剣でいうところの業物《わざもの》でなければなるまい」

躰《からだ》の触れ合う刀槍での戦いは、技倆《ぎりょう》も武器そのものの質も関係なく、気合の差で勝敗の決することが多い。だが、遠距離の敵と対する銃撃戦では、その逆になる。気合などより、銃手のある程度の技倆と、武器の質の高さが問われよう。別して、後者である。

そのことを信長が言外に匂わせたのを、又三郎は察した。

つまり信長は、鉄炮の殺傷能力を正当に評価しているのだが、これは当時としては、革新的な考え方といってよい。何故なら、この永禄初年の段階では、普及速度が増したとはいえ、大方の武士は、鉄炮はその音によって敵を驚かす威嚇《いかく》用の武器という程度の認識しかもっていなかったからである。殺し合いは、依然として弓矢刀槍が主役であった。

「手前どもの鉄炮を業物と」

又三郎は、念を押すように訊《き》いた。

「これをもてば、三河兵の一人に三人と侮られる尾張兵も、互角に戦えよう」

信長は、自分の兵の弱さを、あっさりと告白した。実際、尾張兵というのは、戦国時代中でも最弱の部類だったといわれる。これを率いて天下人になった信長の、いち早く鉄炮を最主要武器として取り入れた天才ぶりが窺えよう。

ちなみに、信長は早くも天文年間に、近江《おうみ》の国友鍛冶に鉄炮五百挺を註文したといわれるが、たぶん事実ではあったろう。ただ、その頃はまだ高級な玩具と大方が思っていた鉄炮を、五百挺も買い入れることに、重臣たちの強硬な反対が当然あった筈で、実際にはその半分程度であったのではないか。

それはともかく、信長の一言は、鉄炮職人としての又三郎の心を満足させた。橘屋の調製する鉄炮が、他家の鉄炮鍛冶のそれと決定的に違うところは、命中精度にある。

（わが鉄炮は日本一）

その自負が又三郎にはあった。

「ご入り用の数は」

と又三郎が問うのへ、事もなげに信長はこたえた。

「三千挺」

四

その夜、信長は、橘屋の奥の一室で、又三郎と二人きりで何やら密談の後、六名の近臣を随えて、橘屋に泊まった。他の家来には橘屋の者が堺の町中《まちなか》に宿を手配した。小侍従も、玄尊、小四郎と一緒に、橘屋へ旅装を解いた。信長主従が客棟を使うため、三人は又三郎の起居する主屋の二部屋をあてがわれた。

信長たちが寝に就いた後、小侍従はひとり、又三郎の居室へ足を忍ばせた。

どんよりとした空に、月は見えぬ。どこかで犬が吠《ほ》えている。小侍従は、微かに身を顫わせた。

早春の夜気はまだ冷たいが、小侍従にとって寒いと感じるほどではない。だが、なんとなく、背筋にぞくっとくるものがあった。

(妙な……)

一瞬そう思ったが、久しぶりに養父又三郎に会える歓びが、その妙な感覚をすぐに拭《ぬぐ》い去ってしまう。

小侍従が又三郎の居室へ入ると、又三郎は上座を譲って、深々と頭を垂れた。

「小侍従ノ御局さまには、恙《つつが》なくお過ごしのことと拝察仕り、祝着《しゅうちゃく》に存じ上げまする」

この養女が将軍家側室となって以来、又三郎はその身分に対する至当な態度をとるようになった。たとえ余人の眼がなくとも、小侍従に狎《な》れ狎れしくすることは、義輝への非礼となる。

そういう又三郎に、一抹《いちまつ》の寂しさをおぼえた小侍従も、養父の温かい心までは渝《かわ》っていないのを感じ、今ではそれらしく振る舞うようにつとめている。

「養父上《ちちうえ》もご壮健で何より」

見合わせた二人の眼色に、やさしさが滲《にじ》む。

それから父娘は、互いの近況などを語り合ったあと、信長のことに話が及んだ。

「三千挺……」

小侍従は、又三郎が信長から註文された鉄炮の数量をきいて、眼をまるくした。咄《とっ》嗟《さ》に頭に浮かんだのは、信長が代価を支払えるかということである。さすがに、もとは橘屋の養女というべきか。

大坂ノ陣の頃、一挺二両で買えたという記録があるが、鉄炮がまだ贈答品にされていたような時代に、二両程度ではとても購入できなかった筈である。

三千挺ともなると、購入費は万両の単位になったに相違ない。これに弾薬の代金を合わせれば、想像を絶する額になる。一族間の戦乱に明け暮れ、漸《ようや》く尾張をほぼ統一したばかりの信長に、そんな財力がある筈はなかった。

「信長どのはこう申されました」

又三郎は声を低めた。

「三千挺でも牙軍《がぐん》には少ない」

「牙軍……」

小侍従は、もう一度、眼を瞠《みは》らざるをえなかった。牙軍とは、将軍の率いる軍団のことではないか。

小侍従の想像したことを察して、又三郎は頷いてみせる。つまり信長は、織田軍を義輝の直属軍にすると示唆したのであった。

「それで代価といたせ、橘屋」

と信長は、又三郎との密談の折りに迫ったのである。

信長は、義輝と又三郎が何らかの繋《つな》がり、それも深い繋がりをもつことを、すでに看破していたようであった。

「ご返辞いたす前に、ひとつだけお聞かせ戴きとう存じます」

又三郎は、信長の眼を真っ向から見据えて問いかけた。

「何故、公方さまのお味方になろうと思《おぼ》し召《め》されたのでございます」

それに対して信長は、近臣を呼びつけて、ある物をもってこさせ、又三郎にみせた。

「義輝公お手ずから賜った。値のつけようのない名刀だそうな」

又三郎は息を呑んだ。それはまさしく義輝の愛刀大般若長光であった。この稀代《きたい》の業物は、大般若経六百巻にひっかけて、代付六百貫（約三百両）といわれたが、それは実際の値段ではなく、信長の云ったように、値のつけようがないという意味合いである。

義輝公も大般若長光に同じで、比べる者なき御器量である、と信長は云いたい。又三郎はそう理解した。

その大般若長光を、義輝が信長に与えたのも、同様の真意を託したということにほかなるまい。信長は数多《あまた》の武将の中で、比類なき能力を秘めている、と。

又三郎は意を決した。

「よろしゅうございます。三千挺、この橘屋が、精魂込めて調製させていただきます」

小侍従は、又三郎と信長の密談の内容を聞きおえると、詰めていた息を、ふうッと吐き出した。

「このこと、京へ戻りましたら、早々に公方さまに言上いたします」

「忙しゅうなりますわ」

又三郎は、一瞬だけ、素顔をのぞかせて笑ったが、あわてて、もとの謹厳そうな表情に戻す。

小侍従も、つられて笑った。

そんな父と娘の束の間の情愛も、そして義輝と信長の将来を期した黙契《もっけい》をも、すべて破壊してしまう事件が起こる。

においを嗅《か》いだのは、さすがに又三郎が早かった。

「火付けか」

緊迫の言葉を吐きながら、又三郎は座を立った。鉄炮鍛冶であるだけに、又三郎も奉公人たちも仕事を終えた後の火の元には要心に要心を重ねている。たとえ火が出ても、身内の不始末ということはありえぬ。

又三郎のあとにつづいて部屋を出た小侍従は、先刻の妙な感覚のことを思い出して唇を噛んだ。

（うちとしたことが……）

少女の頃から印地打《いんじうち》を錬磨し、義輝に添うて後は鯉九郎に小太刀《こだち》を習っている小侍従は、危険というものに対して並の感覚の持ち主ではない。なればこそ、もっと注意すべきであったと悔やんだが、すでに遅かった。

（火付けとすれば、何者の仕業……）

橘屋の建物は、五棟。南側の往来に面して横長の玄関棟と、その裏に東西の両翼のように接する二棟は、いずれも二階建てである。その二棟の間には通り庭があり、東翼の棟の裏手が平屋の鍛冶場であった。通り庭の北端の突き当たりに、平屋の主屋が建っており、その裏に、昼間、信長が試射を行った東西に長い庭がある。

西翼の建物が客棟で、信長主従はいまそこに寝ている。

又三郎と小侍従は、主屋から通り庭へ跣《はだし》で跳び出した。一刻も早く火元を突き止めねばならぬ。

「養父上。わたくしは玉薬《たまぐすり》部屋を」

玉薬とは火薬のことで、東翼棟の二階に蔵《おさ》められている。そこに火を付けられたら、建物ごと吹っ飛ぶ。真っ先に確認すべき場所であった。

「なりませぬ、御局さま」

又三郎が、小侍従の腕をおさえると、ひとり東翼棟へ駆け向かった。

「石見坊。小四郎」

不安をおぼえた小侍従が名を呼ぶのとほとんど同時に、主屋の一室から小四郎が走り出てくる。五官の敏感なこの若者も、火臭に気づいていた。機転の利く小四郎は、小侍従の小太刀を携えている。

小四郎に起こされたのであろう、玄尊もあたふたと巨体を運んできた。

「火付けにございますな」

「石見坊、養父上が玉薬部屋へ馳せ向かわれました。手助けを」

「承知仕った」

「小四郎は鍛冶場を」

小侍従の下知に、玄尊と小四郎は脛《すね》をとばす。

瞬間、悲鳴があがり、次いで何かを破壊するような烈しい物音と怒号が噴き上がった。西の客棟のほうからだ。

(狙いは信長どのの命であったのか)

小侍従は、小四郎から受け取った小太刀をひっさげ、客棟めがけて疾《はし》った。

霹靂《へきれき》にも似た爆発音が起こったのは、このときである。東翼棟の二階が、夜空へ凄まじい炎を突き上げて、粉微塵《こなみじん》に四散した。

「養父上《ちちうえ》え」

小侍従は絶望的な悲鳴を放つ。

「うおっ」

東翼棟へ跳び込みかけていた玄尊の五体が、爆風に煽《あお》られて五、六間も吹っ飛び、地へ叩きつけられた。

鍛冶場棟の前で咄嗟に身を伏せて、爆風を避けた小四郎が、素早く立ち上がるや、玄尊のもとへ駆け寄る。

火はたちまち玄関棟へも鍛冶場棟へも移った。飛び散った燃え木が、客棟や主屋へもぶちあたり、あちこちで火災が発生する。

玄関棟に寝泊まりする奉公人たちも、ここに至って眼を覚ましたが、あたりの火の勢いに恐れをなし、寝衣姿のまま右往左往しはじめた。二階から跳び降りる者、身の回りの物を掻き集める者、煙に巻かれて倒れる者、隣近所へ知らせに走る者などで、橘屋は大混乱に陥った。

小侍従に、奉公人らへ指示を与えている暇はない。信長の安否をたしかめるのが先決である。義輝のためにも、信長を死なせてはならなかった。

（養父上……）

客棟へ駆け入りながら、小侍従は視界を泪《なみだ》で曇らせている。

ぬるりとしたものを踏んで、足をとられそうになった。血の海に踏み入ったようだ。

小侍従はわれに返り、泪を拭《ぬぐ》う。

戸や燭台《しょくだい》が倒され、何室かある部屋にも廊下にも、折り重なるようにして死体が転がっていた。信長の近臣もいれば、黒覆面の刺客もいる。小侍従は、信長の近臣がすでに五名まで絶命しているのを数えた。残る近臣は、たったひとりではないか。

踊り場へ達したとき、階上から甲高い声が降ってきた。

「義竜《よしたつ》の手の者だな」

信長の声である。義竜とは、美濃の斎藤義竜のことに違いなかった。信長の舅《しゅうと》道三を長良川に敗死させ、信長とは犬猿の仲である。

「武士ならば、名乗れ」

この怒声は前田犬千代のものであろう。

「小池吉内」

「平美作」

「近松頼母」

「宮川八右衛門」

「野木次左衛門」

信長と犬千代に対して、残る刺客は五名。

小侍従は、おのが上衣の両袖を引きちぎった。刀を揮《ふる》うのに邪魔だからである。外から入る火光で、暗がりに白い双腕が浮き上がる。小太刀の鯉口《こいぐち》を切り、小侍従は一息に階段を駆け上がった。

屋内では、長刀より小太刀に利がある。小侍従の助勢により、戦闘はほとんど一瞬裡に鳧《けり》がついた。

ひとりだけ階段から転げ落ちて、そのまま逃れようとしたが、駆けつけてきた玄尊によって首の骨をへし折られた。玄尊は、あの猛烈な爆風にも、目眩《めまい》をおぼえたくらいで、掠《かす》り傷ひとつ負っていない。

ふたたび小さな爆発が起こった。試射用に別においてある玉薬に火が届いたのであろう。

「石見坊。信長どのをはや表へ」

「承った」

玄尊が、信長と犬千代を屋敷外へ誘導していく。信長は、大般若長光をみずからの背に負っていた。

小侍従は、もう一度、通り庭へ出た。もしやして又三郎が生きているのではないか、との一縷《いちる》の望みをつないで。

すでに橘屋の全棟に火が回っており、通り庭の周囲には火柱が林立している。又三郎の姿を求めても無駄であった。

後ろに人の気配がした。はっとして振り返った小侍従だが、そこにいたのは、小四郎である。

小四郎は、手に焼け焦げた布切れをもって、泣いていた。死の直前まで又三郎が着ていた小袖の切れ端だと小侍従にも分かった。

小侍従は、こみ上げてくるものを必死に堪え、小四郎の手を引いた。

表へ出て、玄尊を見つけた小侍従は、信長の姿が見えないのを訝《いぶか》る。

「遁《に》げ足の早いお人にて」

玄尊は呆れたように頭《かぶり》を振った。

信長は、義竜の刺客の魔手を逃れた後、直ちに畿内を脱出、八風《はっぷ》峠越えで伊勢国へ入り、桑名を経て、尾張清洲へ風の如く帰城している。第二の刺客を警戒したのだが、このとき逃走行に要した日数はたった二日であった。

「信長どののようすは如何《いかが》でした」

「橋屋どのが亡くなった……」

と云いかけて、玄尊は口を噤《つぐ》んだ。心ないことを口走った後悔で、ひたいに汗を浮かべている。

「いいのです。お話しなさい」

「はっ。そのように拙僧《せっそう》が告げましたところ、信長どのは、大層無念そうなお顔をなされ、慥《たし》か独り言のように……」

「何と申されました、信長どのは」

「十年後《おく》れたわ、と」

その意味するところが、小侍従には分かった。

又三郎がいないのでは、三千挺もの鉄炮は到底手に入らぬ。これが実現されなければ、義輝との暗黙の盟約も実を伴わないことになる。義輝にとっても信長にとってもまたとない好機を逸した。その無念の思いが、信長の一言に込められている。

「鉄炮又とよばれたお人は……」

と小侍従は呟いた。

「鉄炮とともに灰になられました。ご本望でしょう」

悲しみを怺《こら》えるためには、そうとでも云うしかなかったであろう。そんな小侍従の姿に、玄尊と小四郎は胸の塞《ふさ》がれる思いがした。

「石見坊。小四郎。京へ戻りましょう」

小侍従は、天を焦がす大火に背を向け、歩きはじめた。

第三章　虎、来たる

一

「虎がほんとうに穴から出てまいったか」

摂津芥川城《せっつあくたがわ》の三好長慶《みよしながよし》は、長尾景虎《ながおかげとら》（上杉謙信《うえすぎけんしん》）越後《えちご》出立との報を受けると、苦虫を噛《か》み潰《つぶ》したような顔になった。

「弾正《だんじょう》をよべ」

長慶は、不機嫌な声で、近臣に命じた。

宿敵武田信玄《たけだしんげん》がいつ侵攻してくるか知れぬ時期に、景虎が敢《あ》えて領国を留守にし、上洛《じょうらく》の途についた理由は、表向きは将軍の還京祝いである。が、実は義輝《よしてる》の要請に応《こた》えてのことであった。

昨年、長慶は、五年ぶりにみずから出陣してきた義輝と干戈《かんか》を交え、如意嶽を占領された緒戦《しょせん》はともかく、以後は圧倒的優勢を保った。竟《つい》には、実休・冬康《ふゆやす》・一存《かずまさ》ら弟たちまで海の向こうから呼び寄せ、心月（細川六郎晴元《ほそかわろくろうはるもと》）以下の義輝方に鉄槌《てっつい》を食らわせよう、という状況にまで至った。にもかかわらず、長慶は、六角承禎《ろっかくじょうてい》の和議の斡旋《あっせん》を受け入れて、義輝を恭しく迎える。

次弟の冬康以外、一族こぞって猛反対し、その優柔不断を詰《なじ》ったのに、それでも長慶が和睦《わぼく》に同意したのは、恐るべき情報を入手したからであった。長尾景虎が義輝の意を含み大軍を催して上洛してくる、という。

越後にある青苧《あおそ》座は京の三条西家を本所とするが、その雑掌神余《かまり》氏は、京に常駐して畿内《きない》の動静を絶えず本国へ報《しら》せる任を負う。かねてより景虎を怖れていた長慶は、折にふれて神余氏の動きに注意を払っていたため、その情報を得ることができたのである。

それによると、長慶が実休ら四国衆に陣触れを出した前後に、義輝は甲州と越後の和を図る御内書《ごないしょ》を双方に送っていた。内容は、われら将軍家も帰洛し、幕府も正常に復するだろうから、そちらも戦を停止し、忠勤を励むようにというものであった。そして、武田信玄には信濃守任官を餌《えさ》にし、景虎には上洛を促したのである。

これを知ったとき長慶は、歯軋《はぎし》りした。義輝が甲・越へ御内書を発したのは、まだ勝軍山に滞陣《たいじん》し、三好方と交戦中の頃のことであり、帰洛などしていなかったではないか。

甲斐《かい》の武田信玄はおそらく将軍の講和の斡旋を屁《へ》とも思わぬであろうが、越後対策として信濃守任官の利には抗しがたいゆえ、しばらくは休戦して、将軍家の顔を立てる。それによって景虎の上洛は可能になる。そういう図式を義輝は描いたのに違いないと長慶は察したが、後の祭というほかはない。

長慶が景虎を怖れるのは、実は天文二十二年（一五五三）、叙位任官（弾正《だんじょうの》少弼《しょうひつ》従五位下《じゅごいのげ》）に対する御礼言上のために景虎が上洛した折りのこと、その人物に触れているからであった。

長慶は、京から堺へ赴くという景虎に、本願寺光教を紹介したのだが、そのとき短い時間ながら語り合っている。

「精忠無比《せいちゅうむひ》」

長尾景虎という武将を評するに、これ以外の言葉は見当たらぬと長慶は思った。何に対して精忠無比かといえば、秩序や筋目というものに対してである。

まったく無力で凡庸きわまる上杉憲政《のりまさ》を援《たす》けて景虎が倦《う》まず出兵を繰り返すのは、

憲政が関東管領《かんとうかんれい》だからであった。

関東管領とは、足利尊氏の三男基氏《もとうじ》に始まる鎌倉公方《かまくらくぼう》の政務代行者であり、いわば室町将軍を輔佐《ほさ》する管領の縮小版と考えてよく、代々、上杉氏が任じられてきた。本来ならば、関東の武士は悉《ことごと》く、その命令に服さねばならぬが、しかし鎌倉公方足利氏が滅亡したも同然の今、関東管領職そのものが無意味といえよう。そのうえ上杉氏自体、内訌《ないこう》を繰り返したせいで、往年の勢威は見る影もない。

にもかかわらず、景虎が上杉憲政を礼遇し、その手足となって東奔西走する姿は、関東の他の武将たちの眼には等しく奇怪なものとして映っているに違いなかった。

景虎にすれば、奇怪でも何でもない。関東武士として、関東管領を崇《あが》め奉り、その復権をめざして戦うのは、当然の義務であった。その証拠に、憲政が上杉の家督と関東管領職を譲りたいと再三申し出ても、景虎はそのたびに固辞している。筋目が違う、と云うのであった。

最初の上洛で景虎は、流亡中の将軍義輝への謁見は叶《かな》わなかったが、広橋大納言を通じて、後奈良《ごなら》天皇の聖旨《せいし》を賜っている。

「任国及び隣国の敵心をさしはさむ輩《やから》を討ち、威名を子孫に伝え、勇徳を万代に施し、いよいよ勝を千里に決して、忠を一朝に尽くせ」

当時の朝廷は窮乏の極みであり、後奈良天皇みずから求めに応じて揮毫《きごう》の内職をされていたほどである。そこへ景虎は、莫大な献上品をもってきた。聖旨は、それに対する謝礼みたいなものにすぎぬ。天皇の御意志に関わりなく、公卿衆が越後の太守《たいしゅ》との付き合いをあてにして、景虎を欣喜《きんき》させるような言辞を弄《ろう》したのである。

景虎は身震いするほど感激した。秩序・筋目を重んじるというのは、裏を返せば権威に弱いということでもあった。

景虎は、本願寺や高野山に詣《もう》でて神仏に祈願してから帰国すると、以後はその勅命に忠実に戦いつづけている。

景虎は稀代《きたい》の戦上手《いくさ》ゆえ、合戦すれば勝つ。勝つが、それだけであった。そこに領土的野心は微塵《みじん》もみられぬ。越後を敵が侵そうとすれば、叩《たた》いてこれを追い返すのみである。また、後に関東管領職を拝命してからは、長駆遠征を幾度か行っているが、これとて関東の戦乱を黙過してはならぬ職責ゆえのことであり、鎮圧すると速やかに越後へ引き揚げるのがほとんどであった。

長尾景虎は無私の人である。下剋上《げこくじょう》の世に生きる武将としては稀有《けう》の存在というほかあるまい。

長慶も、秩序や筋目を重んずるという点では、景虎の武将としての処し方を肯定できる。長慶が、旧主の心月を竟《つい》に殺せないのも、ましてや将軍家と戦って結局みずから折れるのも、それゆえのことであった。

しかし、景虎と違って、長慶のほうには矛盾がある。現在の長慶は、欲するままに版図を拡げて、幕政を意のままにしているが、その行為は秩序・筋目を重んずる気持ちと、相反するものであった。

むろん長慶は、そのことを承知の上だが、常に後ろめたい思いがつきまとう。長慶が近頃、政治・軍事ともに寵臣《ちょうしん》の松永弾正《まつながだんじょう》に任せきりなのも、その後ろめたさゆえともいえた。そうした心の暗部が、武門の秩序・筋目にまっすぐに生きている景虎に接したとき、長慶をして気後れをおぼえさせる。

実際、景虎は、将軍家を近江へ逐《お》った張本人の長慶に対して、一言釘《くぎ》を刺してから別れたものであった。

「この景虎、御下命あらば、いつにても謀叛《むほん》逆心の徒輩《とはい》を成敗いたさん」

長慶から将軍家へそう言上してほしい、と景虎は云ったのである。あからさまな挑戦といえた。長慶は、正直おぞけをふるった。

筋目を正すためなら決して怯《ひる》まぬ景虎の率いる越後軍団を敵にまわして、長慶が無傷でいられる筈《はず》はない。といって、私利私欲が全くない景虎のような男を、調略《ちょうりゃく》を用いて味方につけるのは到底不可能であった。これほど恐ろしい対手《あいて》はいないといってよい。

なればこそ、当時の長慶は、松永弾正の囁《ささや》きに、黙したまま、諾《だく》とも否とも云わなかった。

「越後へ帰り着く前に仕留めてご覧に入れましょうぞ」

長慶の沈黙は弾正の計画を許可したことにほかならぬ。しかし、弾正の放った暗殺部隊は、景虎の行列に近寄ることすらできなかった。主君の供をする越後武士たちが粛然として寸分の隙《すき》もみせなかったからである。

長慶は、ますます景虎を怕《おそ》れた。

(絶対に戦ってはならぬ男)

長慶のこの思いは、六年後のいまでも、渝《かわ》らぬ。

長慶が、景虎上洛の情報を摑《つか》むや、不本意ながらも直ちに将軍方と講和を結び、義輝を京へ迎え入れるほかなかった理由は、それであった。

景虎を刺激せぬためには、長慶もまた、朝廷や将軍家を敬い、その命に嬉々《きき》として従うという擬態をみせる以外に手だてはない。

しかし、京から摂津芥川城へ馳《は》せつけてきた松永弾正は、景虎など恐るるに足り申さぬ、と主君長慶に笑ってみせた。弾正はこの頃、摂津滝山城を居城としていたが、京の奉行人ゆえ、洛中に常駐していた。

「越後ならば知らず、京師で田舎者の景虎に何ほどのことができましょうや」

「弾正、景虎を侮《あなど》るでない」

「慥《たし》かに合戦には強くもござろうが、それだけの男」

「それよ、その合戦の強さよ。景虎は五千の兵を率いてくるそうではないか」

「誤伝にござる。供は僅《わず》かに五十人余り」

「まことか」

長慶は、心底、驚いたようすであった。

「乱波《らっぱ》より報《しら》せが届いており申す」

そう云いながら弾正は、少し頭を働かせれば容易に分かることではないか、と長慶の迂闊《うかつ》さを内心で嗤《わら》った。

景虎が五千もの軍勢を率いて上洛すれば、越後は手薄になる。甲斐の武田信玄がこれを指をくわえて見過ごす筈はない。信玄は、景虎と違って、実をとる男である。景虎に隙ありとみれば、信濃守任官という小さな餌など放り出し、忽《たちま》ち越後一国を爪牙《そうが》にかけるに違いなかった。

そんなことは景虎自身が、誰よりも承知していよう。上洛の供衆は僅かな人数であるに決まっているではないか。

本来なら乱波に探らせるまでもなかったようなことを、長慶に右腕とも恃《たの》まれる弾正とすれば、万端抜かりなくやっていることを示すために、そうしたにすぎない。

（お屋形《やかた》は、連歌《れんが》惚《ほ》けで、かつての鋭さを失うたようだ……）

弾正は、北叟《ほくそ》笑《え》んだ。長慶を政務から離れさせて、公家との付き合いや芸事に勤《いそ》しむように仕向けたのは、ほかならぬ弾正である。いずれ三好の版図をすべて乗っ取るつもりのこの男にすれば、長慶の戦国武将としての能力が衰えていくことは、願ったり叶ったりであった。

長慶と違って、弾正が恐れているのは、景虎ではなく、むしろ義輝のほうである。景虎を上洛させて、いかなる策謀をめぐらせるつもりなのか。そこのところが摑《つか》めぬ。

つい先頃も、上洛した尾張《おわり》の織田信長《おだのぶなが》と、義輝が密談を交わしたことも、弾正の耳に入っている。信長など、三好軍団からみれば田舎小名にすぎぬから、景虎ほどに警戒する必要もない。弾正の気に入らぬのは、そうした義輝の致し様である。

「万松院公の御子とも思われぬ剛毅《ごうき》な御方に成長なされたわ」

とは、義輝の勝軍山奇襲の一件を報告されたときに、長慶が苦笑まじりに洩《も》らした感想であった。万松院とは、前将軍義晴《よしはる》の法号である。

以来、京 童《きょうわらべ》の間で、義輝の人気は高まっている。

あのときの屈辱を忘れられぬ弾正にすれば、剛毅な御方、どころではなかった。

（公方は腹黒き権謀家だ）

おのれのことは棚に上げて、弾正はそう思っている。いずれ弾正が京畿を牛耳《ぎゅうじ》った暁には、真っ先に排除せねばならぬ人間こそ、義輝であった。

そんな野望など、おくびにも出さず、弾正は進言する。

「まずはお屋形おんみずから坂本へ赴かれ、景虎にご挨拶召されることが肝要。あとのことは、この弾正にお任せ下され。景虎を京で骨抜きに致して、おとなしく越後へ帰らせましょうほどに」

「できるか、弾正」

「万一、景虎に不穏の兆しが見えれば、そのときは……」

これには長慶は返辞をせぬ。微《かす》かに眉《まゆ》を顰《しか》めたのみであった。

二

長尾景虎が、直江景綱《なおえかげつな》、柿崎景家《かきざきかげいえ》ら五十余人を供に、近江《おうみ》坂本に着到したのは、比良八荒が湖岸に花吹雪《はなふぶき》を舞わせる永禄二年（一五五九）四月二十日のことであった。信長の上洛よりわずか二ケ月余り後のことである。

巨大な黒馬の鞍上《あんじょう》に六尺の長身を揺らせた眼光炯々《けいけい》たる景虎の雄姿は、いやがうえにも人目を引いた。

「どこのお大名やろ」

「なんや恐ろしいお顔やで」

「陸奥《むつ》か板東《ばんどう》から来よったたに違いないわ」

「京の三好と戦いに来たんか」

「阿呆。あないな小勢《こぜい》で合戦できるかいな」

しかし、たとえ五十人の小勢と雖《いえど》も、越後武士の行列は、主君景虎の性格を反映して、粛々《しゅくしゅく》として一糸の乱れもなく、往来の人々の足を竦《すく》ませる威圧感がある。

景虎の一行は、坂本の幕府代官の出迎えをうけ旅装を解いた。

その夜、代官屋敷の景虎の寝所を、密《ひそ》かに訪れた者がある。

天井より音もなく降り立った人影に、景虎は驚きもせず、床の上で居住まいを正した。

「弾正少弼（景虎のこと）さまには、遠路を恙《つつが》なきご光来、祝着《しゅうちゃく》に存じ上げまする」

深々と頭を下げて挨拶を述べたのは、朽木鯉九郎《くつきこいくろう》であった。

二人は、三年前の比叡山《ひえいざん》での出会いを端緒に、密やかな親交をつづけている。鯉九郎は浮橋に密命を与えて、幾度か越後春日山城に景虎を訪ねさせてきた。

本来ならこうした深夜の密かな訪問は浮橋の役目の筈だが、生憎《あいにく》と浮橋は今、別命を帯びて遠方へ旅している。

「公方さまの御意に副《そ》うことが叶わず、詫《わ》びの致しようもござらぬ」

景虎のその言葉に、鯉九郎は恐縮の態《てい》になり、あわてて手を振った。

「将軍家が二月と仰せられましたは、ひとえに弾正少弼さまに一刻も早く再会致したいとの逸《はや》るお心によるもの。遅参のことは、お気にかけられますな」

「恐れ入り申す」

実は義輝は、景虎には出来れば二月初旬に上洛してもらいたい、と昨年末に御内書をもって伝えている。翌年の二月と指定したのは、信長がその頃に上洛する計画を立てているという情報を、浮橋が摑んできたからであった。

義輝は、京において、信長と景虎を対面させるつもりでいたのである。これは明智《あけち》十兵衛《じゅうべえ》の着想であった。

斎藤道三《さいとうどうさん》が天下取りの器と見込んだ竜駒《りゅうく》と、足利将軍を絶対の存在と仰ぐ稀代の戦上手とが、両輪となって義輝を輔佐《ほさ》するならば、乱世を鎮めるのも夢ではない。

十兵衛もまた斎藤道三に惚《ほ》れられた男。その着想を試みることは、義輝にも異存はなかった。

信長と景虎は、その生き方においても、性情においても、互いに相容《あいい》れぬ二人である。そこがまた面白いし、この両人を同時に御すことができたら、義輝は名実ともに武門の棟梁《とうりょう》にふさわしい。義輝にしかできぬ試みというべきであろう。

十兵衛の着想は、しかし、着想のまま終わってしまった。景虎の上洛が後れたからである。

雪に阻《はば》まれた。二月初旬に京へ着くためには、一月中に景虎は春日山を出立しなければならぬ。京めざして上るには、いかにも難儀な時季であった。白魔の恐ろしさを知り尽くす景虎が、雪解けまで越後を発《た》たなかったのは、当然のことであったろう。

だが、義輝は、橘屋又三郎《たちばなやまたさぶろう》が爆死したいまとなっては、寧《むし》ろ信長と景虎を対面させなくてよかったと思い直した。それは、義輝に謁見して、京や幕府や将軍へ傾きかけていた信長の心が、又三郎の不慮の死によって、遽《にわか》に離れてしまったからである。三千挺の鉄炮《てっぽう》の代価として、織田軍を牙軍《がぐん》にするとまで又三郎に約した信長が、

「十年後《おく》れた」

と無念の呟《つぶや》きを洩らしたことが、義輝にそのことを悟らしめた。

いっぽう鯉九郎も、信長と景虎の対面が流れたことに、別の意味で胸を撫《な》で下ろしている。

鯉九郎は義輝ほどに信長を買っていなかった。器量《きりょう》のほどはともかく、将軍を輔佐できるほどの力がまだ具《そな》わっていまい。それに信長は、いずれ今川による尾張攻めで滅ぼされるは必定、とも鯉九郎は思っている。

鯉九郎が義輝の輔佐を期待する人物は、長尾景虎ただ一人であった。裏切りと謀略の渦巻く下剋上の世にあって、私を棄て、朝廷と将軍家に至誠を尽くすことこそ、武人の本分と思い極めているのが、景虎という男である。義の人といってよかった。その上、滅法《めっぽう》、戦に強い。これほどの人物が二人といようか。

「将軍家のご上使は、明日こちらへ参じられます」

と鯉九郎は景虎に告げてから、

「おそらく三好、松永も挨拶に罷《まか》り出てまいりましょう」

「この景虎を討ち取りにまいる所存にござろうかな」

異様なほど穏やかな微笑を浮かべつつ、景虎は云った。死をいささかも怕《おそ》れていない者の表情である。

（この御方は、おのれを死者と看做《みな》す修行ができておられる……）

戦国時代は、一向宗《いっこうしゅう》の狂的な発展を筆頭に、鎌倉以来の宗派が前時代を遥《はる》かに凌《しの》ぐ教線拡大を達成している。それは、信仰によって死への恐怖から解放されたいと民衆が願ったからであろう。長尾景虎とて例外ではなかった。

北国越後を護《まも》る景虎が、春日山城内に毘沙門《びしゃもん》堂を造り、事あるごとに堂内に籠《こ》もっては長い時間祈願し、戦陣においても終生「毘」の軍旗を用いたのは、北方の守護神・毘沙門天に自身を擬《なぞ》らえたからである。それは、とりもなおさず、おのれをこの世のものならぬ軍神と同一視することによって、死を惧《おそ》れぬ精神を養ったということであろう。

実際、景虎には次の逸話がある。

永禄四年（一五六一）の小田原城包囲戦のとき、景虎は濠端《ほりばた》でひとり悠然と弁当をつかいはじめた。これをみた城側の鉄炮隊が、銃眼より数十発も浴びせてきた。が、三十間（約五十四メートル）という狙いごろの距離だったにもかかわらず、景虎の躰《からだ》には一発も掠《かす》りもしなかった。

「ここを死処と思えば生を拾い、生を拾わんと思えば死に至る」

景虎は家臣たちにそう云って微笑したという。

そういう景虎なればこそ、京畿の覇者三好長慶とその股肱《ここう》の松永弾正が、敵愾心《てきがいしん》を秘めつつ挨拶に来ると聞いても、驚きもしなければ慌てもしないのである。

「三好、松永は、将軍家と弾正少弼さまが何やら謀計《ぼうけい》をめぐらせている、と疑《うたご》うておるようすにて……」

云いつつ、口許に微かな笑みを刻んだ鯉九郎は、

「大事はまだ先のこと」

と低声で告げた。景虎の無言の頷《うなず》きが返される。

「こたびは、都でゆるりと過ごされ、存分にご英気を養われて後、ご帰国なされるが宜《よろ》しいかと存じまする」

「では、そのように」

鯉九郎が景虎と密談していた時間は、現今《いま》のそれにして、僅か数分間であったろう。訪れたときと同様、音もたてずに、鯉九郎は姿を消した。

鯉九郎が、代官屋敷の塀を越えて、人気《ひとけ》のない夜道へ降り立ったとき、不意に向かいの林の中から野犬が跳び出してきた。

鯉九郎は慌てず、鋭い眼光で、これを射竦《いすく》めた。野犬は、尻尾《しっぽ》をまいて逃げていく。

監視者の虚であった。林の中に潜んでいたその者は、鯉九郎のような手錬《てだれ》者におのが気配を悟られぬために、わざと野犬を送り出したのである。

これが浮橋であれば、直ちに察知したであろう。鯉九郎は、監視者の存在に気づかぬまま、そこを離れた。

湖面を撫《な》でて陸へ上がってきた風が、林をざわざわと騒がせた。

三

義輝が景虎の拝謁を妙覚寺の将軍仮御所でうけたのは、四月二十七日。

景虎の坂本到着後七日も経っていたが、これは景虎の接伴《せっぱん》役をつとめることになった松永弾正が、何のかのと引き延ばしたからであった。むろん弾正に接伴役を命じたのは義輝ではない。管領典厩二郎《てんきゅうじろう》や三好長慶が強引にそうしたものである。

「長尾景虎は忠義第一の者。その上洛を理由もなく後らせるは、意趣あってのことか」

義輝は立腹して、長慶を叱りつけた。さすがに長慶も、やりすぎたと思い、弾正をよびつけて小言を云った。

長慶の前では反省する素振りをみせた弾正であったが、その蝙蝠《こうもり》顔の裏で、薄ら笑った。

（お屋形は、公方を甘くみておいでのようだわ。公方が腹を立てたのは、みせかけに過ぎぬというに……）

この頃から、将軍義輝と松永弾正の暗闘が開始されたというべきであろう。

義輝は、信長のときのように、儀式を極端に簡略化して景虎と対面することもできたが、そうはしなかった。武家礼法に則《のっと》り、諸事万端、儀式通りに行われることを望むのが、景虎という武将なのである。それを義輝は承知していた。

景虎は、献上品の太刀一腰、馬一匹、黄金三十枚を揃《そろ》えて、庭に平伏した。この他にも景虎は、義輝の母慶寿院、将軍家家臣、朝廷及び公卿衆への進物品も携えてきており、その量は前回の上洛時を上回る莫大なものであった。

景虎が庭に平伏したところで、部屋奥の御簾《みす》が引き上げられ、おもむろに登場した義輝が、献上品に一瞥《いちべつ》をくれてから奥へ引っ込む。言葉はかけぬ。その間、景虎は無言で地を瞶《みつ》めたまま。

　お目見得の儀式は終わった。

　そのあと客殿で義輝が景虎に盃《さかずき》をとらせ、典厩二郎や譜代の相伴衆、公卿衆も列席して酒宴が開かれた。

　景虎の接伴役であっても、柳営中の将軍の宴席に列なる身分にない弾正は、三好派の公卿を通じて、片時も義輝と景虎から眼を離さなかった。

（何を企んでいる……。必ず尻尾を摑んでやるわ）

　だが、弾正の疑念など思いもよらぬとでも云いたげに、義輝と景虎の間には毫《ごう》も秘密めかした動きは見られぬ。

　五月一日。この日参内《さんだい》した景虎は、ご遊歩中の正親町《おおぎまち》天皇に庭で拝謁を許され、天盃と剣を賜った。

　その後も景虎は、宿所のある坂本と京の間を往復しては、すべて弾正の手配によって、諸方を見物して回ったり、公卿衆らと酒宴を催したりで、それこそ都の魅力に溺《おぼ》れる田舎大名の典型的な姿をさらけ出す。

「弾正。さすがに、抜け目ないの。景虎を見事骨抜きに致したではないか。そちの看《み》た通り、景虎はあれだけの男なのやもしれぬ」

長慶は上機嫌で弾正を褒《ほ》めた。長慶がこうした単純な判断を下したのは、近頃は文《ぶん》に専《もっぱ》らで、武の道を怠りがちゆえであったろう。

むろん弾正は、長慶ほど単純ではない。義輝と景虎に対する警戒心を瞬時も解くことはなかった。

そんなある日、弾正は、妙覚寺を訪ねた美しい女人の姿を垣間見《かいまみ》る。心利いた者に質《ただ》すと、久我晴通の息女で、名を伊佐といい、義輝の近習野本輝久に嫁いでおり、将軍正室とも仲が良いという。猟色《りょうしょく》家の弾正の食指が動いた。

（いずれ引っさらってくれよう……）

このときの弾正は、伊佐のことをすぐに忘れてしまう。河内守護代の安見直政が守護畠山高政に謀叛したので、これを討伐するための出兵準備に忙殺されていたからである。

河内をめざす三好軍本軍を長慶みずからが率い、弾正は、安見直政に味方する根来《ねごろ》寺《じ》衆徒にあたるため、和泉《いずみ》へ向かった。

長慶の末弟で、讃岐十河《さぬきそごう》城主であった十河一存《そごうかずまさ》が、この頃、讃岐を阿波《あわ》の三好実休に委《まか》せて、和泉を治めるべく岸和田城主となっている。弾正は、この一存と連合して、根来衆と戦わねばならなかった。

鬼十河《おにそごう》の異名をとる戦場往来人の一存は、これを大いに不服とした。弾正のことを口先だけの諂《へつら》い者と毛嫌いしているからである。

「弾正。おのれは、見物いたしておれ。動かれては、却《かえ》って邪魔になるわ」

この両将のいがみ合いは、統制を乱した。

更《さら》に頭に血を昇らせた一存が、根来衆を戦も知らぬ糞坊主どもと侮《あなど》って、一息に蹴散らそうとしたことも、足をひっぱった。

三好軍団では、知嚢《ちのう》といわれる安宅冬康《あたぎふゆやす》も、随一の猛将十河一存も、鉄炮を軽んじている。軍団の規模に比して、鉄炮の保有量が少なかったのも、殺傷兵器としての威力を評価していなかったからであった。根来衆は違う。渠《かれ》らは、弓矢刀槍よりも、鉄炮を最大の武器として用いた。

紀州根来寺の杉坊某が、種子島時堯《たねがしまときたか》が莫大な代価を払ってポルトガル人より入手した二挺の鉄炮のうち一挺を贈られたのが、根来寺に鉄炮の伝わった最初である。当時、根来寺が他に先駆けて種子島銃を手にすることができたのは、寺院領主として南都北嶺《なんとほくれい》をも凌《しの》ぐ随一の経済力と武力を誇っていたからであった。

以後、根来寺でも鉄炮が製造され、その数一万ともいう根来衆（僧兵）らは鉄炮隊を組織し、射撃術の訓練を欠かさずにいる。弾正と一存が対戦したこの当時、根来衆を日本一の鉄炮集団とよんで差し支えなかった。

根来衆の嵐のような銃撃に度肝を抜かれ、十河・松永連合軍は大敗北を喫する。

弾正は、三好軍の兵を分散させるのは得策でないと判断し、ここは軍団の総力を挙げて河内高屋城の安見直政を討伐すべきだ、と長慶に進言した。

かくして六月。三好軍団二万は淀川渡河を敢行し、これを見た安見直政も高屋城をうって出る。両軍は、河内十七箇所において激突した。

「お屋形。まだ京にある田舎者に、天下人の強さを見せつけておやりなされ」

弾正は、長慶を持ち上げた。田舎者とは無論、長尾景虎を指す。

十七箇所の戦闘は激烈をきわめた。三好軍は四百人の兵を失い、安見軍も十八名の将領を討ち取られた。

その後しばらくは、安見側が、十七箇所の南側にひろがる沼沢地を巧みに利用して、小部隊を絶えず繰り出し、三好軍を悩ませる。長慶は、いったん榎並《えなみ》城へ退き、ここに本陣をおいた。榎並城は、十年前、心月（六郎晴元）を追放し、三好宗三《そうさん》を戦死せしめた江口ノ合戦で、長慶みずから陥落させた城である。

そうして長慶と弾正が戦塵《せんじん》にまみれていたころ、義輝は景虎に御内書を発した。

「関東管領職襲封の儀、差し許す」

というものである。景虎のもとに寄食する関東管領上杉憲政は、かねてより上杉家の家督と関東管領職を譲りたいと景虎に申し出ている。これを筋目が違うと再三固辞しつづけてきた景虎であったが、関東管領家上杉氏の復興にはそれしか道はないと憲政にも説得され、漸《ようや》くその気になった。実は、そのことを景虎自身の口から義輝へ言上することも、上洛目的のひとつだったのである。

律儀者の景虎は、果たして将軍家が認めてくれるものかどうか、と本気で案じていた。いかに懇請されたとはいえ、これは下剋上ではないのか、と景虎は畏《おそ》れたのである。

義輝は、これを許可した。

義輝は更に景虎に、朱柄傘、毛氈《もうせん》の鞍覆《くらおおい》、網代輿《あじろごし》などの使用を許し、諱《いみな》を与えて「輝虎」と名乗るよう云い渡す。

景虎の歓びは非常なものであった。

河内の戦陣でこのことをきいた長慶は、苦笑する。

（何の値打ちもなき関東管領職を拝命するくらいなら、どこぞ一村でも領地を貰《もろ》うたほうが、どれほどよいか……）

というのが、実力で京畿の覇者となった長慶の正直な感想であった。景虎を恃《たの》みとする義輝が、その機嫌をとるために、格式という馳走を次々と振る舞ったものであろう。これを無邪気に歓ぶとは、やはり景虎は田舎者にすぎぬ、と長慶は思ったことである。

いったん居城の摂津滝山城へ戻っていた弾正の反応は、しかし、これとは違った。

（慥《たし》かに関東管領職など、有名無実だが……）

それは、その任にある者の器量次第、と云うこともできる。上杉憲政では、関東の諸将は一人たりとも靡《なび》きはせぬが、義に厚く合戦に強い景虎が関東管領ならば、その下知に随《したが》う者は少なくないであろう。基幹兵力がせいぜい一万前後の越後軍団が、北条・武田の二強を敵に回して一歩もひけをとらぬのは、景虎なればこそであった。これに関東の諸将の何割かでも属するようになれば、景虎に余裕が生じる。その余裕を、弾正は漠然とだが不安に思った。

（公方め、こそこそと……。ならば、こっちは手荒にいってやるわ）

弾正は、景虎が坂本に到着した夜、その宿所の代官屋敷を密かに朽木鯉九郎が訪れたのを、忍びの者の報告で知っている。以来、義輝方は目立った動きを一切見せないので、探りあぐねていたが、何かが着々と進行されているのは間違いなかった。ここは、思い切って先制攻撃を仕掛けるしかあるまい、と弾正は決意したのである。

弾正は、湯殿へ入ると、女たちに退がれと命じて、ひとりで湯浴みをはじめた。

稍《やや》あって、上から、くぐもった声のみが降ってきた。

「参上」

第四章　大牙《たいが》の謀事

一

「夜だというに、京の暑さは、いやはや……」

満月のような腹を上下に揺らせながら、福相の男が、ふうっと溜《た》め息をついた。そのようすが、ひどく滑稽《こっけい》である。

伴《つ》れの女は、しかし、微《かす》かな笑みをみせただけで、美しい面《おもて》に憂いの色が濃かった。浮橋《うきはし》と梅花《メイファ》である。供はおらぬ。

淀川を上って、山崎に到着したとき、すでにあたりは暗くなり始めていたので、梅花は配下をそこに留めた。夜中に、多勢で入京して将軍仮御所を訪ねては、万一、三《み》好《よし》の者に見咎《みとが》められでもしたら、義輝《よしてる》に災いが及ぶ。

「梅花どの。死ぬるときは、成ろうことなら、生まれ育ったところで死にたいと願うは、人間の自然な情ではござるまいか。お父上を責めてはなりませぬわい」

「いえ、浮橋どの。私は父を責めているのではありませぬ。ただ口惜しいのでございます。義輝公よりお声をかけられることを、長く待ち望んでおりました父が、それにお応えできぬとは……」

浮橋は、五ケ月許《ばか》り前に、義輝の密命を帯びて平戸へ赴き、たったいま梅花を連れて帰京したところであった。

梅花の父にして、倭寇《わこう》の大頭目五峰王直《ごほうおうちょく》は、海の王国を創るという壮大な夢をもっていた。そして、その王国の王に義輝を望んだが、義輝はこれをおのが器に入りきらぬと固辞した。それでも五峰は、いつまでも待つと誓った。

その五峰に、義輝は日本国の戦乱鎮定のために協力を要請しようと思い立ったのである。由緒正しき武門の棟梁《とうりょう》が、明国官憲より追われる大罪人の手をかりるなど、常識的には無節操きわまることであろう。だが、応仁《おうにん》ノ大乱以来、京を争乱の巷《ちまた》と化してきた山名《やまな》、細川《ほそかわ》、三好らとて餓狼《がろう》ではないか。むしろ、罪の重大さという点では、倭寇の比ではない。

百年にも及ぼうという日本全土の争乱に終止符を打つのに、なりふりかまってなどいられぬ。それに義輝は、五峰の人物を信じてもいた。義輝に従って手柄を立てたとしても、日本国の政治に容喙《ようかい》するような愚行を犯す男ではない。

ただ義輝には、ひとつ気になっていたことがあった。それは、数年前、明国《ミン》の江《こう》蘇《そ》・浙江《せっこう》両省に吹き荒れたという、倭寇史上最大規模と噂《うわさ》された掠奪《りゃくだつ》の嵐のことである。義輝が五峰と別れた直後、この大倭寇団は、長江沿いの都市を片っ端から劫《ごう》掠《りゃく》した。その侵攻軍の一部は杭州《こうしゅう》から南京《ナンキン》城を陥れて四千人余り殺傷したという。後に、その首謀者が五峰だと聞いたとき、義輝は違和感をおぼえた。

もともとが商人の五峰は、武装掠奪より密貿易で巨大な勢力を得るに到《いた》った男である。殺戮《さつりく》は好むところではない筈《はず》であった。

或いは五峰は、義輝の前では、心の暗黒面をひた隠しにしていたのかもしれぬ。だとすれば、義輝に眼力がなかったということになる。

義輝が浮橋を急ぎ平戸へ向かわせたのは、それを確かめたい気持ちもあった。かの大倭寇団の首謀者は五峰だったというのが疑いようのない事実なら、手を組むことを躊躇《ためら》わざるをえまい。

梅花が浮橋に同行してきたのは、その真相を告げにきたということであった。

「梅花どの。世も人も、移ろうのがさだめ。こちらと五峰どのとの時機《しお》が合わなんだ。

それだけのことにござるよ」

「礼を申します」

「はて。だしぬけに、やつがれに礼とは……」

「浮橋どのといると、心が和みますもの」

「心だけにござるか。身も心もと云うていただけぬとは、情けなや」

おどけて、浮橋は、自分のひたいを叩《たた》いてみせる。それで梅花も、漸《ようや》く声をたてて笑った。

「お静かに、梅花どの」

道の前方の暗がりから、こちらへ向かってひたひたと迫る気配を、浮橋の忍びの感覚が捉えた。

乱世の都大路である。このような夜更けの若い女の嬌声《きょうせい》は、これを聞きつけた浮《ふ》牢《ろう》の徒輩に、勃然《ほつぜん》と悪心を湧《わ》き起こさせるに充分といえよう。

無論、浮橋と梅花は、我が身を案じてなどいない。この二人にちょっかいを出して怪我をするのは、そうした怪《け》しからぬ徒輩のほうであろう。

だが、この場の浮橋は違った。戦慄《せんりつ》した。迫り来る気配に、恐ろしく強靭《きょうじん》なものを感じている。

（ただの浮牢人や夜盗ではない……）

梅花は、倭女《やまと》のように、重ねの小袖《こそで》を腰紐《こしひも》でからげた、いわゆる引折《ひきおり》姿に市女笠《いちめがさ》を被《かぶ》っていた。倭寇の大頭目の娘ゆえ、見えないところに武器をしのばせてあるのは云うまでもない。

梅花の右手が懐へ差し入れられかけたのを見て、浮橋は制した。

「気づかぬふりをなされ」

「………」

浮橋ほどの者が云うからには、何か理由があるに違いない。梅花は右手を下ろした。

颶風《ぐふう》。

そう称《よ》ぶに相応《ふさわ》しい一団が、浮橋と梅花の横を駆け抜けていった。しかも、ほとんど音をたてずに。

夜目の利く浮橋は、先頭を往く男の横顔を月明にはっきりと視《み》た。頭巾の両側に垂らしていた錣《しころ》が、風で捲《ま》くれ上がったからである。

さらに浮橋の眼は、一団のなかほどに、何やら大きな荷が、二人掛かりで担がれているのも捉えていた。

梅花は、浮橋に制せられたわけを悟った。凄《すさ》まじい殺気を蔵して走っていた一団に対して、こちらがほんの少しでも警戒心を抱いて敵意をみせれば、それと察した時点で渠《かれ》らは、有無を云わさず攻撃してきたであろう。

梅花が浮橋を見やると、その布袋《ほてい》様のような顔は、めずらしく険しい表情をつくっていた。

「見覚えある者たちにございますか。女子《おなご》もいたように思いますが……」

浮橋が、びっくりしたように、梅花を見返す。

「女子と申されたか、梅花どの」

「はい」

「女子がいたのでござるか、あの中に」

「姿を見たわけではありませぬが、薫物《たきもの》の匂いが致しましたゆえ」

なれど、と梅花は付け加えた。

「京はお公家衆の住まうところゆえ、男でも薫物をせぬとは……」

「いや。あやつらは、薫物をするような風雅の者ではござらぬて」

「あやつらとは」

「黒京衆《こくぎょうしゅう》」

と云ってから、浮橋は遽《にわか》に、そわそわしはじめた。

「梅花どの。妙覚寺は、はや目と鼻の先にござる。ここからは、おひとりで行ってくだされぬか」

「それはかまいませぬが、浮橋どのはどうなさるのです。黒京衆とは、いったい何者にございましょう」

「いまは話しているひまがござらぬ。やつがれの不吉な予感がはずれればよし、中《あた》ってしもうては一大事。一時も早くたしかめに行かねば……」

云い終えぬうちに、浮橋は身を翻《ひるがえ》していた。颶風のように去った一団のあとを追いはじめた浮橋の円《まる》い躰《からだ》は、力一杯投げた鞠《まり》が弾むようにして、忽《たちま》ち闇中に没した。

それから、ほどなく、妙覚寺境内に、梅花の姿を見ることができる。深夜のことで、門は堅く閉じられていたが、塀を乗り越えるくらい、梅花には造作もないことであった。

将軍仮御所のようすについては、かねて浮橋からきいている。梅花は、忍びやかな足取りで、誰に見咎められることもなく、義輝の居室に面した庭まで踏み入った。

ここまで達すれば、将軍家監視の三好兵の姿はない筈である。害意ある者でないことを示すため、梅花は足音をたてた。

「そこまでに致せ」

その声に、梅花は素直に立ち止まる。

「振り返ってもよろしゅうございますか、朽木鯉九郎《くつきこいくろう》さま」

背後に立った者が微かに驚いたようすが、梅花には感じられた。

「そこもとは……」

鯉九郎も、半信半疑ながら、女の正体に見当をつけたようである。

「お察しの通り、五峰の娘、梅花にございます」

「浮橋が一緒の筈では……」

「浮橋どのは、故《ゆえ》あって、別途とあいなりました。つい今《いま》し方《がた》のことにございます」

「故あってとは」

鯉九郎はまだ警戒心を解いていない。

このとき、義輝の居室の戸が開けられ、みずから手燭をもった義輝の影が、廊下へすっくと立った。

「懐かしい声をきいたぞ」

明るい声が闇を割《さ》いた。

義輝は、梅花を居室へ誘《いざな》うと、燭台の近くへ手招く。

「寄るがよい」

それで漸《ようや》く男と女は互いの顔をはっきりと認め合うことができた。

相手の風姿に、ため息を堪《こら》えねばならなかったのは、女のほうである。

（これほど逞《たくま》しゅうおなりあそばしたとは……）

五年前の義輝は、まだ少年の匂いを濃厚にとどめていた。その甘酸っぱい果実にも似た真っ直ぐな若木を、梅花は一夜、おのが乳房に抱いて燃えた。

「いちだんと美しゅうなった」

ちょっとはにかむような表情をみせて、義輝が云う。

それで梅花は、義輝も平戸の一夜を脳裡《のうり》に蘇《よみがえ》らせたのだと察した。永遠に消えることのない切なさが、胸内にひろがった。なぜなら、若木は五年の風雪を凌《しの》いで一山を圧する巨木に成長した。もはやわが細腕で抱え込めるような義輝でないことが、梅花には一目で判ったのである。

「公方《くぼう》様には恙《つつが》なきご容子、祝着《しゅうちゃく》に存じ上げ奉りまする」

想いを殺して、梅花は挨拶を陳《の》べた。

傍らに控え、灯りの中で初めて梅花を眺める鯉九郎が、一瞬、眩《まぶ》しげに双眼を細めた。

「五峰は息災であろうな」

問い掛けた義輝へ、その前にと梅花は云った。

「浮橋どののことで、お伝え申し上げねばならぬことがございます」

梅花は、自身の用件をひとまず措《お》いて、この妙覚寺にほど近いところで、謎の一団とすれ違い、浮橋が何か思うところあって渠らのあとを追跡していった経緯を、語った。

「浮橋は、黒京衆と申したのだな」

鯉九郎が念を押すのへ、梅花は頷いた。鯉九郎の眉間《みけん》には微かに皺《しわ》が寄っている。

「何者だ」

黒京衆とは、義輝も初めて耳にする。

「は。信濃《しなの》の忍び衆にて……」

鯉九郎の知るところによれば――

黒京衆は、安曇《あずみ》族より出ている。

安曇族は、古代より海人を支配する一族として、日本各地の水辺に居住してきたが、軈《やが》て無数に枝分かれして、他の土地にも住まうようになった。別して、信州安曇の山岳地を根城とした人々は、その厳しい気候風土の中で、おのずから頑健な肉体に育ち、鋭敏な五官を養う。

武士の時代が到来すると、山岳民族の中でも、とくに肉体的能力の抜きんでた者は、諸将に乞われて戦場を駆け、諜報《ちょうほう》の任を請け負った。それが次第に組織化されてゆき、聽て忍びの一団として結束し、黒京衆と称するに到ったのである。

「黒京とは、黥《げい》の一字を二つに分かったものにございます」

安曇族には、古くから黥面《げいめん》の風習があった。顔の入れ墨は一族の誇りである。今は、首領になった者だけがこの風習を遵守《じゅんしゅ》しており、首領は代々、

「磯良《いそら》」

と名告《なの》るのが掟《おきて》という。

黒京衆の本拠、信州安曇郡は、鎌倉時代初期より小笠原《おがさわら》氏の所領である。いつしか黒京衆は、小笠原氏に属するようになっていた。

「小笠原と申せば……湖雲斎《こうんさい》」

義輝がその名を口にすると、ご賢察と鯉九郎は頷いた。

「黒京衆は、小笠原湖雲斎の配下」

義輝らは、勝軍山の三好勢の陣屋に松永弾正《まつながだんじょう》を奇襲した際、湖雲斎に出会っている。敵ながら見事な武人であった。

「なれど、それは湖雲斎が没落する以前のこと」

湖雲斎が天文末年に武田信玄《たけだしんげん》に駆逐《くちく》されて所領を失い、ほとんど身ひとつで同族の三好長慶《みよしながよし》を頼って上京した後は、黒京衆の消息は詳《つまび》らかではない。

風聞によれば、武田信玄に仕えようとして、甲州忍びとの間に確執が生じ、幾度も暗闘を繰り返した挙げ句、首領の磯良が信玄の寝首を掻《か》こうとして成さなかったといわれる。

「或いは、旧主の湖雲斎を頼って、密《ひそ》かに上洛《じょうらく》致したのかもしれませぬ」

「それはどうであろうな、鯉九郎。湖雲斎は今、おのれが三好筑前のもとで食客の身。以前の如く、黒京衆を手飼いとして使う余裕はあるまい」

「筑前が寵臣《ちょうしん》は、手足となる忍びを欲しておりましょう」

義輝は、微かに苦笑した。

「またも弾正か……」

鯉九郎にとっては、苦笑では済まされぬ。弾正が、闇に生きる者共を味方に引き入れ蠢動《しゅんどう》しているとしたら、凶変の起こる前触れに違いない。

「浮橋は、そこもとが黒京衆の中に女子がいたと云うたら、遽に急《せ》き始めたのであったな」

鯉九郎は、梅花に訊ねながら、頭脳をめまぐるしく回転させている。

「はい。その通りにございます」

義輝が、はっと顔色を変える。

「鯉九郎、もしやして小侍従《こじじゅう》が……」

「大樹《たいじゅ》はお騒ぎあってはなりませぬ」

それがしが、と云いおいて、鯉九郎は素早く部屋を出ていった。

どれほどの時が流れたであろう。義輝は、五年ぶりに再会した梅花に言葉もかけず、ひたすら鯉九郎の戻るのを待つ。

そして、衣擦《きぬず》れの音がした。

義輝の愁眉《しゅうび》は開かれた。

鯉九郎に伴われて、小侍従が姿をみせたのである。

二

鯉九郎は、黒京衆が動きだしたことで、舌のざらつくような感触をおぼえ、直ちに明智十兵衛《あけちじゅうべえ》、石見坊玄尊《いわみぼうげんそん》、小四郎《こしろう》をよんだ。

「弾正の屋敷のようすを探ってまいれ」

上京小川に京兆邸《けいちょう》があり、弾正ら当時の有力武士の屋敷も、たいていその周辺に建ち並んでいる。万一の場合の連絡役として大森伝七郎と亀松三十郎も同行し、五人は夜の市中へ奔《はし》り出て、室町通を上った。

「浮橋は日本一の忍びの者。何か摑《つか》んで、無事戻ってまいります」

そう云って鯉九郎の緊張を和らげた小侍従が、

「ねえ、梅花どの」

と古くからの仲良しに語りかけるように、年上の同性に同意を求めた。

梅花はどきりとする。たった一夜とはいえ、義輝と契《ちぎ》ったことのある躰であった。義輝の寵妃たる若い小侍従が、女の勘でそれを見抜いたのではないか、と怖《おそ》れたのである。といって、梅花には疚《やま》しい気持ちがあるわけではなかった。義輝との優しい交わりは、かけがえのない一場の夢であったと心得ている。

そんな梅花の胸中を知ってか知らずか、小侍従の笑顔には、まるで屈託がなかった。

「わたくし、梅花どのにお会いしたことがあります」

小侍従の意外な告白に、皆は眼を瞠《みは》った。

「十二年前、坂本で。梅花どのの鉄炮芸《てっぽう》、あまりの見事さに、わたくし、手の中でお団子を握りつぶしたのも気づかず……」

小侍従は笑った。そのときの自分の姿を思い出したのであろう。

「梅花どののほうは、そんなわたくしのことなど、おぼえておいでの筈《はず》はありませぬでしょうけれど」

梅花の記憶が、ある場面を鮮明に蘇らせた。梅花を取り囲んだ見物衆の中に、山猿みたいな少女がいて、何故《なぜ》か知らぬが、その背後へ殺意を抱いた男が迫っていた。梅花は、それとなく男へ銃口を向けることで、少女の命を救った。むろん、少女は、自分の命が危うかったことなど気づいていなかった。

（あのときの少女が……）

当時、義輝の動きを追っていた梅花だが、坂本の常在寺の仮御所に僅《わず》か十日ばかりいた真羽《まは》のことまでは、知る由もなかったのである。

「おもしろき縁《えにし》よな……」

義輝は感慨深げに呟いた。今日《こんにち》のこの縁はすべて、勝軍山《しょうぐんざん》城を焼いて坂本へ落ちていった十二年前の夏が始まりであったのか。

「して、梅花。五峰は息災か」

何よりも早くそのことを聞きたかっただけに、義輝の口調は急《せ》いた。

梅花の表情が不意に翳《かげ》る。

「父は今……」

一瞬、云いよどんだあと、梅花は思い切ったように吐き出した。

「囚《とら》われの身にございます」

「なに」

五年前、梅花は、伊勢桑名で義輝・浮橋主従と別れたあと、平戸へ戻った。商いの密貿易に専念するためである。

しばらくすると、海風にのって、明国沿海で五峰率いる倭寇船団が猛威を揮《ふる》っているという噂が運ばれてきた。

直ちに五峰が部下を派して、事実をたしかめさせると、五峰の名を騙《かた》って無差別な掠奪と殺戮を繰り返しているのは、徐海《じょかい》であることが判明する。徐海は、もとは五峰の腹心であったが、五峰が義輝を後継者に望んだと思い込み、その恨みから義輝暗殺を企てて失敗するや、平戸を出奔した男である。

五峰は、大船団を組んで、徐海の始末に向かう。梅花は同行を許されなかった。義輝が自分を必要とするときが必ずくると信じていた五峰は、最も信頼する愛娘《まなむすめ》を平戸に残しておきたかったのである。

本来なら、徐海ごとき、五峰の敵ではない。だが、五峰にとって予期せぬ事態の発生により、両者の戦いは血で血を洗う凄惨なものとなった。

「趙華竜《ちょうかりゅう》が裏切ったのでございます」

梅花は唇を噛《か》んだ。

趙華竜は、五峰の側近中、頭脳も度胸も随一の切れ者であったが、それだけに梅花は、ひそかに危険視していた。

義輝は、徐海に傭《やと》われた鬼若《おにわか》率いるならず者共に川内《かわち》峠で襲撃されたときに、五峰の命令で駆けつけた趙華竜によって救われたことを思い出した。

「あのときの男か……」

「思えば、徐海の出奔も、趙華竜と示し合わせてのことだったようにございます」

松浦《まつら》氏をはじめ九州の諸大名に商人として信頼の厚い五峰を、平戸で討つのは危険が大きすぎる。明国沿海まで誘い出して、海上でこれを殺害せんとの徐海と趙華竜の魂胆だったのである。趙華竜の義輝救出劇も、徐海の手下の五峰を敬する者が襲撃のことを注進してしまったために、趙華竜が忠義面をしてならず者共の殲滅《せんめつ》に馳《は》せ向かっただけのことであった。

五峰の大船団は、杭州湾口の舟山《しゅうざん》群島を抜けるとき、徐海軍に待ち伏せ、急襲された。

巨大戦艦「天山」の操船を任されていた趙華竜が裏切ったのは、このときである。配下に船内で反乱を起こさせた。五峰軍は動揺する。

しかし、さすがに大明国の官憲さえ一目おく大海賊五峰であった。おのが身に手傷を負いながらも、「天山」内の趙華竜一派を駆逐し、形勢を逆転させる。しかし、趙華竜は取り逃がしてしまった。

五峰は、いったん平戸へ帰還して、態勢を立て直すと、再び徐海・趙華竜を退治すべく、東シナ海へと乗り出していく。

この間にも、徐海と趙華竜は、五峰の名を騙って、江蘇省、浙江省の長江沿いの都市を荒しに荒し回った。南京城を陥《お》としたのは、趙華竜の仕業《しわざ》である。

五峰は、官憲の眼を逃れつつ敢行した長い追跡行のあげく、竟《つい》に徐海を捕らえた。

本来ならば、徐海は倭寇流の惨刑に処されるべきであった。しかし、この男こそかねてより五峰の名を騙り、殺戮を恣《ほしいまま》にしてきた大倭寇団の首謀者であることを証明するため、五峰はその身柄を浙江総督・胡宗憲《こそうけん》に引き渡す。

このとき五峰は、胡宗憲より、投降を勧められた。そうするなら、過去の罪状を問わぬ上、五峰を政府公認の貿易商人とし、更には一般の人々にもある程度の自由貿易を認めるよう、当局に諮《はか》るという条件を、胡宗憲は持ち出したのである。

五峰は、即答を避けて、平戸へ戻った。舟山群島の血戦で受けた傷が悪化したのは、それからしばらく後のことである。追い討ちをかけるように永年の酷使で疲弊しきっていた老体が病を発し、五峰はみるみる衰えはじめた。余命定まったというべきか。そうなると、故国の土に還《かえ》りたいという望みが、五峰ほどの男にも宿るものらしかった。

弘治三年（一五五七）四月、千余名の配下を引き連れ、五峰は舟山群島の定海《ていかい》に船団の碇《いかり》を下ろし、胡宗憲に投降する。義輝に海の王国の夢を語った日から、三年後のことであった。

五峰投降から二年余りを経た現在《いま》でも、明朝の廷議は、その処分をめぐって揉《も》めている。五峰がいかに大物であるかの証左といえよう。

「会いにきてはならぬ」

と五峰に厳しく申し渡されていた梅花であったが、浮橋が義輝の密命を帯びて平戸へきたのを幸い、浮橋とともに決然と海を渡る。

五峰は、獄舎に繋《つな》がれておらず、当局の用意した邸宅に、軟禁という恰好《かっこう》で暮らしていた。

「浮橋どのは、病み衰えた父に、公方さまの御意をもって御見舞いに参上と申された許《ばか》りで、ご密命のことは一言も……」

　梅花の声が湿った。五峰は、感泣したという。

「それでこそ浮橋よ」

　義輝の身内にも温かいものがこみあげてくる。

　今こそ義輝に必要とされていると知れば、五峰はおのが身の不甲斐《ふがい》なさに気も触れんばかりになったであろう。そして、病身に鞭打《むちう》って、義輝のために修羅《しゅら》の巷《ちまた》に飛び込むに違いなかった。

　そこまで五峰に負担をかけることは、義輝の本意ではない。それを知る浮橋は、一代の大海賊の変わり果てた姿を見た途端、五峰が安んじて生を終えることを願ったのである。

「梅花。最期《さいご》まで付き添うてやらずともよいのか」

「それは父が望みませぬ。父は私には、陰ながら公方さまの御為に尽くせと」

　それが五峰の娘への遺言だったのであろう。

　結局、五峰は、この年の十二月に、刑殺という形で、故国の土に還ることになる。

　当局は、胡宗憲の提示した条件を反故《ほご》にし、五峰の処刑を他の倭寇への見せしめにしたのである。

（どこか間違うている……）

義輝は、深い哀しみにとらわれながら、同時に怒りがこみあげてくるのをおぼえた。

何故、惜しむべき男ばかりが死んでゆくのか。斎藤道三《さいとうどうさん》、橘屋又三郎《たちばなやまたさぶろう》、そして五峰。

慥《たし》かに、どの男も善人ではない。むしろ、悪の部分を濃厚に蔵している。しかし、この男たちはいずれも、形こそ違え、新しき世の創造者たらんと欲し、それに向けて自身に過酷な戦いを強いていた。乱世に終止符を打つには、こうした男たちこそが必要なのではないか。

なのに何故、渠《かれ》らはこうも早々と命の火を消さねばならぬのか。何者が渠らの夢を奪い去るのか。これが宿命というものなら、義輝はその宿命を恨む。恨みつくす。

頰《ほお》を一筋、伝わるものを義輝は感じた。

（父のために御涙を……）

梅花は胸を熱くする。

海の王国こそ実現できなかったが、義輝に対する父の思いが、これで報われた。同時に、父の遺命を守り、義輝のためには死など怖れぬと決意を新たにする梅花であった。

「今のわしには五峰の志を継ぐほどの力はない。赦《ゆる》せよ、梅花」

義輝の声は無念と悲痛の顫《ふる》えを帯びている。

「勿体《もったい》ない御言葉を……」

梅花は必死で泪《なみだ》を怺《こら》えた。

「なれど、梅花。これでわしは海の王国を忘れたわけではない。いつか必ずや、その大きな夢を成せるほどの男になってみせる。そのためには、やらねばならぬことがある。手にあまるほどある」

「お察し申し上げております」

「手伝うてくれるか」

「もとより、その覚悟なくして、どうして公方さまの御前に罷《まか》り出ることができましょう。わが為に命を棄《す》てよとお申しつけ下さりませ」

この瞬間、見交わす互いの眸子《ひとみ》の中で、色恋を超えた契りが炎と化して結ばれた。

それから、なお小半刻ばかり語り合ってから、梅花は小侍従にともなわれて義輝の居室を辞した。

小侍従はみずから、梅花を客用の部屋へ案内した。すでに夜具が整えられ、軽い食事の仕度もしてあった。

「お心尽くし、忝《かたじけの》う存じます」

梅花が礼を云うと、小侍従はにっこりして、鉄炮をかまえる仕種をしてみせる。

「これでも、些《いささ》か心得があるのですよ」

小侍従が鉄炮又《てっぽうまた》の養女であったことを知らぬ梅花は、眼をまるくした。

「公方さまに害をなそうとする輩《やから》は、この小侍従が鉄炮で射倒してやるつもりです」

小侍従の云い方と表情は、まるで少女のように無垢《むく》であった。が、この少女は、義輝に対して烈々たる愛情を抱いている。梅花には強くそう感じられた。

（敵《かな》わない……）

と梅花は思った。嫉妬を湧かせたのではない。不思議に、小侍従の心根に魅《ひ》かれるのをおぼえた。

小侍従の微笑が伝染したように、おのずと梅花の面にも笑みが咲いた。

そのころ鯉九郎だけが、いったん自室へ戻りながら、ふたたび義輝のもとへとって返していた。顔は血の気を失っている。

（おれとしたことが、なんと不覚な……）

鯉九郎は、黒京衆が拉致《らち》したに違いない女人が誰であるか、今に至って気づいたのであった。

三

木津川、宇治川、桂川《かつらがわ》の合流する水郷地帯を淀という。

京をめざして、摂津ノ海（大阪湾）から淀川を上ってくる西国《さいごく》物資の陸揚地として、早くから商業の発展をみた。また、京都盆地の開口部にあたるため、軍事上の要衝と目され、城砦《じょうさい》も築かれた。戦国期の淀城は、平城で、現在の伏見区納所《のうそ》の北城堀・南城堀のあたり一帯に構築されていた。

淀城には、この年の八月に管領典厩二郎《かんれいてんきゅうじろう》が入城することになるが、その直前にあたる今は修築中で、主なき時期であった。

女をさらった黒京衆は、二艘《そう》の舟に分乗して桂川を下り、この淀城へ漕《こ》ぎ寄せた。これを浮橋は、川岸伝いに追った。尾行を開始した妙覚寺のあたりから淀城までは、南下すること三里余りである。

城郭内の桂川に面した石垣上に、少し川のほうへ迫《せ》り出す恰好で、屋根の高い大きな矢倉《やぐら》が設けられており、その脇につけられた石段が川辺の舟着場へ通じている。

夜目の利く浮橋は、黒京衆がその石段を上がって城郭内へ入るのを、対岸から見届けた。

（なるほど。淀城の改築普請をまかされたのは、黒京衆だったか……）

信濃における黒京衆の表芸が、土木・普請にあったことを、浮橋は知っている。渠らは険しい山岳地や河川の多い湿地などに砦《とりで》を築くのを得意とした。江戸幕府において、普段は土木や作事に従事するが、裏では諜報活動も行った黒鍬《くろくわ》者に似たところがある。

（黒京衆を傭《やと》うなどと思いつく奴は、弾正しかおらぬ）

三好長慶から淀城の作事《さくじ》奉行《ぶぎょう》に任じられているのは、松永弾正なのである。

（なれど、あやつは今、河内の戦陣にある筈……）

だが浮橋は、考えるのは後回しだとばかりに、さっさと衣類を脱ぎはじめた。下帯をとって素裸になると、脱衣を頭上に載せ、帯をかけまわして顎《あご》で括《くく》り止めてから、川中へ身を浸した。

（夜中の水練とは、風流なことじゃて）

心中で軽口を叩く。実際、三里余りを尾行して汗をかいた浮橋の躰には、夏の夜の水は、いっそ気持ちがよい。

舟着場に見張りはいなかった。浮橋は、手拭《てぬぐ》いで素早く濡《ぬ》れた躰を拭い、忽ち衣類を着けてしまう。

音をたてずに石段を上ると、眼前に空き地が開けた。舟に乗る人や積荷を揃える場所なのであろう。その向こうに、低い木立があって、他の曲輪《くるわ》へ通じる道が見える。

石段を上りきる前に、左右へ注意を払った。左側は塀が延びていて、右側に矢倉が建っている。その矢倉の角へ身を吸いつけるようにして、空き地側に面した矢倉の出入口前を窺《うかが》う。

そこには、見張人がいた。篝火《かがりび》に、四人の黒京衆の姿がくっきり浮かんでいる。

女人をさらった一団は十人。いかに浮橋といえども、闘うにはちと手に余る。矢倉の中には、それ以上の人数がいると予想したほうがよい。

（この矢倉の中へ入ったか）

作事小屋に起居する人夫の指揮者や、城内各所の夜中の張り番も、当然、黒京衆がつとめているとみなければならぬ。騒ぎを起こせば、その連中も駆けつけてくるであろう。無用な闘いは避けねばならなかった。

深夜のことで、城郭全体は森閑《しんかん》としているが、それだけに、名うての忍び集団、黒京衆の存在を強烈に感じさせる。

（ぐずぐずしてはおられぬわい……）

この時点の浮橋は、拉致された女人が小侍従ではないか、という疑いを棄《す》てていない。一刻も早く、女人の姿を確認したかった。

浮橋は、いったん舟着場まで戻ると、矢倉下の石垣にとりつき、上りはじめた。矢倉の屋根へ上がって、そこから中へ侵入するほか手だてはない。

矢倉内では、眼ばかり光らせた頭巾の下で、ぬめっとした笑いを浮かべている男がいた。頭巾をとれば、醜怪な蝙蝠《こうもり》顔が出てこよう。まぎれもない松永弾正である。三好政権の中枢にある弾正が、河内の戦雲の忙しく動く合間をぬって、淀まで上ってきたからには、それ相応の理由があらねばなるまい。

多くの燭《しょく》が灯され、矢倉内部は昼を欺《あざむ》くような明るさであった。皓々《こうこう》たる火明かりは、弾正の眼前に立つ女の華奢《きゃしゃ》な肢体を、くっきりと浮かび上がらせる。

白小袖姿の女は、梁《はり》にかけて垂らした縄で両手首を縛され、両足の爪先が床にようやく触れるところまで、躰を引っ張り上げられていた。露《あら》わな二の腕の白さや、胸元に浮かぶ汗が妖《あや》しげだが、顔は恐怖のあまりひきつっている。

弾正と女の他には、総身黒衣の黒京衆が八名。そのうちのひとりの両頰に、浮橋が一瞬垣間見た入れ墨があった。右は珠に海藻と棲虫、左は珠に貝という異様な図柄である。珠は潮の満干を表し、海人族の宰領であった古代安曇氏の名残を留《とど》めるものであった。

この男が黒京衆の首領、磯良《いそら》である。

「伊佐どの」

と弾正が女に呼びかけた。

「案ずるには及ばぬぞ。ほどなく式部どのもみえられよう」

伊佐は、久我晴通の息女で、義輝の近習野本式部少輔輝久《のもとしきぶしょうゆうてるひさ》の妻である。

この折り、磯良が、つと立ち上がった。振り仰ぐ配下の者たちへ、磯良は呟《つぶや》く。

「抜かったようだ」

配下は顔を見合わせた。抜かったとはどういうことなのか。

「皆は、お側《そば》におれ」

磯良は、瞬く間に矢倉の内から出て、屋根上へその身を出現させた。

「見事なものだ。おぬしが壁を伝い上るまで気づかなかったぞ」

月明を背に浴びて棟上に佇立《ちょりつ》する磯良は、常人の眼には見えぬ対手《あいて》に話しかける。

それで浮橋も観念した。屋根にへばりつかせていた黒影を、むくりと起き上がらせ、布袋《ほてい》顔に照れたような笑みを刷《は》いた。

「どこから尾《つ》けてきた」

と磯良は問う。

「寝苦しゅうて、ちと夕涼みを……」

磯良との間合いをはかりつつ、浮橋はぬけぬけと云った。

「何者、と訊《き》いても、こたえはすまいな。なれど、おぬしほどの手錬者《てだれ》が京にいようとは……」

「磯良どのにお褒《ほ》めいただけるとは、身に余ることで」

「そっちは、おれを知っているというわけか」

「忍びの者で、こなたさまの名を知らぬは、もぐりにござるて」

浮橋は、大仰に眼を円くし、抵抗する気などないように、両手を挙げてみせた。

「危うい、危うい。その剽《ひょう》げた顔つきで、幾人殺《あや》めた」

磯良は薄ら笑う。笑うと凶相になる男であった。

「殺しは忍びの本領ではござらぬ」

浮橋の足が僅かに後退する。

「黒京衆は違うぞ」

浮橋の退《さ》がった分だけ、磯良の足はじりっと前へ出された。

頰の満珠の海藻に巣食う虫が、殺気立ってぴくりと動く。

間髪を入れず、浮橋は身を投げ出した。棟上を越えて、空き地側へ傾斜する屋根上を、ごろごろと転がっていく。

「おっ」

磯良が眼を瞠《みは》ったのも無理はない。この場合、浮橋が助かる唯一の道は、川へ飛び込むことであろう。当然、それを予期して一撃で浮橋を斃《たお》す準備をしていた磯良にすれば、浮橋が意外にも城内の空き地側へ身を逃がしたことで、不意を衝《つ》かれたかっこうになった。

手強い対手《あいて》を得た充足感で、磯良は満面に笑みをひろげる。凶相がますます恐ろしげなものになった。

浮橋の五体は、矢倉前の見張りの四人の間へ降り立った。篝火の明かりに、皓《しろ》い歯がこぼれる。

「夜中、ご苦労なことで」

と犒《ねぎら》われたので、見張りの四人は虚を衝かれた。ふざけた真似を、と渠らが我に返ったときには、浮橋の円い躰は、空き地の向こうの木立の中へ没している。

「おのれらは手出しすな。あやつは、この磯良の獲物よ」

つづいて舞い降りてきた磯良は、四人にそう命じると、浮橋の消えた先へひたと眼を据え、夜走獣と化して狩りを開始した。

　こうして浮橋と磯良が城郭内で暗闘を繰り広げはじめたころ、二人の黒京衆に付き添われて野本式部少輔輝久が姿を現す。

　黒京衆は、式部の自邸に伊佐を急襲する一方で、別手が妙覚寺内へ侵入、将軍仮御所の近習《きんじゅう》部屋に詰める式部へ投げ文をして、伊佐をさらったことを告げた。

「伊佐どのが命大事と思わば、余人に気取《けど》られることなく、ただご一人《いちにん》にて、淀城へまいられるべし」

　わけの分からぬまま、押《お》っ取《と》り刀《がたな》で淀城へ駆けつけた式部は、城門前で待ち受けていた黒京衆に、矢倉まで案内されてきた次第である。

　矢倉の中へ入った式部は、そこに、しどけない姿で縛されている伊佐を見つけて、怒りを噴かせた。妻は気を失っている。

「おのれ」

　すでに両刀を奪われている式部は、頭巾の男の胸ぐらへ摑《つか》みかかった。が、黒京衆の手ですぐに引き剝《は》がされてしまう。

「何者だ。名告《なの》れ」

「案ずるな、式部どの」

声で式部には分かった。

「やはり松永弾正か」

「伊佐どのに害をなすつもりはござらぬ。但《ただ》し、そちらの返答次第にござるがな」

「この野本式部少輔は、将軍家の直臣《じきしん》ぞ。うぬがような成り上がりの云いなりになると思うか」

弾正は、ふん、と鼻で嗤った。

「今は成り上がりの世よ。成り上がりの世なればこそ、こんなこともできるのだ」

弾正は、やにわに、伊佐の白小袖の衿《えり》に手をかけ、左右へぐいっと押し広げた。白桃のような双の乳房が零《こぼ》れ出た。

それで伊佐は気づいた。

「殿」

「伊佐」

式部と伊佐は、その睦《むつ》まじさを冷やかされるほど、相愛によって結ばれた仲である。なればこそ式部は、伊佐に万一のことがあってはならぬと、文で命じられた通り、主君義輝にさえ告げずに、孤身で妙覚寺を出てきた。弾正の狙いはそこにあった。

「こたえよ、式部。公方は何を企んでおる」

弾正の右手が、伊佐の乳房を鷲摑《わしづか》んだ。伊佐は悲鳴をあげる。

「弾正、汝《うぬ》は……」

「こたえぬところをみると、妻が可愛《かわ》ゆくないとみえるな」

弾正は、小刀を抜くと、伊佐の小袖の帯に当てた。

「許さん、弾正」

式部は、両眼を吊り上げ、満面を朱に染めて暴れたが、両腕を押さえている黒京衆の力は強かった。

「正直に申せ、式部。公方は、長尾景虎を呼び寄せて何をしようというのか」

式部の表情が、微妙な変化をみせた。景虎の名を聞いたことが、原因に違いない。

「やはりな」

蝙蝠の眼は笑みを含んだ。

「伊佐……」

妻を凝視する式部の眼に、何かを強く訴える光が宿った。

だが、式部の訴えに伊佐は烈《はげ》しく首を左右に振る。

「いや。いやでございます」

式部の眼色が失望のそれに渝《かわ》るのを見て、弾正はにやりとした。

「哀れやな、式部。ご妻女は、武家の出《で》ではない。死にとうはないとよ」

弾正の看破した通り、式部は伊佐に舌を嚙んで自害することを望んだ。だが、公卿の息女の伊佐に、そのような異常の覚悟のできている筈はあるまい。

「弾正、汝《うぬ》が七代あとまで呪《のろ》うてやる」

怒りと屈辱に食いしばった歯の奥から、式部は無念の声を絞り出した。

だが、伊佐にいかなる凌　辱《りょうじょく》を加えようとも、式部に口を割るつもりのないことは、その表情から明らかであった。弾正は窮したといってよい。

「手間をかけたわりには、情けない仕儀となったの」

どこからか、嘲笑まじりの声が湧いた。

「笑うておらずに何とかせい」

声のしたほうへ、弾正は喚《わめ》き返す。

室内の火明かりの届かぬ一隅から、ふうわりと漂い出てきた者がある。紙のように平べったい躰をゆらゆらさせた態《さま》は、宛然《さながら》、幽鬼のようではないか。骸骨《がいこつ》の如き面貌を、白髪長髯《ちょうぜん》で縁取り、眼ばかりをらんらんと輝かせたその姿には、黒京衆の者たちさえ、ぶるっと身を顫《ふる》わせた。

「はなから、この風箏《ふうそう》にまかせておけばよかったものを……」

風箏と名告《なの》った異形の男は、薄い背を風に押されたようにふわっと動いて、音もたてずに式部の前へ立った。

四

野本式部少輔は、脱力しきったように床にぺたりと座り込み、両眼を虚《うつ》ろに宙へ彷徨《さまよ》わせている。風箏の術にはまったのである。

風箏は、式部の頭上に掌《てのひら》を下にして、手をかざした。と見るや、不思議なるかな、その掌から白い粉末がはらはらと落ち始めたではないか。

弾正が風箏と出会ったのは、つい先頃、根来寺衆徒との合戦の真っ只中においてである。本陣へ密かに接近した狙撃者の銃弾から、風箏が間一髪、弾正の命を救ってくれた。

その救い方は、弾正を驚嘆せしめた。風箏は、十間も離れたところから両腕を突き出しただけで、弾正の五体を床几《しょうぎ》から転げ落ちさせたのである。現今でいう気功術であろう。弾正が転倒した直後、銃弾が空気を切り裂いた。

「おぬしがような極悪人、いま殺しては、世の中、面白うない」

風箏が弾正を救った理由は、それだけのことである。気まぐれというべきか。

「唐渡りの仙人よ」

風箏はそう自称した。仙術にできぬことなし、と大言も吐いた。

修験者《しゅげんじゃ》崩れだろうと見当をつけた弾正だが、その術を買うのに躊躇《ためら》いはなかった。

風箏の手から落ちる粉末を浴びた途端、式部は抑揚のない口調で語り出す。

「公方さまの御謀事《おんはかりごと》は、足利尊氏《あしかがたかうじ》公の西国落ちにお倣《なら》いあそばそうというもの……」

のっけから想像の及ばなかったことを聞かされた弾正は、息を呑んだ。

そして、式部の口から次々と義輝の三好討伐策戦の全容が明かされていくうちに、弾正の鼓動は早鐘《はやがね》を打つように高鳴った。

建武三年（一三三六）、後醍醐《ごだいご》天皇と袂《たもと》を分かった足利尊氏は、天皇方の楠木正成《くすのきまさしげ》、新田義貞《にったよしさだ》、北畠顕家《きたばたけあきいえ》らに敗《やぶ》れて海路、九州へ落ちた。これが世にいう尊氏の西国落ちである。そのわずか三ケ月後に、尊氏は中国・四国・九州より馳せ参じた大兵を率いて東上、湊川《みなとがわ》に正成を敗死せしめ、義貞らの追放に成功する。この西国落ちが結果的に二年後の征夷大将軍《せいいたいしょうぐん》叙任への足掛かりとなった。

義輝はこれを東国落ちでやろうとしている、という意味のことを式部は明かした。

義輝が長尾景虎の関東管領就任を許可したのも、その遠謀ゆえだという。

京から遠い北方の武将たちは、いまだ将軍家というものに、憧憬《しょうけい》を抱いている。米沢の伊達《だて》家では、歴代の当主が、将軍家に誼《よしみ》を通じ、代々その諱《いみな》を拝領するのを、至上の名誉とするほどであった。当代の輝宗（独眼竜政宗《まさむね》の父）も、義輝の「輝」を賜っている。

渠《かれ》らは、もし諸々の事情が許されるのなら、南下したいという野心を秘めていた。毎年、冷害への恐怖におののかねばならぬ北国の領主たちが、南への道を望むのは当然であろう。

越後という豪雪地を領し、義に厚く、実力も備えた長尾景虎が、関東管領としてこれら北の諸将に、南への、ひいては京への道を拓《ひら》くと約束したら、どういうことになるか。そのとき、景虎が将軍義輝を越後に迎えていたとしたら……。

北の諸将が景虎のもとに馳せ参じ、義輝の号令一下、大兵を催して京へ攻め上るという、空前の事態が現出されよう。この大軍団のめざす敵は、云うまでもなく三好長慶である。

むろん、事そこへ至るまでには、景虎は関東管領として勢力を蓄えつつ、北の諸将たちに密かに款《よしみ》を通じておかねばなるまい。

「五三《ごさん》年がうちには事成れり」

そう断じた式部の声が、弾正には義輝の声と聞こえた。たしかに今日明日のことではないにせよ、数年のうちには実現可能の謀事かもしれぬ。

（なれど……）

冷静に彼我の実力を推し量れば、いかに大軍とはいえ、長駆遠征の北国勢に、そう易々と三好軍団が屈することはなかろう。その弾正の思いも、しかし、次の式部の言葉で一蹴《いっしゅう》された。

「時を同じくして、淡路《あわじ》、阿波《あわ》、讃岐《さぬき》の三好勢を、摂津ノ海にて封じる」

弾正は眼を剝《む》いた。強悍《きょうかん》で鳴る四国の三好勢を海で封じるというのか。一体どうやってそのようなことを可能にするのか。

「倭寇が公方さまの御味方となる」

公方さまと倭寇とは、かねてより密やかなご親交あり、と式部は明かした。

「何い」

おぼえず弾正が金切り声をあげた。が、式部は、余人の声など耳に入らぬ様子で話しつづける。

時機至ったとき、倭寇の一千艘の戦船《いくさぶね》が瀬戸内海を押し上ってきて、摂津ノ海を封鎖し、淡路、四国の三好勢の畿内上陸を阻止する。式部はそう語った。

（なんという壮大な奇策か）

自分の予想だにしなかった戦略を、若い義輝が素知らぬ顔で樹《た》てていたことに、弾正はおぞけをふるうばかりだ。

（公方は正真の大器……）

歴代足利将軍のうち、武門の棟梁《とうりょう》に相応《ふさわ》しき人物は、三代義満《よしみつ》を最後に長く出現していない。なればこそ、世の多くは、当代の義輝に対しても、どうせたいしたものではないという先入主がある。

だが、義輝をこのまま生かしておけば、いずれは世人も、その大器たるに気づくかもしれぬ。現実に義輝は、昨年の勝軍山奪取でその片鱗《へんりん》をみせている。長尾景虎が義輝の謀事に加担しようというのも、明らかにその器量《きりょう》を認めたからであろう。この先、景虎のような人間が幾人も出てくれれば、義輝は大きな力を得ることになる。

（そうはさせぬわ……）

式部を見下ろす弾正の眼が、底光った。式部は、すべてを語り了《お》えたのか、口をあけたままで、唇の端から涎《よだれ》の筋を引かせている。

「公方の犬死《いぬじに》、先例あり」

式部を将軍義輝に見立てたかのように、弾正は宣告した。六代将軍義教《よしのり》は、名実共に独裁者たらんとして、有力守護の粛清を強行し、かえって赤松満祐《あかまつみつすけ》の手によって非命に斃《たお》れた。その死は「自業自得」の「犬死」と誹《そし》られたものである。

「風箏。式部を殺せ」

義輝の腹が読めた以上、もはや式部に用はない。

「思い違いをすな。仙人は、殺生をせぬ」

風箏は、薄く笑った。

「なに」

「わが術は仙道と申した筈。一度でも殺生を犯せば、仙道忽《たちま》ち鬼道に堕す。自分で殺《や》ったがよかろう。人殺しは、おぬしの得手ではないか」

「風箏」

弾正の右手が剣欄《けんぱ》にかかる。

「対手《あいて》を間違えるでない」

風箏は、不敵に笑った。骸骨が笑ったように見える。

戦国の梟雄《きょうゆう》と謎の術者は、束の間、睨み合ったが、

「ふん。よいわ」

おのが怒りと風箏の利用価値を秤《はかり》にかけたこたえが、この一言であったろう。

弾正は、風筝にくるりと背を向け、伊佐に向き直った。瞬間、式部を両側から押さえる黒京衆に、眼配せしている。

式部の喉が掻き切られた。鮮血が奔出し、伊佐の白小袖にまで飛び散る。

「殿」

伊佐の絶望の叫喚と号泣は矢倉内に響き渡った。

その嘆きに呼び寄せられたかのように、轟然《ごうぜん》たる爆発音が起こり、床下から炎が噴き上がった。

「うあっ」

弾正は、猛烈な爆風を浴びて、一方の壁際まで吹き飛ばされ、弓矢立てに激突する。はずみで切れた弓弦《ゆんづる》が、鞭《むち》となって弾正の頬を叩いた。

黒京衆の何人かが消失し、渠らが控えていた床は横長にごっそり抜け落ちていた。川音が遽《にわか》に大きくなる。抜け落ちたのは、川の上へ迫り出していた部分であった。

壁の下部のほうが崩れ落ちて出来た大きな穴から、迅影が跳び上がってくる。二つ、三つ、四つと影は次々に出現する。総身を紅衣に包んだ者たちであった。

生き残りの黒京衆の反応は鈍い。凄まじい爆発音のせいで、耳鳴りがやまず、束の間、右往左往の態《てい》なのである。

紅影の一団は、統制のとれた動きで、忽ち矢倉内の黒京衆を追い詰めていく。

ひとりが、伊佐を縛《いまし》めから解放した。紅い頭巾からのぞいた眼は、まぎれもなく梅花のものである。

紅影は全員、淀から程近い山崎にとどめておいた梅花の配下の女たちであった。

弾正は恐怖に駆られ、総身の毛を逆立てる。

「風箏、どこだ。風箏」

その叫びが、壁際の暗がりにいた弾正の位置を、梅花に教えることになった。

梅花は右手に手甲《てっこう》をはめた。火明かりにぎらっと光ったそれは、甲から長く鋭利な針が四本突き出ていた。そのまま梅花は、弾正のほうへ、つつっと接近する。

「く、来るな、来るな」

弾正は、手近にあるものを手当たり次第にひっ摑んで投げつけた。

梅花は、それらを巧みに躱《かわ》して、弾正へ迫るや、ぶんっ、と風を起こして右腕を横《よこ》薙《な》ぎに振った。

「ぎゃっ」

弾正の叫びは、まるで胴体を両断されたかのような大仰さであった。実際には、上衣の腹のあたりを斬り裂かれたにすぎない。

梅花は、更に間合いを詰め、いま一度手甲針を揮《ふる》おうとした。その刹那、梅花の躰は、後ろへ吹っ飛ばされる。

「おお、風箏」

ふわりと前へ立った風箏に縋《すが》りつかんばかりに、弾正は喜色を露《あら》わにした。

「逃げろ。助けてやる」

風箏は、弾正の尻《しり》を蹴飛ばした。

その飛ばされた勢いのまま、弾正は、壁伝いに這《は》う。物にぶちあたるのもかまわず、這いつづけて、矢倉の外へ逃れ出た。

安堵《あんど》する暇はない。矢倉前の空き地も、乱刃の鏘然《そうぜん》と鳴り響く修羅場《しゅらば》と化していた。外はいつのまにか薄明に包まれ、人々の影の輪郭を眼に捉えることができる。弾正は、多勢の黒京衆を対手に闘う甲冑《かっちゅう》武者たちの姿を見た。

甲冑武者は二十名足らずであろう。しかし渠らは、自分たちに数倍する数の黒京衆を圧倒している。めざましい働きであった。

(こんな奴らを、公方はいつのまに配下にしたのだ……)

茫然と弾正は立ち尽くした。

その間にも黒京衆は、虚空《こくう》に絶鳴を噴かせて次々と倒れていく。

（磯良は何をしている。主人の危地に居合わせぬとは、どうしたわけだ）

這って修羅場から離れながら、頼りにならぬ配下を口中で罵《ののし》った。

舟着場へ出ることはできぬ。すでにそこは、矢倉の床を爆破した紅衣の集団に制圧されているであろう。鋭い手甲針が、脳裡に蘇った。弾正は、別の曲輪へ逃れるべく、塀の裾を伝って這い進んだ。そこはまだ、闇が蟠《わだかま》っていた。

この城の改築普請は、いま死に物狂いで逃げるこの男の指図ですすめられている。城郭のようすを、弾正は手にとるように分かっていた。

弾正は走った。時折、追跡の気配を感じたが、振り返らずに走った。振り返るのが怖い。が同時に、これまでにない生死の狭間で、凄まじい自負心を滾《たぎ》らせてもいた。

（死ぬものか。乱世の寵児《ちょうじ》松永久秀を天が殺すものか）

城内の厩《うまや》の前へ達したときには、あたりは朝朗《あさぼらけ》の微光に包まれ、足許《あしもと》も危なげなくなっていた。そこで初めて振り返った弾正は、追手のないのを確認すると、安堵の薄笑いを浮かべる。

馬で城を脱するつもりであった。

だが、厩へ入りかけたそのとき、弾正の足も薄笑いも、瞬時にして凍りついてしまう。

「忙しいことよな」

のんびりと声をかけつつ、厩から出てきた人影がある。義輝であった。鯉九郎が寄り添っている。

慌てて向きをかえた弾正であったが、ひょいと出現した小軀《しょうく》に、行く手を塞《ふさ》がれた。これは小四郎である。

対手の体格の頼りなさを侮って、弾正は大刀を抜いて斬りかかった。が、小四郎が抜く手もみせず撥《は》ねあげてきた小太刀の一閃《いっせん》に、弾正の刀は宙へ飛ばされる。

その衝撃に押されて膝をついた弾正は、義輝の眼から顔を隠そうと俯《うつむ》いた。

「弾正。疾《と》うにおぬしだと分かっておる」

瘧《おこり》にかかったように、ぶるぶると総身を顫《ふる》わせ、弾正は今にも卒倒しそうであった。それでも、しかし、頭巾をとらぬ。廉恥《れんち》とは無縁のこの男は、この期《ご》に及んでもなお、顔さえ見られなければ、後で何とでも言い逃れができると考えていた。

「式部と伊佐どのをどうした」

ここで弾正を待ち伏せていた義輝は、式部の死と、伊佐が救出されたことを、まだ知らぬ。

弾正は、烈しく頭《かぶり》を振った。白状すれば、義輝の腰間から白刃が噴き出す。

「腹を切るがよい」

穏やかな義輝の語調であった。弾正の如き卑劣漢など、ただちに幹竹割《からたけわり》にしても、心は痛まぬ。切腹のすすめは、せめてもの武門の情けというものであろう。

弾正は、ひっと悲鳴を発すると、平伏し、そのまま尻下がりに後退《あとずさ》った。

「恥を知れ、松永弾正」

鯉九郎は、唾棄《だき》すべき男の背へ罵声を浴びせてから、義輝を見やった。すぐに頷きが返される。屠腹《とふく》できぬのなら、斬り棄てるほかあるまい。

鯉九郎の右手が、差料《さしりょう》の欛《つか》にかかる。

（こたびこそ……）

この瞬間の訪れることを、鯉九郎はどれほど待望していたことか。三好長慶の寵を恃んで幕政を壟断《ろうだん》し、幾度となく義輝に暗殺の魔手をのばしてきた稀代《きたい》の悪人を、今こそ葬り去ることができる。

鯉九郎は、義輝拝領の青江貞次の鯉口《こいぐち》を切った。

五

恐怖が頂点に達したのであろう、やにわに弾正は喚きだす。

「風箏、風箏。おれはここだ。助けてくれ。たのむ、風箏、助けてくれい」

義輝は訝《いぶか》った。

（ふうそう……）

聞き覚えのある名であった。

小四郎が、遽に双眼を大きく剝き、あたりをきょときょと見回しはじめる。

（そうか。小四郎をとりあげたという……）

殺されたばかりの女の死体から、甚だしい月足らずの胎児を仙術をもってとりあげ、これに小四郎と名付けて育てた人物が、たしか風箏という名であった。小四郎の体軀が成長しないのも、そうした出生の事情によるものらしい。

玄尊によれば、その風箏なる男は仙人を自称したが、密教僧崩れとおぼしかったそうな。

ただ義輝は、この話をきいたとき、風箏の正体を、

（もしやして、あの御方ではないか……）

と思い当たる節がなくもなかったが、確証はない。

鯉九郎が青江貞次を鞘走《さやばし》らせた。刹那、異変は起こった。

鯉九郎は、躰の中心に、堪え難い熱を感じた。鉄炮玉だと思ったときには、五間余りも後方へ吹っ飛ばされ、そのまま、猛烈な勢いで、厩の板壁に背を打ちつけられている。

「小四郎、こっちへ跳べ」

その頭上へ降ってきた影を認めて、義輝が叫んだ。

小四郎は、大きく踏み出すと、弾正の背を蹴って、義輝のほうへとんぼを切って身を移した。

影は、颪に吹かれる木の葉のように、弾正の傍らへ、ふうわりと着地した。

「おお、風箏」

弾正は、撥《は》ね起きて、風箏の背へ回り込んだ。面上に喜色が戻った。

「鯉九郎」

風箏を警戒しつつ、義輝は後ろへ声を投げる。

「大事ございませぬ」

鯉九郎はふらふらと立ち上がった。鉛玉を食らったと思った胸や腹は、無傷である。

「足利義輝公と見受け仕《つかまつ》った」

不敵な笑みを刷きつつ、風箏は慇懃《いんぎん》に云う。敵愾心《てきがいしん》に微かな親しみの混じったような、名状し難い風情がある。

「何処かで会《お》うたことがあるかな」

義輝は微笑で応える。

「さあて……」

風箏は惚《とぼ》けて、小四郎に眼を向けた。

「お前が義輝公にお仕えするようになったとは、これも因縁」

小四郎はやや戸惑いの色を浮かべつつも、健気《けなげ》にも小太刀の切っ先を、風箏へ向けている。将軍の直臣たる身として、義輝を害そうとする者は、たとえ育ての親であっても容赦せぬ。そんな気構えが滲み出ていた。

「鯉九郎を殺せたのに、殺さなんだな」

義輝は、小四郎を退《さ》がらせて、われひとり一歩前へ出た。

「人を殺すは仙術にあらず。昔、一度だけ会うた御方が、そう申されていた」

この義輝の科白《せりふ》が、対手の鼓動を速めたことは疑いない。風箏が、すうっと両掌を合わせたのは、その動揺を気取られぬためと見えた。

「手向かい致す」

風箏の両掌が印《いん》を結んだ。

義輝は、腰の一刀の鞘を払う。沸《にえ》の深い小乱刃《こみだれば》も美しい二尺六寸余の白刃が、あたりを射し染めた曙光《しょこう》を、きらりと弾《はじ》いた。

むろん大般若長光《だいはんにゃながみつ》ではない。長く愛用したそれは、織田信長に与えた。義輝が新たに差料としたこの業物《わざもの》は、伯耆《ほうき》国安綱《やすつな》作、童子切《どうじぎり》である。名の由来は、大江山の酒呑《しゅてん》童子を源頼光《みなもとのよりみつ》がこの太刀でもって退治したという伝説による。

「嚢莫三曼多縛日羅多仙多摩訶盧舎耶多蘇婆多耶《のうまくさんまんだばさらたせんだまかろしゃやたそはたや》、吽多羅多唅満《うんたらたかんまん》……」

低い呪文《じゅもん》が湧いた。風箏の口は閉じられたままなのに、それは痩身のあらゆる箇所から、まさしく湧いて出るような声であった。

鯉九郎は、義輝のところへ戻るべく踏み出そうとして、両足とも一歩も動けぬことを知って、愕然とする。

（しまった、金縛りの術だ……）

声を出そうにも、舌も動かなかった。一瞬の間に、風箏の術にかかってしまったのである。見れば、義輝のすぐ後ろに控える小四郎も躰を硬直させられてしまったようであった。

武芸にも、数瞬の間、対手の動きを封じる居竦《いすく》めの術というものがあるが、こうしたまやかしは、上手とよばれる者には、まず通じないものだ。鯉九郎のような手錬者《てだれ》を、金縛りの術中にいともたやすくはめてしまった風箏の術者としての力量は、驚嘆に値するといわねばなるまい。

童子切安綱を青眼《せいがん》につけた義輝の眉毛一筋動かぬ。やはり風箏の術に抗し切れなかったのか。

しかし、見た眼とは逆であった。対手から空恐ろしいまでの脅威をおぼえていたのは、風箏のほうである。

（なんということだ……）

義輝の静止相は、穏やかな海面にも似て、悠然たるものであった。広大無辺の大海原に、呪文を叩きつけたところで、とりとめがなく、虚しいばかりというほかはない。

（この若者は剣に悟達しておる）

しかも、その悟達は、わが仙術の変幻など超越した神通自在の高処《たかみ》にある、と風箏には知れた。

（ただ剣が強いだけで、これほどの境地に達せられるものではない）

人としての品格がおのずから具《そな》わっておらねばならぬ。そのことは、自身が竟《つい》に仙術に悟りを得られなかったことで、痛いほど分かっている風箏であった。

（わが眼もいまだ俗人のものであったか。足利義輝の五十年、いや百年に一人の逸材たるを見抜けなんだとは……）

風箏は、醜怪な面貌にふっと笑みを浮かべると、呪文を唱えるのを止《や》め、印を解いた。みずからを隙だらけにして投げだしたのである。

「老いぼれを、童子切の贄《にえ》にされるか」

風箏は、それまでとは別人の如く、物静かに義輝に訊ねた。

「御辺《ごへん》を斬るつもりはない」

義輝も童子切安綱を鞘《さや》に収める。

「礼代わりに、小四郎の母を教え申そう」

「小四郎の母はすでに亡き人なのでは……」

「むろん、この世に亡い。天文十三年の秋、京中引き廻しの上、六条河原にて斬首《ざんしゅ》され申した」

天文十三年といえば、十五年前になる。義輝は九歳であった。

ふいに義輝の双眼が大きく瞠《みひら》かれる。

（お玉）

そのようすに、風箏は頷く。

「母が素裸にて車に縛されておったのが、胎児に幸いしたと申そうか。腹はまだ膨らんではおらなんだが、仙術をかじった者には、身籠《みご》もっておることが一目で知れ申した。斬首の後、打ち棄てにされた胴体を切り裂いて、胎児を取り出し、これを茶吉尼《だきに》天《てん》ノ修法をもって別の女の腹へ移したのでござる」

茶吉尼天は、噉食《かんじき》ともいい、両手に人血骨肉を食らう凄まじき図像として描かれる。茶吉尼天ノ修法を成就させるには、絶大な魔力を得る代償として、死後におのが心臓を捧《ささ》げることを、この羅刹《らせつ》に誓わねばならぬそうな。つまり邪法である。

「わが心ノ臓をもって幼き一命に代えるは邪法にあらず、とおぼえ申してな」

驚いたことに、風箏の醜貌が照れたような笑みを刷いた。

義輝は、小四郎を振り返った。小四郎も義輝を見やる。

（お玉の子であったか……）

幼少期の義輝が、母とも姉とも恋人とも慕った侍女のお玉。その俤《おもかげ》が、いま初めて、小四郎と重なった。

となれば父は和田新五郎《わだしんごろう》に違いない。三好長慶の寵臣で、武勇にすぐれた若者だったと義輝はきいている。

新五郎とお玉は、式部と伊佐のように相愛の仲であったが、細川六郎晴元《ろくろうはるもと》と三好宗三《そうさん》が長慶を挑発するために仕掛けた罠《わな》にかかって、刑殺されたのである。新五郎は、一条戻橋において鋸引《のこぎりび》きされたという。

一陣の風が吹いて、風箏の躰を、ふわっと舞い上がらせた。風箏とは紙鳶《たこ》の異称である。その名の通り紙のように薄い躰が、風に乗って、どんどん上昇していく。

「いつの日かまたお会い申そう」

その言葉を降らせたかと思うまに、風箏は姿を消した。

「ふ、風箏、どこへ行く。戻ってこい」

胆を潰したのは、弾正ひとりである。想像だにしなかった成り行きではないか。

その弾正の眼に、鯉九郎の長身が映った。呪縛《じゅばく》を解かれた鯉九郎が、滑る如く足を運んで、弾正に肉薄してくる。その総身から、殺気が噴き出ていた。今度こそ、殺《や》られると弾正は感じた。

恐怖のあまりに、助けを呼ぶ声すら出せない。それでも弾正は、くるりと背を向けると、死に物狂いの遁走にかかった。

弾正の命を辛くも救ったのは、つづけざまに起こった空気を切り裂く乾いた音である。咄嗟に伏せた鯉九郎と、脇目もふらずに走りつづけた弾正との間隙へ躍り込んだ黒京衆の首領磯良の仕業であった。銃声と聞こえたものは、磯良の用いた唐渡りの爆竹の音だったのである。

「汝《うぬ》らの放った忍びは、この磯良が深傷《ふかで》を負わせた。早う手当てせぬと、死ぬぞ」

左耳のあたりから血を滴らせながら、酷薄そのものの笑いを投げた磯良は、

「本丸におるわ」

そう吐き棄てると、後ろへとんぼを切って、鯉九郎の斬撃の間合いから逃れた。

（浮橋が……）

鯉九郎は、一瞬の逡巡の後、背後に湧いた乱れた足音に、振り返った。義輝に敵が迫ったと思ったのである。

敵ではなかった。浮橋を探して城郭内を走り回っていた明智十兵衛、大森伝七郎、亀松三十郎たちである。その中に、浮橋の姿もあった。右腕をだらりとさせているが、とても瀕死《ひんし》の状態には見えぬ。

急激に視線を返した鯉九郎であったが、弾正と磯良の影すら見えなかった。

「たばかられたか」

鯉九郎は、臍《ほぞ》を噛んだ。

「既《すんで》のところでございましたわい」

浮橋が、血まみれの右腕を十兵衛に手当てしてもらいながら、ほうっと息をついた。十兵衛らの助けが寸時でも遅れていれば、浮橋は磯良に殺されていたであろう。

「大樹、大樹。大樹は何処に」

破《わ》れ鐘《がね》にも似た大声と一緒に、どすどすと地響きが聞こえてきて、石見坊玄尊の巨体が現れた。

「おお、ご無事にあそばしましたか」

玄尊は、矢倉前の空き地で、甲冑武者たちに混じって、多勢の黒京衆と闘っていたのである。

「むこうは片付きましてございます。なれど、半数ほどは取り逃がし、無念至極。奴ら、逃げ足だけは早うございましたによって」

玄尊が云い終わらぬうちに、甲冑武者の一団もやってきた。渠らは、義輝の前に折り敷くと、臣下の礼をとった。

「ご助勢、忝《かたじけな》いことであった」

義輝が、一団の頭領らしき人物に礼を陳《の》べる。

「勿体なき仰せ。身に余る栄誉と存じ奉る」

長尾景虎《ながおかげとら》であった。一団の中には、後に川中島ノ合戦で、武田の軍師山本勘助《やまもとかんすけ》を討ち取るほどの猛将柿崎景家《かきざきかげいえ》の姿も見える。

上京中の景虎の本宿は、近江坂本の代官屋敷だが、昨夜は家臣二十名ばかりを引き連れ、洛中の三条西家の邸《やしき》に泊まっていた。三条西家は、越後守護が専売権をもつ青苧《あおそ》の本所なのである。

鯉九郎の推理によって弾正の陰謀を知った義輝が、鯉九郎を奔《はし》らせて助勢を乞うたものである。景虎は、勇躍して妙覚寺へ馳せ参じた。一日二日の京見物にも、武具甲冑を持参しているところが、みずからを軍神になぞらえる景虎らしかった。

この場に最後にやってきたのは、梅花である。その沈鬱《ちんうつ》な顔つきから、義輝は式部と伊佐の身に取り返しのつかぬ凶事の起こったことを察した。

「両名ともか」

「奥方には大事ございませぬ」

配下に伊佐を護らせて、すでに淀城から逃がした、と梅花は報告した。

「式部の亡骸《なきがら》は」

「舟に」

「そうか……」

義輝は、暫《しば》し瞑目《めいもく》した。その佇《たたず》まいは、式部を失った悲しみと、弾正への怒りを押し殺している、と皆の眼に映った。

一説によれば、野本式部少輔輝久は松永弾正に義輝暗殺をもちかけられ、断固これを拒否したために、殺害されたといわれる。

未亡人となった伊佐は、この後、剃髪《ていはつ》して妙法と号した。式部の臣で、僧となる者があり、日玄と号して洛中に慧光寺を建立したが、妙法はその近くに結んだ草庵《そうあん》で、亡夫の菩提《ぼだい》を弔いつつ生涯を終えたという。

慧光寺の建つ場所は、現在は室町幕府の祈願寺にもなった浄福寺の東側だが、当時は今出川猪熊西入ル上ルであった。京都市考古資料館のあるところで、現今《いま》でもそのあたりは元伊佐町の名を残す。

「松永弾正追討のお下知を賜りたい」

と景虎が申し出たが、義輝は静かに頭《かぶり》を振る。

「今のそこもとと、ご家来衆には、越後が大事。越後を能《よ》く統《す》べ、のち関東を平らげられよ。三好・松永のことも、京や幕府のことも、それからのこと」

この事件の後、景虎は腫《は》れ物が原因で病床に就いたが、やがて武田信玄が越後を脅かしはじめたこともあって、秋風の立つ頃には帰国の途につかねばならなかった。

「大樹」

玄尊が、たまりかねたように進み出て、大薙刀《おおなぎなた》の石突きで地を突いた。

「かくも極悪非道の弾正めを、このまま見過ごしにすると仰せあそばすか」

黙したままの義輝にかわって、

「我らは誰ひとり弾正の顔を見ておらぬ」

と鯉九郎が、無念そうに云った。

「何を云われる、鯉九郎どの。あやつの頭巾の下が弾正の顔のほかにあろうか」

「顔を見られておらぬ限り、しらを切る。いや、切りとおす。松永弾正とはそういう男だ」

「ばかな」

「そうだ、ばかなことだ。だが、石見坊。そんなばかなことを罷り通らせてしまうのが、三好・松永の力なのだ」

「三好筑前は、弾正ほどの無道者ではない筈。今日のことを知れば、筑前とて弾正をかばいきれ申さぬ」

「河内守護代安見直政を唆《そそのか》し、謀叛《むほん》を起こさせたは、三好を疲弊させんがための将軍家の御陰謀……」

「何の話だ、鯉九郎どの」

「聞け、石見坊」

　鯉九郎の声は怒りに充《み》ちている。

「その御陰謀を将軍家御近習の野本式部少輔が白状に及んだ。なれど、将軍家に傷をつけ奉ることはできぬ。よって、野本式部を安見直政謀叛の指嗾《しそう》者として処断した。弾正は三好筑前に、そのように告げるであろう」

　後に鯉九郎の推測は現実となる。弾正は、野本式部の一件を、河内の叛乱に絡んだ陰謀として長慶に報告し、真相を闇に葬り去った。それによって弾正は、長慶の信頼を更に絶対のものとしたのである。

「でたらめではござらぬか」

「三好・松永が京に覇を唱える世が、そもそもでたらめだ」

　鯉九郎は、叫びざま、玄尊の手から大薙刀をもぎとった。これほど感情を剝き出しにする鯉九郎はめずらしい。

「ご心中を察せよ、石見坊」

　誰よりも深い悲しみと怒りに身を灼《や》いているのは、義輝そのひとではないか。が、今はまだ、それを思い切り出せるだけの将軍としての実力が、義輝には具わっていない。口惜しくとも、取り逃がしてしまった弾正を、あらためて追討することなど出来はしないのである。

その義輝に対して、弾正の非道を見過ごしにするのか、と詰め寄った自分の愚かさを、玄尊は思い知らされた。

「石見坊玄尊、どうしようもない大馬鹿者にござった」

玄尊は、義輝の足許に平伏するや、子供のように泣きじゃくった。城中の隅々まで届きそうな、凄まじい号泣である。

他の者は、声もあげえず、その場に深く項垂《うなだ》れた。

義輝ひとり、何を思うか、すっかり明けて晴れ渡った空を仰ぎ見ている。

人の死も悲しみも、大自然には関わりないことなのであろうか。夏の光は眩《まぶ》しく、木々は瑞々《みずみず》しい緑に息づいている。

蟬《せみ》が鳴きはじめた。

第五章　鬩牆《げきしょう》の間《かん》

一

「しばらくは、おとなしゅうあそばされるが、ご肝要」

鯉九郎《こいくろう》は、義輝《よしてる》にはそうすすめるほかなかった。

松永弾正《まつながだんじょう》が野本式部の口を割らせたことで、義輝を擁した北国の兵と、倭寇《わこう》の武装大船団とで、東西から京畿《けいき》の三好《みよし》を挟撃するという謀事は、破れたといわねばならなかったからである。

この永禄二、三年頃は、三好・松永政権の絶頂期だったといってよい。

三好長慶《ながよし》は、叛乱《はんらん》を起こした河内守護代《かわちしゅごだい》安見直政を追放して、高屋城を守護畠山高政の手に帰せしめ、湯川直光を新しい守護代に任じた。湯川直光は、紀伊に逃れていた畠山高政を保護し、高屋城奪還まで付き随《したが》って功のあった者である。

これで長慶は、衆目の見るところ、畠山高政の後見人的な立場となった。

いっぽう安見直政は大和《やまと》へ逃れた。大和国は、足利幕府成立前後から幾度も兵火に遇ってはいるが、南都《なんと》（興福寺《こうふくじ》）が源頼朝《みなもとのよりとも》に守護職を委《ゆだ》ねられて以来、長く武家支配を拒絶してきた地だったからである。まさか長慶も大和まで乱入しては来るまいという直政の計算であった。

ところが、謀叛《むほん》人直政の討伐を理由に、大和を斬《き》り取り、三好の版図に加えることを、弾正が長慶の耳に囁《ささや》いた。

堺をおさえている三好政権にとって、その経済圏にありながら、いまだ手つかずの地は、大和一国のみといってよい。これを取り込むことには、抗しがたい魅力がある。しかし、南都を中心とした寺社王国を対手《あいて》とするのは、危険すぎる賭《かけ》でもあった。

「この弾正めにおまかせ下されい」

堺《さかい》といい、京都といい、その奉行として、長慶を充分に満足させる仕事をしてきた弾正のことである。寵臣《ちょうしん》のこの囁きに長慶は頷《うなず》いた。

弾正は、直ちに大和へ入ると、かつて長慶が六郎晴元《ろくろうはるもと》を援《たす》けて滅ぼした木沢長政の居城であった信貴山《しぎさん》城を修築し、ここに拠《よ》った。長慶の側近中の側近として、吏僚《りりょう》参謀的な色合いの濃かった弾正が、瞠目《どうもく》すべき軍事的才幹を発揮するのは、この大和攻略からである。

　年明けて、永禄三年（一五六〇）正月。長慶は幕府相伴衆《しょうばんしゅう》に加えられ、修理大夫《しゅりのだいぶ》に叙された。相伴衆は、将軍の諸大名家への御成や、柳営《りゅうえい》での盃酒・椀飯の際に、文字通り相伴する人々のことで、本来は三管領《さんかんれい》・四職《ししき》の譜代《ふだい》歴々の大名でなければ選ばれぬ職である。が、この乱世では、職名も実力で獲《と》るものであった。

　それに伴い、長慶の嫡子慶興も、義輝より偏諱《へんき》を賜って、名を義興《よしおき》と改め、筑前守《ちくぜんのかみ》に任官した。

　同月二十七日、正親町《おおぎまち》天皇の御即位式が紫宸殿《ししんでん》で挙行された。践祚《せんそ》せられてから二年以上を経ているが、その間、朝廷の窮乏甚《はなは》だしく、要脚《ようきゃく》を捻出《ねんしゅつ》できなかったのである。正親町天皇の御即位式を可能ならしめたのは、中国地方の新興大名、毛利元就《もうりもとなり》の莫大《ばくだい》な献資による。元就にすれば、朝廷に情誼《じょうぎ》を通じることで、いつの日か衝突するかもしれぬ三好への牽制《けんせい》としたのであろう。この献資により、元就は陸奥守《むつのかみ》と桐菊紋を許された。

　御即位式の当日、警固奉仕を命ぜられた長慶は、前夜より詰めかけた数万人の拝観者の見戍《みまも》る中、百余の人数を引き具して北御門より祇候《しこう》し、香台のきわまで罷《まか》り出て、天皇の御姿を拝むことを得た。長慶一世一代の晴れ舞台である。

主君の栄誉は、松永弾正にも分かち与えられた。翌二月、義興とともに、幕府供衆に加えられ、弾正忠《ちゅう》から弾正少弼《しょうひつ》に昇任した。本来は内外の非違糾弾《ひいきゅうだん》、風俗粛正の検察官である弾正台の唐名を、その刑罰の峻烈《しゅんれつ》さを霜の厳しさに譬《たと》えて霜台《そうたい》というところから、世人も松永久秀《ひさひで》を松永霜台と呼ぶようになったが、この物語では、以後も松永弾正と記す。

弾正は、二月六日、義輝の参内《さんだい》に平然と随行した。そのあまりの鉄面皮ぶりに、玄《げん》尊《そん》が憤激し、行き帰りの途中で弾正を討つと息巻いたが、これはさすがに義輝に制せられた。即位式につらなる行事のひとつを血で汚すなど不敬きわまる。

ただ弾正のほうも、淀城の一件以来、義輝側に何かを仕掛けようという動きを、まったくみせぬ。

それが却《かえ》って、鯉九郎には不気味であった。

(ならば今度は、こちらから仕掛ける)

鯉九郎は、浮橋に密命をあたえて、何処かへ奔《はし》らせた。

同じころ弾正は、京で大いに面目を施し、やや浮かれ気味の長慶を、諫《いさ》めている。

「かような栄華のうちにこそ、滅びへの兆しが芽吹くと思《おぼ》し召《め》されよ」

このあたりが弾正の巧みなところであろう。誰《たれ》もが長慶に追従するとき、ひとり敢《あ》えて苦言を呈するのは、いかにも主君思いの宿老という印象を与える。

「兆しとは実休がことか」

「お屋形《やかた》。まだ実休どのを……」

実休とは長慶の長弟三好之康《ゆきやす》（元康・義賢とも名告《なの》る）のことで、今は剃髪《ていはつ》して、物外軒実休と号している。

三好の本拠阿波《あわ》国を長く掌握してきた実休は、三好四兄弟中随一の野戦司令官で、猛々しい阿波兵をよく統率し、さながら山賊の頭領的な人望があった。讃岐《さぬき》・伊予《いよ》への出兵のほか、長慶の要請で幾度も海を渡って畿内近国に転戦し、その政権樹立に多大な貢献をしている。といって末弟の十河一存《そごうかずまさ》のような武辺一途《ぶへんいちず》の男ではなく、千利休《せんのりきゅう》の弟子山上宗二《やまのうえのそうじ》に「数寄《すき》者也」と評されたほど茶の湯を愛好し、堺の茶人たちとの交流も深い。

三好氏の戦国史には、見性寺《けんしょうじ》事件というものがあるが、これが長慶と実休の仲をぎくしゃくさせるきっかけになったといわれる。天文二十二年六月、実休が、主君の阿波守護細川持隆を、勝瑞《しょうずい》の見性寺において暗殺したのである。

長慶というのは、あれだけ自分を苦しめた六郎晴元（心月のこと）を、戦うたびに撃破しながら、竟《つい》にこれを殺すことができぬ男であった。下剋上《げこくじょう》はしても主殺しだけは許せぬ。実休の暴挙に激怒したのは、そういう長慶流の倫理観によるものといえようか。

実休のほうにも言い分はあった。が、暗殺が行われたとき、この兄弟の間は海で隔てられていたため、見性寺事件について、互いの意思を吐露する機会を逸してしまう。つまり、不和の火種を残したままとなった。

それが再び燃えはじめたのは、天文末年、十河一存が和泉国岸和田城主に据えられ、それまで一存の治めていた讃岐を、実休が阿波と併せて領するようになってからである。四国の三好軍団の中には、少年時代から京畿へ出てしまった長慶よりも、つねに阿波を統《す》べてきた実休を慕う者が多い。そのため、実休こそ三好の総帥、という言葉が誰かの口から吐かれたのであろう、これに尾鰭《おひれ》がついてしまった。即《すなわ》ち、実休は長慶に叛心を抱いている、と。

過去に見性寺事件のことがあるから、長慶としても、聞き捨てにはできなかった。

「実休どのが入道されたは、お屋形に異心なきことを証《あか》さんがため。それでもお疑いとあらば、実休どのの立つ瀬がござらぬ」

「分かった。そのことはもう云《い》わぬ」

「それでこそ御兄弟」

安堵《あんど》したように弾正は頷《うなず》いてから、それがしが案ずるは将軍家がこと、と云った。

「公方《くぼう》さまには去年、安見直政を唆《そそのか》されたご一件もござる。その前は勝軍山《しょうぐんざん》への御夜討ち。まったく油断ならぬ御方」

「ははは、弾正。もはや越後《えちご》の虎も帰国致したのだ。公方さまに何がおできになろうか。そう取り越し苦労ばかり致すな」

それでも弾正は、憂わしげな表情をしてみせる。その忠義面の下で北叟笑《ほくそえ》むもうひとりの弾正が仕掛けた罠《わな》に、長慶が気づく筈《はず》もない。

長慶は、まんまとそれに引っ掛かった。

京から芥川《あくたがわ》城へ帰城後の長慶は、弾正が気になるといった義輝のことよりも、異心はないと肩入れした実休に対する疑念が湧《わ》いてきて、落ち着かなくなったのである。

恰《あたか》も、この時期、またぞろ河内で戦雲が動き始めていた。河内の国人・地侍らが、紀伊から入った守護代の湯川直光に服さず、それで政情が不安定になると、守護畠山高政は、大和へ逐《お》った安見直政を呼び戻し、これを守護代に復帰させてしまったのである。随分と無茶な話だが、この時代、高政のような日和見《ひよりみ》大名はめずらしくなかった。直光は紀伊へ追い返されてしまう。

この守護代すげ替えは、長慶に無断で行われた。守護代任免権は守護にあるから、高政が長慶に断る必要はないのだが、昨年の経緯を顧みれば、一言相談があってもよかったろう。いわば信義の問題である。

「兄者は甘い」

と云ったのは、実休であった。対面して吐いた言葉ではない。

三月二十一日、堺の海船政所《かいせんまんどころ》において、長慶は、実休の意をたずさえて阿波から渡ってきた三好康長と会談したが、その席上、伝えられたものである。康長は、三好兄弟の叔父にあたる。

「河内を三好の直轄に致すべし」

実休以下、阿波の三好一党は皆、その考えだという。

(もしやして実休は……)

河内の畠山・安見と通じており、阿波・讃岐の兵を率いて来陣するや、これと力を合わせて、矛先《ほこさき》を自分に向ける心算《つもり》ではないのか。その疑念が、長慶の胸中で真っ黒な塊となって膨れ上がった。

しかし、嫡子義興が一議に及ばず賛意を示したので、三好軍団の総力を挙げた河内出兵を、長慶は決定せざるをえなかった。

四月八日、長慶は淡路の洲本において、次弟安宅冬康《あたぎふゆやす》もまじえ、阿波からきた実休本人と会談に及ぶ。むろん、建前は河内出兵についての最終的な打ち合わせだが、長慶にとっては、実休の本心をそれとなく探るのが目的であった。

しかし、実休の言動に不審な点は見当たらぬ。出兵の日取りを六月末と決め、長慶は疑団《ぎだん》を棄《す》てきれぬまま芥川城へ戻った。

二

阿波一国をほぼ横断する吉野川の河口付近の流れは、江戸期に蜂須賀《はちすか》藩が改修工事を始めるまでは、旧吉野川と現在よばれているそれが本流であった。四国三郎といい、幾度も氾濫《はんらん》を起こした名うての暴れ川である。

その南岸に、実休が居城とした勝瑞城が築かれていた。当時、実休率いる阿波水軍の機動力にめざましいものがあったのは、吉野川をそのまま外濠《そとぼり》としていたことによる。城から乗船するや、一挙に摂津ノ海へ出られた。

城自体は、さほどたいした結構ではなく、中世の館《やかた》形式の域を出ていない。

実休は、城内の書院の一間を、炉をきって茶室にあてていた。ここで、ひとり束の間の閑寂を貪《むさぼ》るのが、鎧《よろい》を解く暇もなく戦いつづけているこの男の唯一の愉《たの》しみなのである。

　出陣が間近に迫ったある夜、実休の茶杓《ちゃしゃく》を動かす手はふと止まった。

「ここまで忍び込んだ手並みは褒《ほ》めて遣わす」

　誰に話しかけたものか、茶室には実休ひとりしかいない。

「が、やすやすとは斬《き》れぬぞ」

　実休の手は、別の茶杓をとった。仕込みである。七年前、主君細川持隆を暗殺して以来、その悪逆を憎む者がいまだに山野に伏しているので、実休は常住座臥《じょうじゅうざが》、刺客へのそなえを怠らぬ。

　くぐもった声だけが返された。

「害意ある者ではござり申さぬ」

　慥《たし》かに殺気は感じられぬ。実休は、再び点前《てまえ》をはじめた。

「話が遠い。上がって参れ」

「御免」

　ことり、と床の間の床板をはずして、下から黒装束の男が現れた。覆面から眼だけがのぞいている。

「浮橋《うきはし》と申しまする」

「忍びにしては雅《みや》びな名よ」

と実休が苦笑するのもかまわず、浮橋はさらりと重大なことを明かした。

「京の妙覚寺より参上仕《つかまつ》ってござる」

「なに」

また点前の手を止めた実休は、浮橋をまじまじと瞶《みつ》める。

「公方さまは、忍びの者を飼われておると噂《うわさ》には聞いていたが……。御内意をうけて参ったのか」

「御意」

「では、聞くまい」

「何故に」

「その心を些《いささ》かも持ち合わせぬからだ」

その心とは、長慶への叛心である。

「されば、その儀は申し上げませぬ。なれど、これだけはお聞き下されたい」

と浮橋は云い募る。

「かの見性寺の一件は、修理大夫がひそかに欲することを、実休が代わりにしてのけたにすぎぬ。兄を思う弟がすすんで汚名を着たのである。公方さまはかようにに仰せあそばされておられまする」

実休の表情が微《かす》かに動いた。

（わが苦衷《くちゅう》を察する者はいないと思うていたが……）

浮橋の言葉の通りなのである。

実休が見性寺で暗殺した主君細川持隆は、三好兄弟の父元長《もとなが》亡き後、まだ幼かった兄弟を大事に扶育《ふいく》してくれた人だが、同時に、長慶と決裂した六郎晴元の従弟でもあった。しぜん持隆は、長慶を非難し、実休が長慶の要請をうけて出陣するたびに、三好兄弟への不信感を募らせていた。長慶と違って、阿波にあって常に持隆と接しなければならぬ実休の苦労は、並大抵のものではなかった。

しかも阿波国は三好一党の本拠地であるのに、その守護たる持隆に疎《うと》まれては、京畿での長慶の動きにも支障が生じる。長慶自身、持隆が消えて、阿波を完全に三好の手に掌握できたら、どれほどやりやすいかと思っていたことは疑いない。

だが、長慶は優柔不断であった。みずからの手を汚したくないとも思っている。その本心は、自分には制止しようもない状況下で事が起ることを望んでいた。むろん、そんなことをおくびにも出すような長慶ではない。

（兄者は狡《ずる》い）

実休がそう思わなかったといえば、嘘になるであろう。

かくして、長慶と六郎晴元の関係が修復不能となった時点で、実休は決断するほかなかった。主殺しの大逆を好んで犯したわけではない。

実休が、美貌の誉れの高かった持隆未亡人を妻にしたのも、大逆の総仕上げであった。そうすることで、実休個人の悪辣《あくらつ》さを際立たせ、持隆暗殺は長慶の意思と無関係に起こった惨劇である、と世間に印象づけようとしたのである。三好の総帥たる兄を悪人にしてはならぬという弟の配慮であった。

実休は、長慶だけは分かってくれると信じた。しかし、違った。

長慶は寧《むし》ろ、主殺しをしてのけた実休の果断さを恐れた。頂点に立つ者特有の猜疑《さいぎ》心《しん》といってしまえばそれまでだが、

（兄弟ではないか）

実休の心にも不満が残った。爾来《じらい》、見性寺事件については、兄弟互いに口を閉ざすこととなったのである。

ただ実休自身は、兄の上に立ちたいという野心を勃《おこ》したことは一度もない。

（これは或いは、公方さまが仕掛けられた罠かもしれぬ……）

ふと実休は思った。

実休は、図らずも義輝の密使を引見してしまったが、その事実は事実として動かしがたい。そして、こうしたことは、どこから洩《も》れるか知れたものではない。もし芥川へ聞こえれば、実休に二心なくとも、嫌疑をかけられるのは避け難いであろう。あらぬ疑いでも、疑う側に既に、そうと信じがちな心があれば、それは真実となる。結果、味方から排斥されるくらいなら、その前にほんとうに敵方へ寝返ってしまうほうが、よほどいい。こうした事例は、下剋上の世では枚挙《まいきょ》に暇《いとま》がなかった。

「実休を見損ないあそばされた。そうお伝えせよ」

溜《た》め息とともに実休は吐き出した。

万全を期すならば、この場で義輝の密使を斬り棄てるに如《し》くはないが、三好の本拠に易々《やすやす》と侵入したほどの忍びが、おとなしく首を差し出す筈があるまい。斬り合いになれば、必ず騒ぎが大きくなる。それは忽《たちま》ち長慶の耳に達するであろう。

長慶に一片の疑心も抱かせぬためには、どのような騒動であれ、勝瑞城内で起こすのは避けねばならぬ。

「去れ」

実休は、斬りつけるような短い一言を、浮橋に浴びせた。会見は終わりである。

浮橋は、無言で、つつっと退いた。が、床板をはずしてできた穴へ足を入れかけて、やにわに縁側との仕切り戸のほうへ身を移した。と見るや、いきなり戸を引きあける。

庭を走り去る人影を、実休の眼も月明に捉えた。

浮橋の五体は、縁側から庭へ跳び、一度大きく弾んだだけで、一挙に人影に追いついた。直後、骨の砕ける鈍い音がした。

縁側へ出た実休の前に、曲者《くせもの》の死体を担いだ浮橋が戻ってくる。

「これは、ちかごろ奥で召し使うようになった侍女ではないか……」

実休の声は意外そうであったが、

「修理大夫どのが遣わした間者《かんじゃ》に相違なしとおぼえまする」

と浮橋は断定した。

「まさか……」

「お信じになる、なられぬは、実休どのがお心次第。なれど、この女の屍《しかばね》を、余人の眼にさらしてはなりますまい。生きたまま城より去らせていただける御礼に、やつがれが密《ひそ》かに始末仕りましょう」

実休に考える暇も与えぬように、一息にそれだけ云うと、浮橋はくるりと背を向け、忽ち闇の中へ消えた。

(兄者がこの実休に間者を……)

実休は、はじめて動揺した。

それから、しばらくして、浮橋の姿を吉野川畔に見ることができる。女の死体を草地におろすと、覆面をとり、ほうっと息をついた。

「危ういところだったわ。この女、公方の手の者だな……」

ひとり呟《つぶや》いたその表情に、笑みが刷《は》かれた。凶相そのものである。

右頬には珠に海藻と棲虫、左頬には珠に貝の入れ墨。黒京衆《こくぎょう》の首領、磯良《いそら》ではないか。

磯良が浮橋の名を騙《かた》り、義輝の密使と称して、実休のもとを訪れたのは、云うまでもなく松永弾正の命による。事前に、義輝に従う忍びの名を探り出すのは、いささか骨が折れたが、そこは蛇の道はへびであった。

長慶の弟たちを、ひとりひとり、長慶みずからの意思で抹殺するよう仕向けるのが、弾正の意図するところだ。

三好一党中、長慶に次ぐ実力者の実休については、性急に滅ぼすのは難しいので、真綿でしめつけるようにじわじわと攻める必要がある。実休に叛心のないことを分かっていながら、弾正が磯良を派したのは、その第一段階というべきものであった。義輝の密使と会見した。その事実を、実休の心の中に残すだけでよい。ただ、さすがの弾正も、まさか義輝側が間者を勝瑞城へ潜入させていたとは、思いもよらなかったろう。厳密にいえば、梅花《メイファ》の配下を侍女として送り込んだのは鯉九郎であり、義輝はこのことを知らぬ。

磯良は、女の脛骨《けいこつ》をへし折る瞬間、これは淀城の矢倉を爆破した忍び集団のひとりだと看破した。実休の前で長慶の間者であるとでっちあげたのは、咄嗟《とっさ》の機転にすぎぬ。その咄嗟のでっちあげが、実休に衝撃を与えたことは想像に難くない。

「女。汝《うぬ》がおかげで、上出来の首尾となったわ」

磯良は、屍《しかばね》の着衣をすべてはぎ取ると、手近の拳《こぶし》ほどの石ころを拾いあげ、いとも無造作に女の顔へ叩《たた》きつけた。何度も叩きつけた。

返り血を浴びるのを愉しむ風情《ふぜい》が、この男にはある。

無惨にも、女の顔は原形を留めぬまでに潰《つぶ》された。面も着衣もない死体では、発見されたところで、身許《みもと》を確認しようがないであろう。

ある男への挑戦のために、何か手掛かりを残しておきたい誘惑にかられた磯良であったが、まあいい、と独りごちて諦《あきら》めた。

（あいつとは、結着をつけるときが必ずくる……）

磯良は、左耳の傷痕《きずあと》を指でなぞった。淀城の闇の中で、浮橋の飛苦無《とびくない》に裂かれたものである。浮橋にも傷を負わせはしたが、同じ忍びを対手に不覚をとったのは、磯良には初めての屈辱であった。

磯良は、死体を川へ蹴《け》り落とした。水音におどろいて、鴉《からす》が飛び立った。

三

磯良が義輝の密使と偽って勝瑞城に忍び入るより少し前のこと、ひとりの男を一躍、戦国史の主役へ押し上げる大事件が勃発《ぼっぱつ》した。

桶狭間《おけはざま》ノ合戦である。

その男、織田信長《おだのぶなが》は、尾張《おわり》を併呑《へいどん》すべく二万五千の大軍を率いて侵攻してきた東海の覇王今川義元《いまがわよしもと》を、折からの驟雨《しゅうう》の中、わずか二千の兵で尾張田楽《でんがく》狭間に奇襲し、見事義元の首級を挙げたのである。義元落命の地は、桶狭間《おけはざま》といわれるが、これはよく似た地名を取り違えたものであり、正しくは田楽狭間もしくは田楽ヶ窪という。

信長の武名は一挙に、天下に轟《とどろ》いた。

義輝のもとへ、信長より戦捷《せんしょう》報告の使者がきた。一雲斎針阿弥《いちうんさいしんあみ》といい、同朋衆《どうぼうしゅう》として信長に近侍《きんじ》する者である。義輝は即座に座敷へあげて引見した。破格の扱いといってよい。

針阿弥は、主君の性格を反映し、簡にして要を得た報告の後、

「あるじ織田尾張守《おわりのかみ》より、公方さまに是非ともご覧入れ奉るようにと」

針阿弥は、細長い錦包みを差し出した。

義輝は、手ずから開け、中身を両手で抱くように持ち上げた。太刀《たち》の刀身である。

世に剣豪将軍と謳《うた》われただけあって、義輝の刀剣に関する造詣《ぞうけい》には、他の追随を許さぬものがあった。一目で、この太刀の素生《すじょう》は知れた。

茎《なかご》に金象嵌《ぞうがん》の銘があった。一方に、

〔永禄三年五月十九日　義元討捕　即彼所持之刀〕

と刻されている。いま一方を返して、その文字を眼にした途端、義輝の頰は緩んだ。

〔織田尾張守信長〕

義輝が声をたてて笑ったので、奏者役の細川與一郎は眼をまるくした。

（信長は存外……）

茶目っ気がある、と義輝は思った。尾張国内へ乱入した賊を平らげ、守護の責務を

果たした、と茎の刻銘はやや誇らしげに告げている。

（因縁だな）

筑前左文字派の鍛えたこのひとふりを、最初に佩刀《はいとう》としていたのは、三好政長《まさなが》であった。十一年前の江口ノ合戦の折り、義輝が密かに討った宗三《そうさん》入道のことである。

宗三亡き後、「三好左文字」と呼ばれていたこの業物《わざもの》の次なる所有者となったのは、武田信玄《たけだしんげん》の父信虎《のぶとら》であった。信虎は、信玄に甲斐《かい》国を追放された後、女婿の今川義元のもとに寄食する身となったが、京へ巡遊した際に、これを入手したらしい。そして、駿河《するが》へ戻った信虎から義元の手へ移った。

この一刀を佩《は》いた宗三、義元いずれも、ほとんど歯牙《しが》にもかけていなかった弱小者から、思いもよらぬ形で討たれた。その弱小者の義輝と信長が、黙契《もっけい》を交わし合った仲だったとは、まさしく因縁というべきであろう。

「尾張守の伝言を申し上げ奉りまする」

と針阿弥は云った。

「あとは稲葉山《いなばやま》」

それだけで、義輝は信長の意を察した。

斎藤義竜《さいとうよしたつ》・竜興《たつおき》父子の拠る稲葉山城さえ落とせば、美濃は信長の手に入る。美濃を領国とすれば、京への道はぐんと近くなる。そのときこそ信長は、義輝の後《うし》ろ楯《だて》をみずから任ずるつもりであった。

橘屋《たちばなや》又三郎《またさぶろう》の死に関わりなく、信長は義輝との黙契を、いまだ胸中深く蔵し、その履行の時機を窺《うかが》っているのである。

義輝は、信長の武勇を誉《ほ》め、使者にねぎらいの言葉をかけてから座を立つと、去り際にさりげなく洩らした。

「ちかごろ病が重いそうな」

針阿弥は、はっと一瞬、面をあげた後、すぐに平伏する。

斎藤義竜が癩《らい》を病んでいるらしいことは、尾張まで聞こえていた。が、それがどの程度のものなのか、信長もそこまでは探りあてていない。嫡子竜興いまだ年少のとき、義竜が重病となれば、信長にとっては美濃攻撃の絶好機といえる。

義輝が義竜重病の確証を得られたのは、去年義竜が幕府相伴衆に列せられたことで、美濃の情報が入りやすくなったことと、美濃生まれの明智十兵衛《あけちじゅうべえ》の探索による。

信長は、褒美《ほうび》の品や官職を賜るより、こうした情報をひとつ得るほうが、遥《はる》かに満足する男である。そのあたりを義輝は充分心得ていた。

現実に斎藤義竜は、これよりほぼ一年後に三十五歳の若さで卒し、以後、信長の美濃攻めは本格化する。

信長をあまり買っていなかった鯉九郎も、東海の太守今川義元を討った才幹を、素直に認めた。と同時に、それを早くから見抜いていた義輝の慧眼《けいがん》にも舌を巻いた。

だが、信長の実力はまだ不安定である。

（信長については、いましばらく様子をみる必要があろう……）

義輝の将来の輔佐《ほさ》には長尾景虎《ながおかげとら》を。その計画をまだ諦めていない鯉九郎としては、安易に乗り換えるわけにはいかなかった。

桶狭間ノ合戦から一ケ月余り後、六月も末になると、河内《かわち》の風雲は急を告げる。阿波・讃岐・淡路三ケ国の兵を率いた三好実休が、予定通り出陣して尼崎へ進出、長慶の本軍と合流し、うだるような旱天《かんてん》の下、河内守口《もりぐち》へ陣を布いた。

三好軍は、畠山軍を圧倒する。長慶にとって皮肉なことに、別して実休の活躍には眼を瞠《みは》るものがあった。

それでもなお実休への疑念を棄てきれぬ長慶は、丹波から来援した松永甚助長頼に大兵を与えて、それとなく実休を牽制《けんせい》した。長頼は、弾正の実弟で、三好一党中、十河一存と並ぶ猛将として恐れられている。

実休には実休の思惑があった。

兄長慶を長年支えてきたこの男は、義輝の密使の要《い》らざる手出しによって長慶の間者を殺してしまったことを、悔いていた。殺した証拠は密使が消してくれたが、間者が消えたという事実は残る。それだけでも、長慶に対して異心ありと決めつけられれば、実休には弁明ができぬ。

むろん間者を放った長慶を、実休は恨めしいし、情けないとも思う。だが、間者を始末した以上、そのことをこちらから云い出すわけにはいかなかった。

三好四兄弟は、父元長が志なかばにして非業の最期《さいご》を遂げたことで、かえって結束を強め、力を合わせて京畿に覇を唱えることを誓い合ってきた。わけても実休は、三好の本拠阿波にあって、中央の兄長慶を背後から支えつつ、末弟十河一存のためには度々、讃岐へも出陣して、これを助けた。或いは、四兄弟中、最も情愛の濃い人であるかもしれぬ。

なればこそ実休は、河内の戦では、いつも以上に奮迅の働きをした。その姿を見れば、兄は必ず疑念をみずから拭《ぬぐ》ってくれる、と信じたのである。

十月末に至って、河内の戦乱はおさまった。畠山高政は高屋城を開いて降伏し、難攻不落の飯盛山城に拠った安見直政もこれを明け渡す。両名は追放された。

長慶は、河内平定の殊勲者の実休を、高屋城主とした。

「兄者。阿波、讃岐を如何《いかが》なされる」

実休は驚きを隠せなかった。

「右京 進《うきょうのしん》にまかせる」

篠原長房《しのはらながふさ》のことである。三好一党の中で、松永弾正と同じく「内衆」とよばれた直属家臣で、実休の右腕的存在といえた。軍事的才幹も並々でないが、後年、阿波で分国法「新加制式」を制定するなど、行政手腕にもみるべきところのあった人物である。

篠原長房に阿波・讃岐をまかせることを不満としたのではない。実休の驚きは、自分が三好の本拠から遠ざけられたことにある。三好政権の人事というより、実休を近くにおいて監視したいという長慶の底意が感じられた。

現実に長慶自身も、摂津芥川城から、河内飯盛山城へ居城を移すことを決めている。現今《いま》でいえば、飯盛山城は四條 畷《しじょうなわて》市、高屋城は羽曳野《はびきの》市。河内の北と南で、双方の間は直線で二十キロ程度のものであろう。それとなく監視するには程よい距離というべきであった。

(兄者のお疑いは竟に解けぬのか……)

無念に実休は唇を嚙んだ。が、真実、兄に忠実なこの男は、異を唱えはしなかった。

この時期、松永弾正は大和攻略に精を出しており、三好兄弟の河内平定とほぼ同時期に、大和全域を制圧し了《お》えている。

「弾正の戦《いくさ》は、殺戮《さつりく》にございまするて」

大和から京へ帰還した浮橋が、めずらしく怒りも露《あら》わに、鯉九郎に報告した。

実は浮橋は、鯉九郎の下命によって大和へ入り、松永勢の動きを探って、これを南都（興福寺）の衆徒らに伝えていた。弾正の大和攻略を頓挫《とんざ》させ、長慶の信頼を失わしめるためである。

だが、鯉九郎の期待した効果は、全く上がらなかった。大和では、衆徒中最も勢力のあった守護代・筒井氏が、浮橋の大和入りの前に早くも城を逐われ、あとは、弱小の土豪・地侍ばかりで、まとまりがなく、とてものこと弾正に対抗できる力をもたなかった。

弾正は、大和攻略において、徹底した殲滅《せんめつ》作戦をとっている。自軍の勝利が明らかになっても、敵とみれば一人も余さず殺した。

「坊主が弓矢なんぞ振り回すからよ。仏罰と思え」

そう嘯《うそぶ》いて弾正は平然としていた、と浮橋は鯉九郎に語った。

寺社勢力と事をかまえるのを、あまたの戦国武将が躊躇《ためら》うのは、宗教がもつ見えざる力を恐れるからといってよい。だが、弾正という男に、それは通用しないらしい。

「そんな力があるのなら、おれを仆《たお》してみせよ」

弾正は天に向かってせせら嗤《わら》った。大和を短時日のうちに征服できたのは、この男なればこそといえよう。

「弾正は、修理大夫（長慶）より、大和一国の仕置きをまかされ申した」

浮橋は呆《あき》れたように云った。呆れるのも当然で、一国の仕置きという大事は本来、将軍に決定権がある。今やそれは、長慶の恣意《しい》のままだ。

鯉九郎は、云い知れぬ不安をおぼえた。

（弾正の力は大きくなりすぎた……）

実をいえば予《かね》てより鯉九郎は、三好実休、安宅冬康、十河一存の存在が、弾正に対する抑止力になっていると考えていた。長慶の弟たちはいずれも、弾正を好いていない。末弟の一存に至っては、越度《おちど》があれば斬り棄てたいほど、弾正を嫌っている。

だが、弾正が一国を統べる身ともなれば、その地位は、三好一党内でも、実休以下の三好兄弟と同列になったとみてよい。長慶の絶大な信頼を思えば、むしろ兄弟を凌駕《りようが》する力を得たというべきか。

となれば、いずれ弾正と三兄弟の衝突は避けられぬであろう。

「或いは……」

鯉九郎の顔色が渝《かわ》った。弾正はすでに、三兄弟を滅ぼす奸計《かんけい》をめぐらせているやもしれぬ。鯉九郎は、初めてそこに思い至った。

「若。如何なされた」

「水天《すいてん》のことだ」

浮橋の表情が曇った。

水天とは、梅花《メイファ》の配下のひとりで、阿波勝瑞城へ侍女として潜入させた者の名である。

平戸から梅花に随行してきた女子衆《おなご》は、いずれも明人《みん》だが、武術にも忍びの術にも秀で、倭語を自在に操ることもできる。この者たちのおかげで、鯉九郎は対三好の網を、以前より拡《ひろ》げることが可能になった。

総勢十二人であったことから、これを十二天になぞらえて名付けたのは、浮橋である。

「御身らの唐の名は呼びにくくてかなわん。それより、将軍家を四方八方より守護し奉る神になってくれやい」

女たちは皆、浮橋を好いていたから、快くうけいれた。

「では、今日より御身らを十二天衆とよばせてもらうわい」

即ち、日天、月天、火天、水天、地天、風天、梵天《ぼんてん》、焔摩天《えんまてん》、多聞天《たもんてん》、羅刹天《らせつてん》、帝《たい》釈天《しゃくてん》、伊舎那天《いしゃなてん》である。

水天は三好実休の動きを探っていたのだが、夏の間に連絡が途絶え、行方不明になった。秋になって梅花が、地天、日天、月天を阿波へ送って捜索にあたらせたところ、この夏、吉野川河口の岸辺に女の腐乱死体があがったという情報を摑んだ。しかし、死体は疾《と》うに荼毘《だび》に付された後で、確認のしようもない。その後もしばらく、地天らは捜索をつづけたが、他に得るところはなかった。

「おれは、その無惨な亡骸《なきがら》が水天のものだと思う」

と鯉九郎は浮橋に云った。

「何故に」

「亡骸を見つけた漁師の話では、顔が潰されていたという」

「それは、やつがれも聞き申した。なれど、水天の正体が露顕致したとして、三好実休がそこまで酷いことを……」

「やるまいな、実休は。家臣にやらせもすまい」

なれど、と鯉九郎はつづけた。

「弾正と黒京衆ならどうだ、浮橋」

浮橋の布袋《ほてい》顔にも緊張がはしる。慥《たし》かに弾正と黒京衆なれば、どのような残虐行為も眉ひとつ動かさずやってのけるに違いない。

「では若は、実体も弾正の云いなりになっておると……」

「そうではない」

そこで鯉九郎は、はじめて、弾正が長慶の舎弟たちを滅ぼすつもりではないか、という推測を披瀝《ひれき》した。

「迂闊《うかつ》でございましたわい」

浮橋は、額をぴしゃりと叩いた。充分ありうることである。何故いままで、そこに思い至らなかったか。

「弾正は、いずれ実体を失脚させるつもりで、勝瑞へ間者を放った……」

鯉九郎は云い、浮橋があとをひきとった。

「その間者は、何かのはずみで水天の正体を看破した。水天もまた間者の正体を見抜き、争いとなった」

うむ、と鯉九郎も頷く。

（磯良だ）

と浮橋は思った。あの笑うと凶相になる男は、嗜虐《しぎゃく》的なところがある。

（水天の顔を潰したうえ、裸に剝いて川へ棄てるとは……）

浮橋の身内に、新たな怒りと闘志が湧いた。忍びにしては陽気すぎるこの男は、避けてとおれるなら、人殺しだけはしたくないと常々思ってきた。が、この瞬間、磯良に対して、はっきりと殺意を抱いた。

「若。弾正の専横を封じるには、まず黒京衆を斥《しりぞ》けねばなりませぬ」

鯉九郎は、浮橋を凝視した。すると浮橋は、えへへ、と笑ってみせる。

「大樹はお許しになるまい」

「何卒《なにとぞ》、大樹にはご内密に」

「分かった。なれど、備えは周到にいたせ。十二天衆と力を合わせるがよかろう」

「それは心強い限り」

「浮橋」

「は」

「死ぬなよ」

「若にしては、めずらしくやさしいお言葉にございまするな」

「大樹なら、そう仰せになると思うたまでだ」

それが鯉九郎の照れ隠しであることは、浮橋には分かっている。

（やつがれほど幸せな忍びは、この世に二人とおるまいて……）

その温かい思いを抱いて、浮橋は鯉九郎の前から姿を消した。直後、どこかで洟《はな》をすする音がした。

四

永禄三年も暮れようかという冬の某日、義輝は洛北の鹿苑寺《ろくおんじ》を訪れた。

三代将軍足利義満《よしみつ》の別邸だったのが後に寺院となったもので、通称を金閣寺という。応仁ノ乱で、舎利殿（金閣）は残ったが、他の堂塔伽藍《どうとうがらん》をほとんど焼失させ、以後も戦乱つづきで復興の暇がなく、義輝時代になっても荒れ寺であった。

住持の周暠《しゅうこう》は、義輝の九歳下の異母弟である。

「公方さまには、わざわざのお運び、恐悦至極に存じ奉りまする」

年少ながら一宇《いちう》の禅寺を預かる身だけあって、周暠の言葉の端々にも、その挙措にも、幼時より怠りなく禅行に励んできた者の品位が滲《にじ》み出ていた。

「大きゅうなられた」

そう言葉をかけようとして、義輝がそれを呑《の》み込んでしまったのも、そうした周暠の醸しだす風格を感じ取ったからであった。子供扱いするのは、礼を失する。

この真冬に、周暠は素足であった。あかぎれは隠しようもない。

「ご修行にお励みのようす」

義輝が微笑を投げると、周暠は、これは見苦しきものをと恥じ入った。

（七年前と渝《かわ》らぬ……）

天文二十二年の末、近江《おうみ》の朽木《くつき》館へ落ちた義輝は、かねて念願の廻国《かいこく》の旅へ出る決心をした折り、留守中、義輝の不在を余人に気取られぬよう、替え玉をたてることを鯉九郎から進言された。一歳下の同腹の弟で、興福寺一乗院に入室した覚慶《かくけい》なれば、この大役がつとまるかもしれぬと思われ、その人物をみるため、奈良より呼び寄せた。この弟が六歳で僧籍に入って以来、義輝は会っていない。口実として、都落ちして気の塞《ふさ》ぐ兄を、正月を共に迎えて慰めてはくれまいか、という内容の書状を事前に送っておいた。

このとき、漸く十歳になろうかという周暠も招いたのは、一度も会ったことのない幼弟の顔を見てみたいという、義輝の純粋な肉親の情からだったといえる。

兄弟三人水入らずで、初めて語り合った夜の光景が、

（昨日のことのように……）

義輝には思い起こされる。

巨椋《おぐらす》栖山と安曇川の流れを借景とした朽木館の庭は、闇の底で雪中に埋もれ、谷水を池泉へ落とす滝音だけが、緩やかな鼓《つづみ》の調べのようにあたりに響き流れていた。

「冬の月は好きか」

風はないが、寒々とした夜に、ひとり縁へ出て、彼方の月を眺めながら、義輝は後ろへ問いかけた。白い息が舞った。

杉の板戸が二枚開け放たれていて、室内にも寒気は入り込んでいる。板敷のその部屋には、法体《ほったい》の男子が二人、すなわち覚慶と周暠が茶菓を前に端座しているのみで、余の者はいなかった。

「清少納言の言葉の如くとおぼえまする」

婉曲《えんきょく》な言い回しで応えたのは、覚慶である。寒いのだろう、首筋に鳥肌を立てていた。室内に燭《しょく》は灯っているが、火桶《ひおけ》ひとつおかれていない。

媼《おうな》の化粧と師馳《しわす》の月は凄まじきもの、つまり殺伐として興醒めだ、と清少納言は切り捨てた。覚慶はそれに同感だという。

「いつまでも戸外におられましては、お風邪を召されまする。もう中へお入りなされてはいかがでしょう」

覚慶の口調は苛立《いらだ》ちを含んでいた。

義輝は、部屋に入って戸をたて、自身の茶菓の前にあぐらをかく。

「私は……」

と小さな周暠が、小さな声を洩らす。小坊主さんとでも呼びたくなるような、眼のくりくりした可愛《かわい》い少年であった。

「何かな、周暠」

義輝は、微笑を浮かべて促した。

「好きにござりまする」

今度ははっきりした声である。

「周暠は冬の月が好きだと云うのだね」

「はい」

「何故かな」

「未熟な私を叱《しか》ってくれるからにござりまする」

周暠の面持ちは真剣そのものであった。

覚慶の唇が微かに歪《ゆが》められる。子供が埒《らち》もないことを、と思ったらしい。

憖かに周暠は、まだほんの子供である。だが義輝は、周暠の今の一言から、この少年の孤独に堪えて必死で生きている姿を垣間見た。

「冬の月は嘘をつかぬ」

義輝がやさしく云うと、周暠はたちまち破顔して、はい、と頷いた。

大地の枯れる寒気の中で眺める冬月は、清少納言の評したように、荒涼としたものには違いない。それだけに凜乎《りんこ》たる孤高の姿とも映り、これに語りかければ、応ずるに決して嘘をつかないような気がするものであった。朧々《ろうろう》としてとらえどころのない春月とは、まるで趣を異にするといえよう。

おそらく周暠は、寺に預けられた幼子《おさなご》のころから、それを宿運と思い定め、自己を律して禅門の修行に精励しているのに相違ない。その証拠に周暠は、冷たい板床に座しても、背筋を伸ばした姿勢を崩すことがなかった。修行は寺内のみに限らぬと心得ていなければ、躰の芯まで突き通すこの寒さに耐えられるものではあるまい。それゆえ、寒天に厳しくも澄み切った姿を晒《さら》す冬月を見ると、一時の懈怠《けたい》もゆるされないと思うのであろう。

（この子は名僧となるやもしれぬ……）

義輝の面は、自然と綻《ほころ》んだ。

覚慶は義輝に同じく亡父義晴《よしはる》の正室近衛氏の腹より出たが、周暠のほうは庶子であった。嫡庶は差別されるのが、当時の社会である。覚慶は、北嶺《ほくれい》（比叡山延暦寺《ひえいざんえんりゃくじ》）に並称される南都《なんと》奈良興福寺《こうふくじ》の門跡寺院一乗院へ、門跡の後継者として入室した。これに比べ周暠は、足利義満ゆかりとはいえ、応仁ノ乱よりこのかた荒廃しきっている鹿苑寺に、一生を送ることを余儀なくされたのである。

「兄上は」

と覚慶が義輝に向かって訊ねた。

「京へはいつお戻りあそばされますのか」

「なぜだね」

「都を三好がごとき田舎《いなか》武士の勝手にさせておくのが口惜しいからにござりまする」

「長慶は、心悪《あ》しき男ではない。いずれ都も平穏になろうよ」

「それは、和睦《わぼく》のご所存と拝察申し上げればよいのでござりまするか」

将軍からは勇ましい言葉を期待していたのか、意外そうな覚慶の口調であった。

「さあ。成り行きまかせだな」

義輝は、更に覚慶の不満感を嵩《こう》じさせるような曖昧《あいまい》な云い方をしつつ、内心では苦笑していた。

（とんだ生臭坊主だ……）

覚慶が俗世に未練をもつことを、義輝は見抜いた。出家は、周暠のように寒暑にも平然として、挙措涼やかであることが当然とされる。況《ま》して、世俗的贅沢《ぜいたく》など望むべきではない。兄の身を案ずるようなふりをして、わが身の寒さに早く戸をたててほしいことを仄《ほの》めかしたのは、図らずも、覚慶が日常、不自由のない生活に狎《な》れていることを、みずから露呈した言動だったといえよう。

それはいいとしても、覚慶が冬月の眺めを清少納言の一言で片づけたのが、いかにも俗人臭く、とても御仏に仕えて十余年を経た沙弥《しゃみ》とも思えぬ。学識をひけらかす頭でっかちの公家のようではないか。みずからの感ずるところを素直に口にした周暠に、同じ桑門《そうもん》として遠く及ぶまい。そのうえ、武門の争い事に興味を隠し切れぬようでは、覚慶の行く末が思いやられる。

（浅はかであった……）

両親を同じくする一歳下の覚慶なら、御簾《みす》内でそれなりの装《なり》をさせておけば、将軍義輝にみえないことはなかろう。そう考えた自分を、義輝は心中で嗤《わら》った。

（周暠がせめて十五、六歳であったなら……）

同時に義輝はそう悔やんだことである。

結局、義輝の替え玉は、周暠が子供らしい無邪気さで、容貌が似ていると指摘したことから、細川與一郎がつとめることになった。

（あれから、まる七年……。今の周暠なら、あのときのわしの身代わりがつとまる）

周暠の涼しげな相貌と、禅行の鍛練によって引きしまった体軀とを眺めながら、義輝はあらためて思った。

「本日、御坊をお訪ね致したのは、とくに用向きあってのことではない。お顔が見とうなったのでござる」

「勿体なき仰せ。果報とおぼえまする」

周暠は深々と頭《こうべ》を垂れた。

部屋の一隅には、供をしてきた鯉九郎、玄尊、小四郎が控えている。

玄尊は、義輝が高僧智識に対するが如く若い周暠に接するのを見て、眼をまるくしていた。とはいえ、自身も比叡山で苛酷な修行をした経験者だけに、周暠の風情に名僧の予感をおぼえた。

鯉九郎だけは、義輝の訪問の真意を忖度《そんたく》している。

（大樹はいずれ、周暠どのに黒衣の宰相として政を助けてもらいたいご所存では……いや或いは、もしやして次代の将軍にと……）

義輝は、かつて一度もそれらしき意思を洩らしたことはないが、鯉九郎はなんとなくそんな気がした。

だが、たとえその望みを抱いていたとしても、義輝は竟に口にすまい。何故なら、義輝の周暠を見る眼は、肉親に対する愛《いとお》しさに充《み》ちている。この澄んだ眸子《ひとみ》をもつ弟を、武門の争いに巻き込むのは忍びない。その心情に、義輝は従うのに決まっていた。

(悪御所におなりあそばすご決意を、お忘れにござるか)

とは鯉九郎も決して非難せぬ。義輝のそういうやさしさこそ、鯉九郎たちをして、義輝のために命を棄てることを歓びとさせる神賦の資質なのであった。

(しかし、危うい……)

鯉九郎は、義輝が認めるほどの周暠の聡明さを不安に思った。この聡明さは、いずれ世に知られるところとなろう。そのとき松永弾正が、周暠を危険視せぬ筈はない。弾正は、義輝の力になりそうな人間を、片端から排除したいに相違ないのである。

義輝と周暠の歓談は、二刻余りに及んだ。その間、中食《ちゅうじき》が供された。禅院のことで、義輝主従へのもてなしは簡素なものであったが、料理のひとつひとつに心がこもっていた。

食事中、粉雪が舞いはじめた。

辞する頃になって、鯉九郎は周暠へあることを願い出た。

「御坊。これなる小四郎にも、学問はでき申そうか」

「口のきけぬことは、学問の障りになり申さぬ。何事も心懸け次第」

「では、御坊より小四郎に、学問をご教授願えましょうや」

「拙僧《せっそう》とて、いまだ修行中の身。教授など思いもよらぬこと。なれど、共に学ぶことはできましょう」

話が突然、妙な方向へ展開し始めたので、小四郎は眼をきょろきょろさせている。

鯉九郎の狙いは、別のところにあった。小四郎をそれとなく周暠の護衛者にしようという考えである。まともにそれを云いだせば、周暠から断られるに決まっているから、小四郎の学問に託《かこ》つけた。

「野生児に学問か。こいつはいい」

と玄尊まで云いだしたので、小四郎は助けを求めるように義輝を見た。

「小四郎。明日より毎日、周暠どのがもとへ通うて、学問に勤《いそ》しめ」

小四郎の顔はみるみる情けないものになった。

五

義輝主従が鹿苑寺を辞去するときも、依然、雪は降りやまず、すでに木々の梢《こずえ》にも路上にも、うっすらと積もっていた。落日には、いましばらくの刻がある筈だが、雪空はどんよりとして薄暗い。そのかわり地上は、積もりはじめた雪の明かりで白々としている。

鹿苑寺では別間に控えていた大森伝七郎と亀松三十郎が徒歩で先頭を行き、義輝がうたせる乗馬《じょうめ》の両脇に玄尊と小四郎がやはり徒歩でぴたりと寄り添って、最後尾の鯉九郎は主君に同じく馬上にあった。

足利義満が北山第より政令を発していた頃の洛北一帯は、武家・公家・僧侶こぞって居住し、往来は喧騒に充ちていた。いまは往昔の賑《にぎ》わいなど見る影もなく、物の怪《もののけ》でも出そうな寂しい土地に変わり果てている。

義輝主従が巨大な物の怪に出くわしたのは、竹林の中につけられた道をすすんでいるときであった。

伝七郎が怒声を叩きつけた。

「痴《し》れ者《もの》め。足利義輝公のお馬先と知っての狼藉《ろうぜき》か」

「もとより承知の上」

巨大な物の怪とみえたその男は、黒馬の鞍上《あんじょう》で巌《いわお》のような体軀の胸を反らせて、獣が敵を威嚇《いかく》する如く吼《ほ》えた。

巨人である。鐙《あぶみ》がなければ両足とも地についてしまうのは間違いない。その上、欛《つか》頭《がしら》から鞘尻《さやじり》まで六尺はあろうかという大太刀《おおたち》を横たえている。

鍾馗《しょうき》を思わせる異相に、耳の後ろまで鬢《びん》を抽《ぬ》いた髪型が、この男の名を義輝に思い出させた。鬼十河《おにそごう》の驍名《ぎょうめい》をもち、数多《あまた》の武士がその独特の髪型を十河額《そごうびたい》とよんで真似るという、三好軍団中最強の男。

「左衛門督《さえもんのかみ》か」

義輝は、鞍上から声をかけた。

「いかにも」

三好四兄弟の末弟で、左衛門督と称す十河又四郎《またしろう》一存《かずまさ》は、今にも食いつきそうな眼《まみ》で義輝を睨み返した。両者が見えるのは、初めてのことである。

「鬼十河とは願ってもない対手」

早くも玄尊が、大薙刀《おおなぎなた》の石突きで、どんと地を叩いた。小四郎も腰刀の栗形《くりかた》へ手を添える。

「皆、早まるな。向こうは一人、何か申し条あってのことであろう」

義輝は穏やかな口調で制してから、聞こう、と一存を促した。

「悪御所に申し上げ奉る」

と一存にいきなり切り出されて、義輝は心中で苦笑した。いつか鯉九郎らの前で、みずから悪御所になると宣言した義輝だったが、余人から面と向かってそうきめつけられたのは初めてである。

「御身が畠山、安見を陰で操られたことに、いまさら言及は致さぬ」

驚いたのは鯉九郎である。

(何のことだ)

寝耳に水というべきであろう。義輝は河内の戦乱については関わりない。まして、畠山、安見の黒幕だったなどと、どこをついたら、そんな馬鹿げた話が出てくるのか。

「待たれよ、左衛門督どの」

鯉九郎は、馬の腹を軽く蹴って、主君の前へ出ようとしたが、義輝が軽く右手を挙げたので、そのまま控えた。

一存は、鯉九郎に鋭い一瞥をくれてから、語を継いだ。

「我慢ならぬは、勝瑞へ密使を放たれしこと」

「密使……」

義輝は首をひねった。

「わしが何故、実休へ密使を放つ」

「知れたことにござろう」

「寝返りのすすめか」

「語るに落ち申したな」

「ふうむ……」

義輝は小鼻のわきを掻き掻き、

「どのような好餌《こうじ》をみせようと、実休は寝返るような男ではあるまいに……。間抜けな密使だな」

おかしそうに笑いだした。

「笑い事で済ませるご存念か」

一存の双眼に憤怒の火が燃え熾《さか》った。

「そちはわしが実休へ密使を放ったと信じておる。信じておるものを、否と云うたところで詮《せん》ないではないか。笑いとばすほかあるまい」

　鯉九郎がたまらず、馬をすすめて前へ出た。

「左衛門督どの。その話、実休どのからお聞きなされたのか」

「汝《うぬ》は何者だ」

「朽木鯉九郎と申す」

「ほう、将軍家の知恵嚢《ぶくろ》よな。こたびの小賢《こざか》しき策は汝の献言か」

「正直に申そう」

　鯉九郎は、一存を真正面から見据えた。

「わが配下を勝瑞へ放ったは事実」

　但し、と鯉九郎はつづける。

「公方さまはご存知あそばされぬ。それがし一人《いちにん》の才覚ですすめたこと」

「昔から足利将軍は知らぬふりが得意というが、まことよな」

「終わりまで聞かれよ。それがしが放ったのは密使ではない。実休どのが動きを探るため侍女としてもぐりこませた者にすぎぬ」

「侍女だと」

「偽りは申さぬ」

を滑らしそうになったからである。

「侍女は……」

云いかけて、一存は口を噤《つぐ》んだ。侍女は孫次郎兄者（長慶のこと）の間者だ、と口を滑らしそうになったからである。

河内平定後の長慶の処理が腑《ふ》に落ちなかった一存は、なぜ実休を三好の本拠阿波から遠ざけてしまうのか、そのことを長慶に質《ただ》すため、飯盛山城へ出向いた。

「実休ほどの者、いつまでも阿波の田舎に燻《くすぶ》らせておくのは勿体《もったい》ない」

そういうこたえが返ってきた。どこか釈然としないものが、一存の中に残った。長慶と実休との間に何かあったに違いない。だが、三好一党では長慶の決定は絶対である。退《ひ》きさがるほかなかった。義輝が畠山・安見らを陰で指図していたふしがある、という話はこのとき長慶から聞いた。

飯盛山城を辞した一存は、その足で実休の高屋城を訪れた。

長く四国で共に手をたずさえてきた実休への一存の兄弟愛は、早くから京畿《けいき》へ出た長慶や淡路の冬康に対するそれより、深いといってよい。顔色をみれば、実休が隠し事をしているくらい、すぐに看破できた。実休の重い口を開かせることができたのは、その兄弟愛ゆえであったろう。実休は、勝瑞城へ義輝の密使が忍んできて寝返りをすすめられたこと、それを盗み聞いた長慶の間者を密使が始末してしまったことなどを、打ち明けたのである。

一存は、肉親にあらぬ疑いをかける長慶に腹を立て、直ちに飯盛山城へとって返そうとした。が、実休に止められる。事を荒立てれば、長慶の猜疑心は却って深まり、下手をすれば一存まで嫌疑をかけられかねぬ。実休の言い分に、一存も分別した。

そうなると、赦《ゆる》せぬのは将軍義輝であった。畠山・安見あたりの日和見どもを陰で操るぐらいはまだしも、三好兄弟の離間を画策するとは悪辣にすぎる。

(将軍面《づら》をして京で安穏に暮らしていられるのは、一体誰のおかげだ)

憤激を抑えようもない一存であった。

「そちらが間者を放ったことを認めたからには、それだけで充分よ」

一存は鯉九郎に怒声をぶつけてから、義輝へ視線を戻し、要求を突きつけた。

「御身が将軍職にあっては、天下万民のためならず。速やかに退隠あそばされよ」

「こやつ、気でも触れたか」

玄尊が、怒りに眦《まなじり》を吊り上げ、大薙刀を引っ担いで、鯉九郎の前へ奔《はし》り出ようとする。が、鯉九郎に馬上から大薙刀の柄を摑まれ、引き止められた。

「いずれは退こう」

義輝は穏やかに云う。

「なれど、今ではない」

「今、退いていただく」

一存も譲らぬ。

「退隠あそばされぬとあらば、致し方なし。この場にて、御首級、頂戴仕《つかまつ》る」

一存は、馬上で大太刀をぎらりと抜き放った。

「抜きおった」

玄尊が勇躍した。たとえ長慶の弟であろうと、将軍へ直に刃を向けたからには、死罪にあたいする。斬り棄ててかまわなかった。

小四郎、伝七郎、三十郎いずれも鯉九郎の前へ跳び出し、抜刀する。

だが、渠《かれ》らが一存と刃を交えることを、義輝は許さなかった。

「手出し無用」

皆の背へ主命を浴びせて、義輝は差料の下げ緒を解き、これをたすき掛けにして、みずから戦闘仕度をととのえた。

「大樹、なりませぬ」

諫《いさ》める鯉九郎を、手を挙げて黙らせ、

「左衛門督ほどの者、五百や千の兵を率いてくるは造作もなかった筈。なれど、それではわしに刃を向けたとき、兵らも罪を免れぬ。なればこそ、ただ一人でまいった」

その心懸け殊勝である、と義輝は一存に向かって微笑してみせた。

「一騎討ちじゃ、左衛門督」

義輝は、いったん馬首を転じさせ、十間ばかり戻ってから、向き直った。

ここに至っては鯉九郎も義輝に云うべき言葉をもたぬ。

「主命だ。刀をおさめて、わきへ寄れ」

他の面々は何か云いたげだったが、渋々ながらも道わきへ身を避けるしかなかった。

(足利義輝とは、かくも潔き男子であったのか……)

意外の面持ちを、一存は隠しようもない。

義輝が武芸に秀でているという噂は聞き及んではいるが、所詮は実戦を知らぬ殿様芸、鬼十河と恐れられる自分を前にしたら顫《ふる》えて逃げだすに決まっている。一存はそう思っていた。

義輝が一存の心を察して、みずから一騎討ちを望んできたことで、そうした一存の先入観は見事にひっくり返された。

「左衛門督。男と男の戦い、長引くは見苦しい。駆け違い一度きりの勝負ぞ」

義輝の声は、寒気の中で澄明に響いた。

「一度で充分にござる」

義輝の歯切れのよさが、この男の琴線に触れたのか、大太刀を右肩へ担いだ一存の表情は、ひどく明るいものになっていた。

一存も、十間ばかり戻ってから、再び馬首を返すと、

「推参仕る」

ひと声かけて、鐙で馬の腹を蹴った。黒馬が弾かれたように走り出す。

義輝も、葦毛《あしげ》の駿馬《しゅんめ》の脚をすすませた。

道の両側に鬱蒼《うっそう》と繁《しげ》る竹林が、遽《にわか》に吹きつけた風にざわめいた。降る雪と、道から

舞い上がった雪が、空中で交じり合い、渦となって躍った。

双方の距離は、たちまち縮まる。

義輝の左腰の鞘に、童子切《どうじぎり》はまだおさまったままである。

鯉九郎たちの耳に、左右から迫り来る蹄《ひづめ》の音が、痛いほど大きく響いた。或いはそ

れは、自分たちの鼓動だったかもしれぬ。

義輝と一存は、互いを右手に見つつ、急速に間合いを詰める。

双方が重なった。一存の大太刀が、唸《うな》りを発して、横薙《よこな》ぎに義輝の首を襲った。刹《せつ》

那《な》、義輝の姿は消えた。

そのまま駆け違っていく。

「あっ」

一存の巨体は宙に舞い、もんどりうって、腰から地へ叩きつけられた。大太刀が手を離れる。

義輝は、大太刀に頸《くび》を刎《は》ねられる直前、上体を右側へ倒すと同時に、一存の右脚をすくい上げたのである。神技というほかない。

一存は、ただちに起き上がろうとして、片膝を立てたところで、その動きを止めてしまった。いや、止められたというべきか。

いつのまに下馬したものか、一存の眼前で、義輝が腰溜めに差料の欛へ右手をかけていた。間合いは極まっている。転がっている大太刀に手を伸ばした瞬間、抜き打ちに両断される、と一存ほどの者には分かった。

（このおれを……）

一存には信じられなかった。この鬼十河を赤子の手をひねるようにあしらう強者が、この世に存在したとは。

一存は、観念して、その場に胡座《あぐら》をかくと、完敗を認める言葉を吐こうとした。が、義輝に機先を制せられる。

「勝負は五分であったな」

義輝は、抜き打ちの構えを解いた。

「何と仰せられた」

「駆け違い一度。そう申した筈。その刹那が過ぎれば、勝負なしが当然であろう」

微笑《ほほえ》みかけながらも、義輝は、微かに頭を振っていた。

（末代までの名誉に、御太刀をもって首を刎ねていただきとうござる）

実は一存が吐こうとしていた完敗の辞はそれであった。それを義輝は看破し、先んじて、勝負なしの裁定を下してみせたのに違いない。一存は、義輝の温情を瞬時に悟った。

「左衛門督。ひとつだけ聞かせよ」

おぼえず一存は頷いていた。

「実休は、密使がどのような人物だったかおぼえていたか」

「忍びの者にて、浮橋と名乗ったと」

これには、鯉九郎たちが、びっくりして、互いの顔を見合わせる。

「寝返る見込みの薄い実休に、密使が名を明かすものかな」

「…………」

「もし明かしたとすれば、寝返りを承知しなかった実体を、必ず生かしてはおかぬ。そのまま棄てておいては、後日、わしに災いが及ぶは必定」

　このようにな、と義輝は笑った。

　このように一存が義輝を弑《しい》する決意を抱いて、その馬先を遮ったのは、まさしく義輝にとって後日の災いにほかならぬ。そのことに一存自身、はじめて気づいた。

「左衛門督。おぬしら兄弟の仲違《なかたが》いを望む者は他におるのではないか」

「もとより、われらに敵は多うござる」

「獅子《しし》身中《しんちゅう》の虫ということもあろう」

　一存は、はっとした。虫の顔を即座に思い浮かべたのである。

　一存以上に驚いたのは鯉九郎であった。

（大樹は弾正の野望に気づいておられた……）

　一存の眼に燃えていた憤怒の炎は、すでに消えている。それどころか、義輝を見るその眼は、眩《まぶ》しげでさえあった。

「左衛門督、腰を強う打ったな」

　義輝は、一存が落馬したとき、どこを打ったか見ていた。

「しばらくは腫《は》れて痛かろう。養生には有馬の湯がよい」

それを別れの言辞として、義輝は再び馬上の人となる。

去り行く義輝主従の背を見送りながら、一存はしばらく呆然としていた。

(あの御方が、われら兄弟が長く戦《たたこ》うてきた敵なのか……)

凜然《りんぜん》たる風姿、涼やかな物腰、温かな話しぶり。そして、恐るべき武芸。義輝のすべてが、一存の心を揺さぶった。

「嘘だ、嘘だ、嘘であってくれい」

雪花舞う天に向かってわめき、鬼十河は泣いた。

傍らに転がる長い白刃を、雪が被い隠しはじめていた。

第六章　宿敵

一

愉《たの》しげに、口をもぐもぐさせていた小侍従《こじじゅう》が、口中のものを呑《の》み込むと、

「ほんま、ええ味やわあ」

満足そうに云った。

「ほんま、ええ、あじゃわ」

妙な発音で繰り返した人物は、擦り切れた素襖《すおう》を来てはいるが、青い眼の異人であった。イエズス会宣教師ガスパル・ヴィレラである。

傍らに日本人伝道師のロレンソが控えているが、ヴィレラは、その通訳を請わず、にっこりして、卓子の上の皿を両手をひろげて差し示した。お好きなだけ食べて下さ

いという意味らしい。皿には数切れの四角いものが載っている。

「おおきに」

礼を云ってから、小侍従は後ろを振り返って、

「小四郎《こしろう》もお食べ」

と加須底羅《かすてら》をすすめた。

ここは、四条坊門姥柳《うばやなぎ》町の教会である。教会といっても名ばかりで、数棟ある建物の造りは、どれも粗末なものであった。

ヴィレラは、ヌニエス・パレト神父に随行して、弘治二年（一五五六）に来日し、最初は平戸で布教活動を行い、領主松浦隆信《まつらたかのぶ》とは良好な関係がつづいていた。が、ほどなく仏教勢力との争いが激化したことで、領外退去を命ぜられ、豊後《ぶんご》へ移った。

日本人伝道師ロレンソとダミアンを伴って、ヴィレラが入京したのは、永禄二年（一五五九）末のこと。翌年、将軍義輝《よしてる》に謁見し、手厚いもてなしをうけた。

この謁見は、ヴィレラと平戸で幾度も会ったことがある梅花《メイファ》の口利きによった。

数多く来日した宣教師の中で、ヴィレラは、布教にあたって、西洋文化やキリストの教えを一方的に押しつけるのではなく、自身が日本の文化・風俗に親しむところから始めた最初の人といってよい。日本語についても、説教を陳《の》べたり、信徒の懺悔《ざんげ》を

聞き取ったりするまでは無理でも、簡単な日常会話を交わせる程度に習熟していた。

そういうヴィレラの真摯《しんし》さが、義輝に感銘を与えた。それ以前に義輝は、おのれが信ずるもののために、見知らぬ国めざし、命懸けで万里の波濤《はとう》をこえてくる宣教師を、それだけでも尊敬に価《あたい》すると思っていた。

義輝は、ヴィレラに制札を与え、布教を許可する。

この謁見の折り、ヴィレラが義輝への土産として献上した中に加須底羅があった。これを小侍従はいたく気に入ってしまう。貿易商だった橘屋又三郎《たちばなやまたさぶろう》のもとで、堺に何年も暮らした小侍従ゆえ、数種の南蛮菓子を知っていたが、加須底羅は初めてだったのである。

この永禄四年正月、ヴィレラが義輝へ年賀の挨拶にきたときも、加須底羅を期待したのが叶わず、小侍従はがっかりした。するとヴィレラは、ほどなく、豊後へ派遣したダミアンから書簡と一緒に砂糖も届く筈《はず》だから、そうしたら御局《おつぼね》さまのために加須底羅を焼きましょう、と約束してくれたのである。

「いわみぼう、どのにも……どうぞ」

ヴィレラがすすめるので、小侍従は、小四郎に加須底羅を二切れもたせて、外へ出した。小侍従の外出時には護衛として必ず随う石見坊玄尊《げんそん》は、もとは天台宗の大衆だけに、異教徒の館に踏み入るのは抵抗があって、表の通りで待っている。

ヴィレラが、ロレンソにポルトガル語で話しかけると、半盲のロレンソは、いつもの癖で、薄眼になって瞼《まぶた》を瞬《またた》かせ、耳を寄せて聞き取る。もとは琵琶法師《びわほうし》だったロレンソが、宣教師のために身命を惜しまず働くようになったのは、天文二十年（一五五一）、山口でザヴィエルに出遇《であ》ってからだという。盲人の常として聴覚が発達していたせいか、ポルトガル語をおぼえるのは早かった。

「伴天連《ばてれん》どのは、御局さまに礼拝堂を観ていただきたいと申しております る」

「欣《よろこ》んで」

ヴィレラとロレンソの案内で、小侍従は庭を横切って礼拝堂へ向かった。

礼拝堂といっても、どこにでも見られるような板葺《いたぶ》きの小屋である。違うのは、木を削って作った十字架を、棟に掲げてあることぐらいであろう。

小侍従がもてなしをうけたヴィレラの居宅もそうだが、礼拝堂にも扉はなく、蓆《むしろ》を二枚垂らしてあるだけであった。

蓆を巻き上げると、狭い堂内は一目で視野に入る。すべて土間で、床代わりに蓆が敷きつめてあった。

正面にあるキリスト像の祭壇が、明かり取りの窓から射し込む光に、くっきりと浮き出ている。ヴィレラが見せたかったのは、これであろう。

　祭壇の前に、ひとり、こちらに背を向けて端座する者がいた。大きな背中が一心に祈りを捧《ささ》げているように見える。

「あのご牢人《ろうにん》は、去年の暮れ、雨露を凌《しの》ぐところさえ与えて下さればと、こちらへまいりまして、以来、毎日あのように無言で神に祈っておりまする。よほどに罪業深きお人のようで……」

　とロレンソがやや声を低めて説明してから、その人物へ近づき、小声で何か伝えた。賓客《ひんかく》が来たので、遠慮するようにと申し渡したのであろう。

　牢人は、突然、左手でロレンソの頸《くび》を摑《つか》んだ。右手は、膝もとにおかれたおそろしく幅広の鞘《さや》におさまった剣を執《と》る。

　牢人は、座したまま、ロレンソの痩《や》せた躰《からだ》を放り投げた。物凄《ものすご》い膂力《りょりょく》である。

　一方の壁のところまで吹っ飛ばされたロレンソは、頭をうって気絶した。

「なにをする、くまたか」

　ヴィレラが叫んだ。

（熊鷹……）

　小侍従の息は停まりそうになった。

巨体が立ち上がって振り返る。十数年ぶりの再会だが、一瞬にして少年時代の俤《おもかげ》が蘇《よみがえ》った。まさしく熊鷹ではないか。

「久しいな、真羽《まは》。いや、いまは小侍従ノ御局さまやったな」

大剣をゆっくり背負いながら、獣が唸《うな》るような声で語りかけた熊鷹の双眸《そうぼう》に、憎悪の光が見え隠れする。

熊鷹がこの教会を住処とすることを決めたのは、過去の罪を悔いるなどという殊勝な気持ちからではない。ヴィレラやロレンソが義輝に礼遇されていると知り、渠《かれ》らからそれとなく義輝の日常を探り出して、対決の機会を窺《うかが》うためであった。

だが、まさか小侍従が現れるとは、予期したことではない。熊鷹にとって、思わぬ収穫というべきであった。

「おにげくだされ、おつぼねさま」

ヴィレラが、小侍従を戸外へ引っ張り出し、両腕を拡《ひろ》げて熊鷹の前に立ちはだかる。

「伴天連はん、邪魔立てせんとけや」

それでも、ヴィレラは、仁王立ちのままであった。

「しゃあない」

無造作に歩み寄った熊鷹は、ヴィレラを平手の一撃で殴り倒した。

その熊鷹の非道が、小侍従の野性を目覚めさせる。

「何するんや、阿呆」

咄嗟《とっさ》に拾いあげた小石を、小侍従は熊鷹に向かって投げつけていた。

印地打《いんじうち》の名手が至近で放ったものだけに、さすがの熊鷹も避けきれぬ。ひたいに鋭い痛みがはしり、一瞬、目眩《めまい》をおぼえた。それでも熊鷹は、一跳びで小侍従の前に立ち、猿臂《えんぴ》をのばして襟髪を摑んだ。

ひたいから顎《あご》へかけて鮮血を滴らせる熊鷹の形相は、阿修羅《あしゅら》にも似ている。怒りにまかせて、熊鷹は小侍従の鳩尾《みぞおち》を拳で突いた。

小侍従は、ひと声、呻《うめ》いて、ぐったりなってしまう。

「御局さまあ」

小侍従の声をききつけた玄尊が、小四郎を従えて駆けつけてくる。

熊鷹は、小侍従の躰を左の小脇に抱え、背の大剣を引き抜いた。

円柱状の欛《つか》、通常の大刀に倍する身幅、双刃の刃渡り実に四尺という異形の姿は、熊鷹に剣を伝授した隻腕《せきわん》の琉球人刀工が、和刀と南蛮剣を折衷して鍛えあげた鬼気迫る業物《わざもの》であった。この刀工を熊鷹は斬殺し、大剣を奪ったのである。

「汝《われ》は熊鷹だな」

初めて見《まみ》える玄尊が、対手《あいて》を熊鷹とみたのも、この尋常ならざる大剣のことを、浮橋から聞かされていたからである。玄尊は、大薙刀《おおなぎなた》を青眼《せいがん》につけた。

「わぬし、公方《くぼう》が家来か」

熊鷹は右手に大剣をだらりとさげたままである。親指がない。塚原卜伝《つかはらぼくでん》の高弟松岡《まつおか》兵庫助《ひょうごのすけ》に斬《き》り落とされたものであった。

「おう。義輝公が一の郎党、石見坊玄尊とは拙僧《せっそう》がことよ」

これなる小四郎は二の郎党、と玄尊は訊《き》かれもしないのに、大音声に紹介する。

「坊主と餓鬼か」

ふん、と熊鷹は鼻で嗤《わら》った。

「傀儡《かいらい》公方に似合いの家来やな」

「傀儡だと」

玄尊の両眼が吊り上がった。この間に、小四郎は、熊鷹の背後へするすると回り込んでいる。

「ゆるさん」

玄尊は、青眼から、いきなり片手斬りを繰り出し、熊鷹の脳天を襲った。玄尊の薙刀術の凄さは、八尺の大薙刀を片手で自在に操るところにある。

がっ、と鋼が嚙《か》み合い、火花を散らせた。

熊鷹の大剣は、玄尊の必殺の脳天打ちを、難なく撥《は》ねあげる。

小四郎の小軀が、地を這《は》う疾風となって熊鷹の脚を襲ったのは、このときであった。

鞘走《さやばし》らせた小太刀《こだち》は、陽光にきらめいた。

（やりおった）

玄尊は、大薙刀を手もとへ引き寄せながら、小四郎の仕掛けを完璧《かんぺき》とみた。熊鷹の双脚は後ろから払い斬りにされる筈であった。

「あっ」

玄尊の期待は裏切られた。熊鷹が小侍従を抱えたまま四尺余りも真上へ跳びあがり、落下と同時に小四郎の背を踏みつけにしたのである。凄《すさ》まじい跳躍力といわねばなるまい。

にたり、と熊鷹は笑った。左腕に小侍従、右足の下に小四郎を押さえて立つその姿は、怪物じみている。

（あの鬼十河《おにそごう》でさえ、こやつほどではなかった……）

玄尊は、死を覚悟した。

ている。

二

顔の熱さに、小侍従は目覚めた。眼の前に、囲炉裏《いろり》の火。火の向こうに、男が座っている。

小侍従は、上体を起こして、端座した。

「ここ、何処《どこ》やの」

咎《とが》める口調で、小侍従は熊鷹に訊く。物言いが昔のそれに戻っているのは、対手《あいて》が対手だからであった。

「六甲や」

熊鷹は、火に薪をくべながら、無愛想にこたえた。自在鉤《かぎ》にひっかけた鍋《なべ》が、ぐつぐつ煮えている。

小侍従は、馬上で一度、気づいたのをおぼえている。が、暴れはじめた途端に、熊鷹の手刀をうけて、ふたたび気絶した。

「あんた、いつから樵夫《きこり》になったん」

あたりを見回して、小侍従は杣《そま》小屋とみたのだが、本気でそう云ったわけではない。

どうせ熊鷹は無断でこの小屋へ入りこんだのに決まっている。樵夫はふつう、初夏に山入りし、初冬に山を下りるから、いまの季節の杣小屋は無人の筈であった。

「兎汁だ。食うか」

熊鷹が、鍋の中身を木椀《きまり》にすくって、小侍従のほうへ差し出す。

小侍従は、一瞬、睨みつけた後、木椀を受け取った。

「おまえらしいわ」

苦笑を浮かべて、熊鷹は箸《はし》を渡す。

ふつうの女なら拒否するところだが、熊鷹が隙をみせたら、襲いかかるなり、逃げだすなりするのが、熊鷹の知っている小侍従、いや真羽であった。腹を空かしていては、それができぬから、小侍従は木椀をとったのである。

小侍従が箸をつけたのを見て、熊鷹も無言で食べはじめた。戸外の木々のざわめきや風の唸りが、耳に大きくなった。

「なぜや」

ふいに熊鷹が云う。暗い声であった。

小侍従には、熊鷹の訊きたいことが分かる。なぜ義輝の側室になったのか。

小侍従は、木椀と箸を膝前において、熊鷹を正面から見据えると、堂々と吐露した。

「うちは菊さまが好き」

熊鷹は怪訝《けげん》そうな顔をした。菊さまとは誰か。

「公方さまに惚《ほ》れとんねん」

熊鷹の心へ叩《たた》きつけるように、小侍従は云い直した。誇らしさと羞《は》じらいが綯《な》い交ぜになったようなその表情は、このうえもなく美しい。

熊鷹は、面をそむけた。顔色がどす黒くなったのは、勃然《ぼつぜん》と噴き上がった嫉妬《しっと》心を抑えかねたのか。

「おまえが惚れたのは、身分やろ。将軍家ゆう、身分や」

「何ゆうてるの」

「おまえは、八坂から遁《に》げ出したかっただけに違いないわ」

二人は、八坂祇園《ぎおん》社の犬神人《いぬじにん》の子である。神社の下級神職である神人の中でも、最も身分軽きを犬神人といった。

犬神人がいつごろから賤視《せんし》されるようになったのか定かでないが、その原因は、葬送・埋葬や、罪人の家の破却、胞衣《えな》の始末など、いわゆる「穢《けが》れ」の仕事にたずさわっていたことにあったのかもしれぬ。しかし、もともとは、穢れを「浄《きよ》める」特殊な能力を賦与された者たちだからこそ、神人とよばれた。神に隷属し、聖視されるべき存在だったのである。そうでなければ、正月に天皇の御前で、千秋万歳を祈ることなど許されなかったであろう。

「遁げ出したかったのは、熊鷹、あんたのほうやないの」

小侍従を詰《なじ》ったつもりが、熊鷹は、墓穴を掘ったようなものである。犬神人であることを示す眼ばかりのぞかせた白覆面と、柿色《かきいろ》の衣から、たしかに熊鷹は遁《のが》れたかった。父の仇討ちという目標のために、諸国を流浪し、修羅の中に我からすすんで身を投じてきたのは、八坂から脱け出す口実にすぎなかったのかもしれぬ。

熊鷹は、押し黙った。

八坂を出た後の自分の前途に、ひらけたものは何であったのか。

幾度も試みた仕官は、性に合わなかった。陰気な風貌《ふうぼう》と猛々しい巨軀《きょく》が人を怖れさせ、友も出来なければ、女に好かれるという幸運にも恵まれぬ。異常なまでの修行を積み、無敵の剣の遣い手たることを再三示してきたのに、誰ひとり尊敬してくれる者とていない。

（おれが将軍家に生まれていれば、この容貌も剣も、さすが武門の棟梁《とうりょう》よと褒《ほ》めそやされるに違いないのや）

熊鷹は出自を怨《うら》んだ。

の中身が飛び散った。

さすがに小侍従は気色《けしき》ばみ、木椀を投げつけた。払いのけた熊鷹の顔や着衣に、椀の中身が飛び散った。

「賤《いや》しかっても、女は肌を売ったら、公方の側室にかてなれるんやからな」

熊鷹は、逸《そ》らしていた視線を小侍従のほうへ向け、その怒号をぶつけた。

「女は、ええ」

「腐ってるわ、あんたの性根。あんたが世に容《い》れられへんのは、その性根のせいや。出自や風体のせいやない」

小侍従は立ち上がった。こちらを仰ぎ見る熊鷹の眼色が、ぞっとするほど暗い。

小侍従は怯《ひる》まず、囲炉裏をまわり、熊鷹の横を通って、床から土間へ降りた。そのまま、振り返らず、戸に手をかけた瞬間、後ろから抱きすくめられた。

「何するねん」

小侍従は烈《はげ》しく暴れたが、熊鷹の強力《ごうりき》は人間とも思われぬ。

熊鷹は、小侍従の躰を、戸から引き剝《は》がすと、荒々しく床へ叩きつけた。

背中を強《したた》か打ち、一瞬、息の停まった小侍従だが、もともと並の女ではない。囲炉裏の中に燃えさしの薪を見つけるなり、引き抜きざま、ぱっと身を起こした。

熊鷹の眼はすでに野獣のそれであった。分別など、どこかへ失《う》せている。

無造作に土間から床へ上がってきた熊鷹の腹へ、小侍従は薪を突き出した。が、熊鷹は避けぬ。

熊鷹の腹から白煙があがった。真っ赤に熱せられた薪の先端は、たちまち着衣を破って皮膚を焼く。それでも熊鷹は前へ出る。

小侍従は、思わず後ずさった。

熊鷹の右腕が伸ばされる。それを小侍従は薪で払いのけると、自在鉤に吊られている鍋をひっぱたいた。

鍋の中身が囲炉裏の中にぶちまけられ、灰神楽《はいかぐら》が立った。それで熊鷹が一瞬でも怯むと考えたのは、小侍従の浅知恵というほかない。平手が飛んできて、小侍従は後ろへ吹っ飛ばされた。

仰のけの小侍従の躰へ、熊鷹は巨体をのしかからせる。

「おれは……おれは、おまえを護《まも》った」

熊鷹は呻くように云う。

小侍従の、いや真羽の母は、淫蕩《いんとう》であった。誰彼かまわず、男をくわえこんだ。だから真羽は、父親がどこの誰であるか知らぬ。くわえこんだ男に真羽が反抗的なようすをみせると、母は折檻《せっかん》した。そういう母を、真羽は烈しく憎んだ。男と同衾《どうきん》し、いぎたなく眠りこけていた母を、小屋もろとも焼殺したとき、真羽の心に悲しみも罪悪感もまったく湧かなかった。

男たちは、真羽の幼い肉体をも弄《もてあそ》ぼうとした。これをいつも護ってくれたのが、熊鷹ではなかったか。

熊鷹が仇敵塚原卜伝を討つべく八坂を出奔したとき、真羽はたった一人の護衛者を失ったことを感じた。それで真羽も、義輝に坂本の常在寺へ伴われたのをきっかけとして、二度と八坂へ戻らなかったのである。

「同《お》ンなじや」

小侍従は熊鷹の分厚い胸の下で叫んだ。

「あの男たちと同ンなじや」

母と肉欲に溺《おぼ》れた男たち、幼い真羽に暴力を加えようとした男たち、今の熊鷹は渠らと同類ではないか。

熊鷹は、小侍従の小袖の両衿を摑み、思い切り胸もとをひらいた。布が裂け、乳房の谷が露《あら》わになる。

熊鷹はむしゃぶりついた。

「いやや、熊鷹。いやや」

小侍従の双眸《そうぼう》は潤み、大粒の涙が頬を伝いはじめた。怒りでも、屈辱でも、恐怖でもない。悲しみの涙であった。かつて自分を護ってくれた幼なじみが、こんな心のねじまがった乱暴者に堕してしまったとは。

熊鷹の右手が小侍従の小袖の裾をたくしあげる。深窓の姫君とは違う、引きしまった脚が、股まで曝《さら》された。

「菊さまあ」

小侍従の絶叫が放たれるのと、烈しい音をたてて戸が倒れ込んできたのとが、同時であった。

上がり框《かまち》のところに、大剣が転がっている。揉《も》み合ううちに、蹴飛ばされたのに違いなかった。

熊鷹は、そちらへ五体を頭から飛び込ませる。が、大剣を掴もうとした右腕は、横《よこ》薙《な》ぎに襲ってきた弓で、強く払いのけられた。右腕が痺《しび》れた。

闖入者《ちんにゅうしゃ》は、片足をあげて、熊鷹の大剣の欛を踏みつけにする。

熊鷹は、腹這いのかっこうから、腰を浮かせざま、後方へ見事なとんぼをきり、闖入者から離れた。巨体にも似合わぬその軽捷《けいしょう》な動きを意外とみたのか、

「ほう……」

闖入者は、感嘆の声を発した。

熊鷹も、闖入者の姿を凝視して、驚いた。

(化け物や、こいつ……)

熊鷹の背丈は六尺五寸もあって、それだけでも当時としては人間離れしている。眼前の男は、それを上回っていた。しかも、背に斜めに負うた一刀まで、長さにおいて熊鷹の大剣を凌《しの》ぐものであった。

「十河左衛門督《そごうさえもんのかみ》どのでは……」

小袖の前をかきあわせながら、荒い息とともに吐き出したのは、小侍従である。昨年暮れの洛北における義輝と十河一存《かずまさ》の対決の経緯を、小侍従は聞かされていた。

「いかにも」

と一存は肯《うなず》いた。

(こいつが鬼十河《おにそごう》……)

熊鷹とて、その勇名を幾度も耳にしている。剣士熊鷹の闘争心が、勃然と沸き起こった。

「そこもとのご身分、賤しからずと見え申すが……」

一存は、小侍従の美しさと、身に着けているものから、そう判断した。

「公方の側室や」

熊鷹が、かわりにこたえた。

「何と」

「小侍従ノ御局さまとかいうらしいで」

「まことにござるか」

と一存は小侍従にたしかめる。小侍従は頷いた。

「汝《うぬ》は、将軍家御側室をかどわかし、犯さんといたしたというか」

「抱きたい女を見つけたら、抱く。松永弾正《まつながだんじょう》に倣《なろ》うただけや」

熊鷹は不敵に笑った。

鍾馗《しょうき》を彷彿《ほうふつ》とさせる一存の相貌が、朱を帯びた。

対峙《たいじ》する両者の間に殺気立った沈黙が流れる。

一存の足が動き、踏みつけていた熊鷹の大剣を蹴った。それが床を滑って熊鷹の足もとで止まったのを確かめると、一存は、くるりと背を向け、外へ出た。

熊鷹も、大剣をひっさげ、土間へ下り、一存のあとにつづく。強敵を得て異常の剣士たるおのれに戻った熊鷹は、もはや女を振り返らぬ。

どれほど酷い男に変貌していようと、かつて熊鷹はこの世で唯一人の味方であった。

（熊鷹、死んだらあかん……）

小侍従の心の中で、少女真羽が叫んだ。

三

月の光に、二人の巨人の殺気を孕《はら》んだ貌《かお》が浮かんでいる。

物干し竿《ざお》のような長剣を右肩に担いだ十河一存は、半身のかまえ。対する熊鷹は、双刃の異形の大剣を地摺《じす》りに、深く腰を落としていた。

杣小屋の前の空き地は、所々に切り株があって、決して足場はよくないが、巨人たちが長大な剣を揮《ふる》うには充分の広さといえよう。

空き地の片隅に、猪《いのしし》の死骸がみえる。一存の獲物である。

一存は、去年の暮れ、義輝の武芸と器量に圧倒され、その勧めに従って、落馬で打った腰の療治のため、六甲山北麓に湧出する有馬温泉へ向かった。

その折り、奇《く》しくも、

「獅子身中の虫」

と義輝が仄《ほの》めかした、松永弾正と遭遇する。

その場で斬り棄てようかと思わぬでもなかったが、弾正の供の人数が多すぎた。小《お》笠原《がさわら》湖雲斎《こうんさい》の姿もあった。一存は湖雲斎には好感をもっており、この兵法宗家とは斬り合いたくない。

「道をあけい」

一存は怒鳴りつけた。

弾正はおとなしく道をあけたが、一存が通過するさい、老婆心ながら一言、と忠告してきた。

「有馬権現は葦毛《あしげ》の馬を好まぬと申す」

このときの一存の乗馬は葦毛馬である。義輝と一騎討ちしたさいの黒馬は、軍陣用の愛馬なので、湯治場《とうじば》には乗ってこなかった。

「ならば、有馬権現にわが馬を見せて、怒るか怒らぬか、たしかめてやる」

一存は実際、その高言を実行に移した。

後の十河一存の死は、弾正の忠言を無視して葦毛馬に乗って有馬権現へ参拝したために、権現の怒りに触れて落馬し、そのときの怪我《けが》がもとになったとの説がある。

この時代の湯治客は、ふつうは樵夫の家などに寝泊まりするが、貴人や分限者《ぶげんしゃ》は温泉寺の塔頭《たっちゅう》や宿坊《しゅくぼう》に泊まった。大名の一存が寺を宿とせず、樵夫の家を選んだのは、弾正が宿所としていたところに旅装を解くのは、胸糞が悪かったからにすぎぬ。

一存の湯治は長引き、年を越した。永年、戦場で酷使してきた肉体は、思いがけぬほど疲弊していたのである。

体調がやっと恢復《かいふく》してきたのは、この二、三日のことであった。そうなると、鬼十河はじっとしていられぬ。

それで、強弓《ごうきゅう》をたずさえて山へ狩猟に出掛け、猪を一頭、見事に仕留めて、とある小屋の前まできてみると、中から女の悲鳴が聞こえてきたという次第であった。

一存が熊鷹に剣を返したのは、尋常ならざる遣い手とみたからである。敢《あ》えて強者との闘いを求めるのは、戦場往来人、十河一存の生き甲斐《がい》といってよい。

だが、剣を執って対峙してみて、鬼十河ほどの者が、膚《はだ》に粟粒《あわつぶ》を生じさせていた。

熊鷹の剣気が総身から陽炎《かげろう》のように立ち昇るのが見えたのである。それは、国のため、家のために戦う武士のものではない。殺人者の剣気であった。

（このような男、生かしておいては、世に災いをなすのみ……）

一存は、じりっと間合いを詰めた。

樹間を吹き抜けてくる寒風に、一存の虎皮の行縢《むかばき》の裾も、熊鷹の擦り切れた袴《はかま》の裾も、ばたばたとはためいている。

「うおおお」

満身の気合を噴かせて、地を蹴ったのは一存である。双方の中間に、地面より五、六寸ばかり出ている切り株を踏み台として、高く跳躍した。

熊鷹は、その場で、更に腰を落とす。月を背負って急激に落下してくる一存は、仰ぎ見た熊鷹の眼には怪鳥《けちょう》と映った。

「でええい」

熊鷹も、哮《たけ》りざま、両足で地を蹴り、双刃の大剣を真っ直ぐ上へ伸ばした。

この一撃に必殺の気を込めて、一存は振り下ろし、熊鷹は突き上げる。

結び合った刃と刃が、鏘然《そうぜん》たる音を発して火花を散らせた。瞬間、高く舞い上がったものがある。いずれかの刀身が折れた。

そのまま二人は、躰を入れ替え、向き直る。

折れた刀身は、熊鷹の背後で、切り株に突き立った。片刃である。一存のものだ。

一存の大太刀の刀身は、鐔元《つばもと》から折れ飛んでいた。それをみて熊鷹が、にたりと笑い、

「鬼十河を討ったあ」

勝利の雄叫《おたけ》びを放って、袈裟《けさ》がけの一刀を見舞った。

だが、一存はさすがに戦場往来人。袈裟がけが避けられぬとみるや、熊鷹の手もとへ跳び込んでいた。

一存の左肩を、熊鷹の大剣の刃が噛んだ。肉を断ち、鎖骨へ当たったところで、それは止まった。一存が、熊鷹の両拳の上から、大剣の欛を摑んで、押し返したからである。

大剣を間にして、両者は顔をくっつけんばかりに接した。

「おのれ……」

熊鷹は、渾身《こんしん》の力で、大剣を押す。じゃり、というような骨を削る音がした。

「ぐあああ」

鎖骨に刃が食い込む激痛に、一存は悲鳴をあげたが、それでも屈せぬ。また押し返した。

一存の左肩から鮮血が飛沫《しぶ》き、両者の顔を濡らす。その匂いに噎《む》せ返ったのは、熊鷹の不覚であろう。咳をした瞬間、力が抜けた。その機会を逃す一存ではない。

一存の力が勝って、大剣の刀身は熊鷹の右肩のほうへ傾いた。

「うっ」

熊鷹の大剣は、双刃である。もう一方の刃が、熊鷹の右肩の衣を裂き、皮膚へ達した。おのが剣法を一剣二刀流と名付けた熊鷹は、双刃がこんな形で自分に仇《あだ》をなすなど、夢にも思わなかったであろう。血みどろの押し合いが始まった。

いつしか杣小屋から濛々《もうもう》たる白煙が昇っていた。戸口からはもちろん、板壁の隙間という隙間から流れ出ている。小侍従が、人をよぶために火を放ったのに違いあるまい。

鼻口を押さえ、煙に押されるようにして、小侍従は駆け出してくる。

木の爆《は》ぜる音がして、戸口から火が噴き出た。

「うおっ」

一存と熊鷹、どちらが叫んだのか分からぬ。二人とも、つかみ合った大剣を放さぬまま、もんどりうって倒れた。地面は傾斜している。両人、樹林の間を滑落しはじめた。

決闘者たちは小侍従の視界から消える。茫然《ぼうぜん》たるその表情を、火明かりが彩った。

「小屋を打ちこわせ」

小屋の裏手から回り込んできた声の主が、小侍従に緊張の糸を切らせた。

「菊さま」

小侍従は、義輝の胸へとびこんだ。

義輝も強く小侍従を抱いた。

山火事を防ぐため、杣小屋を打ちこわしているのは、鯉九郎《こいくろう》、玄尊、十兵衛《じゅうべえ》、小四郎、伝七郎、三十郎の六人である。

「火は、小侍従、そなたが付けたのか」

義輝が訊くと、小侍従は眼に泪《なみだ》をためたまま、何度も頷いた。

「思い切ったことをする」

義輝は笑う。

ヴィレラの教会では、玄尊の怒号の大きさに人だかりが出来たため、熊鷹は玄尊と小四郎を打ち棄てて逃走した。

玄尊の急報をうけて、ただちに熊鷹を追ってきた義輝だが、六甲山中に入ってから手間取った。あきらめかけたときに、風が運んできた焦げ臭いにおいを嗅《か》いだのである。

「熊鷹はどこだ」

小侍従は、思いがけなく十河一存が現れて窮地を救ってくれ、そのために熊鷹と一存が斬り合いとなったことを話した。

そのとき、どこかで物凄まじい叫びがあがり、小侍従は身を硬くする。それは野獣の哮《たけ》りとも、人間の絶鳴とも聞こえた。

「ここにいよ」

義輝は、熊鷹と一存が落ちていった斜面のほうへ奔《はし》りだす。

「皆、あとをたのんだぞ」

鯉九郎が、すぐに義輝の背後へぴたりと寄り添った。
五、六十間も下ったろうか、大木の根方に佇む男を、義輝と鯉九郎は発見した。
振り向いた顔は、熊鷹のものだ。

「公方」

憎悪も露わな声と、大剣の切っ先を、熊鷹は義輝へ向ける。大剣が濡れているのが、暗がりでも義輝には分かった。

熊鷹の足許に、人が仆《たお》れている。十河一存に違いない。呼吸《いき》が聞こえたが、弱かった。

「やめよ、熊鷹」

義輝は差料《さしりょう》に手をかけない。

「臆《おく》したか、公方」

「今のわしは、おぬしを殺したいと思うている。なれど、傷を負うた者とは斬り合いとうはない」

慥《たし》かに熊鷹の五体は、満身創痍《そうい》の惨状をみせていた。一存との闘いの凄絶さが想像される。

「汝《われ》など、片腕が失《な》かっても斬ったるわ」

「熊鷹。おぬしに、わしは斬れぬ」

「何やと」

おぼえずかっとなりかけた熊鷹だったが、義輝の穏やかな立ち姿に、ふいに、ある男のそれが重なって、身内に戦慄を走らせた。

その姿は、霞ケ浦の湖岸の断崖上に築かれた鬼神城で見たものである。

（塚原卜伝……）

「一《ひと》ノ太刀《たち》をみせて進ぜようかの」

卜伝は云った。一ノ太刀とは、卜伝が編み出した絶対不敗の秘剣。

それへの恐怖から逃れるため、以来、熊鷹は更なる孤独の修行を積んできた。が、未だに卜伝に勝てる自信をもてぬ。

だが、義輝には勝てる。信濃の諏訪社で剣を交えたとき、橘屋又三郎という邪魔さえ入らなければ、熊鷹は義輝を斬り殺していた筈であった。

義輝の中に今や、卜伝が存在する。熊鷹は、はっきりと感じた。

（何故や……）

まさか、と思った。

「公方。汝は、一ノ太刀を……」

義輝は肯定も否定もせぬ。ただ静かな佇まいを持しているばかりである。

熊鷹の脚が萎《な》えた。

なんということか。宿敵は、剣において、いつの間にか自分を凌駕《りょうが》していた。

（剣までも……）

義輝に出自も容貌も稟性《ひんせい》も敵《かな》わぬばかりか、女の心まで奪われたが、剣だけは負けぬ。熊鷹は、そう信じていた。その唯一の拠り所が、音たてて崩れる思いであった。

（神仏は、公方の味方か。おれには生涯、地を這いずりまわれと……）

凶暴な怒りが沸き立ち、何もかも破壊してやりたい衝動に駆られた。

「公方おおおっ」

熊鷹は義輝めがけて突進した。

義輝の腰から童子切安綱《どうじぎりやすつな》が迸《ほとばし》り出る。

義輝がわずかに身を避け、巨体はつんのめって倒れた。頸への背打《みねう》ちである。熊鷹は喪神した。

「鯉九郎。左衛門督はどうだ」

「深傷《ふかで》を負うておりますな。助からぬかもしれませぬ」

「早く手当てしてやらねば」

「熊鷹を如何いたします」

「ここに放っておいても、死ぬような奴ではない。朝には正気を戻そう」

義輝らは、小侍従を奪還して、山を下りた。瀕死の一存の巨軀は、玄尊が担いだ。

有馬温泉寺に着くと、医者をよんで、一存の手当てにあたらせた。

甲斐あって、一存が数日後に息を吹き返したときには、義輝は京へ戻っている。一存は、このとき密かに、義輝を真の将軍と敬して、忠義を尽くそうと心に誓った。

しかし、惜しいかな一存は、この年の四月に卒してしまう。熊鷹にうけた刀創が膿《う》んだのが原因だったが、公《おおやけ》には瘡《かさ》を病んだということにされた。

「まずは一人、消えたわ」

満面に喜悦を露わにして、その言葉を吐いたのは、ひとり、信貴山《しぎさん》城の松永弾正ばかりであった。

第七章　麒麟児《きりんじ》、盟《めい》す

一

十河一存《そごうかずまさ》を喪《うしな》ったことは、長慶《ながよし》の心に痛烈な打撃をあたえる。年の離れた末弟で、兄のために骨身を惜しまず働いてくれた一途な武辺者《ぶへんもの》を、長慶は愛していた。遺児熊王丸をみずから扶育《ふいく》することにしたのも、亡き末弟への情愛ゆえであった。

遽《にわか》に気弱くなった長慶は、入京を図って畿内《きない》周辺を転々としていた旧主の心月（細川六郎晴元《ほそかわろくろうはるもと》）へ迎えの使者を出す。以前、義輝《よしてる》から心月を許してやってはどうかと云われたときも、首を縦に振らなかった長慶がその気になったのは、一存の死が戦乱を厭《いと》う気持ちを起こさせたからであろう。その証拠に長慶は、心月と再会したとき、懐かしさのあまり落涙に及んだ。

長慶は、すでに無力の心月を京に住まわせても、何らの害も及ぼすまいと思ったが、これは三好《みよし》一党こぞっての反対にあった。策謀家の心月のことゆえ、京の公家《くげ》、寺社、有徳人らと密《ひそ》かに結んで、勢力回復に努めるのは明らか、というのがその理由である。結局、長慶は、摂津富田《せっつとんだ》の普門寺へ心月を入れ、旧主への礼として同地をその知行地とした。

「今や三好に鬼十河《おにそごう》なく、長慶は老いた。三好を叩く絶好の機会ではござらぬか」

摂津へ赴く直前の心月を、そう云って唆《そそのか》したのは、南近江守護《おうみしゅご》の六角承禎《ろっかくじょうてい》であった。すでに家督を嫡子義弼《よしすけ》に譲ったものの、承禎は依然として実権を握っている。

六角氏は、承禎の亡父江雲《こううん》（定頼《さだより》）のころから、娘婿の心月の後ろ楯《うしろだて》として、長慶と戦ってきたが、近年は北近江に蟠踞《ばんきょ》する浅井氏との戦闘に明け暮れ、京へ眼を向ける暇とてなかった。だが、今年の三月、美濃《みの》の斎藤義竜《さいとうよしたつ》と結んで、佐和山城の合戦に浅井を撃破し、大いに意気騰《あが》った。十河一存の死と、長慶の心月出迎えは、その矢先のことである。

しかし、もはや長慶と戦う気力を持ち合わせぬ心月は、承禎の誘いを断った。

「なれば、晴之《はるゆき》どのはお預かり致す」

心月の嫡子六郎信良《のぶよし》は長慶のもとで傅育《ふいく》されているが、次男晴之については外叔《がいしゅく》として承禎が面倒をみてきた。承禎が晴之を心月に渡さないということは、長慶の傀儡《かいらい》の典厩二郎《てんきゅうじろう》に奪われた細川京兆《けいちょう》家の家督を、いずれこの晴之のために取り戻すという意味であろう。つまり承禎は、心月がいなくとも、晴之を押し立てて長慶と戦うと宣言したも同然であった。

承禎は、紀伊《きい》に亡命中の畠山高政へ密使を派遣して款《よしみ》を通じ、挙兵を約す。高政も、安見直政、遊佐信教《ゆさのぶのり》ら河内の牢人《ろうにん》衆や、根来寺《ねごろじ》衆徒に檄《げき》を飛ばして、兵を集めた。

この情報を得た京では、七月、朝廷が内裏《だいり》の堀を更《さら》に深くしたり、家財を積んで落ちのびる者が続出するなど、上下とも早々に自衛の準備を始める。戦馴《いくさな》れした京童《きょうわらべ》の勘が、今回は勝敗の見えぬ激戦になると告げていた。

この戦雲の動きを、義輝はどう眺めているか。いや、眺めるべきであるか、鯉九郎《こいくろう》が献言した。

「まずは畠山へ、承禎を棄て、三好に味方致すようご命じあそばされるがご肝要」

「高政は承知致すまい。あれは、修理大夫《しゅりのだいぶ》（長慶）を怨《うら》んでおる」

「形だけのことにございます」

傍観していては、また弾正《だんじょう》あたりが、義輝は六角と密《ひそ》かに通謀していると妄言を撒《ま》きちらすに違いない。先手を打っておくにしくはなし、というのが鯉九郎の考えであった。

「その実、裏で承禎、高政と通じよと鯉九郎は申すのか」

「成り行き次第では」

「そうよな」

義輝があっさり頷《うなず》いたのを奇妙と感じた鯉九郎は、

（お疲れあそばしたのかもしれぬ……）

と思い、義輝の気分を引き立たせる話題を持ち出してみた。

「東に光明の射すのをお待ちあそばされよ」

ところが義輝は、これには、どうであろうなと首をひねった。

「信玄《しんげん》を討つのは難しかろう」

右の義輝の一言には事情がある。

この閏《うるう》三月、越後《えちご》の長尾景虎《ながおかげとら》が、鶴岡八幡宮《つるがおかはちまんぐう》に参詣《さんけい》、関東管領《かんとうかんれい》職襲職を公にし、名を上杉政虎《うえすぎまさとら》と改めた。義輝より賜った偏諱《へんき》を用いず、政虎と名乗ったのは、前管領上杉憲政《のりまさ》の養子という形をとったからであり、翌年輝虎《てるとら》とふたたび改名する。

上杉政虎は、関東管領の最初の責務として、越後軍団の総力を挙げ、今度こそ宿敵武田信玄を討つ決意を披瀝《ひれき》した。

もし信玄を討つことができれば、関東の諸将こぞって政虎に靡《なび》くことは疑いない。となれば、もうひとつの大敵、北条氏に対しても、圧倒的優位に立つことができる。そこへ義輝を迎えたいと政虎は希《のぞ》んでいた。

鯉九郎もそれを期待している。東に光明とは、そのことをさす。

だが、義輝は、政虎が信玄を討つのは無理だという。戦闘そのものは政虎のほうが強かろうが、軍略となると信玄に分がある。それが義輝の見解であった。

ただ義輝は、その見方を鯉九郎には語らぬ。なぜなら、師であり、友であり、参謀でもある鯉九郎が、上杉政虎のほかに義輝の輔佐《ほさ》となるべき武将は存在しない、と固く信じているからであった。

「鯉九郎」

義輝は、この二ケ月余り、ひそかに思いめぐらせてきたことを、いま打ち明けるつもりになった。

「政虎が信玄に敗《やぶ》れたとき、いや、敗れぬまでも、国守として甚大な傷を被ったときには……」

そこでいったん言葉を切って、義輝は鯉九郎へ真摯《しんし》な視線を向ける。

「わしはもはや、政虎を恃《たの》みとはせぬ」

「何と仰せられました」

さすがに鯉九郎は眼を剝《む》く。

「むろん政虎が勝利いたせば、わしは鯉九郎の言葉に順《したが》おう」

「大樹《たいじゅ》。何かご思案あそばしましたな。上杉政虎どのをお棄《す》てになられるということは……」

鯉九郎は察しをつけたが、義輝の口からその名が吐かれるのを待つ。

「信長だ」

やはり、と鯉九郎は思った。

橘屋又三郎《たちばなやまたさぶろう》が不慮の死を遂げた時点で、信長との黙契《もっけい》は消滅した筈《はず》である。が、昨年の桶狭間《おけはざま》の結果が、義輝の心にそれを蘇《よみがえ》らせたことを、鯉九郎とて知らぬではない。

しかし、鯉九郎の眼から見れば、桶狭間は窮鼠《きゅうそ》が猫を嚙《か》むに似た戦いで、慥《たし》かに信長の武名は天下に轟《とどろ》いたが、それだけのことである。何故といえば、信長に真実、力があれば、今川《いまがわ》の当主義元《よしもと》を討った後、三河《みかわ》、遠江《とおとうみ》、駿河《するが》へ乱入し、すべてとはいわぬまでも、一部ぐらいは斬《き》り取ることもできた筈なのに、自国へ侵入した大敵を追い払うだけで精一杯であった。信長には、その程度の力しかないのである。これではとてものこと、京畿へ攻め上って三好を討つなど、夢物語といわねばなるまい。

それに、信長が上洛《じょうらく》するには、東の今川より、西の斎藤、つまり美濃を攻略しなければならぬ。父信秀《のぶひで》の代より挑みつづけてきたこの難関を、いまだ信長は突破できずにいた。

それでも信長を、と義輝が望むのは、この五月に斎藤義竜が病死したことと無関係ではない。実際、信長も、義竜死すの確報を得ると同時に、美濃へ侵入して森辺で斎藤竜興の兵を撃破、その余勢を駆って墨俣砦《すのまたとりで》を奪取し、美濃攻略の橋頭堡《きょうとうほ》とするところまでこぎつけている。だが、困難をきわめるのはここからであろう。

「大樹。まずはそれがしの意見をお聞きあそばしますよう」

「聞こう」

「信長の力では、美濃を斬り取るに、この先、何年かかるか見当もつき申さぬ。それに、いまの美濃は、あの蝮《まむし》の道三《どうさん》が築いたと申してもよい国。義竜を喪ったからというて、易々《やすやす》と信長の軍門に降《くだ》るものではありますまい。かえって信長は、美濃勢の反撃を食らい、尾張を危うくするやもしれませぬ」

更に、と鯉九郎はつづける。

今川氏が、桶狭間の敗戦の打撃からいまだ立ち直れぬのは事実だが、依然として東海三国の領主たるにかわりないこと。従《したが》って、信長は東の脅威を排除できたわけではないので、美濃攻略は云うに及ばず、西上の途につくのは至難であることなどを、鯉九郎は縷々《るる》陳べ立てた。

「鯉九郎。信長を好かぬか」

義輝は、鯉九郎の心情を問うた。

「大樹の御行く末の大事を思うに、それがしの好悪《こうお》など慮外のこと」

「よい。正直に申せ」

「されば、申し上げます。信長は将軍家を敬い奉る心を、些《いささ》かも持ち合わせぬ者。その傲慢《ごうまん》さは松永《まつなが》弾正に似ていると、それがしは思うており申す」

「弾正に似ているか……」

義輝の口許《くちもと》に、ふいに悪戯《いたずら》っぽい笑みが刷《は》かれた。

「鯉九郎。語るに落ちたぞ」

「は……」

「将軍家を敬する心なき弾正が、いまや主家三好をも凌《しの》ごうかという力を得ておる。そうではないか、鯉九郎」

「大樹。それは……」

鯉九郎が反論しかけるのへ、義輝は語気を強めて言葉をかぶせた。

「乱世に将軍も足軽もない。そう申したのは、鯉九郎、そなたではなかったか」

鯉九郎は黙った。義輝がすでに、ある決意を固めたことを悟ったからである。

「信長が将軍をどう思おうとかまわぬ。わしは、信長はこの乱世を鎮めることのできる荒々しい力を秘める男とみた。その力を表に出せるよう、わしが手助けする。それは悪《あ》しきことではあるまい」

信長は弾正と同類の人間かもしれぬ、と義輝は認めた上で問うた。

「だとすれば、弾正を滅ぼすことのできる人間もまた、信長のほかにはおらぬとは云《い》えぬか、鯉九郎」

束の間、主従は口を閉ざし、互いの眼を瞶《みつ》め合った。

下京悪王子《しもぎょうおうじ》の歓喜楼《かんぎろう》で、鬼若と闘った修羅《しゅら》の中に出会ってから十四年。義輝と鯉九郎の間は、主従の繋《つな》がりを超えて、その絆《きずな》は、肉親の情愛さえも及ばぬほどの強靭《きょうじん》さといってもよい。大事を決するに、一方が承知で、もう一方が不承知であることを敢行するつもりは、この二人にはなかった。

やがて鯉九郎が、こくりと頷《うなず》いた。満面に微笑を拡《ひろ》げている。

「賭《か》けてみましょうぞ、信長に」

二

永禄四年（一五六一）七月、六角承禎と畠山高政は、時を同じくして始動する。

二万余騎を率いて近江を出立した六角承禎は、山城国《やましろ》へ入ると、東山《ひがしやま》の一峰、勝《しょう》軍山《ぐんざん》に砦《とりで》を築いて部将永原重隆に守らせ、みずからは神楽岡《かぐらおか》に布陣し、賀茂川の東から京を睨んだ。

一方の畠山高政は、安見直政、遊佐信教ら河内衆に根来寺衆徒を加えた大兵（兵数は諸書により一万とも三万ともいう）を催し、和泉へ進軍した。十河一存を失って隙の生じた和泉国の要衝、岸和田を攻略するためである。

六角・畠山連合軍の動きに対し、三好軍団も総力を挙げて臨んだ。

京では、桂川を背後にした梅津に長慶の嫡子三好義興《よしおき》が、その東方の西院に松永弾正が、それぞれ七千の兵をもって陣を布いた。

畠山軍を討つため岸和田へ急行した三好軍は、河内高屋城主三好実休を総大将として、安宅冬康《あたぎふゆやす》、三好長逸《ながゆき》・康長・政康《まさやす》ら一族衆に、吉成勘助、篠原長房《しのはらながふさ》ら阿波《あわ》・淡路《あわじ》の精兵、合して七千とも二万とも称された。

この三好軍が陣を張ったのは、岸和田城下東方にある久米田の丘陵地である。これは古墳群の列《つら》なりで出来ている丘で、いちばん大きい諸兄塚《もろえづか》が実休の本営にあてられた。諸兄塚は、東西九十間余、南北三十五間余の前方後円墳である。

合戦前夜の両軍の士気は、六角・畠山連合軍のほうが勝っていた。というのも、若《わか》狭《さ》守護武田義統に叛旗《はんき》を翻《ひるがえ》した逸見昌経・粟屋勝久らの要請に応じて出張《でば》った松永長頼が先月、小浜砕導山《おばまさいちやま》城の合戦に敗《やぶ》れて、丹波へ撤退していたからである。三好軍団中、鬼十河と並び称された猛将長頼の敗走は、六角・畠山軍に快哉《かいさい》を叫ばせ、三好軍団を動揺させた。

そのため、京、岸和田の両戦線とも、三好軍団は、受け身にまわらざるをえなかった。京では連日出撃してくる六角軍を支えるのが精一杯、岸和田では五、六丁の間近に対峙《たいじ》する畠山軍の鉄炮《てっぽう》の斉射に肝を冷やしつづけるばかり。

また三好軍団の京戦線と岸和田戦線との連携もちぐはぐであった。というのも、このころ長慶が体調を崩して、飯盛山城で寝たり起きたりの生活を繰り返しており、三好軍団は、総帥不在の形で戦いに突入せざるをえなかったからである。

六角・畠山連合軍優勢のまま、軈《やが》て両戦線とも膠着《こうちゃく》状態に入り、八月、九月、十月と睨《にら》み合いがつづいた。

この戦いを、ある悪計の千載一遇《せんざいいちぐう》の好機とみなしている男がいた。松永弾正である。

「磯良《いそら》」

西院小泉城より京戦線を指揮する弾正は、深夜、直属の影の軍団・黒京衆《こくぎょう》の首領をよんだ。

「これに」

室内の明かりの届かぬ一隅から、低い声が湧《わ》いて出る。

「岸和田へ往け」

「……………」

「右京進が心得ておる」

それだけであった。この瞬間、三好実休の命運は定まったといってよい。

「如何《いかが》した」

弾正は眉《まゆ》を顰《ひそ》める。用件を伝え了《お》えたのに、磯良が去ろうとする気配を見せぬからであった。

「将軍家子飼いの忍び衆がことにござる」

粘りつくような磯良の云い方に、弾正は舌打ちしたい思いをもった。

「その儀は、時節を待てと申し渡した筈であろう」

義輝子飼いの忍び衆を殲滅《せんめつ》する機会を、黒京衆はかねてより狙っている。とくに首領の磯良自身が、おのが片耳を削《そ》いだ浮橋《うきはし》という忍びに恨《うら》みを抱くことを、知らぬ弾正ではなかった。

だが、いま三好は六角・畠山連合軍を対手《あいて》に、かつてない危機を迎えている。そのような時期に、三好政権の冠である将軍義輝へ、弾正の配下たる黒京衆が戦いを挑むなど、もってのほかのことといわねばならぬ。

野本式部を殺害した淀城の一夜の場合は、義輝の陰謀説をでっちあげて、自身に利するよう仕向けた弾正であったが、柳の下にそう何匹も泥鰌《どじょう》がいる筈もない。下手をすれば、義輝に六角方へ奔《はし》らせる正当な理由を与えることになり、それで弾正の三好一党における地位は失墜するであろう。

弾正は、部屋の一隅の暗がりを凝視した。そこに、磯良の醜い不満顔が見えたような気がした。

「せめて六角、畠山を駆逐致すまで待て」

不快ではあるが、弾正は譲歩を示した。磯良のような冷酷な殺人者は、野望達成に欠かせぬ駒である。

弾正と磯良を隔てる仄《ほの》かな火明かりの空間に、束の間、沈黙が流れた。

　実は磯良には、弾正に報告していない事実があった。それは、今年に入ってから、配下が七人も殺害されたことである。いずれも、単独行動のさいに襲われたものであった。

（浮橋と、あやつの差配するくノ一衆の仕業に相違なし）

と磯良は断定している。くノ一衆とは、梅花《メイファ》率いる十二天衆のことだが、さしもの磯良もその正体までは摑《つか》んでいない。

手錬者《てだれ》揃いの名うての忍び集団なればこそ、黒京衆は弾正に重く用いられている。みすみす七人も討たせてしまったことは、首領の磯良にとって屈辱以外の何物でもなく、誰にも知られたくない事実であった。

阿波勝瑞城で磯良が殺したくノ一の弔い戦にしては、浮橋のやり方は周到すぎる。

（あやつ、おれと黒京衆を潰《つぶ》すつもりだ）

　そうとしか考えられまい。

　黒京衆は、大和の国人衆を攪乱《かくらん》する、三好兄弟に探りを入れる、河内衆や根来寺衆徒の動きを探索するなど、次々と弾正の密命を遂行しなければならず、この一、二年は浮橋らを警戒する余裕とてなかった。そこへ浮橋ほどの稀代《きたい》の遣い手が本腰を入れて挑んできたのだから、たまったものではない。

磯良が浮橋との早期の全面対決を望むのは、右のような事情ゆえである。

だが、ここは弾正が折れてきた。磯良もそれなりの返辞だけはしておかねばならぬ。

「お下知はしかと承った」

そのまま磯良は、音もたてずに姿を消した。

磯良の宿敵・浮橋も、この時期、対黒京衆の闘いから、しばし遠ざからねばならぬ事態に直面していた。九月十日に、後世に名高い川中島の合戦が行われたことで、その働き場所を東国へ移すことになったのである。

この合戦は、敵味方ともに潰滅《かいめつ》的打撃を蒙《こうむ》ったのみで、何ら益するところがなかった。死者の数、武田方四千五百、上杉方三千四百という。浮橋は、鯉九郎の命で、すぐさま越後へ赴いて上杉政虎に密会し、越後軍団の損傷の程度を実際に確認した。

「惨憺《さんたん》たるものにございましたわい」

帰京後の浮橋の第一声は、それである。

「しばらくは東に光明は望めまい」

という義輝の呟《つぶや》きをうけて、鯉九郎も完全に政虎を思い切った。

「大樹。御下知を」

「信長のことだな」

尾張の風雲児は、自分の手に余る。義輝でなければ信長を御することはできぬ、と鯉九郎は思う。

「御意」

御前に列なる面々は、鯉九郎と浮橋のほかに、明智十兵衛《あけちじゅうべえ》、石見坊玄尊《いわみぼうげんそん》、小四郎《こしろう》、梅花。そして小侍従《こじじゅう》も、義輝の横に座を占める。

渠《かれ》らは皆、織田信長を引き入れて義輝が新たな戦いを開始しようとしていることを弁《わきま》えている。

何人《なんぴと》にも代え難き忠義の者たちをうち眺めていた義輝の視線が、浮橋のところで止まった。

「浮橋。そちは松平元康《まつだいらもとやす》の人となりをみてまいれ」

「岡崎とはうれしや」

諸国の民情に精通する浮橋の顔がでれっとなったところをみると、江戸期に有名になる岡崎女郎の素地が、すでに芽生えていたのかもしれぬ。

「城下の遊び女《あそめ》から元康の評判をききだすのも悪くはあるまい」

「た、大樹。また何を仰せられまするか。そのようなお戯れを、あはは、あはあは」

浮橋のあわてぶりが滑稽《こっけい》なので、小侍従と梅花が袂《たもと》で口を被《おお》った。

松平元康とは、云うまでもなく後の徳川家康《とくがわいえやす》である。

松平氏は、東海の太守今川氏の圧迫に抗しかねて、その麾下《きか》となり、元康は少年時代を駿府《すんぷ》に人質として過ごし、長じてからは捨て駒のように戦場を駆けずり回らされた。

それが昨年五月、今川氏が、織田信長の奇襲に大敗し、一挙に衰退への道を転がり始めると、元康は故郷の三河岡崎へ帰還した。桶狭間ノ合戦では、元康自身は、織田軍に圧迫されていた大高城へ兵糧を入れた鮮やかな手並みによって、一挙に武名を挙げている。

岡崎帰還後の元康は、今川氏真《うじざね》の再三の召還命令に言を左右にして応ぜず、一方では信長に誼《よしみ》を通ずるべく急接近しているという。弱冠二十歳の若武者ながら、苦労人の多い家臣団に支えられて、なかなかしぶとい気象《きしょう》と噂《うわさ》される。

「わしは、松平元康が噂通りの男であれば、その本心をたしかめて、信長と同盟を結ばせたい。三河と尾張が結べば、信長は東方に憂いがなくなる。そうして、美濃攻めに総力を傾けられれば、信長の京への道は一挙に近くなろう」

「大樹」

と鯉九郎が口を挟む。

「松平は織田よりも小さい家にございます。元康と申す若者一人では、とてものこと今川と戦えますまい」

「鯉九郎。今川氏は、足利の一門ぞ。義元亡き後、家督を嗣《つ》いだ氏真がことは、わしがよく知っておる。あれは信望のない男よ」

すでに今川家中は乱れている、と義輝は語を継いだ。

「義元が苦労して成した甲斐・駿河・相模の三国同盟も、いずれ破れよう。北条氏康《ほうじょううじやす》はともかく、海へ出たくてたまらぬ武田信玄が駿河をそのままにしておくものか」

武田信玄と斬り合い寸前まで至った義輝の言である。仰せの通りに違いないと鯉九郎は感じた。慥《たし》かに今川は、織田・松平を討つどころか、武田・北条という巨大な餓狼《がろう》の餌食《えじき》にならぬよう国内を建て直すほうが先決であろう。

「なれど、鯉九郎の懸念も尤《もっと》もなことだ。それに元康が、いまだ決然として今川と断交できぬのも、駿府に妻子を人質にとられておるからであろう」

「では、なおのこと、駿府のようすも子細に探らねばなりませぬな」

「それは梅花にやってもらう」

よいか、と義輝は梅花に眼をやった。

畏《かしこ》まりましてございますと承《う》けてから、梅花も進言する。

「念のため甲斐、相模の動きにも、眼配り致しましょう」

「うむ、たのむ」

次に義輝は十兵衛へ視線を向けた。

「十兵衛。清洲へ下り、わが意を信長に伝えよ」

「それがしが……」

十兵衛の面に意外の思いが過《よぎ》る。義輝はそれと察して微笑した。

「そちが信長をよく思うておらぬことは存じておる。なれど、信長が明智十兵衛なる男をどうみておるか、分かるか」

「それは……」

十兵衛は困惑した。信長が自分のことをどうみているかなど、考えたこともなかった。

「信長の人の器量《きりょう》をはかる眼は並々でない。将として立つに不足なし。信長はそちがことをそうみておる。わしにはそれが分かる。十兵衛を遣わせば、信長もわしの意を大事と受けとめるであろう」

「ご深慮、恐れ入りましてございます」

十兵衛は、平伏しながら、義輝の思いを察して、身内に熱いものを感じた。十兵衛が将として立つに不足なしとみているのは、義輝なのである。

「小侍従。蹴鞠《けまり》を致そう」

命令を伝え了えた義輝は、座を立った。

「はい」

小侍従もいそいそと随《したが》う。

「三好と六角の合戦など、傀儡将軍には関わりなきこと。蹴鞠でも致しておるのが似合いよ」

義輝の声は明るい。

濡れ縁へ出た義輝が、そこで背を向けたまま云った次の言葉には、鯉九郎以下、皆が蒼《あお》くなった。

「黒京衆がことは、しばらく放っておくがよい」

鯉九郎の黙認によって黒京衆との暗闘をつづけているのは、浮橋と梅花率いる十二天衆の面々だが、十兵衛、玄尊、小四郎も承知の上で、三名とも時に協力した。だが、要らざるご心配をかけてはならぬということで、義輝には内密ですすめてきた。それを義輝は疾《と》うに看破していたのである。

（大樹のご慧眼を欺《あざむ》くことはできぬ。われらは浅はかであった）

首謀者ともいえる鯉九郎は、その思いを伝えるかの如く、共犯者たちを眺め渡した。

「わしが宝を粗末に致すな」

その一言を残して、義輝の姿は鯉九郎たちの視界から消え、遠ざかる足音のみが、渠らの鼓動と拍動をひとつにしていた。

皆は自分の宝である、と義輝は云ったのである。だから失いたくない、と。

御座所に残された六名の間には、粛として声がなかった。どの顔も紅潮し、双眼の潤いを隠しようもない。

ほどなく仮御所じゅうに響き渡った号泣は、玄尊の嬉《うれ》し泣きのようであった。

三

六角・畠山連合軍は、密に連絡を取り合い、京・岸和田両戦線とも、十一月二十四日をもって総攻撃を開始した。

京では、松永弾正がよく持ち堪《こた》え、松山新太郎を先鋒《せんぽう》として勝軍山の永原重澄、薬師寺兄弟、柳本兄弟を討ち取り、その余勢を駆って神楽岡の六角承禎の本隊へ迫ったが、これはさすがに抜くことはできなかった。

一方の岸和田では、野戦巧者といわれる実休が、畠山勢の繰り出す根来寺衆徒の鉄炮隊に手を焼き、三好軍は敗退した。

この日の戦いは、敵味方、一勝一敗の五分で了《お》わったということになる。

岸和田で優位に立った畠山軍は、十二月二十五日に、高政の部将宮崎隠岐《おき》が長慶の本拠飯盛山城へ接近、その西麓の三箇城に奇襲をかけ、城将三好政成を討った。

明けて永禄五年（一五六二）。

京戦線は一進一退、岸和田戦線は三好軍の敗色が濃くなりはじめた。

しかし、右の畿内の大争乱も、この正月に尾張で起こった出来事に比べれば、歴史的にはさしたる大事ではなかったかもしれぬ。清洲城において、戦国期最大の主役たちが、盟約を結んだのである。

織田信長はその日、本丸の前で、松平元康（徳川家康）を出迎え、手をとらんばかりにして客殿まで案内した。信長二十九歳、元康二十一歳である。

これを遠目に眺める織田家の軽輩の中には、木下藤吉郎《きのしたとうきちろう》（豊臣秀吉《とよとみひでよし》）二十六歳の姿もあった。

（何とも清々《すがすが》しい容子《ようす》の御大将じゃなあ……）

藤吉郎の元康に対する第一印象はそれである。若き日の元康は、肥満しすぎて褌《ふんどし》すら自分で着けられぬ晩年の家康と違い、凛々《りり》しい細面《ほそおもて》に、鋼《はがね》の如き体軀《たいく》の持ち主だったゆえ、藤吉郎が眩《まぶ》しい眼で眺めたのも無理はない。

祝宴の席でも、信長は元康と竝《なら》んで座り、織田・松平の同盟が対等であることを示した。

「三河どの。今夜は清洲にお泊まりなされよ」

信長は上機嫌で元康を誘う。

これを耳にした石川数正《いしかわかずまさ》、酒井忠次《さかいただつぐ》ら松平家の重臣が、眼配せで、お断りなされませ、と元康に合図した。戦国の世の同盟など、心から信じられるものではない。謀殺を怖れねばならぬ。

だが元康は、毛筋ほどの躊躇《ためら》いのようすも見せず、信長へ微笑を返した。

「お言葉に甘えましょう」

放胆というべきであろう。この瞬間、元康という若者は真実、信長の意に適《かな》った。

その夜、信長はひとり、元康の寝所を訪れる。

ここでも信長は感じ入った。元康は不寝番に小姓二名をあてていた許《ばか》りで、疑心など全くないことを明らかにしたのである。

「三河どの。いささか談合致したき儀がござる」

元康は少しも驚かぬ。長かった人質時代が、この若者の内側を強靭なものにしていた。

「何なりと」

「二名ばかり人をよぶが、よろしいか」

「よろしゅうござる」

元康の同意を得ると、信長は廊下へ声をかけた。

「両名とも入ってまいれ」

床を踏む足音もたてずに、滑るように入ってきて、両雄の前に双手をつかえた二人を、信長が元康に紹介した。

「これなるは明智十兵衛と浮橋と申す者。両名とも、足利義輝公の直臣にござる」

「なんと」

直ちに居住まいを正した元康だが、同時に、信長が将軍家と云わず義輝の直臣と明言したところに、意味がありそうだと思った。

「三河どの。今からこの信長の語ること、夢物語と一笑に付すもよし、共に夢を追うてみたいと血を湧かせるもよし。但し、三河どのがいずれをお選びになるにせよ、信長は其許《そこもと》との盟約をわれから破るつもりは毛頭ござらぬ。逆に、三河どのが、信長とは手を組めぬとお考えになられたら、そのようになされたがよい。信長は恨みはせぬ」

そう前置きした信長に、元康はゆっくり頷いた。

「謹んで拝聴仕《つかまつ》る」

元康の態度は信長を充分に満足させるものであった。されば、お聞かせ致す、と信長は元康の眼を真正面に捉《とら》えて云う。

「信長は、京へ上り、足利義輝公を奉じて天下六十余州に号令致す所存である」

元康の細面が惚《ほう》けた表情を作る。信長が何を云ったのか、一瞬、理解しかねたのである。

元康の反応は当然であろう。

当時の戦国武将は、誰もがいち早く上洛して天下の覇者になることを夢見ていた、と後世の人々は信じているが、これは重大な誤りといわねばならぬ。

応仁《おうにん》ノ乱後の日本は、京にある幕府と将軍の権威がすっかり失墜しており、いわば地方の時代に突入していた。後世に馴染《なじ》み深い戦国の英雄の名を挙げてみれば分かるが、その中に京畿という中央から興った者を屈指するのは難がある。この一事をもってしても、その証拠となりえよう。

むろん多くの武将が上洛してはいるが、天下人になるという着想を持つ者は、ほとんど存在しなかった。たんに京への憧《あこが》れも理由のひとつだが、依然として守護職の補任権は将軍にあり、官位や受領《ずりょうめい》名などの授与権が天皇にあったが故に、渠らは上洛したにすぎぬ。

信長に討たれた今川義元の尾張侵攻にしても、あれを天下取りのための上洛作戦と考えるのは、無理がある。本拠の駿河を遠く離れて、尾張、美濃、近江を制圧しつつ、京まで上るには、補給路や防衛線の問題は云うに及ばず、途轍《とてつ》もない戦費や兵員を用意する必要がある筈なのに、義元はそんな準備をしていなかった。というより、東海の覇王などといっても、そこまでの力はなかったのである。義元の西上は、長く不穏の動きの多かった西三河の完全鎮定と、尾張の併呑《へいどん》に、その目的があったとみるのが妥当であろう。もし信長を討っていたら、義元は駿府へ引き返したに違いない。

群雄が真の上洛作戦に目覚めるのは、織田信長が天下布武《てんかふぶ》を唱えて以後のことと断じて差し支えなかろう。

なればこそ、元康も瞬時には理解しかねた。表向きはいまだ今川氏に属する三河の小名にすぎぬ元康にすれば、天下など想像の埒外《らちがい》のことである。

しかし信長が、義輝との出会いから、双方が絡んで起こったこれまでの経緯につい

て、包み隠さず熱っぽく語るにつれ、元康は表情を大きく変化させていく。別して、信長ほどの男が、

「武人として、類稀《たぐいまれ》なる大器にあらせられる」

と評した足利義輝の人物は、著しく元康の興味を引いた。信長が一度も将軍という称号を用いない理由も、察せられた。信長は、義輝を一個の男子として上に戴《いただ》くに不足なき人間と信じている。

「三河どのと、この信長とで義輝公の両輪となれば、世を大きく回天させられようぞ」

むろん、今すぐ回天の大事業を起こせるほどの力は、信長にも元康にもない。だが、ただ近隣との領土争奪のみに明け暮れるのと、天下を大目標として戦うのとでは、「武将としての気宇《きう》に天地ほどの開きがある。そうは思われぬか、三河どの」

その問いかけを、信長は結びとした。

（義輝公を奉じて天下に号令……）

元康は頬を上気させていた。風雲児信長の滾《たぎ》るような情熱が、若き武将の体内に魔術的な魅力を伴って伝染した。

「元康は、国と国との盟約も、兄弟の契りに同然とおぼえ仕る。兄の夢は、弟の夢に

ござる」

「よくぞ申された、三河どの」

信長は、元康の手をとった。

向後は、三河と尾張は背中合わせで、元康が東へ、信長が西へ勢力を伸長していきながら、上洛の機会を窺《うかが》おうではないか、という結論に達した。

両雄の会話に凝《じ》っと聞き入っていた十兵衛と浮橋も、無言で頷き合う。

「明智十兵衛。存念を申せ」

ここではじめて信長に促され、十兵衛は元康に向かって口を開いた。

「三河どのには、当面の憂いを取り除かれることが肝要と存ずる」

「わが憂いとな……」

「おそれながら、ご妻子がことにござる」

十兵衛は元康を凝視する。

桶狭間以後、勝手に岡崎へ帰還した元康は、三河の今川領を侵しはじめた。これに不審を募らせた今川氏真が糾問《きゅうもん》使を遣わしたが、そうした戦いは織田を欺く方便にござる、と元康は臆面《おくめん》もなく云い放っている。

その点は、実は信長も、猜疑心《さいぎしん》の強い男だけに、同盟を結ぶにあたって元康を完全には信用できぬという危惧《きぐ》をもった。だが、信長の疑念は、義輝の密命を帯びて清洲へ参上した十兵衛が拭《ぬぐ》い去ってくれた。十兵衛は、岡崎へ潜入して元康の人となりを探っていた浮橋から、元康の本心が奈辺《なへん》にあるか報告を受けていたのである。

元康が今川氏に対して云い逃れをして時間稼ぎをするのは、その間にできる限り多くの旧領を回復せんがためであった。

桶狭間より一年半以上も三河のうちを斬り取ってきた元康に、もはや今川氏が今日明日中にも堪忍袋の緒を切らしてもおかしくはない。まして本日の織田・松平同盟の儀が駿府へ聞こえれば、今川氏真は激怒しよう。

駿府には、元康の妻子が人質として厳重な監視下におかれている。すなわち正室築山殿、嫡男竹千代、長女亀姫である。氏真が怒りにまかせて、この三名を処刑するのは、確実とみなければなるまい。

「戦国の世のならいにござる」

とだけ元康は云った。が、その表情の硬《こわ》ばりを見逃す十兵衛ではない。このあたり、元康はまだ若いといえよう。

「お諦《あきら》めなさるな」

三十路《みそじ》を越えている十兵衛は、年長者らしい穏やかな物言いで元康を諭した。

「ご正室は今川のご一門。氏真どのも事を急《せ》くような愚かしいまねは致しますまい」

元康の正室築山殿の父は、今川一門出身の重臣・関口親永であり、その発言力は大きい。築山殿母子を無闇《むやみ》に処断すれば、家中にひと騒動持ち上がるのは必至であろう。

「駿府城下にも関口殿が謀叛《むほん》を起こすのではとの噂まで流れており申す」

と十兵衛は云った。これには、元康は心底、驚いたようである。

「まさか……」

それについては十兵衛はこたえぬ。関口謀叛の噂を駿府城下にばらまいたのは、梅花と十二天衆なのである。

梅花らは実は、人質を奪還すべく駿府城へ侵入したのだが、築山殿母子の監禁場所には昼夜を分かたぬ厳戒態勢が布《し》かれており、竟《つい》に断念せざるをえなかった。

「人質のお取り替えをなされては如何」

この十兵衛のすすめには、元康は苦笑するほかない。

「わがほうに人質はおり申さぬ」

「早々に上ノ郷を攻められよ」

「なに」

三河上ノ郷城主・鵜殿長照《うどのながてる》は、義元の妹を母親にもち、今川氏真とは従兄弟関係になる。桶狭間以後、三河の諸将の多くが元康に靡《なび》いたが、頑としてこれに抵抗していることで、氏真のおぼえもよい。

「長照どのが二人の子らを人質に立てられては、氏真どのにも迷いが生じましょう」

元康の嫡子竹千代は四歳だが、長照の二人の子もまだ幼い。慥かに信頼厚い従弟の幼子たちを人質に立てられたら、或いは氏真は交換に応ずるかもしれぬ、と元康も思わぬでもなかった。

「氏真は容易には応ずるまいな」

これは信長の意見だが、尤もというべきであろう。元康の正室・嫡子・長女に対して、氏真には従弟の子らというのでは、今川方にとって引き合わぬ。

信長の意見が正しいと思い直したようすの元康へ、十兵衛は非情なことを云った。

「三河どの。ありていに申せば、それがしはご正室と姫君まで救えるとは思うておりませぬ。武門が大切にすべきは、ご嫡男のみではござるまいか」

元康の面に赤みがさした。

元康は、今川から無理やり押しつけられた十歳も年上の築山殿を煙たく思っている。亀姫については、尾張出陣の直前に誕生したので、ろくに顔もおぼえていない。

だが、初めての男子は可愛《かわい》い。いずれこの子に家督を継がせるのだと思うと、励みにもなった。お家第一の武門とは、そうしたものなのである。

（竹千代さえ無事に取り戻すことができるなら……）

元康の胸中にその思いが湧いたことを、十兵衛はみてとった。というより、その思いを元康をして湧かせるために、十兵衛は敢えて非情の言葉を発したのである。元康自身の口から、正室と姫君を見棄てるような言質を吐き出させたのでは、後に禍根を残さぬとも限らぬからであった。

「三河どのがご嫡男のみなれば、今川より奪い返せると申すか」

信長が十兵衛に問うた。

「必ず」

と十兵衛は断言してから、信長と元康に竹千代奪還作戦の細部を語ってきかせた。

「さすがに義輝公の股肱《ここう》よな」

聞き了えた信長が、めずらしく人を褒めた。

十兵衛は、脳裡に一瞬、今は亡き斎藤道三の入道姿を過《よぎ》らせ、心中で嘯《うそぶ》いた。

（信長どの。それがしも、蝮《まむし》に見込まれた若造のひとりにござるわ）

それでも元康が躊躇《ためら》っているようすに、

（西郡《にしごおり》ノ方のことか……）

と十兵衛は思い至った。岡崎城に住む元康の寵妾《ちょうしょう》西郡ノ方は、鵜殿長照の妹なのである。

だが、十兵衛の勘は外れた。元康は、十兵衛の策の実現性を、若い頭脳で素早く吟味していたにすぎぬ。

「よき策と思うが、その前に、長照の子らを奪う算段はついておるのであろうか」

元康が案ずるのは、上ノ郷城を攻めて陥落させるのはさして難事ではないが、落城迫れば長照が子どもたちを道連れにするのではないか、ということであった。

十兵衛は破顔した。もとより、その算段はついている。

「長照どのが子らは、落城の前に救い出してご覧に入れ申す」

「でき申すか、そのようなことが」

「浮橋」

十兵衛は、後ろに控える稀代の忍びを振り返る。

「おそれながら、昨夜、三河さまがご寝所にて、西郡ノ方に仰せられるには……」

だしぬけに浮橋は、妙なことを云い出したかと思うや、次に元康の声を真似た。

「そなたの乳は搗《つ》きたての餅《もち》のようじゃ。ほれ、このように、ほれ、ほれ」

元康の顔が真っ赤になった。

精強で鳴る松平武士で固められた岡崎城の主の寝所まで易々と忍び入ったほどの浮橋には、落城間近で混乱する城から幼子を奪うぐらいたやすいことである。十兵衛と浮橋が伝えたいのは、そういうことだと元康にも分かった。

「ご無礼を」

元康が怒り出す前に、浮橋はつつっと退がる。

「三河どのが羨《うらや》ましい。美しいご側室をおもちのようじゃ」

からりと信長が笑う。

元康も怒らぬ。諦めきって無理やり闇に押し込めていたものへ、遽《にわか》に一筋の光明が射したような気分であった。

四

二月四日、元康は上ノ郷城を電撃的に攻めて、たちまち陥落させる。

城主鵜殿長照は、自刃《じじん》の直前、側近に二人の子の生命を断つよう命じた。ところが、側近が、炎上しはじめた城内を隈《くま》なく探しても、竟に二子の姿を発見することは叶《かな》わなかったという。

長照の遺児らを駿府へ護送したのは、松平家の重臣石川数正である。数正は、元康の駿府時代、その随臣として主君と共に辛酸を嘗《な》め、今回の尾張・三河攻守同盟では締結の立役者にもなるという松平家きっての切れ者であった。

数正は、今川氏真に面謁すると、鵜殿長照との戦いはやむをえざる仕儀だったことを強調し、長照の遺児らを、すんなりと今川方へ渡した上で、

「竹千代君ご生害《しょうがい》のお供を致すべく罷《まか》りこしたのでござる」

と自身は神妙な態度をみせたのである。

今川氏真は、武将というより、文人であった。連歌《れんが》や和歌に秀で、蹴鞠などは名人の域だったといわれる。それらは一面、政治・軍事からの逃避の結果といえよう。そのため、甚だ優柔不断の人であった。さらには、生まれついて大国の跡継ぎだったせいか、万事に鷹揚《おうよう》に対する。

重臣の多くは石川数正の態度を欺瞞《ぎまん》に相違なしと疑い、直ちに竹千代を殺すべしと息巻いたが、氏真は数正の言を額面通りに受け取った。

「竹千代君にご生害の心構えがお出来あそばすまで、何卒《なにとぞ》幾日かのご猶予を賜りとう存ずる」

数正はそう申し出て、氏真に許されると、翌日から毎朝、竹千代のもとへ伺候し、

四歳の幼子に切腹の作法を教えた。

これには築山殿は、半狂乱の態《てい》で、竹千代の助命を氏真に懇願してくれるよう、父関口親永をかき口説いた。

紅葉《もみじ》のような手にもった扇子をみずからの小さな腹にあてる仕種を、憐《あわ》れと思わぬ者はいない。今川の重臣たちも、次第に数正を信用しはじめた。氏真にしても、親永の懇願もあって、竹千代の切腹を一日延ばしに延ばすことになってしまった。

某日、数正は、城内から一歩も出してもらえぬ竹千代に、今生《こんじょう》の慰めに広々とした駿河の草原を馬で駆け回らせてやりたい、と氏真に願い出る。

氏真は、何の疑念も湧かせず、これを許可した。

重臣たちは、多少の懸念を抱かぬでもなかったが、正室と姫君を置き去りにして、数正が竹千代だけを連れて逃げるとも思われなかった。万一、その気になったとしても、援護も替え馬もなく、駿州・遠州という二ケ国の今川領を通過し、三河まで無事に逃げ帰るなど不可能といわねばなるまい。

「若君。岡崎におわすお父上は鷹狩《たかが》りがお好きにあられる。鷹野へ出て、馬を駆るのは気持ち良うございますぞ」

数正は、駿府城の大手門を出ると、小さな竹千代を鞍の前輪にのせて抱き寄せ、馬に鞭を入れた。

この瞬間、明智十兵衛の計略は、まんまと成功したといってよい。

今川方が数正の遁走《とんそう》に気づいたときには、数正は初春の陽射しも明るい東海道を西へ一散に奔っていた。

直ちに追手が出されたが、間に合うものではない。数正は、街道筋の要所要所に用意された替え馬に次々と乗り換えて、凄《すさ》まじい迅《はや》さで駿遠二ケ国を駆け抜けていったのである。替え馬を曳《ひ》いて待機していたのは、十二天衆であった。

浮橋と梅花の指揮の下、十二天衆は、数正と竹千代の通過する道筋に眼を光らせ、止めようとする者あらば、討ち払う備えも出来ていた。

遠江と三河の国境に、酒井忠次率いる松平勢が出張り、逃げてきた数正と竹千代を行軍の中に囲んで、これもまた脇目もふらずに岡崎を目指した。

十兵衛は、策戦の立案者として、岡崎に在った。失敗したときは腹を切るつもりで赴いたのである。

先触れの急報をうけて岡崎城下まで忠次軍を出迎えた元康は、竹千代を両腕に抱きとるなり、声を放って嬉《うれ》し泣きに泣いた。

元康だけでなく、家中こぞって号泣した。今川と織田の間にあって、永年、屈辱と貧窮に堪えてきた松平武士たちの結束の強固さを示す泪《なみだ》である。渠らの苦労は報われたといってよい。

（大樹のご慧眼《けいがん》であった。松平武士は必ず頼りになる）

漢《おとこ》たちの感泣のようすを眺めながら、十兵衛は、はっきり感じた。

ちなみに、築山殿と亀姫も、一命を救われて、後日、岡崎へ送り返される。この幸運は築山殿の父関口親永の必死の奔走によるが、今川氏真も、武門の子ゆえ、人質にして男子ほど重みのない女たちを、今さら殺したところで意味はないと考えたのであろう。但し、家中への憚《はばか》りがあるため、親永には切腹を命じた。

元康は、十兵衛に謝辞を陳べた後、

「御所さまにお伝え願いたい」

と真摯な面持ちで云った。

「松平元康は、織田殿共々、牙軍《がぐん》となる日を望んで、奮励致す所存にござる。何年かかるか分かり申さぬが、決して諦めは致しませぬと」

「しかと承ってござる」

十兵衛も打ち解けた笑みを返す。

すると元康は、随行の家臣をよんで、十兵衛に紹介した。

「本日以後、京より御密命あるときは、この者に申しつけられたい」

男は、外見がひどく老成していて、十兵衛よりも年上に見えるが、実際には二十五歳だという。その眠ったような眼が、怜悧《れいり》さを隠す擬態であることを、十兵衛は見抜いた。

「本多《ほんだ》弥八郎正保と申す。お見知りおき下され」

これが後年、徳川家康随一の腹心として、家康の天下取りにむけて謀略の限りを尽くすことになる本多正信《まさのぶ》の若き日の姿である。

竹千代を奪還して城へ戻った元康は、暇《いとま》をおかず今川方の攻撃に備えて臨戦態勢に入った。結局、今川方は拱手《きょうしゅ》するばかりで岡崎を攻める度胸もなかったが、常に万一の場合を想定した元康の要心深さは、さすがといえよう。

数正と竹千代が無事に岡崎へ到着してから、半日ほど遅れて、浮橋と梅花と十二天衆も生還する。十兵衛はそこではじめて安堵《あんど》の吐息を漏らした。

しかし、渠らに休息の暇はない。石見坊玄尊が京から岡崎へ急行してきて、異変を告げたのである。

「浮橋。黒京衆が挑戦してきおったぞ」

玄尊の語るところによると、某夜、黒京衆の首領磯良が単身、妙覚寺の将軍仮御所を堂々と訪れ、浮橋に面会を求めたという。

応対には鯉九郎が出た。鯉九郎は、淀城の血闘であと一歩まで松永弾正を追い詰めながら、邪魔に入った男の黥面《げいめん》を忘れるものではなかった。

鯉九郎は濡れ縁に座し、磯良は庭に折り敷く恰好《かっこう》で、対《むか》い合った。

「用件は、この朽木鯉九郎がきいておく」

磯良が隙をみせたら、その場で斬り棄てるつもりで、大刀を左腰へ寄せて、鯉九郎は云った。

「では、申す。近いうち、岸和田の戦いには結着がつきそうな気配。その折り、われら黒京衆は必ずや総大将を討つ」

「畠山高政の本陣は、根来衆が固めておる。汝《うぬ》らには近づくこともできまい」

「勘違いなさるな、朽木どのよ」

「なに」

「総大将は何も畠山高政ばかりではござらぬわ」

「…………」

鯉九郎は磯良の云う意味を察しかねた。が、磯良が、にたりと薄笑いをみせた瞬間、そこに思い至った。

「弾正が下知か」

怒声を発しざま、鯉九郎は大刀を抜き打つ。一髪の差で、磯良はこれを躱《かわ》した。

「岸和田にて待つ。浮橋にそうお伝え願おう」

それなり磯良は仮御所から消えたのである。

「浮橋。磯良の狙いは分かろう」

と玄尊が念を押す。

「分からいでか。あやつ、合戦の混乱に紛れて、三好実休を討つつもりだわ」

「やはり大樹のご賢察通り、松永弾正は三好兄弟をひとりひとり亡き者にする魂胆……」

梅花も、緊張した面持ちで云った。

「浮橋。梅花。そなたらは、直ちに京へ戻れ。わたしも元康どのと信長どのに急ぎ挨拶を済ませてから、帰京致す」

十兵衛の指示で、皆は素早く行動に移った。

同じ頃、京では六角承禎が、弾正の領国である大和に反三好軍を蹶起《けっき》させるべく、興福寺以下の寺社勢力へ働きかけていた。当面の敵弾正の動揺を誘うためである。

合わせて六角軍は、京の三好軍へ襲いかかっている。

畿内の戦雲は、荒れ狂う寸前の暴風雨を孕《はら》んで、霍《にわ》かに脚を速めたといえよう。先に嵐を呼んだのは、岸和田戦線である。世に久米田ノ合戦と称ばれる激戦は、三月五日に起こった。

第八章　修羅、簇《むら》がりて

一

「射《う》てえ」

根来寺衆徒《ねごろじ》の一斉射撃によって、開戦の火蓋《ひぶた》は切って落とされた。

現今《いま》で云えば阪和線の線路を間に挟んで、東の久米田古墳群一帯に三好《みよし》軍、西の岸和田城下に畠山《はたけやま》軍。双方、僅《わず》か五、六丁を隔てるばかりの近距離に、半年余りも睨《にら》み合いをつづけてきたが、この日、竟《つい》に畠山勢が総軍を挙げて三好陣へ突撃を敢行したのである。

「近国無双の大合戦」

『続応仁後記』にこう評された久米田ノ戦いは、緒戦から血で血を洗う凄惨《せいさん》な会戦となったが、時を経るにしたがって三好勢の劣勢が目立ちはじめた。

両軍の兵力の実数は、諸書によりばらつきがあって判然としないが、畠山軍のほうが数千人上回っていたとみてよい。

敵味方が平地で激突する野戦は、籠城《ろうじょう》戦や山岳戦のように戦術次第で形勢が大きく変化するというものではない。双方、兵の強さが同じ程度なら、数に勝るほうが圧倒的に有利である。兵力に余裕があれば、側面攻撃に振り向けたり、迂回《うかい》させて敵の背後を衝《つ》くこともできる。そのことは野戦の名人といわれる三好実休自身が、誰《たれ》よりもよく弁《わきま》えていた筈であろう。

実休の誤算は、自軍の強さを過信しすぎていたところにあったのではないか。と同時に、畠山勢への侮りもあったに違いない。

「坊主どもが、よう働くわ」

丘陵状の諸兄塚《もろえづか》の頂《いただき》に布《し》いた本陣から、眼下の戦闘を眺めながら、実休ほどの者が唇を噛《か》んでいた。

坊主どもとは、畠山勢の根来寺《ねごろじ》衆徒のことで、渠《かれ》らは、鉄炮《てっぽう》術だけが凄《すご》いのではなく、乱戦中に刀槍を揮《ふる》うのにも勇猛果敢であった。これが畠山軍に勢いをあたえ、安見、遊佐ら河内衆にも実力以上の力を出させている。

「されば、実休さま」

　と篠原《しのはら》右京進長房《ながふさ》が進み出る。

　長房は、三好一党にあっては、松永弾正《まつながだんじょう》と並んで内衆《うちしゅ》とよばれる直臣で、実休の阿波《あわ》勝瑞時代には、これをよく輔《たす》けて、信頼が厚かった。実休が河内高屋城へ移ったあとは、代官として阿波・讃岐《さぬき》を統《す》べている。

「それがしが坊主どもを蹴《け》散《ち》らしてご覧に入れる。根来衆さえ叩《たた》けば、あとは畠山など有象無象にござる」

「よし、右京。おぬしにまかせた」

「うれしき仰せ」

「なれど、坊主どもを蹴散らしても、深追い致すな。敵の後陣はまだ手つかずじゃ。新手を繰り出される前に、留まって陣形を立て直せ」

　長房に命令を下すや、実休は傍らの三好康長に向かって云った。

「叔父御《おじご》。頃合《ころあ》いをみて、右京の後ろ巻きに出て下され」

「承った」

　山城守《やましろのかみ》康長は力強く頷《うなず》く。この康長は、後年、入道して笑巌と号し、豊臣秀吉《とよとみひでよし》の御伽衆《おとぎしゅう》に加えられ、秀吉の甥《おい》を一時養子にして世襲名の孫七郎を名乗らせる。三好孫七郎すなわち、豊臣秀次《ひでつぐ》である。

「右京。往け」

「はっ」

長房は、阿波の精兵を率いて、丘を駆け下りた。

「いつもながら上桜衆の美々《びび》しいことよ」

本陣に賛嘆の声があがる。長房の周《まわ》りは、満開の桜花に彩られて華やかそのものゆえであった。

阿波麻植《おえ》郡上桜城を居城とする長房は、その地名に因《ちな》んで、桜を意匠した旗差物《はたさしもの》を馬廻衆《うままわりしゅう》にもたせている。文人としても評価の高かった長房らしい風流心といえようか。

ほどなく長房軍は、万余の兵の犇《ひしめ》き合う乱軍の中へ、猛然たる土煙を巻き上げて錐《きり》のように突入していった。

獣の生肉を啖《くら》うといわれた獰猛《どうもう》な阿波兵と、戦国期最強の僧兵集団といってよい根来衆が、戦場のど真ん中で、真っ向からぶつかり合う。

（いつまでつづく……）

おそろしく唐突に、実体は虚《むな》しさをおぼえた。

合戦場は地獄である。尋常の神経の持ち主なら、矢唸《やうな》り、銃声、打ち物の叩き合い、人馬の叫喚に耳を塞《ふさ》ぎ、手足が飛び、首が転がる惨状に眼を覆い、凄《すさ》まじい血臭に鼻をつまむであろう。

自分がそうしないのは空と海のせいか、と妙な感慨を実休は抱く。三月の蒼穹《そら》はどこまでも明るく、彼方《かなた》の海もあくまで穏やかなのであった。

陽光を浴びて銀色に輝くあの海の向こうに、実休の故郷、阿波国がある。遠い。そう思った。実際には、風に乗って帆走すれば、半日で帰り着くことができる。

（帰る……）

実休はおのれの心の動きに驚いた。元服以来、常に戦場にあったこの男は、かつて戦陣において里心を起こしたことなど一度とてない。

これが死の予感というものであろう。しかし、実休自身はそのことに気づいていない。

三好康長の忌ま忌ましげな声が、実休の耳を撲《う》った。

「功に逸《はや》ったか」

「叔父御、如何《いかが》された」

我に返った実休は、康長を見る。

「あれが見えぬか、実休どの。右京進じゃ」

あっ、と実休もわが眼を疑った。

右京進長房は、高言どおり、見事に根来衆を四散させ、これを押し返すことに成功していた。だが、その余勢を駆って、深追いをはじめているではないか。

(右京進が軍令に叛《そむ》くとは……)

戦巧者《いくさ》の長房のことゆえ、根来衆殲滅《せんめつ》の好機と捉《とら》えたのかもしれぬが、長房軍は主戦場から敵陣寄りへ突出しすぎている。しかも、追撃に夢中のあまり、陣形が前後左右に広がりすぎていた。

そこを敵が見逃す筈《はず》はあるまい。畠山軍にしても、長房の率いてきた阿波勢さえ討ってしまえば、三好軍の力が半減すると考えていよう。

「あれは、阿波の篠原長房ぞ。討ち取ったる者は本日一番の殊勲と思え」

案の定、畠山高政が、岸和田城下の本陣から、大音声《だいおんじょう》に宣言した。

「おうっ」

これをうけて、まだ戦闘に参加せず満を持していた湯川、玉置ら紀州《きしゅう》勢が、猛然と長房軍への突撃を開始する。

長房軍は忽《たちま》ち紀州勢に囲まれた。

「叔父御。はや後ろ巻きに」

「もとよりじゃ」

下知をうけるのももどかしげに、山城守康長は早くも馬の鐙《あぶみ》に足をかけている。康長軍が紀州勢に襲いかかるや、今度は畠山軍から、態勢を立て直した根来衆がまたしても参戦してきた。

「いかん。山城だけでは危ういわ」

皺顔を引きつらせて怒鳴るように云ったのは、三好下野守政康《まさやす》である。三好兄弟の亡父元長の従弟で、一族中では長逸《ながゆき》に次ぐ長老といってよい。後に長逸、岩成友通《いわなりともみち》と共に三好三人衆のひとりとなる。

「実休どの。老骨の槍さばき、これにてとくとご覧あれ」

政康は、実休の下知をまたずに、手勢を率いて丘を下った。

これに釣られるように、三好備中守らの諸勢も、次々と長房の救援に向かう。篠原長房というのは、それほど三好一党内で信望がある。

実休とて、長房を失いたくないから、政康らを敢《あ》えてとめなかった。が、これが命取りとなる。

周りを見渡せば、実休の本陣は、寒々としていた。百騎にも充《み》たぬ馬廻衆のみが、残ったばかりではないか。

「お屋形《やかた》さま。ここはひとまずお退《ひ》きあそばされよ」

馬廻衆は、さすがに不安をおぼえたのであろう、実休にすすめた。

この折り、母衣《ほろ》いっぱいに風を孕《はら》ませて、丘を上ってくる騎影が三騎。

「おお、上桜衆だ」

「大和守（長房）さまからの伝令に相違なし」

騎馬武者らの旗差物が桜を咲かせているのを認めて、実休の馬廻衆が声をあげた。

（まさか、右京が討たれたのではあるまいな……）

実休は、さすがに床几《しょうぎ》を蹴った。伝令の本陣到着を待ちきれぬのか、上ってくる渠《かれ》らのほうへ向かって、足早に歩きだす。この瞬間、実休の周囲に、その姿を隠す遮蔽《しゃへい》物《ぶつ》は一切失くなった。

三騎が丘を上りきり、頂の平坦《へいたん》な場所へ出た。実休との距離は、二十間を切った。

「曲者」

馬廻衆のこの叫びは、むろん伝令に対して発せられたものではない。本陣の背後から、陣幕を撥《は》ねあげて、不意に跳び込んできた集団への怒声であった。

全員、総身を紅衣の忍び装束に包んでいた。いや、中にひとりだけ、黒衣の者がいる。この者が、突出して、実休へ迫った。

「遣《や》るな」

「お屋形を護《まも》れ」

馬廻衆は、合して十余名の闖入者《ちんにゅうしゃ》たちへ殺到する。

黒衣の浮橋《うきはし》が、奔《はし》りつつ、必死に喚《わめ》いた。その声に実休は振り向く。

「実休どの、伏せろ」

浮橋は、実休の向こうで、騎馬武者のひとりが、実休へ迫りながら、鞍上《あんじょう》で背筋を伸ばし、鉄炮をかまえるのを見た。

(磯良《いそら》め)

至近距離である。外す筈がない。

浮橋は、咄嗟《とっさ》に飛苦無《とびくない》を投げうった。直後、鉄炮の筒口から轟然《ごうぜん》と火が吐かれた。

飛苦無を股にうけた実休は、がくっ、と腰を落とした。と同時に、脳天へ強い衝撃をうけて、前のめりに吹っ飛んだ。兜《かぶと》の鉢の頂辺が抉《えぐ》りとられ、そこから血が吹き出た。

「お屋形さまが」

「何処《どこ》から撃ってきた」

「根来衆か」

馬廻衆は混乱の極みに達した。そのため、すぐには伝令が偽物だと気づかぬ。これは磯良と黒京《こくぎょう》衆なのである。

馬上に鉄炮を掲げ、磯良が高らかに宣した。

「吾《わ》れこそは、根来衆随一の鉄炮使い、往来右京なり。三好実休を討ち取ったあ」

それで馬廻衆も、事態を勝手に解釈する。根来衆は、敵味方入り乱れた戦場で上桜衆の旗差物を拾い、これを靡《なび》かせて、大胆にも三好の本陣へ奇襲を仕掛けた。そして、本陣の裏手から跳び込んできた忍びとおぼしき者たちは、その援護に違いない、と。

「三好の衆、待たれよ、待たれよ」

浮橋は、馬廻衆の白刃をかいくぐりながら、自分らは敵ではないと繰り返すのだが、もとより信じてもらえる筈はなかった。

それはそうであろう。浮橋は実休の股へ飛苦無を投げうったのだから、渠らにとって憎い敵以外の何ものでもない。鉄炮の照星から実休の身を逃れさせるためだった、などと説明したところで、馬廻衆の怒りを増幅させる許《ばか》りである。

「火の粉は振り払うほかありませぬ」

梅花《メイファ》が、馬廻衆に得意の手甲爪《てっこう》で応戦しながら、浮橋を叱咤《しった》した。

（やむをえぬわい……）

浮橋も、竟に忍び刀を抜いた。

磯良にとって、浮橋の出現は意外事ではない。岸和田へ磯良みずから招いたのだから。

磯良は、予告した実休暗殺を浮橋の間近で成功させ、この宿敵に地団駄を踏ませてやりたかった。浮橋を殺すのは、その後だ。口惜しい思いを抱いたままの浮橋は、あの世で悶々《もんもん》と苦しむことになるであろう。

磯良は、両軍の決戦が開始されるまでは、四国勢の上陸した浜から、なかばのんびりと戦場を望見していた。その間、浮橋はこちらの姿を求めて両軍の周囲を右往左往しているだろうと想像し、北叟笑《ほくそえ》んだものである。

黒京衆が実休の命を狙っている証拠は何もないから、浮橋は実休に知らせることもできぬ。それも磯良の計算のうちであった。もし浮橋が義輝《よしてる》の手の者だと名乗って罷り出れば、ただちに殺されたであろう。義輝と通じたのではないかと長慶に疑われることを、実休は最も忌んでいるからである。かつて磯良が浮橋の名を騙《かた》って勝瑞城へ密行したことが、こういうところで効果を生んだといってよい。

ただ、実休暗殺の土壇場へ忽然《こつぜん》と出現した浮橋は、さすがといわねばなるまい。

(こちらの計略を見抜きおったのだわ。なれど、浮橋。一髪の差でおれが勝ちよ)

磯良は、実休の馬廻衆に囲まれて忍び刀を揮う浮橋へ、ちらりと嘲笑《ちょうしょう》の一瞥《いちべつ》をくれてから、馬首を転じるべく手綱《たづな》を引いた。

が、そのまま一瞬、凍りつく。

「ちいっ」

舌を打った磯良は、自身の手にあった鉄炮を、こちらへも殺到してくる馬廻衆めがけて投げつけてから、随伴の配下を振り返った。

「かせ。止《とど》めが要るわ」

二名の配下は、いずれも火縄に点火し、装弾済みの鉄炮を携えている。ひとりが、素早く鉄炮を磯良へ投げ渡した。

磯良が慌てたのは、馬廻衆に駆け寄られた実休が、みずからの力でむくりと上体を起こしたのを見たからである。

(生きていたとは)

磯良は、兜の錣《しころ》を貫通させて、実休の盆《ぼん》の窪《くぼ》へ弾丸をぶち込むつもりだったのが、引き金を絞る寸前に実休が屈《かが》んだために、兜の天辺《てっぺん》に当ててしまった。浮橋が飛苦無を放ったところを見逃した磯良だが、それでも実休が吹っ飛んだので、弾丸は脳天から入ったとばかり思い込んだのである。

　暗殺者が再度の射撃準備を調えたのも知らず、ふらふらと起き上がった実休は、一言呟《つぶや》きを漏《も》らした。

「右京……」

『蜷川《にながわ》家記』も、実休を撃った者を、磯良の名乗り通り、

「根来寺往来右京」

と伝えるが、右の実休の呻きは、その右京ではなかろう。篠原右京進の裏切りと叫ぼうとしたのに相違なかった。

　右京進長房もまた乱世の武将である。実休が畿内《きない》へ移った後、阿波・讃岐二ケ国の事実上の執政《しっせい》となって、勃然《ぼつぜん》と野心を興したとしても不思議ではない。

　それに長房は、総帥長慶のやり方を歯痒《はがゆ》く思っていた。意のままにならぬ将軍義輝を上に戴《いただ》いたまま畿内を治めようというのが、どだい無理な話であろう。今回のように反三好の蜂起《ほうき》が絶えないのも、そうした長慶の弱腰政策の産物ではないのか。

　長房の考えでは、悪御所の義輝には将軍職を退かせて、新将軍家を阿波平島の足利義維《よしつな》・義栄《よしひで》父子とすべきであった。なのに長慶や淡路の安宅冬康《あたぎふゆやす》は、その儀を過去の

ことして取り合わぬ。

長房はまた、昔から十河一存《そごうかずまさ》と不仲であり、そのことで実休に度々叱《しか》りをうけていた。文武ともに秀で、実休を輔佐《ほさ》して長く三好の本拠阿波国を統べてきた男には、戦争しか能のない一存の下風に立つことは、腹に据えかねた。

三好兄弟は長房を信頼しきっていたが、長房のほうでは、その明晰《めいせき》な頭脳ゆえに主家への忠義心が薄かったといえるかもしれぬ。

だからといって、長房が弾正と密《ひそ》かに手を組んだのは、意気投合したからというような単純な話ではない。性格の点でいえば、むしろ両名は反りが合わぬ。

両名の一致するところはただひとつ、今後の三好一党内の政権闘争で、互いが最大の敵になるということであった。むろん、それを口にする弾正と長房ではないが。

実際この二人は、三好四兄弟の没した後、反目し合い、干戈《かんか》を交えることになる。

しかし現段階では、距離を保ちながらも裏で互いの利便をはかり合うのが、後のそれぞれの飛躍につながることを、弾正も長房も計算していた。

ただ長房は、実休の謀殺については、完全に畠山勢の仕業とみえるやり方でなければ、弾正に協力するつもりはなかった。

磯良の偽りの名乗りは、それゆえである。

「駆け抜けるぞ」

磯良は、馬に鞭《むち》をくれるや、馬上撃ちに鉄炮を構えて、馬廻衆と浮橋らの斬り合いの渦中へ、突入していった。二名の配下も、磯良の両側を固めて、鞍上から刀を揮う。

「羅刹天《らせってん》」

梅花が、実休へ最も接近していた十二天衆のひとりを、呼ばわった。

羅刹天も、直ちに、磯良の動きに気づいた。唐武術を学んだ十二天衆は、いずれも女豹《めひょう》のように敏捷《びんしょう》である。羅刹天は、斬りつけてくる白刃を払いもせず、ただ奔った。

磯良が発炮するより、傷だらけになった羅刹天が実休へ跳びつくほうが、僅かに速い。それが羅刹天の命をも奪った。

実休の正面から跳びついた羅刹天は、銃声が轟《とどろ》くや、折り重なって倒れたのである。

「こやつ」

馬廻衆が、羅刹天の身を実休から引き剝がした。ごろりと仰向けにされた羅刹天の首に赤い点があった。すでに息絶えている。

実休も、両眼をあけたまま絶命していた。致命傷は眉間の銃創であった。磯良が実休の至近を駆け抜けざまに馬上から撃った弾丸は、羅刹天の首を後ろから貫通して、実体の眉間へ入って脳内に止まったのである。

「お屋形さまあ」

「早う手当てを、早う」

「やつらを逃がすな」

馬廻衆は、恐慌状態に陥った。

そうして慌てふためく馬廻衆を馬蹄《ばてい》にかけながら、磯良たち三騎は、乱刃の中を抜け出ていく。

騎馬の疾走の巻き起こす風が、浮橋の顔にあたった。硝煙《しょうえん》の臭いが鼻をつく。

「磯良」

浮橋は、磯良の鞍《くら》の後輪《しずわ》へしがみついた。途端に、磯良の揮う鞭に顔を叩かれる。

頬が切れた。

放すものか、と浮橋は後輪をつかむ腕に一層の力を込めた。

(この浮橋が死ぬときは、磯良、汝《うぬ》を道連れじゃ)

二

「浮橋どのを死なせてはならぬ」

　梅花と十二天衆の生き残りたちも、磯良の馬を追って一散に奔った。どの顔も、汗と埃《ほこり》と血で汚れきっている。

　磯良は、馬側に浮橋を曳《ひ》きずりながら、久米田寺のほうへ丘を下った。

　護衛に付いていた二人の黒京衆は、実休の馬廻衆に馬から引きずり下ろされ、膾《なます》のように斬り刻まれた。

　梅花と十二天衆も、窮地に陥り、羅刹天のほかにも、梵天《ぼんてん》、多聞天《たもんてん》が討たれた。

　しかし、実休戦死の報が戦場を駆けめぐったことで、三好軍全軍が大潰走《かいそう》を開始したため、本陣の馬廻衆も動揺をきたして遁走《とんそう》にかかった。それで梅花らも修羅場を脱することができた。

　久米田寺には、三好軍の輜重《しちょう》部隊が駐留していたが、早くも味方敗走の報に慌てふためき、我勝ちに遁《に》げはじめる。渠ら自身の人馬のおめきが恐怖をさらに煽《あお》り、堂宇に火を放つ者もあって、一帯は騒然となった。

天平年間に行基《ぎょうき》が開創し、一時は日本における華厳《けごん》教学の中心ともなった由緒ある寺を、炎が舐《な》めはじめた。

濛々《もうもう》たる黒煙に、馬上の磯良は咳込《せきこ》んだ。その隙を捉えて、浮橋は飛苦無でもって鞍の腹帯を断ち切った。

「おっ」

鞍がずれて、磯良の躰《からだ》は横倒しになる。磯良は、宙を舞い、落馬した。鞍の後輪にしがみついていた浮橋も、はずみをくらって放り出される。

立ち直りは、攻撃した側が速い。浮橋は三、四間の近さから飛苦無を投げうった。咄嗟に顔の前で両腕を交差させるのが、磯良には精一杯である。

「うっ……」

磯良の左腕に飛苦無が突き立った。

が、浮橋は、次の攻撃へ移る前に、どこから現れたか、黒京衆の手裏剣の乱れ打ちにさらされてしまう。その数、十五人ほど。

(これはいかぬ)

浮橋は、地を転がりながら、手裏剣の雨を避ける。

そこへ、梅花と十二天衆の救援も間に合った。

淀城の暗闘以来、互いを最強の敵と目し合ってきた集団同士が、ここに最後の決戦を迎えたといってよい。

磯良は、ひとり、久米田池畔伝いに遁げ出す。これを追うのを、浮橋は逡巡《しゅんじゅん》した。十二天衆は、梅花を加えて残り九名。浮橋が抜ければ劣勢になる。

「浮橋どの。われらにかまわず、磯良を」

それでも浮橋が躊躇《ためら》うのをみて、梅花はさらに声を励ました。

「ご懸念無用。われらと闘うたことを、黒京衆に後悔させるのみ」

浮橋は頷いた。

「十二天衆のためにも、磯良を必ず仕留めてみせるわい」

磯良のあとを追って、浮橋も池畔伝いに疾走する。

寺の前に広がる久米田池は、周囲一里の人造湖で、干ばつに苦しむ農民のために、聖武《しょうむ》天皇が橘諸兄《たちばなのもろえ》と行基に命じて、十四年の歳月をかけて完成させたといわれる。

修行時代に風の甚内《じんない》とよばれたほど、浮橋の脚力は折り紙つきである。磯良との差をみるみる詰めていった。

迫り来る浮橋の跫音《あしおと》に、恐怖をおぼえたか、磯良が足を滑らせ池へ転落する。すぐに立ち上がったが、そのまま磯良は、池中へと遁げていく。水と水底の泥に足をとられ、腰をふらつかせている。

浮橋も、迷うことなく、池中へ走り込んだ。

追う者と追われる者、ともに烈しい水飛沫《しぶき》を撒《ま》き散らす。

岸から離れるにしたがって、池は徐々に深くなる。ついに磯良の胸までが没した。

「うおっ」

深みにはまったものか、磯良は悲鳴を残して池面の下へ完全に没した。

浮橋は、忍び刀を抜いた。浮き上がってくる磯良を、脳天から幹竹割《からたけわり》にするつもりであった。が、磯良は浮き上がってこない。

水は濁っている。浮橋は罠《わな》に嵌《は》められたことを悟った。

真後ろで、水が動いた。と感じた瞬間には、ざばあっ、と高く水飛沫をあげて、磯良が出現した。池に棲《す》む魔物が、獲物が迷い込んでくるのを待っていたかのようであった。

磯良は、左腕を浮橋の首へ巻きつけ、右手で浮橋の忍び刀をもつ手を押さえた。物凄い力に、浮橋はおぼえず刀を手放してしまう。

すかさず磯良は、浮橋の両腕を背中へ捩《ね》じ曲げ、おのが胸で圧迫して動きのとれぬようにした。

「忘れたか、浮橋。黒京衆は、もとは海人の出よ。水の中の闘いこそ望むところ」

浮橋の耳許で囁《ささや》く磯良のかすれたような声は、早くも勝利に酔っていた。

「では、浮橋。息比べとまいろうではないか。汝《うぬ》が殺したわが配下の分まで、存分に苦しんでもらおう」

にたりと一笑し、磯良は浮橋の肥体を水中へ曳《ひ》きずり込んだ。

浮橋は水を呑み、水中で噎《む》せかえった。喉《のど》に磯良の太い腕ががっちり食い込んでいる。肺の中に残っている酸素も上がってこない。忽《たちま》ち、息苦しくなった。

眼をあけてみても、濛々と泥の煙が躍るばかりで、何も見えぬ。

浮橋は、もがいた。死に物狂いでもがいた。だが、磯良は怪力であった。とても撥《は》ね返せるものではない。

五体で唯一、自由な脚で、浮橋は水底を思い切り蹴った。それでも、磯良はびくともせぬ。

(溺《おぼ》れ死ぬとは思わなんだ……)

遠くなっていく意識の中で、浮橋は苦笑している。浮橋という、この忍びらしからぬ男の不思議さは、ここから本領が発揮されるところにあった。

じたばたさせている足先が何か棒状のものに触れた。浮橋はそれを両足で挟んだ。

（おぬしとやつがれと、どちらに運があるか、これで決まるわい）

浮橋は、渾身の力を込めて身をのけぞらせざま、伸ばしたままの両脚を思い切り引き上げた。

自分の両膝が顔を打った。瞬間、首と両肩に加えられていた力が失せる。

浮橋は、水を切って、浮き上がった。池面の上へ顔を出すなり、急いで空気を吸い込む。血の気を失っていた布袋《ほてい》顔に、赤みがさした。

「汝があ」

凶暴な咆哮《ほうこう》に、浮橋は振り返った。

磯良は、右眼に突き立てられた刃を抜こうとしている。浮橋の取り落とした忍び刀であった。

浮橋は、自分のほうに向いている剣欛《けんぱ》を、素早く摑《つか》んだ。あっ、と磯良が狼狽《ろうばい》する。

「磯良。勝瑞で吉野川へ流した女子《おなご》をおぼえておろう」

「おお、裸に引き剝《む》いて、顔を潰《つぶ》してやったわ」

この期《ご》に及んでも、磯良の強気は崩れない。浮橋は刀を強く押した。

「ぐあああっ」

磯良の悲鳴が、唾液と一緒に迸《ほとばし》る。

「おぬしも水の中で死ぬるとは、報いよな」

「ふん。汝にこの磯良が殺せるか」

無事な左眼が浮橋を睨みつける。怒りと憎しみに血走った醜い眼であった。

忍びの本領は殺しにあらず。

淀城で闘ったさい、浮橋はその言葉を吐いた。土壇場で浮橋に躊躇《ためら》いの心が動くことを、磯良は信じている。その一瞬こそ、反撃の機会であった。

浮橋の布袋顔は、ふいに、にっと笑み崩れる。浮橋がはじめてみせる暗い笑いであった。

磯良は、ぞっとした。総身の毛が逆立つ。

(何をする気だ……)

と見るまに、浮橋が欛頭《つかがしら》へがぶりと噛みつき、首を僅かに横へ振った。欛頭は、蓋になっていて、それが開けられた。

蓋をあけたところへ、もう一度、浮橋は口をつける。

「やめろ」

磯良の最期の叫びであった。その大きく開けた口の中へ、浮橋の吹き針が吹き入れられた。

先端に猛毒を塗りつけたこの吹き針は、浮橋の最後の武器である。対手《あいて》を殺すためではない。おのが死を悟ったとき、みずからの命を断つためのものであった。

それを、このような使い方をしたのは、浮橋の磯良に対する怒りの凄まじさを物語っていよう。

磯良は、口を開けたまま、両掌で喉をかきむしった。声も出ぬ。毒は瞬時に全身へ回る。

そのまま磯良は、仰のけに倒れ、ごぼごぼと水中へ沈み込んだ。

稍《やや》あって、浮かび上がってきた磯良の死体は、ぷかぷかと池面を漂いはじめる。

燃え木の爆《は》ぜる音が聞こえて、浮橋はそちらへ眼を遣った。

久米田寺は、天高く黒煙を噴き上げて、炎上している。その背後の丘から、夥《おびただ》しい兵が駆け下ってくるのが見えた。畠山軍の掃蕩《そうとう》戦が開始されたらしい。

池畔を、こちらへ向かって走り来る者が、幾人か見えた。浮橋は微笑《ほほえ》んだ。今度は明るい笑みである。

（梅花どのも無事であった……）

三

「面目ございませぬわい。みすみす三好実休を討たせてしまうとは……」

不甲斐《ふがい》ないと、おのれを叱って、義輝の前に頭を垂れたのは、磯良を討ったその足で、久米田の戦場から京へ駆け通しに駆けてきた浮橋である。

「浮橋。そちたちはよう働いてくれた。黒京衆を潰したのは何よりの手柄ぞ」

義輝は、久米田ノ戦は畠山勢が初手から兵力においても士気においても上回っており、弾正が謀らずとも実休は果てる運命だったのだと云い、温かく浮橋を犒《ねぎら》った。

「梅花たちも一両日中には戻るのだな」

「間違いなく」

梅花と十二天衆が後れるのは、怪我人を抱えていることと、戦場で失った仲間の遺体を埋葬せねばならぬからであった。

十二天衆のうち、久米田に散ったのは、羅刹天、多聞天、梵天、帝釈天《たいしゃくてん》、焔摩天《えんまてん》の五名。いずれも黒京衆を対手の壮絶な闘死である。阿波勝瑞に惨死した水天《すいてん》と合わせて、半数を失ったことになる。

同座の鯉九郎《こいくろう》の眼は、死者を憐れむより、生者の処し方を熟考しているそれであった。

「大樹《たいじゅ》」

義輝は、それら若き女たちの死を悼んで、暫《しば》し瞑目《めいもく》した。

（ゆるせよ……）

「災いを転じて福となすのが、悪御所らしい生き方と思《おぼ》し召《め》せ」

鯉九郎は、実休が討たれたのを幸いとして動かねばならぬと意見した。

「これにて、時の勢いは一挙に六角・畠山に傾き申した」

されば、と鯉九郎は云う。

「直ちに神楽岡の六角承禎《ろっかくじょうてい》に密使を」

実休戦死で京の三好勢も動揺するに違いない。その機を捉えて義輝の身柄を奪いに
くるよう六角承禎を唆《そそのか》す、というのが鯉九郎の策であった。

将軍仮御所のある妙覚寺は、昨年の六角勢の始動以来、三好軍の警固下におかれて
いる。警固といえば聞こえはよいが、有り様《よう》は、監視そのものである。悪御所義輝が
戦況を眺めて日和見するのではないか、と三好義興《よしおき》などが疑ったからであった。

「それで六角が勝利いたせば好都合。六角は三好、松永に比せば、よほど御《ぎょ》し易うご

ざいますゆえ」

織田信長《おだのぶなが》が美濃を手中にした場合、京への道の次なる関門となるのは、六角氏の領する南近江である。承禎を手懐《てなず》けておけば、義輝と信長の密盟に利することにもなろう。鯉九郎の遠謀はそこまで及んでいた。

「密使には十兵衛《じゅうべえ》、おぬしが立て」

鯉九郎は明智《あけち》十兵衛に命じた。

「畏《かしこ》まった」

但し、これは将軍家のご密命ではない、と鯉九郎は念を押した。

「この朽木《くつき》鯉九郎の独断による」

鯉九郎は、三好が盛り返したとき、事が露顕しても義輝に後難のふりかからぬようにしたかった。そのためには、六角への通謀は義輝の側近たちが勝手にやったことであるという形を、最初から作っておく必要がある。

「依《よ》って十兵衛、それらしきを扮《よそお》うために、承禎には隠密裡《おんみつり》に会わねばならぬ」

「承禎の陣所へ忍び入れと……」

「うむ。できるか、十兵衛」

「浮橋の手を藉《か》りれば」

十兵衛が浮橋を見やる。敵と睨み合いをつづけている総大将の陣所へ忍び入るのは、至難の業《わざ》である。警固態勢は二重三重であろうし、兵気も張り詰めていよう。

しかし、浮橋は、にっと笑った。

「何とかなりましょうわい」

そうして浮橋と十兵衛が立とうとするのへ、義輝が待てと声をかけた。

「忍び入るにも時機というものがある。未明がよい。兵気の最も緩むときだ」

それまでは息《やす》んでおれ、と義輝は云った。

岸和田に黒京衆を追い、そのまま激烈な戦闘を了《お》えてきたばかりの浮橋の躰を、義輝は気遣ったのである。その義輝のやさしさを、皆は感じ取った。

「わしも眠っておこう。明日は近江かもしれぬゆえな」

しかし義輝の身柄が、六角軍の手で拉致《らち》されるという変事は出来《しゅったい》しなかった。

翌日の未明、十兵衛と浮橋が神楽岡へ向かってから小半刻もすると、三好筑前守義興が火急の用向きだといって、拝謁を求めてきたのである。

「おそれながら、男山《おとこやま》へご遷座《せんざ》願わしゅう存じ奉る」

小具足《こぐそく》姿のまま義輝の御前へ罷り出てきた三好義興は、忙《せわ》しげに云った。

（弾正の差しがねだな……）

次の間に控え、義興の声を聞いた鯉九郎は、弾正に先手を打たれたことを感じて、唇を噛んだ。

「遷座とは億劫《おっくう》な……」

義輝が渋ってみせている。

「久米田の勝利に京の六角勢も勢いづいており申す。六角承禎めは、今日のうちにも無理押しにでも市中へ乱入し、将軍家の御身柄を奪い奉らんとの悪心を起こさぬとも限りませぬ」

「それは筑前、この義輝が承禎と密約を交わしておるやもしれぬとの疑いか」

「め、滅相もなきこと。おそれながら将軍家とわれら三好とは睦《むつ》まじき間柄と、それがしはおぼえており申す。将軍家のご心底を疑い奉ったことなど、天地神明にかけて、一度たりともござり申さぬ」

すでに仮御所内は、騒がしい。三好の兵がどかどかと入り込んで、奥向きの者たちにも出立を急《せ》かし始めたのである。

「遷座は否と申したところで、力ずくでも引っ立てていくつもりなのであろう」

義輝は座を立った。その恰好《かっこう》のまま、義興を見下ろし、ぽつりと云った。

「惜しい武士《もののふ》を亡くしたたな」

義興の表情は、きょとんとしたものであった。何を云われたのか分からなかったらしい。

義輝の口から実休の戦死を悼む一言が出るとは想像もしていなかったのだろうが、心利いた男なら、察せられそうなものではないか。

（これが長慶の総領か……）

この男もいずれ、松永弾正の罠に嵌《は》まるやもしれぬ。その予感を義輝は抱いた。

仮御所からの退去は慌ただしく行われ、三好の驍将《ぎょうしょう》岩成友通の護衛により、義輝は生母慶寿院、正室近衛氏、側室小侍従《こじじゅう》とともに、乗物の人となった。鯉九郎は馬上で随行し、小侍従の乗物脇には、いつものように石見坊玄尊《いわみぼうげんそん》が付き随う。

小四郎《こしろう》の姿が見えないのは、鯉九郎が北山鹿苑寺《ろくおんじ》へ奔《はし》らせたからである。

小四郎は、一昨年来、ほとんど毎日、北山へ通って、鹿苑寺住職の周暠《しゅうこう》から、学問を授かっている。だが、それは表向きのことで、実は鯉九郎が、小四郎を周暠の護衛者に任じたのである。

周暠は、出家とはいえ将軍家の異母弟。京に争乱の起こるとき、その存在を利用しようと悪心をおこす者が現れないとも限らぬ。鯉九郎は、義輝が還京するまで鹿苑寺にとどまるよう、小四郎に申し渡しておいた。

将軍家の京退去の後、三好義興と松永弾正も山崎まで退き、勝竜寺に今村慶満、西岡に松山新介らを配して、新たな陣を布いた。

義輝らの避難先の男山とは、標高百四十三米の小山にすぎぬが、北方間近に京を望んで、源氏の守護神・石清水八幡宮《いわしみずはちまんぐう》（京都府八幡市）の鎮座するところである。この地へ来たれば、源氏の棟梁《とうりょう》たる身は、さすがに厳粛な気持ちを抱く。男山へ着くと、義輝は、まずは社家奉行の案内で本殿へ詣《もう》でた。

その頃には、京に火の手があがっていた。三好の一時撤退で、難なく入京に成功した六角勢が今出川、三本松、東洞院などに放火を始めたのである。

京に立ち昇る幾筋もの黒煙は、男山の頂からはっきりと望見できる。鯉九郎には、義輝を奪い損ねた六角承禎の、腹立ち紛れの放火のように見えた。

承禎は、妙覚寺へ馳せつけて、そこがもぬけの殻であったのを見て、十兵衛と浮橋に虚仮《こけ》にされたと思ったかもしれぬ。

「無事であればよいが……」

義輝が両名の身を案じるのへ、鯉九郎はご懸念には及びませぬと微笑《わら》った。

「二人とも修羅場より生還することに慣れておりますゆえ」

その夜、十兵衛が男山へ上ってきた。無傷である。義輝は安堵した。

「京を脱するさい、偶然にも梅花たちと出会いましてございます」

と十兵衛は報告した。浮橋と梅花たちは、山崎にて次の下知を待つことにしたという。

山崎は、この男山の北側の裾《すそ》を流れる淀川の対岸の地。舟を用いれば連絡は容易につく。

「大樹。しばらくは、戦況を眺めて過ごすほか、なすこともございませぬな」

六角勢に義輝の身を奪わせるという計画は失敗したが、そんなことにいつまでも拘泥している鯉九郎ではない。

六角軍入京の報をうけて、更に勢いづいた畠山軍は、奪取した河内高屋城に暫し兵馬を息《やす》めた後、総勢三万をもって、長慶《ながよし》の居城の飯盛山城下へ迫った。四月五日のことである。

先に実休戦死の訃報《ふほう》が飯盛山城へ届いたとき、長慶は連歌《れんが》会の最中であった。会が了わるまで何事もなかったように振る舞ったそうだが、それは長慶の武人としての見事さというより、愛憎紙一重だった実休の死が、ある意味で長慶に心の平穏をもたらしたとみるべきであろう。その平穏は哀調に満ちたものであったに違いない。

また、この頃から長慶は、病気がちであった。十一歳で父元長《もとなが》を喪《うしな》って以来、三好一党の総帥として、権謀術数を尽くし、絶えず戦塵にまみれて暮らしてきた心身が、四十路《よそじ》を越えて遽《にわか》に衰えたものとみえる。

しかし、長慶の拠る城は、生駒《いこま》連峰北端の飯盛山全体を要塞化したような、難攻不落の巨城である。畠山軍の攻城戦が長期化するのは必至といえよう。

対する三好勢も、松永弾正を中心に、反撃の準備を整えつつある。

久米田の敗軍のうち、大半の者は三好の兵站《へいたん》基地ともいうべき堺へ逃れ、安宅冬康、三好政康・康長らは淡路や阿波へ戻っていた。弾正はこれらに再集結を呼びかけると同時に、丹波の実弟松永長頼にも参陣を促し、摂津三宅城の近辺に総勢二万の軍兵を集めた。

京の六角に対しては、近隣の土豪へ檄《げき》を飛ばし、洛中洛外に土一揆《どいっき》を頻発させて牽制した。

五月十四日、弾正率いる二万の三好軍は、密やかに淀川を渡渉し、教興寺（大阪府八尾市）へ出て布陣した。この地は、北河内の飯盛山城と南河内の高屋城とのほぼ中間に位置する。つまり弾正は、飯盛山城を包囲中の畠山軍の退路を遮断したのである。

これは、飯盛山城と連携して、畠山軍を挟撃できる布陣でもあった。

「兄者、腕が鳴るわ。高政と根来の坊主どもに、今度こそ思い知らせてやる。早《はよ》う打って出ようぞ」

亡き十河一存と並ぶ三好軍団きっての猛将松永甚助長頼は、逸りに逸ったが、弾正はこれを制した。

「甚助。猪突猛進《ちょとつもうしん》では、十河の殿のように短命で畢《お》わるぞ。戦はここでやるものよ」

弾正はおのが頭を指で突ついてみせた。昨年来、常に優位に戦をすすめてきて意気あがる畠山軍三万を、易々《やすやす》と打ち負かせるものではない。はなから総力戦を挑むのは、愚かにすぎる。

「義興どのをよべ」

弾正は当たり前のように云った。この頃の弾正は、すでに主人を呼びつけるほどに増長している。

弾正は義興に、遊佐信教と安見直政へ宛《あ》てた密書をしたためさせた。両名は、河内衆の中でも、畠山高政の両輪である。

密書を一読すれば、かねて両名は三好方に内応しており、高政を謀殺する手筈《てはず》になっていることが分かる。弾正は、この書状をもたせた陣僧を、わざと畠山軍に捕まえさせた。

乱世では常套《じょうとう》的な離間策である上に、弾正のやり方が性急で幼稚すぎたために、畠山高政は読後、一笑に付す。

ところが高政の重臣のうち、丹下某、玉置某らが、遊佐・安見の裏切りは事実ではないのかと疑った。松永弾正ほどの謀略家が、一兵卒にも看破できる愚策を用いる筈がない、と渠らは深読みしすぎたのである。

それこそが弾正の狙いであった。あえて性急で幼稚な面をさらけ出してみせたのは、必ず丹下らのように裏の裏を読もうとする者が出てくることを、予想していたからである。

ほどなく、偶然というものが、弾正に利した。五月十八日夜のこと、安見直政が戦陣の慰めにと、本営の畠山高政を酒宴に招いた。

れいの書状を眼にして間もないところへ、この誘いである。丹下、玉置らは、いよいよ高政暗殺かと恐怖し、闇雲《やみくも》に脱走を開始してしまった。めざすは高屋城である。

そうなると高政も不安に駆られ、丹下らの後を追う恰好で、やむなく走りだした。かの富士川ノ合戦で、一斉に飛び立った水鳥の羽音を源氏の来襲と勘違いし、慌てて遁走した平 維盛《たいらのこれもり》と渝《かわ》らぬ。

この時点で、三好軍の逆転勝利は決定づけられたといえよう。いや、もはや松永軍の、というべきか。

夜陰、高野街道を算を乱したまま南下する畠山軍が、途中の教興寺で、三好軍の待ち伏せに遇ったことは云うまでもない。両軍の酸鼻をきわめる激闘は、ここに始まった。

四

教興寺ノ合戦において、畠山勢は、紀伊の湯川直光をはじめ、名ある将を数多《あまた》討たれ、死者千人を数えた。根来寺衆徒二百人も含まれている。

畠山高政は、高屋城へ入ることが叶《かな》わず、さらに南の烏帽子形《えぼしがた》城まで奔るも、ここでも三好の追撃軍を阻止することができぬまま、竟《つい》に紀伊へ逃れた。諸将の中には石山本願寺や堺へ逃げ込んだ者もある。

三好軍の死傷者も少なくなかったが、畠山勢三万を潰走させ、高屋城も奪回し、まずは大勝利といってよかった。

松永弾正の武名が轟き渡ったのは云うまでもない。

京を押さえていた六角承禎は、畠山勢敗北を知るや、直ちに軍をまとめて近江へ遁げた。攻めるに易く守るに難い京に留まって、三好軍の反撃を支えきれる筈はないのである。

遁げながら承禎は飯盛山城へ使者を遣わし、長慶に和議を申し入れた。長慶はこれを承諾する。

それで将軍還京の時期も取《と》り沙汰《ざた》され始めた六月初めの某夜、男山の義輝の御座所へ、伊勢貞孝《いせさだたか》が訪れた。

貞孝は、幕府政所執事《まんどころしつじ》で、義輝の幼少年期の傅役《もりやく》でもあった。が、少年将軍が成長して操り人形でなくなった頃から、義輝の独立心を怖れるようになり、一転、三好方へ奔った男である。

義輝が近江朽木から帰京した後、すでに幾度か会っているが、そのたびに貞孝は落ち着かないようすをみせた。

それでも義輝は、貞孝に対して悪感情を抱いてはいない。貞孝が幕府の財政を与《あず》かる者であることを思えば、その時々の強者とうまく折り合いをつけようとするやり方を、非難しても仕方なかった。

この夜の訪問は、私事であるという。

（めずらしいことだ……）

義輝は、貞孝が入ってくると、人払いをしてやった。

「お心遣い忝《かたじけ》のう存じまする」

心なしか貞孝は窶《やつ》れたようにみえる。

「昔語りでも致しに参ったか」

すると貞孝は、ふっと口許に微笑を湛《たた》えた。今夜はめずらしく落ち着きがある。

「ご幼少のみぎりは、蒲柳《ほりゅう》の質におわし、果たして無事にお育ちあそばすかどうかと、この貞孝、随分と気を揉《も》んだもの」

貞孝は、あらためて義輝の堂々たる体軀を眺めた。

「このように類稀《たぐいまれ》なる美丈夫にお育ちあそばしますとは……」

「武芸鍛練の賜物と云うては、そちには耳が痛いか」

「大層」

伊勢家は、小笠原家と並ぶ兵法弓馬の道の宗家でありながら、義輝に武芸を仕込むに、等閑《なおざり》そのものであった。戦国の世に武張《ぶば》った将軍が出てきては、尚更《なおさら》に血腥《ちなまぐさ》い時代を生み出す惧《おそ》れがあるという、伊勢家と幕府の考え方に因《よ》る。

代わりに義輝に過酷な武芸鍛練を強いたのは、将軍家の柳営《りゅうえい》の侍女・お玉《たま》であった。お玉は、美濃《みの》の名将斎藤妙椿《さいとうみょうちん》の血を享《う》け継ぐ者で、小太刀《こだち》を能《よ》くした。このお玉につけられた稽古《けいこ》のおかげで、義輝の健《すこ》やかな心身の基礎が出来上がったといって差し支えあるまい。

「大樹……」

貞孝は居住まいを正し、真摯《しんし》な眼差《まなざ》しを義輝へ向けた。

「それがしは、それがしなりに、将軍家と幕府のためのみを思うて長年、奮励しつづけてまいったつもりにござる。なれど、何もかもうまくいきませなんだ。それがために、大樹を不遇の境涯に落とし奉ったと省みておりまする」

そこでいったん言葉を切ってから、貞孝は自嘲《じちょう》気味に薄く笑い、小さく頭《かぶり》を振った。

「いつどこで何が狂うたのか、今となっては分かり申さぬ……」

「心得違いだな、貞孝」

「は……」

「将軍家と幕府のためのみを思うたのが間違いよ。思うならば、天下のことを思うべきであった」

「…………」

貞孝は、眩《まぶ》しげに義輝を見た。すると義輝は照れたように顎《あご》をひと撫《な》でしてみせる。

「わしも、そのことにもっと早く気づくべきであった」

二人は、ふふっ、と微笑み合った。

このとき義輝も貞孝も、遠い昔、主従の間でこんな心和む場面があったような気がした。

ふいに義輝の脳裡に閃くものがあった。傅役貞孝の決心を看破したのである。

「暇乞《いとまご》いにまいったな、貞孝」

一瞬、貞孝は黙したが、軈《やが》て頷く。

「御意」

「弾正か」

「ご賢察」

そうか、とだけ義輝は云う。

かねて弾正と貞孝との間には、幕府財政その他、多くの問題で確執がある。それが、この三月、弾正の讒訴《ざんそ》を信じた長慶の圧力で、貞孝が政所執事を罷免されるという最悪の事態に至った。両者は完全に決裂したのである。

そのため、貞孝が反三好、というより反松永弾正の旗を翻すのは時間の問題だと噂されていた。貞孝が竟《つい》にその決心をつけたことを、義輝は察したのである。

「盃をうけていけ」

義輝は云った。別盃《べっぱい》である。だが、義輝が近習《きんじゅう》を呼ぼうとするのを、貞孝は手を挙げて制した。

「その儀は、ご遠慮仕りまする」

「何故か」

「貞孝が長居を致しては、大樹まで痛くもない御腹を探られることになりましょう」

「慣れておる」

義輝は、おかしそうに笑った。実際、三好にとって何か不都合の生じたとき、すべては義輝の使嗾《しそう》によると飯盛山城へ告げるのが、弾正の常套手段ではないか。

それでも貞孝は酒盃を交わすのを辞した。律儀なこの男らしい。

「お別れの前に、ひとつだけ、お耳に入れておきたいことがござる」

「申してみよ」

「先年、大樹が鹿島《かしま》御参籠《さんろう》のみぎり……」

と貞孝は切り出した。義輝の鹿島参籠とは、剣の奥義を極めるため鹿島の杜《もり》に籠《こ》もって、自らに課した六百日を越える苛烈《かれつ》な修行をさす。逼塞《ひっそく》中だった朽木谷から密かに出て、足掛け三年にわたる旅を敢行したときのことである。義輝、十九歳から二十一歳の間の、なにものにも代えがたい体験であった。

「大樹を害し奉らんとして鹿島に襲撃いたせし狼藉者《ろうぜきもの》のことを、お憶《おぼ》えにございましよう」

「多羅尾《たらお》ノ杢助《もくすけ》。そちの手飼いの忍びであったな」

義輝が隠密裡の旅へ出立した後、朽木館では朽木稙綱《たねつな》と鯉九郎が万全の態勢で義輝不在の事を隠蔽《いんぺい》した。身代わりを容貌の似ている細川與一郎《ほそかわよいちろう》につとめさせ、まずは余人に露顕する惧れはなかった筈である。

にもかかわらず、多羅尾ノ杢助は二十名の刺客を率いて鹿島の浜に義輝を襲ってきた。しかし、義輝の剣と浮橋の術が、杢助らに勝った。杢助が貞孝手飼いの忍びであることは、かなり以前に浮橋が突き止めていた事実である。

「あのころの杢助は、すでにわが配下にあらず」

貞孝は意外なことを告白した。

「さる御方が、それがしが以前、忍びを使うていることをお話し申し上げたのを憶えておいでだったらしく、杢助を一度遣わせてくれと仰せられた。お望み通りに致したところ、杢助はそれきり、それがしがもとへ戻らなんだのでござる」

義輝は、杢助が死に際に吐いた言葉を思い出した。

「伊勢守さまは、公方さまがひそかに旅に出られたことを気づいておられぬ」

息も絶え絶えにそう云った後、杢助は義輝暗殺を命じた者の名を明かす素振りをみせた。浮橋が耳を近寄せると、杢助は、隠し持っていたほうろく（爆弾）で、浮橋を道連れにせんとした。それで、杢助の言葉は、その場だけのでまかせにすぎず、暗殺命令者はやはり伊勢貞孝である、と浮橋は断定したものである。

しかし、義輝には、しっくりこなかった。慥かに当時の貞孝は、義輝を煙たく思っていたろうが、足利将軍に対する尊崇の念までは喪失していなかった筈。まして、かつては傅役として義輝に仕えた身が、暗殺集団を差し向けるとは考えにくかったのである。

「そちの言を信じよう」

義輝は、云った。貞孝の顔つきは、偽りを吐露しているそれではない。今生《こんじょう》の暇乞いにきた男が、嘘をつく筈もあるまい。

「おそれながら、さる御方とは……」

貞孝は喉仏をごくりと上下させる。その歪《ゆが》められた顔は、この期に及んでもなお、迷いのあることを示していた。

「近う寄れ」

義輝は、腕を伸ばせば触れられるところまで、貞孝を膝行《しっこう》させた。

「さる御方とは……」

貞孝は竟《つい》に、多羅尾ノ杢助に義輝暗殺指令を発した人物の名を明かした。かすれた声であったが、義輝の耳は明確に聴きとった。

義輝は貞孝を凝視する。真実《まこと》か、と眼で問うたのである。これに貞孝は、悲痛の面持ちのまま、こくりと首肯した。

数瞬の沈黙の後、義輝は小さく嘆息を洩らす。

「相分かった」

貞孝は、再び膝行して退がる。

「これにて、お暇《いとま》仕ります る」

「息災でな」

死に急ぐなという思いを込めた義輝の別辞であった。

貞孝は、顔を伏せたまま、御座所を出ていく。或いは、泪《なみだ》を流していたのやもしれぬ。

六月二十二日、義輝は男山を下りて京へ戻った。

同じ日、安見直政と根来寺衆徒が挙兵し、安宅冬康の領する和泉へ出陣した。これに対し、三好軍からは、松永弾正と新たに河内高屋城主となった三好康長が出張って交戦に及んだ。

八月に入ると、安見勢が岸和田城を攻撃。これに呼応するように、伊勢貞孝が起《た》った。貞孝は、近江の六角、紀伊の畠山と謀り、幕府奉公衆だった柳本、薬師寺らを率いて北山の杉坂に拠り、同月二十五日、長坂越えで京へ入る。

当時、居城を信貴山城から多聞山《たもんやま》城へ移していた弾正が、大和より上洛し、三好義興の手勢と合わせて八千の兵で、貞孝を攻めた。忽ち京を逐われた貞孝は、杉坂まで退き、そこで敢えなく討たれてしまう。幕府奉公衆二十余名が倶《とも》に枕《まくら》を並べた。九月十一日のことである。

その日、義輝は、妙覚寺の仮御所から遥《はる》か北方を望み、長い間、瞑目合掌しつづけた。

河内飯盛山城の長慶は、この頃、隠退も同然と思われるほど表舞台へ登場せず、連歌三昧《ざんまい》の日々を送っている。三好一党の畿内支配に関する諸事すべてが、寵臣松永弾正の手のうちに移ったというべきであった。

権力と富は弾正に集中する。十一月、奈良春日神社の神事に朝廷から下された下《げ》行《ぎょう》銭千五百疋《びき》は、大和守護松永弾正の名で朝廷に献上したものであった。

弾正の居城多聞山城から、程近いところに春日神社は鎮座するが、更に近距離に興福寺がある。その興福寺一乗院門跡覚誉が、この年、帰寂《きじゃく》した。

近衛稙家の猶子として入室していた覚慶《かくけい》が、後を継いで新門跡となる。義輝の同腹の弟で、後に最後の室町将軍となる足利義昭《よしあき》であった。

第九章　三好崩れ

一

　永禄六年（一五六三）初頭、根来寺《ねごろじ》衆徒が和泉《いずみ》へ進撃し、多武峯《とうのみね》衆徒は大和《やまと》に叛旗《はんき》を翻《ひるがえ》した。

　渠《かれ》らの三好《みよし》一党に対する恨みは根深いものがあり、別して多武峯衆徒は、源頼朝《みなもとのよりとも》以来、守護《しゅご》不入の地とされてきた大和を蹂躙《じゅうりん》した松永弾正《まつながだんじょう》を、殺しても飽き足らぬほど憎んでいる。

　一戦に及んで敗《やぶ》れた弾正は、

「坊主どもめ、粘っこいわ」

　さすがに閉口して、禁裏に和睦《わぼく》の勅使派遣を要請した。

これを請《う》けて、大和へ下向した柳原淳光《あつみつ》の調停は不調に了《おわ》ったが、それよりも、もとは将軍家の陪臣《ばいしん》の陪臣にすぎなかった男のために、勅使が直ちに遣わされるというのは、当時の弾正の実力を示すものであろう。

三月一日、摂津富田《せっつとんだ》の普門寺になかば監禁状態だった心月入道（細川六郎晴元《ほそかわろくろうはるもと》）が、五十歳の生涯を畢《お》えた。死因について様々に取り沙汰《ざた》されたが、まずは病死とみてよかろう。

この訃報《ふほう》に、飯盛山城の長慶《ながよし》は、茫然自失《ぼうぜんじしつ》の態《てい》をみせたという。

幾度となく干戈《かんか》を交えながら、長慶の倫理観の中では、心月はあくまで主君であり、おのが所業を下剋上《げこくじょう》とは考えなかった。いや、考えたくなかった。なればこそ心月を生かしてきた。

だが、今にして長慶は、自身が図らずも下剋上を完成させてしまったことに気づかされた。実を奪われ、脱《ぬ》け殻《がら》で棄《す》てておかれた恥辱を抱いたまま、心月は逝《い》ったのである。これほど無惨な下剋上はまたとあるまい。

長慶の連歌《れんが》狂いは一段と度を過ごすようになる。浮世の煩いから遁《のが》れたい一心だったのかもしれぬ。

心月死去の前後、その残党が幾度か京へ進出したが、その兵力たるや二百ばかりで、取るに足らぬものである。

　そうした時期、義輝《よしてる》の眼は再び東へ向けられていた。すなわち、十兵衛《じゅうべえ》、浮橋《うきはし》、梅花《メイファ》らを尾張《おわり》・三河《みかわ》両国へ派して、織田信長《おだのぶなが》と松平元康《まつだいらもとやす》への陰の支援を続けたのである。

　両家はこの年、信長の長女五徳と元康の嫡男竹千代との縁組を決め、更に絆《きずな》を強めている。

　相変わらず美濃《みの》攻めに苦慮していた信長に、十兵衛が進言した。

「城をお移りになられては如何」

「清洲を棄《す》てよと申すか」

　別段、驚きもせず、信長は問い返した。

「おそれながら、織田どのの美濃攻めが進展せぬのは、いつも攻め口が同じゆえにござるまいか」

　慥《たし》かに信長は、本拠の清洲から美濃国へ侵攻するに、同国の西部から侵入するのを常としていた。距離が近いからである。そして、十兵衛の云うように、そのたびに駆逐《ちく》されているのも事実であった。

「ここは思い切られて、東美濃に攻め口をお探しなされるが宜《よろ》しかろうと愚考いたす。

幸い、築城に叶《かの》うた地もござる」

そこまで十兵衛が語ったとき、

「小牧山か」

と信長は、やや不機嫌そうに云った。

十兵衛が築城の適地とみたのも、まさに小牧山である。その名を先に持ち出した信長に、十兵衛は驚きを禁じえない。

「明智十兵衛。おぬし、切れ者よな。わが織田家には、おぬしほどの者はおらぬ」

「恐悦《きょうえつ》に存ずる」

なれど、と信長は釘《くぎ》を刺すような語気で云った。

「小賢《こざか》しいわ」

そこまで云《い》われて、漸《ようや》く十兵衛は分かった。信長はすでに、東美濃からの侵攻作戦を頭に描いており、そのために居城を移さねばならぬことも弁《わきま》えているのに違いない。清洲を棄てよと申すかと信長が問い返した時点で、十兵衛は察するべきであった。

信長は、家臣の分を越えた口出しというものを許さない男である。そして、家臣の分の限度も、信長自身の生理によって決まる。そのあたりの機微が、いまはまだ信長の家臣ならぬ身の十兵衛に読める筈《はず》もなかった。

信長は一日、重臣たちを引き連れて、二の宮山に登ると、ここに居城を移すと云いだした。

重臣らは仰天する。清洲ほど広やかで富貴の土地を棄てて、どうしてこんな山奥へ織田家を挙げて引っ越さねばならぬのか。どうかご再考を、と渠《かれ》らは信長を諫《いさ》めた。

信長は、前言を翻して、清洲の北東三里許《ばか》りの地にある小牧山の名を挙げた。小牧山は、二の宮山に比せば、遥《はる》かに拓《ひら》けたところで、麓《ふもと》まで川も流れていて物資を運ぶのも容易であった。重臣らは大層悦《よろこ》んだ。

日ならずして小牧山に槌音《つちおと》が響き始め、信長は七月にはここに居城を移している。

（やるものだ）

十兵衛も感心した。小牧山とて清洲と比べれば辺鄙《へんぴ》の地である。これを二の宮山と小牧山の比較にすり替えた機智は、

「奇特なる御巧《おんたくらみ》」

と『信長公記』の記す通りであろう。

義輝とのもうひとりの密盟者、松平元康はこの年、家康《いえやす》と改名した。今川義元から賜った「元」の字を棄てたことは、今川氏への完全な宣戦布告を意味しよう。

十兵衛は信長のために、浮橋は家康のために働くという分担が何となく決まってい

たが、浮橋はこの若き武将にいたく気に入られていた。布袋《ほてい》さまに似て、いつも笑っているような浮橋の顔が、家康にはどうにも頼もしく見えるらしい。

(風変わりな大将じゃて……)

浮橋も、こそばゆい思いはしたが、そういう家康に好感を抱いた。

両者が会うのは、ほとんど夜中の家康の寝所においてであった。

「浮橋どの」

家康は敬称をつけて呼びかける。この律儀な青年武将は、浮橋のことを将軍の直臣と考えており、その身分に対して敬意を表するのである。このあたりが、信長とはまるで異なっていた。

「おことに頼みの儀がござる」

「何なりと仰せつけ下され。やつがれは公方《くぼう》さまより、三河にありては松平どのがお下知に従うよう命じられておりまするによって」

「畏《おそ》れ多いことにござる」

家康は、軽く頭を下げてから、されば、と切り出した。

「わが領内の一向宗《いっこうしゅう》の勢力のほどを御存知か」

「三河は、加賀《かが》や畿内《きない》にも劣らぬほど一向宗の根が強うござる。ご当家にも、ご門徒は少なくないようにお見受け仕《つかまつ》る」

「さすがに浮橋どの。されば、わが苦衷、察して頂けることと存ずる」

家康は、僅《わず》かに身を乗り出した。

この頃の家康は、西三河を平定し了《お》え、いまだ今川氏の傘下にある東三河への経《けい》略《りゃく》を着々とすすめていた。が、それは、領内に巨大な火種を抱えたままの東進作戦であった。

東への侵攻が進むに従って、当然ながら家康とその軍団が本拠岡崎を離れる期間も長くなる。その隙《すき》に、火種が燃え上がれば、今の家康にこれを消し止めるほどの力はなかった。

この火種こそ、三河一向宗なのである。

後年、信長と十年戦争を演じた石山本願寺《いしやまほんがんじ》の例を持ち出すまでもなく、戦国期の一向宗が戦う教団として凄《すさ》まじい力をもっていたことは、よく知られるところであろう。

三河一向宗の場合、矢作《やはぎ》川流域の農業先進地を地盤とする。兵農の分離されていないこの時代、松平武士たちも、そうした農村の土着民であったために、家康の家臣にも、一向宗門徒が多かった。松平家の両輪といわれた酒井忠次と石川数正ですら、門徒である。必然、何か事が起こるたびに、信仰に殉《したが》うか、主君に服すかで懊悩《おうのう》する者が後を絶たぬ。

これでは、家康の封建領主としての権威も実力も損なわれてしまい、今川と戦うに、絶えず後顧を憂えねばなるまい。

家康としては、信長と結んで勢力伸長をめざし始めた今こそ、本拠三河にある腫《は》れ物を切り取っておきたかった。

そのあたりのことを、浮橋も疾《と》うに理解している。

「やつがれに何をせよと仰せられるか」

浮橋は家康に問うた。

「門徒を煽《あお》り、一揆《いっき》を起こしてもらいたい」

家康の面上に、血が昇っている。おのが口から吐いた言葉の重大さを、充分に弁《わきま》えている証拠であろう。

浮橋がめずらしく困惑の態になったのへ、家康は大きく頷《うなず》いてみせる。

「家康にも分かっており申す、これがどれほど薄汚い仕事であるか」

「なれど、誰《たれ》かがやらねばならぬと……」

「左様」

「その誰かは、事の露顕致せしとき、ご当家の家臣であってはならぬ」

「ありていに申せば」

「ふうむ……」

浮橋は、家康の面を、まじまじと凝視し、その人物を甘くみていたことを思い知らされた。

（存外な謀略家じゃわい……）

義輝にはありえぬ暗い部分といえよう。しかし、こうでなければは、乱世に武家を存続させることは叶うまい。

「この家康をお嫌いになったか」

「なんの。いずれ公方さまに力添えして頂くに、またとない御方と思いましてござる」

「では、引き受けて下さるか」

「返答致すまえに、ひとつ伺いたい」

「申されよ」

「一向宗との真っ向からの戦《いくさ》となれば、これは武士同士の合戦ではござらぬゆえ、ひとたび干戈《かんか》を交えれば、行き着くところまで行かねばなり申さぬ。更には、必ず松平家を退転し門徒方へ奔《はし》るご家来衆も出てまいりましょう。それでも、ご当家か門徒衆か、いずれかが滅ぶまで戦をつづける御覚悟がおありや否や」

「その覚悟なくて、かような酷《むご》い役を浮橋どのに頼みは致さぬ」

家康の断言には、微塵《みじん》の動揺もない。

「宜《よろ》しゅうござる。お引き受け仕る」

「ありがたい」

家康は、心底からの喜悦を、面上へ露《あら》わにした。

浮橋は、直ちに、梅花《メイファ》と十二天衆を招集し、一揆煽動《せんどう》の下準備にかかった。

その頃、畿内では異変が起こっている。

八月に突然、長慶の嫡男の三好義興《よしおき》が病を発し、二十二歳という若さで、芥川《あくたがわ》城に卒してしまったのである。

「如何《いか》なる故ありしにや近く召仕ふ輩《やから》の中より毒を入れて奉り、かく逝去ありと後に聞こえけり」

と著す『足利季世記』は、松永弾正の仕業だと噂《うわさ》されたことを付記している。その風説は『続応仁後記』にも載せられた。

「油断にございました」

鯉九郎《こいくろう》は、義輝の前に歯嚙《はが》みした。

近頃の弾正の増上慢に不平を鳴らす者が、三好一党内にも少なからずいて、大和の多武峯衆徒などの叛乱に対する弾正の慌てぶりを北叟笑《ほくそえ》んで眺めていた。渠《かれ》らは、衰えた長慶に代わって義興に期待をかけ、この若き総帥の下で、一党の更なる飛躍を望んだ。

義興が長慶に向かって、度過ぎる弾正の重用を諫《いさ》めたという話も伝えられる。

こうした状況を、義輝にとって好都合であると鯉九郎は考えた。三好一党では義興を器量優れたる人物とみていたが、鯉九郎の観察では凡庸な跡取りにすぎぬ。その義興が弾正を凌《しの》いで三好の総帥となれば、よほど御しやすい。

しかし、大和の叛乱のことがあるので、弾正と義興との確執が表面化するのは、今しばらく先のことだろうと鯉九郎は踏んでいた。表面化したときには、義輝をして密《ひそ》かに義興を操らせ、弾正の力を削《そ》ぐ。

それに鯉九郎には、弾正が実休の次に狙う獲物は安宅冬康《あたぎふゆやす》に違いないという思い込みもあった。冬康は知謀の人ゆえ、これを罠《わな》に嵌《は》めるには周到な用意をしなければならず、弾正も時を要する筈。なればこそ鯉九郎は、安心して浮橋、十兵衛、梅花らを尾張・三河へ送り出せたといえる。

鯉九郎の不覚というべきであった。浮橋ら探索の名手を手元においていれば、弾正の不穏な動きを事前に察知することができ、義興毒殺という不意討ちを食らうこともなかったであろう。

まるで弾正は、義輝陣営の動きをすべて摑《つか》んでいて、探索の眼が離れた隙に、速やかに事を起こしたかのようではないか。だが、義輝が織田・松平と密盟を結んだことを、黒京衆《こくぎょう》を失った弾正に探り当てられるわけはない。弾正の悪人としての勘が、義興毒殺の好機を逃さなかったとみるべきであろう。

「弾正が毒殺したと云うても、修理大夫《しゅりのだいぶ》（長慶）は信ずまいな」

義輝は、いつか予感したことが中《あた》ってしまったことに、溜《た》め息《いき》をつく。

「たとえ証拠があったとしても、信じは致しますまい」

鯉九郎も同じ意見である。

実は義興が、死の直前に長慶を諫めた折り、弾正誅伐《ちゅうばつ》を願い出たが、

「罪もなき弾正を誅伐せよとは聞こえぬことだ」

と長慶に一蹴《いっしゅう》されたという。周囲から父祖に勝る器量であるといわれ、長慶自身も溺愛《できあい》していた嫡男の言葉に対してさえ、これである。長慶の弾正に対する信頼は、まったく揺るぎないものといわねばなるまい。

義興の死について三好一党内でも弾正への疑惑が取り沙汰されたが、それを敢《あ》えて

長慶に告げる者はいなかった。もし弾正を糾弾すれば、それは嫉妬《しっと》とみられ、長慶の激怒をかうのが関の山であったろう。

若い義興には子がなかったので、長慶に扶育《ふいく》されていた十河一存《そごうかずまさ》の遺児が家督を嗣《つ》ぎ、はじめ義存《よしまさ》、次いで義継《よしつぐ》と名乗る。

義興の葬儀は、長慶の帰依《きえ》する堺南宗寺の大林宗套《だいりんそうとう》と、大徳寺の紫衣《しえ》衆、京都五山の僧らによって盛大に執り行われた。

葬儀の間、長慶は終始腑《ふ》抜《ぬ》けの態で、躰《からだ》を動かすときは常に弾正の手をかりる始末であった。その主従の姿を見た瞬間、参列の諸侯、公家、有力町人らは、三好政権の頂点に立つ者が誰であるかを、はっきりと思い知ったのである。

飯盛山城に戻った長慶は、悲嘆のあまり乱心したと噂された。

十二月になると、山城の淀城で、管領典厩二郎《かんれいてんきゅうじろう》（細川氏綱《うじつな》）が没する。三好政権の傀儡《かいらい》にすぎぬ男であった。室町幕府の管領職は、この典厩二郎の死をもって自然消滅となる。

閏《うるう》十二月、弾正の嫡子、松永久通《ひさみち》が従五位下《じゅごいのげ》・右衛門佐《うえもんのすけ》に任じられる。主筋の三好義継《よしつぐ》を差し措《お》いての叙任であった。

十河一存、三好実休、三好義興亡き今、弾正にとって残る眼の上の瘤《こぶ》はひとつ。

「安宅冬康を死なせてはなるまい」

義輝は、心に期した。

二

三河一向一揆の暴発は、家康の家臣の菅沼定顕《すがぬままさだあき》が、一向宗本願寺派の三河三箇寺のひとつ、上宮寺から兵糧米を強制徴発したことに端を発した。本来、治外法権である筈の一向宗寺院を領主権力が侵したのである。むろん家康が仕組んだ挑発行為であったが、一揆側はそれと気づかなかった。

一向宗側の反応は、頗《すこぶ》る迅速であった。というのも、事前に農村へ潜入していた浮橋と梅花らが、近いうちに松平家を挙げて宗門弾圧を開始するらしいとの噂を流したからである。そのため、まずは家康と話し合いをもつべきだという少数意見は、はなから抹殺された恰好《かっこう》であった。浮橋らは、一揆を勃発《ぼっぱつ》させるや、当初、先頭に立って岡崎城下へ迫ったが、そのうち巧みに姿を消してしまう。

家康の予想通り、宗門を護《まも》らんとする一揆勢の抵抗は凄まじく、一度は岡崎城下まで迫ってきた。家康自身が銃弾をうけ、鎧《よろい》のおかげで命拾いするという際どい場面すらあった。

一揆側へ奔る家臣は少なくなく、竹千代を駿府《すんぷ》から奪回した折り、十兵衛が家康より紹介された本多正保も一揆勢に与《くみ》した。

が、その現実が却《かえ》って一揆勢の力を弱めることになったのは、皮肉というべきであろう。つまり渠《かれ》らは、一揆に加わっても、主君への不忠に悩んで、家康をまともに攻めることができなかったのである。

家康の強《したた》かさは、そうした家臣の心情に、臆面《おくめん》もなくつけこんだところにあろう。

一揆勢が後退するや、家康はすかさず条件を提示して和議を結んだ。永禄七年（一五六四）二月末のことである。

一揆の首謀者の助命、一揆参加の家臣の本領安堵《あんど》、本願寺派の寺院や門徒も元のままで罰せぬというのが、条件であった。

「ご苦労にござった」

と家康は、れいによって夜中の寝所にて、浮橋に礼を陳《の》べた。

「ご寛大な致し様にございましたな」

浮橋は、家康が一揆側に提示した条件に、首をひねる。当初の意気込みに比して、あまりに甘すぎぬか。

「いやいや、あれでよいのでござる。門徒どもには領主のおそろしさは存分に伝わった筈。あまりに追い詰めては、窮鼠《きゅうそ》かえって猫を噛《か》むの譬《たと》えもござるによって」

「なるほど……」

飴《あめ》と鞭《むち》の時宜を得た使い分けということであろう。

「では、やつがれは、これにて京へ戻り申すが、いずれまた参上仕る」

「公方さまに、よしなにお伝え願いたい」

「畏まり申した」

浮橋が、家康の狡猾さを知ったのは、京へ戻ってからのことであった。

和談から暫《しばら》くして、家康は領内の門徒寺、末寺及び道場を、悉《ことごと》く破却してしまったのである。門徒たちの抗議に対する家康の言葉がふるっている。

「元のままと申したではないか。寺のあるところは、もともと原っぱであった」

さすがの浮橋も、些《いささ》か呆《あき》れた。

（信長どのより上手かもしれぬて……）

後年、大坂冬ノ陣のあと、豊臣家と和議を結んだ家康が、手違いのふりをして大坂城の濠《ほり》をすべて埋めてしまったのは有名な話だが、そうした抜け目のなさは、若年時から培った性根だったようである。

浮橋と梅花と十二天衆は京へ帰ったが、十兵衛だけは信長のもとに残った。信長が美濃出身の十兵衛の弁舌の才を美濃武士の調略に用いたいというのを、義輝は許したのである。

この頃、義輝は、妙覚寺の仮御所を出て、竣工《しゅんこう》成った新邸へ移っていた。

現今《いま》の京都の、室町通と下立売通の交差する南西角、平安女学院の敷地内に「旧二條城跡」と彫られた小さな石碑がある。そこから室町通を南下すること百歩許りのところに、「此付近　斯波《しば》氏武衛陣　足利義輝邸　遺址」と刻された、やはり小さな石碑が建っている。

右の辺りに現在も武衛陣町の町名が残るのは、室町幕府三管領家のひとつ斯波家が、代々左兵衛督《さひょうえのかみ》に叙任、その唐名をもって武衛様と称され、この地に屋敷を構えたことによる。戦国期には斯波家は完全に没落しており、その屋敷跡に義輝の邸が築かれた。義輝がこの地に住むのは、二度目のことで、父義晴《よしはる》が存生中、後見人として今出川御所（室町御所）に在った頃、少年将軍の住居がここにあてられた。それは戦火で焼失してしまったので、再築された将軍御所はまったく新しいものであった。

永禄八年正月、この新将軍御所を訪れたルイス・フロイスの記述を藉《か》りると、邸宅のようすは以下の如くである。

御所は深い濠に囲まれ、広い木橋が架かっていた。すべての部屋は贅沢《ぜいたく》かつ華麗であり、将軍の静養のための清潔で快適な離屋《はなれ》もある。そこから眺められる庭園には、松、杉、蜜柑《みかん》の他、フロイスの知らない緑色の珍しい樹木が、塔や鐘その他さまざまな形を作って植えられ、百合《ゆり》や雛菊《ひなぎく》をはじめ、花々も色彩豊かに咲いていた。御所の真ん中の庭は、離屋の庭より更に優れている。厩《うまや》にさえ極めて上等な木材が使用されており、高貴の諸侯たちを通してもおかしくないほどであった、等々……。

かくまで将軍御所に綺羅《きら》を飾らせたのは、義輝が三好政権の樹《た》てた将軍であることを内外に示し、同時にその富の大きさも見せつけようという、三好一党の政治的配慮の顕れだったといえよう。

ただ今度は正真の御所ゆえ、妙覚寺の仮御所のように、衛士《えじ》の名をかりた三好兵の配置を、義輝は許さなかった。

「鋭っ」

「応っ」

今、御所のうちで、潑剌《はつらつ》たる気合声と何やら軽快で歯切れのよい音が響いている。二名の武士による蟇肌竹刀《ひきはだしない》の打ち合いであった。砂利を敷きつめた広場が演武の場にあてられている。

武芸上覧であった。

義輝は、みずからも広場へ下り、床几《しょうぎ》に腰を据えて、じっくり見物している。自身も塚原卜伝《つかはらぼくでん》より新当流の奥義を授かった武芸者であるだけに、このあたりは前代までの公家《くげ》かぶれの将軍たちとは違う。

演武者の打太刀《うちだち》をつとめる若者は、九州は人吉《ひとよし》の生まれで、丸目《まるめ》蔵人佐《くらんどのすけ》といい、諸流を学んで京へ上り、北面の武士となったが、ある人が上洛《じょうらく》するや、その剣名を慕って入門した。

ある人とは、いまひとりの演武者、上泉伊勢守秀綱《かみいずみいせのかみひでつな》であった。後世名高い新影流の流祖である。

自身の編み出した新影流の諸国弘流を年来の宿望としてきた秀綱であったが、上野《こうずけ》国一本槍とまで称賛されたほどの勇者ゆえに、寄親《よりおや》の上野国箕輪《みのわ》城主長野業政《ながのなりまさ》が、永く手もとから離さなかった。その業政が没し、昨年正月には箕輪城も武田信玄《たけだしんげん》によって落とされた。武名を惜しんだ信玄から麾下《きか》に属することをすすめられたが、秀綱はこれを固辞し、竟《つい》に宿願を果たすべく、高弟疋田《ひきた》豊五郎、鈴木意伯を供として旅立ったのである。秀綱五十六歳の春であった。

新影流の型の披露を了えると、秀綱・蔵人佐師弟は、義輝の御前に平伏した。師は汗ひとつかいておらぬが、弟子のほうは水をかぶったようである。

「面白や、伊勢守」

と義輝は声をかけた。

「そちは盤上に転がる玉のようであるな」

その一言は、秀綱を瞠目《どうもく》させた。

「ご慧眼《けいがん》」

世辞ではない。秀綱は、義輝の鋭い観察眼に、心底より恐れ入ったのである。

「おのが身も心も太刀も玉となりて自由無礙《むげ》に転がる。これ即《すなわ》ち、転《まほろばし》、と申し、当流の要諦《ようてい》はこれに尽きるものにござりまする」

まほろばしか、と義輝は大いに頷く。

「懸《けん》は懸にあらず、待《たい》は待にあらず。攻めるも守るも一体ということよな」

「御意」

秀綱はもはや、剣について義輝に云うべき言葉をもたなかった。

「われらが拙《つたな》き武芸を、剣の奥義に達せられた公方さまのご上覧に供し奉るなど、釈《しゃ》迦《か》に説法にござりました。汗顔《かんがん》の至りと慚《は》じ入るばかり」

「何を申すか、伊勢守。わしが剣など、到底及ぶところではない。そちの剣は、わが神夢に現れし武甕槌神《たけみかづちのかみ》にも勝《まさ》ろうぞ」

義輝の口許に微笑が刷《は》かれたのを見て、あっ、と秀綱は思った。

（公方さまは、この秀綱の剣をご覧になってお気づきあそばした……）

九年前、剣の奥旨《おうし》を会得すべく鹿島の杜《もり》に修行中だった義輝の前に、まるで武神の降臨を思わせるように大癋見《おおべしみ》の能面をつけて出現した者がいる。義輝を翻弄《ほんろう》したその能面士こそ、秀綱であった。あのとき秀綱は、塚原卜伝の意を体して義輝を奥義へと導いたのである。

義輝も、秀綱の胸底を見抜いたように、笑みを湛《たた》えたまま、二度三度と首肯した。

あのときは真実、武神の出現と信じた義輝だったが、今、秀綱の姿と動きを注視する中で、閃光《せんこう》のように鹿島の杜が脳裡に蘇《よみがえ》り、能面士の正体を悟ったのである。

「恐れ入り奉ってござりまする」

秀綱の額に初めて汗が滲《にじ》んだ。

この上覧で義輝の下賜した感状は、秀綱の武芸をこう絶賛している。

「古今比類無し。天下一」

上覧の後、義輝は秀綱と蔵人佐を会所へ上げて、ささやかな酒宴を催した。他に同座したのは、いずれも剣話を咲かせて義輝や秀綱に後れをとらぬ者ばかり三名である。

二名は朽木《くつき》父子。鯉九郎は云うまでもなく義輝の武芸師範、その老父稙綱《たねつな》は名だたる戦場往来人であった。稙綱は義輝のご機嫌伺いのため久々に朽木谷から出てきたのである。

残る一名は小笠原《おがさわら》湖雲斎《こうんさい》であった。

湖雲斎は近頃また、松永弾正の身辺警固役として、多聞山城に在城している。黒《こく》京衆《ぎょうしゅう》を殲滅《せんめつ》された弾正が、不安をおぼえて、長慶に湖雲斎の派遣を要請したのである。湖雲斎自身は、弾正を嫌っていたが、零落の身を手厚くしてくれる長慶の頼みを断ることができなかった。

湖雲斎は、今回の武芸上覧に義輝より招かれたことを当初はひどく驚いたが、それも当然であろう。義輝が伊勢貞孝《いせさだたか》の従者を扮《よそお》って勝軍山《しょうぐんざん》の陣屋に弾正を奇襲し、これを湖雲斎が禦《ふせ》いで以来、両者は敵対関係にある。ただ、あのとき湖雲斎は、猿頰《さるぼお》かにのぞいていた義輝の眼色は好意的だったと感じた。湖雲斎もまた、稀世《きせい》の剣の達人である義輝に畏敬《いけい》の念をおぼえたものである。

義輝からの招待の書状には、湖雲斎が兵法宗家の家柄であること、また秀綱が小笠原氏隆より軍配を学んで奥を極めていることの二つを理由として、是非にも上覧の場に立ち会われたいとしたためられていた。もとより湖雲斎には辞退する理由はなく、弾正にそれを告げた。

「公方は武芸狂いよ。ついでに一手、教授してくるがよいわ」

弾正は、何の警戒心も抱かなかった。こと武芸に関しては義輝に邪心はないらしい、とこの悪漢も思っているのである。

湖雲斎が伺候の挨拶に罷《まか》り出た際、義輝は兵法宗家の来会を素直に歓《よろこ》んだ。武芸の高処《たかみ》に達した男たちの交歓は尽きることがなく、瞬く間に二刻も経ち、漸《ようや》く客たちは辞することになった。

別れ際に秀綱が、鹿島の塚原卜伝からの伝言を、口吻《こうふん》そのままに義輝へ伝えた。

「不遜《ふそん》ながら、それがしは公方さまを忰《せがれ》と思うております。将軍職に飽きられたときは何卒《なにとぞ》、鹿島へお越しになられ、わが道統をお継ぎあそばしますよう」

「そうか、卜伝翁がそのようなことを……」

「恐れながら、武芸者もなかなか面白き世過《よすぎ》にござりまする」

冗談めかして秀綱は云ったが、眼光に真摯の色を過《よぎ》らせたのを義輝は見逃さなかった。

卜伝も秀綱も、将軍義輝の立場の危うさを遠国にありながら弁《わきま》えている。将軍職など棄ててしまえば、義輝に相応《ふさわ》しい剣の道があると云いたいのであろう。義輝がそうするのであれば、両人、身命を抛《なげう》ってでも助力を惜しまぬに違いない。

義輝は、浮橋のみを従者とした旅寝の日々を思い起こした。

（気儘《きまま》だったたな……）

あの日に帰ることができたら、どれほど愉《たの》しかろう。だが義輝は、紛れもなく将軍であった。乱世を放り出すことはできぬ。

「わしも卜伝翁を父と慕うておる。そのように伝えてもらいたい」

真情をこめて、義輝は秀綱へ云った。

「伊勢守。再び上洛いたす折りあらば、必ずこの義輝を訪ねてまいれよ」

「身に余る御言葉、恐悦至極に存じ奉りまする」

だが、この不世出の剣豪将軍と日本剣道の始祖とが再会する機会は、竟《つい》に訪れなかった。

つづいて、小笠原湖雲斎も別れの挨拶を述べようとするのを、義輝は引き止めた。

「湖雲斎。そちには、いま少し、弓馬の道について教えを請いたい」

三

武芸上覧があってから数日後、松永弾正が、朝廷に改元を迫った。

改元申請をうけた広橋国光・万里小路《までのこうじ》惟房《これふさ》の両大納言は仰天した。

改元の儀は、勅命を奉じて文章《もんじょう》博士らが複数の文字を勘案、これを大臣・参議が廟議《びょうぎ》で検討して二、三案に絞ってから上奏し、更にいったん戻されて最終案を決した後、再度上奏のうえに採択されるものである。つまり、一から十まで朝廷の執り行うもので、原則として武家の口出し無用とされる。将軍からの奏請ならまだしも、幕府御供衆《おともしゅう》のひとりにすぎぬ者が、朝儀の最重要事項を左右せんとは、烏滸《おこ》の沙汰というべきであった。

正親町《おおぎまち》天皇は不快を露《あら》わにされ、一言の御返辞もなかったという。

「ふん。まあよいわ。いずれは禁裏もわが意のままにしてくれる」

多聞山城の弾正は、嘯《うそぶ》いていた。

眼に余る弾正の増上慢ぶりに、岸和田の安宅冬康が怒った。冬康は、淡路と合わせて、和泉の経営も長慶から任されており、一存、実休、義興亡き後、三好一党内の反松永派の輿望《よぼう》を担っている。能書家としても、歌人としても高名で、朝廷のうけもよい。

摂津守《せっつのかみ》冬康は、病臥《びょうが》中の長慶を飯盛山城に見舞った帰途、多聞山城へ立ち寄った。

「おのが分際を弁え、身を慎むことだ」

「たかが改元の奏請。そうめくじら立てることもございりますまい」

冬康の叱責《しっせき》を、弾正は薄ら笑って受け流した。

これには、同座の小笠原湖雲斎も眉宇《びう》をひそめる。

（公方さまの仰せの通り。弾正は摂津守どのを挑撥《ちょうはつ》せんとの魂胆……）

案の定、仁慈の人といわれる温厚な神太郎冬康が気色《けしき》ばんだ。

「弾正、汝《うぬ》は何様ぞ。慢心もたいがいに致せ」

「お言葉ではござるが、神太郎どの。朝廷などというものは、小賢しき者どもが巣窟《そうくつ》ではござらぬか。あやつらは、臆面もなくわれらに供御《くご》やら禁裏修築やら祭礼の掛かりやらを命じるくせに、こちらの奏請することには儀式がどうの、典礼がどうのと勿体《もったい》をつけ、なかなか首を縦に振らぬ。それゆえ、今が公家か武家か、いずれの世であるか、時には思い知らせてやらねばなり申さぬ」

「朝廷を敬わずして、武家の政《まつりごと》は成り立たぬぞ、弾正」

「旧《ふる》きお考えよ」

「なに」

「朝廷は敬うのではなく、利用するものにござるわ。朝廷とて、武家の争いにつけこんで甘い汁を吸うておる。その意味では、対等と申すべきでござろう」

「あのとき……」

と冬康は、めずらしく殺気立った眼をして云う。

「手討ちに致しておくべきだった」

あのときがいつのことか、弾正には直《す》ぐに察しがついた。

十五、六年前のこと、弾正は独断で、少年将軍義輝を暗殺せんと、京へ刺客団を遣わして失敗した。周到な準備の上に決行し、長慶はおろか、三好一党の誰にも知られずに済む筈であったが、三好の知恵嚢《ちえぶくろ》といわれる安宅冬康にだけは突き止められてしまう。

堺の海船政所《かいせんまんどころ》内の離屋《はなれ》で、冬康に真相を糺《ただ》されて白状に及んだ弾正であったが、仁者の冬康から鈴虫の諷諫《ふうかん》でもって命の貴さを説かれ、一度限りの宥免《ゆうめん》を得たのである。

あのとき冬康は、自身が一年間も生かしつづけてきた鈴虫を、飼い方によっては二年三年と生きるものと云って、虫籠《むしかご》に入れて弾正にもたせた。

（ここが切所《せっしょ》）

と弾正は意を決する。冬康に罠を仕掛けるのは、今をおいてない。

「長く云い忘れており申したが、あの鈴虫どのは翌朝くたばってござった。お手討ちを免れたそれがしの身代わりと申すべきにや」

からからと弾正は哄笑《こうしょう》した。

「弾正。汝は……」

やにわに冬康は、片膝を立てるや、たばさんでいた紙扇を引き抜き、

「痴《し》れ者めが」

弾正の額を、びしっと、ひと打ちした。

「何をなさる」

「摂津守さまとて許せぬ」

弾正の近習衆が血相を変え、膝立ちになって、小刀に手をかける。

応じて、冬康の供衆も殺気立つ。

「しずまれい」

ひとり、腹に響くような胆太い声を発して、この場を制したのは、湖雲斎であった。

「いずれのご家来衆であろうと、城中にて刃傷《にんじょう》に及ばんとする者は、この湖雲斎が斬り棄てる。容赦はせぬぞ」

騒然としかけた場が、一瞬にして水を打ったように鎮まった。

弾正がちらりと湖雲斎を見やる。ぎらぎらした眼であった。眉間を割られて血を流す蝙蝠《こうもり》に似た醜貌《しゅうぼう》が、一層の悪相となっている。

冬康の打擲《ちょうちゃく》は、紙扇の扇骨のほとんどを折ったほど強烈なものであった。冬康がここまで感情を露わにしたのは、生まれて初めてのことだったかもしれぬ。

「仁者の本性、しかと拝見仕った」

顔面に流れる血を拭《ぬぐ》いもせず、弾正は声を強くして面罵《めんば》した。

冬康は、蹴るようにして座を立ち、弾正に背を向けた。

「城下までお送り申し上げる」

と冬康の脇にぴたりと寄り添ったのは、湖雲斎である。

弾正の眼の下の肉がひくついた。近習たちが血を拭おうとするのを、弾正は、よいわと撥《は》ねのけ、薬師《くすし》も無用じゃと喚《わめ》いた。

（湖雲斎め、要らざる真似を……）

ふいに弾正の心に、ある疑念が兆す。

（あやつ、もしや公方に籠絡《ろうらく》されたのではあるまいな……）

ありえぬことではない。義輝と湖雲斎、ともに武芸に達した者同士、弾正には推量できかねる心の交流があったとしても不思議ではなかろう。

「お屋形さま、摂津守を討てとお命じ下されますよう」

「ご城下を出ぬうちに」

異変を知って馳せつけてきた者たちが口々に下知を請うのを、弾正は鼻先で嗤《わら》った。

「もはやおそいわ。城中でなければ、討ちもらすは眼に見えておる」

弾正が家臣らを押し止めたのは、義輝の飼う忍びたちに寝首を掻《か》かれぬための要心として、小笠原湖雲斎という手錬者《てだれ》を手許《てもと》においておきたいからであった。

「直ちに飯盛山城へまいるぞ」

馬曳《ひ》けい、と弾正は命じて、足早に部屋を出た。

四

「危篤と申したか」

鯉九郎は梅花の報告に色めき立つ。飯盛山城の長慶が、長患《ながわずら》いの果て、竟に命旦《めいたん》夕《せき》に迫ったらしいというのであった。

多聞山城の一件以来、弾正と冬康の関係が緊張度を増している。

長慶にとって、弾正は三好政権を動かす随一の寵臣《ちょうしん》であり、片や冬康は三好一党の知恵嚢にして今やたったひとりの弟である。逆に云うと、弾正も冬康も、長慶の意向を腹の底まで確認した上でなければ、容易には対手《あいて》を叩けぬということであった。とすれば、両人とも、互いを牽制しつつ、長慶の気持ちを自分のほうへ傾斜させるべく、動きだすに違いない。

鯉九郎が梅花を飯盛山城下へ放ったのは、その探索のためであった。

十二天衆の生き残り六人も、三手に分けて諜報《ちょうほう》活動にあたらせている。風天を浮橋に付けて多聞山城下へ派し、地天・日天・月天には岸和田城下で冬康方の動きを探るよう命じた。火天・伊舎那天《いしゃなてん》は梅花の手足とした。

ところが、弾正と冬康が事を起こす前に、長慶危篤という予期せぬ変報がもたらされた。

こうなると、明智十兵衛の不在が鯉九郎には痛手であった。信長の密命を帯びて、北近江の浅井氏と織田氏との同盟締結のために、十兵衛は奔走している。これが成立すれば、信長は美濃を攻め易くなる。いわゆる遠交近攻策であった。美濃が織田の手に帰せば、それだけ信長の京への道が近くなる。それを思えば、十兵衛を呼び戻すこともできぬ。

「修理大夫《しゅりのだいぶ》（長慶）の危篤は慥《たし》かなのだな、梅花」

「飯盛山城下に噂が流れ始めております。昨夜遅く、僧侶が密かに城内へ入るところを、この眼で見届けましてございます」

「僧侶とな……」

「大林宗套《だいりんそうとう》どの」

「なに」

禅僧大林宗套は、三好兄弟の導師である。兄弟は、宗套のために堺に南宗寺を建立し、その開山として、祖先の霊を祀《まつ》らせた。別して長慶の宗套への帰依には深いものがあり、南宗寺付近を通過するときは必ず下馬し、大林和尚の舌鋒《ぜっぽう》は百万の甲兵より恐ろしいとまで述懐している。

その宗套が、この時期、密かに飯盛山城を訪ねた目的は、長慶の最期を看取るほかにありえまい。

「なれど梅花、なぜ大林和尚と分かった。そなたは会うたことがあるのか」

「これなる地天が堺より尾《つ》けてまいったのでございます」

梅花は微笑して、後ろに控える地天に説明を促した。

岸和田で冬康の動向を探っていた地天は、もし長慶の病が重くなったとき真っ先によばれるのは誰かと推理を働かせ、岸和田のことは日天・月天に委《まか》せて単身、堺へ馳《は》せ向かった。そして、慌ただしく南宗寺を出て乗輿《じょうよ》の人となった大林宗套を発見し、飯盛山城まで尾行してきたという訳である。

「機転であったな、地天。よう仕遂げてくれた。礼を申すぞ」

地天の塵芥にまみれた着衣が、やり遂げたことの大変さを如実に物語っていた。

その日の暮れ方、多聞山城下から、風天も京へ戻ってくる。

「安宅冬康どのが飯盛山城へ向かう途上、これを襲撃せんとの企みあり」

「いつだ、風天」

「おそらく今夜から明朝にかけて。場所は、飯盛山城下の近くらしゅうございまする」

弾正は、飯盛山城から長慶危篤の急報をうけるや、同じ知らせが岸和田城へも行ったことを察し、急遽《きゅうきょ》長慶のもとへ馳せつけるに違いない冬康を、途中で討ち取るつもりになったとみえる。

「小笠原湖雲斎どのが話では、待ち伏せの松永勢は五十人ばかりで、根来寺衆徒を扮《よそお》うつもりとのこと」

湖雲斎は、恩ある長慶に頼まれた弾正警固の任は全《まっと》うするが、義輝方への情報提供については惜しまなかった。

「久米田と同じ手を使うか、弾正め」

久米田ノ合戦で、三好実休を狙撃した黒京衆の磯良は、根来寺衆徒の往来右京と名乗りを挙げている。

「浮橋は待ち伏せ部隊のあとを尾けるために残ったのだな」

「左様にござりまする」

「よし、皆、仕度いたせ。待ち伏せ部隊はわれらで殲滅する」

待ち伏せ場所が飯盛山城下近くというのは、鯉九郎にとって好都合であった。城下に残っている火天・伊舎那天をはじめ、きっと冬康を岸和田から追尾してくるに違いない日天・月天、さらには松永勢追跡の浮橋とも、容易に合流できる。

将軍御所からは、梅花、地天、風天のほかに、石見坊玄尊《いわみぼうげんそん》、大森伝七郎、亀松三十郎を率いていくつもりであった。それで鯉九郎以下、総勢十二名になる。衆に秀でた渠らの武術を思えば、松永勢五十人に対して、決して劣勢とはいえまい。

鯉九郎から事の次第を聞き了えた義輝は、小首を傾《かし》げた。

「遽《にわか》のことだな……」

「大樹には、何かご不審でも……」

「うむ。弾正にしてみれば、摂津守冬康暗殺は、いわば三好政権簒奪《さんだつ》の総仕上げであろう。修理大夫の余命定まった今、摂津守さえいなくなれば、もはや弾正の専横を掣《せい》肘《ちゅう》できる者はおらぬ」

「御意」

「思い起こしてみよ、鯉九郎。これまでの弾正の奸策《かんさく》、いずれも用意周到ではなかったか。こたび、名実ともに三好一党の頂《いただき》に立てるか否かの瀬戸際に、何故それほど性急に摂津守を討とうとする。二重三重の術策を用いるのが弾正流ではないのか」

「多聞山城では、弾正はこたびよりも性急に摂津守を謀殺せんと致しました」

「あれは有り様が異なろう。いかなる理由があれ、武士が面体を打擲されたのだ。あの場合、弾正が咄嗟に摂津守を討ったとて、言い訳は立った。こたびの修理大夫危篤に際して、根来寺衆徒を偽装し、飯盛山城の近辺で摂津守を待ち伏せ致すは、慥かに千載一遇の好機を捉えた上策と思えぬことはないが、山野の奇襲に五十名ばかりの人数では、摂津守を討ち洩らすおそれもあろう。長く三好兄弟の失脚を秘密裡に画策してまいった弾正が、最後の最後に至って採る策であろうか」

どこか奇妙でならぬ、と義輝は結んだ。

「ご懸念、もっともと存じまする。なれど、弾正も人の子。最後の最後なればこそ、彼奴《きゃつ》の奸智にも曇りが生じたとも考えられましょう」

長慶臨終の今こそ、何としても冬康を屠《ほふ》って、一挙に三好一党を掌握せんとの野望を、弾正は剝き出しにした。そう考えるのが自然であろう。ここは鯉九郎もゆずれなかった。

「ご案じ召されますな。断じて摂津守を討たせはいたしませぬ」

御前を辞した鯉九郎は、人目につかぬようにして、急ぎ将軍御所を発った。こういう緊急時に備えて、洛外の数ケ所に密かに馬を飼わせてある。

つづいて梅花、地天、風天が、少しずつ間をおいて出た。

更に大森伝七郎、亀松三十郎とつづき、殿《しんがり》の出立は石見坊玄尊である。

「叡山《えいざん》随一の悪僧が公方の家来とは笑わせるぜ……」

玄尊が路上へ姿を現したとき、向かいの壁の暗がりに佇立《ちょりつ》していた遊行僧《ゆぎょう》が、笠の下で唇を歪めた。

一陣の風が吹いて、だらりと下がっていた遊行僧の右の袖を、はたはたと揺らせた。右腕を失っているようであった。

それから、どれほどの刻が経《た》ったであろう。闇《やみ》の底に沈む京洛に、丑刻《うしのこく》の鐘が陰々と鳴り響いた。

寝所にあった義輝は、不意に目覚める。今夜は眠りが浅い。

（違う……）

何かが違う。弾正の三好一族謀殺のやり方を、義輝はあらためて想起してみた。

十河一存は埒外《らちがい》の者だった熊鷹《くまたか》と闘った傷が因《もと》で落命したが、三好実休を殺した黒京衆は、いわば弾正の傭兵《ようへい》で、いつでも切り棄てることの出来る集団であった。三好義興毒殺にしても、弾正の意を体した義興の臣下の仕業であろう。

つまり弾正は、いずれの殺害のときも、松永家の家臣に手を下させたことはない。後に無関係を主張するには、それが利巧なやり方である。なのに今回に限り、いかに遽の事態とは申せ、おのが家臣を五十名も派して冬康を討とうというのか。

（鯉九郎の申したように、最後の最後に至って弾正の奸智は曇ったのか……）

根来寺衆徒を偽装しての奇襲は、久米田ゆえに出来たことではなかったか。あのときは、実際に敵勢の一翼を根来寺衆徒が担っていた。

今回、もし根来寺衆徒が、飯盛山城下近辺で冬康を待ち伏せできるとしたら、いち早く長慶危篤の情報を摑んでおらねばならぬことになる。そうした緊急事態に、根来寺衆徒が冬康到着よりも早く紀州を出て、三好一党の本丸たる飯盛山城下へ潜入するなど不可能というほかはない。

そう考えれば、家臣を暗殺団として派し、万が一にも冬康を討ち損じたら、直ちに弾正の仕業であることが露顕してしまう。弾正にとって、あまりに危険が大きすぎる。となると、待ち伏せをするというのは、弾正が故意に流した偽りではないのか。

(迂闊《うかつ》であった)

弾正は冬康を奇襲するつもりなど、さらさらなく、それ以上に悪辣《あくらつ》なことを策している。

義輝は、夜具を撥《は》ねのけて、立ち上がった。

「小四郎」

義輝が声をかけるや、納戸《なんど》を改造してつくった隠し部屋から、小さな躰が現れた。義輝がひとり寝するときは、小四郎はいつもここに詰める。

「飯盛山城下へ奔って、鯉九郎に告げよ。摂津守を城内へ入れてはならぬ。摂津守を殺《あや》めんとしているのは修理大夫である、と」

小四郎は、直ちに消えた。

(間に合うてくれ……)

義輝は、何故か知らぬが、微かに息苦しさをおぼえて、縁へ出た。

庭の木々や石が、黒くこんもりとして、何やら邪悪な生き物のように見える。

雨が落ちてきた。音もたてずに。

「五月雨《さみだれ》か……」

意味もなく呟《つぶや》いている。耳に虚《うつ》ろに響いて、自分の声とも思われぬ。

魔に魅入られたような一瞬というべきであった。

この日、永禄七年五月九日。

「三好修理大夫舎弟安宅、飯守之城へ呼寄、令生害」

と『言継卿記《ときつぐきょうき》』は記す。義輝の看破した通り、長慶が飯盛山城へ冬康を呼び寄せ、これを生害《しょうがい》せしめたのである。冬康の従者十八名も殺害された。謀叛の野心があったというのが、誅殺の理由であった。

松永勢の待ち伏せ部隊を殲滅せんと、これを追った鯉九郎らが、飯盛山城下で眼にした光景は、きわめて意外なものといわねばならなかった。待ち伏せ部隊は、冬康の一行を遠目に視認するや、打ち揃って踵《きびす》を返し、再び多聞山城へ駆け戻ってしまったのである。冬康の一行は無事に飯盛山城へ入った。

混乱する鯉九郎のもとへ小四郎が馳せつけたときには、飯盛山城中では疾《と》うに惨劇が了《お》わっていた。五十名の待ち伏せ部隊出動は、鯉九郎らの眼をそらす陽動策にすぎなかったのである。

鯉九郎たちの不覚は、ひとつの事実を知らなかったところにある。それは、あの多聞山城の一件の直後、弾正が飯盛山城へ馬をとばし、冬康に裂かれた額の傷を長慶に見せて、泣訴《きゅうそ》したことであった。寵臣の泪《なみだ》と、まだ血の滲《にじ》む生々しい傷とが、近頃すっかり気弱になっていた長慶の感情を、強く揺さぶっただろうことは想像に難くない。あの時期、浮橋や梅花らは三河から帰京したばかりで、対三好の探索活動を再開する直前だったため、その事実を摑めなかった。

弾正の奸策にまんまとのせられた不甲斐なさを慚《は》じて、鯉九郎たちは義輝の前に項《うな》垂《だ》れた。

「いや。そちたちの苦労が報われぬのは、わしの思慮が足らぬからぞ……」

ゆるせ、と義輝は唇を強く嚙んだ。一筋、血が流れた。主君の無念のほどが察せられ、誰もが粛として声もなかった。

(こうとなれば、信長に美濃攻略より先に働いてもらわねばなるまい……)

鯉九郎は、対三好・松永の闘いの渦中へ、ある人々を引きずり込む決意を固めた。

(禁裏を動かす)

第十章　洛陽の暗雲

一

駄馬の背に荷を積み、賑《にぎ》やかに何やら唄《うた》いながら街道を往《ゆ》く男女六名の一行がある。頃《ころ》は、十一月。北風に吹かれるのさえ愉《たの》しいのか、渠《かれ》らは時折、屈託なさそうな笑い声をあげる。風体からして、旅から旅へ芸をひさぐ者たちに見えるが、実は芸人を扮《よそお》っているにすぎなかった。

浮橋《うきはし》、小四郎《こしろう》、そして十二天衆の地天・日天・月天。

「ほれ、にこやかに、にこやかに。われらは、芸をひさぐ者たちにござるよ」

浮橋が、ひとり羞《は》ずかしそうに俯《うつむ》いている六人目の男の袖《そで》を引く。

「これでは却《かえ》って人目に立つではないか」

その男は、行き交う旅人たちの視線を気にして、声を落とした。

「こうしたほうが、遊芸人らしゅう見えて、この中に御勅使がおられるとは誰《たれ》も思いませぬわい」

「こ、これ、滅多なことを」

慌てて浮橋の口を塞《ふさ》ごうとした男の名は、立入宗継《たてりむねつぐ》。禁裏御倉職《みくらしき》をつとめる者であった。

乱世にあっては、禁裏でも幕府でも自前の倉で財貨を保管することは難しい。そこで防犯と防火に優れた倉をもつ酒屋や土倉に肩代わりさせた。軈《やが》て、年貢収納の請負化が当たり前になると、財産管理と出納まで任せるようになり、この任にあたる者が、御倉職とよばれた。立入家は、もとは近江野洲《おうみやす》郡の出で、六角《ろっかく》氏に仕えていたが、後《ご》土御門《つちみかど》天皇の葬儀費用を献上したのを功とされて禁裏御倉職に就いたといわれる。

宗継は、三好《みよし》政権を、別して禁裏の財政についても何かと口出しをする松永弾正《まつながだんじょう》を嫌っている。洛中《らくちゅう》の戦火のどさくさに松永兵に倉を破られたこともあった。

何とか三好政権を打倒したい宗継は、織田信長《おだのぶなが》を上洛させて三好一党と対決させようと思いついた。信長に期待を寄せるのは、桶狭間《おけはざま》以後、武名が京まで轟《とどろ》いていることと、宗継の妻の妹が信長の家臣道家清十郎に嫁いでいる縁もあったからである。

そうした宗継の動静を察知した者がいて、秘密裡《ひみつり》の面会を求めてきた。朽木鯉九郎《くつきこいくろう》である。

「将軍家におかせられても、織田尾張守《おわりのかみ》上洛の儀につき思《おぼ》し召《め》しこれあり」

ついては、立入どのには密《ひそ》かに奏聞され、綸旨《りんじ》を賜って頂きたい、と宗継は要請された。

話が具体性を帯びた途端に、宗継は空恐ろしくなった。三好・松永を対手《あいて》に、いったん行動を起こせば、命懸けになる。

「慥《たし》かに松永弾正は怪《け》しからぬ輩《やから》だが、修理大夫《しゅりのだいぶ》のほうは朝廷を敬する心を失うてはおらぬような気がする。修理大夫存生のうちは、弾正も恣《ほしいまま》の狼藉《ろうぜき》は出来ぬのでは……」

「立入どの。修理大夫がいまだ存生中とお思いか」

「申された意味を分かりかねるが……」

「修理大夫はすでに卒しており申す」

「なんと」

宗継が仰天したのも無理はない。修理大夫長慶《ながよし》はいやしくも畿内《きない》の覇者である。それがすでにこの世にあらずとどうして信じられよう。公表されてしかるべきことではないか。

「立入どの。御辺《ごへん》も、かつては武家に仕えた家の出ではござらぬか。三好修理大夫ともなれば、その死が起こす波紋は大きゅうござる。喪《も》を秘すは当然のこと」

「いつ逝《い》ったのか」

「七月四日のことにござる」

冬康誅殺より僅《わず》か二ケ月後のことであった。

その直前、長慶の養嗣子《ようしし》義継《よしつぐ》の家督相続願いが慌ただしく出され、許可が下りるやいなや、義継が四千人の供を率いて上洛し、義輝《よしてる》と対面している。まだ十三歳の少年であった。

それで鯉九郎は、冬康を誘殺《ゆうさつ》したときはともかく、その後の長慶の病状は本当に悪化したのだと察した。直ちに、浮橋らを放って探らせ、死去の数日後にはその確証を摑《つか》んだ。

病の亢進《こうしん》もさることながら、長慶をうちのめしたのは、冬康の死であった。冷静に考えれば、人格高潔の人、安宅冬康に叛心《はんしん》などなかったことは、長慶自身がいちばんよく知っていた。

「後悔丹府をなやまし」

と『足利季世記』は、長慶の当時のようすを伝える。

長慶が病没するや、飯盛山城では秘密会議が開かれた。松永弾正、篠原長房《しのはらながふさ》、三好三人衆とよばれた三好長逸《ながゆき》・三好政康《まさやす》・岩成友通《いわなりともみち》という，三好一党の最高首脳五名による談合である。

「義継さまご弱年ゆえ、三年の間、喪を秘す」

と一決された。長慶については、これまで通り、病中と公表した。実際、長慶の喪が明かされ、葬儀が営まれたのは、足掛け三年後の永禄九年六月二十四日のことである。

「修理大夫の死により、もはや弾正を掣肘《せいちゅう》する者は一人《いちにん》としており申さぬ。向後、弾正の専横はとどまるところを知らずと推察され申す。再び改元を云《い》い出さぬとも限らず、そのときは前と違うて、力ずくということになりましょうぞ」

鯉九郎は、宗継の喉が上下するのを見逃さなかった。あとひと押しと睨《にら》んだ。

「改元の儀はともかく、御倉職の首をすげ替えるくらいは、弾正には造作もないことにござりましょうな」

この威《おど》し文句が効いた。鯉九郎の辞去した後、宗継は慌てふためいて、禁裏へ駆け込んだ。

宗継は、正親町天皇の典侍《ないしのすけ》房子の兄にあたる大納言万里小路惟房《までのこうじこれふさ》に、義輝の内意を伝えた。

密勅は下された。皇太子元服・禁裏修築の掛かりと、御料所の回復を命じたものだが、それらはあくまでも表向きの事由にすぎず、内意は三好一党の討伐にある。それを信長へ口頭で伝える勅使に宗継が選ばれ、尾張下向の旅に出た次第であった。

「立入どの。尾張に着いてござる」

前方を眺めて、浮橋が笑みを浮かべながら云った。美濃《みの》と尾張の国境である。

頭に戴《いただ》いた台の上に人形をのせた人形遣いが、路傍からこちらに手を振っている。明智十兵衛《あけちじゅうべえ》ではないか。

遊芸人の一行に人形遣いが合流するようすを、後方から眺めていた者が、にたりと笑った。五月の一夜、飯盛山城下へ向かうべく玄尊が将軍御所を出たとき、向かいの塀の暗がりから凝視していた隻腕《せきわん》の遊行僧である。

その頃、京の将軍御所では、慶事があった。

当時の義輝は、諸国群雄の和平工作に積極的な姿勢をみせ、この三月には上杉・武田・北条三氏の和を図り、七月は前年より仲介してきた毛利・大友両氏の講和を成立せしめた。このときも、争乱中の諸侯へ和議をすすめる御内書《ごないしょ》を、右筆《ゆうひつ》にしたためさせていた。

慶事を義輝に伝えたのは、小侍従《こじじゅう》である。というより、小侍従以外にこれを知る人間は、まだいなかった。

「公方《くぼう》さま、こちらへ」

口述中の義輝の袖を引いて、庭へ連れ出そうとする。

「如何《いかが》した」

「いま教えて差し上げます」

義輝が小侍従に連れて行かれたのは、フロイスが清潔で親しみやすく快適だと評した離屋《はなれ》であった。

二人きりになると、小侍従は真羽《まは》に戻ってしまう。

「菊さまが、この世でいちばん好きな人は誰《だ》ぁれ」

「真羽さ」

義輝も調子を合わせる。

「嘘云《うそ》うてはるわ」

「嘘なものか。八幡大菩薩《はちまんだいぼさつ》に誓《ちこ》うてもよい」

「誓うたら、あかんよ。ほんまに嘘つきになってしまう」

「真実、真羽を愛《いとお》しいと思うておる。この世の誰よりも」

「若君がお生まれあそばしても」

だしぬけの小侍従の一矢であった。

「若君……」

訝《いぶか》った義輝であったが、伏し目に頰《ほお》を赧《あか》らめる小侍従を見て、漸《よう》く理解した。

「小侍従。そなた、ややこを……」

「はい。身籠《みご》もりましてございます」

身内から歓喜が噴きあがってくる。天にも昇る心地とはこれか、と義輝は思った。

「よくぞ……」

言葉が出ない。義輝は小侍従を抱き寄せた。

それにしても、いま慥か小侍従は、若君と云った。

「なぜ男子《おのこ》と分かる」

「わたくしが望んだからにございます」

「望めば男子を産めると申すのか」

「はい。公方さまと夫婦《めおと》になれましたのも、ずっと望んでいたからにございました」

「望めば叶《かな》うか……」

「はい。強うお望み召されませ。さすれば、乱世を鎮めることも必ずお出来あそばします」

「そなたといると、精気が盈《み》ちてまいる」

　義輝は、いま一度、愛らしい妊婦を抱き寄せた。今度は小侍従も、あっ、と甘えたような声を洩《も》らした。

二

　年あらたまって、永禄八年（一五六五）。

　松永弾正は、おのれの誤算を知った。

　京洛では長慶死去の噂が頻《しき》りに取り沙汰され、巨大な力を喪失した三好一党は内紛、自滅への道を辿《たど》る、という見方が大勢を占めはじめたのである。

　長慶の後継者は松永弾正のほかにはありえぬ。幕府も諸侯もそう認めざるをえないと満々たる自信をもっていたこの男にとって、予想外の成り行きというほかない。世人の眼は辛辣《しんらつ》で、所詮は長慶あっての弾正であった。

　そのことを更に強く弾正に思い知らせたのは、三好三人衆や、阿波で実休の遺児長治を輔佐《ほさ》する篠原長房らである。渠ら一党の実力者は、いずれも弾正と対等であることを主張した。長慶存生中は弾正を党内随一の奉行人と立てていたのが、今やその本心を露《あら》わにしたのである。

(こやつら、おれが三好兄弟を潰《つぶ》すのを待っておったに違いないわ……)

われひとり極悪人の烙印《らくいん》を押された弾正であった。

遽に将軍御所を詣《もう》でる人々の数が増え始めたことも、弾正を周章《あわ》てさせた。

還京以後の義輝は、剛毅闊達《ごうきかったつ》な性格と、武門の棟梁《とうりょう》らしい武芸の達人ぶりで、京《きょう》童《わらべ》に人気が高い。長慶亡き今、反三好派や日和見《ひよりみ》主義者らの間に、義輝を名実共に幕府政治の頂点へ押し上げようとする動きが出てきても不思議ではなかった。

義輝が朝廷を抱き込み、尾張へ密かに勅使を下向させた事実を、密偵の林久太夫の探索によって突き止めた弾正である。たいした実力もない織田信長に上洛を促したのは笑止でも、そうした行動を禁裏に起こさせた義輝その人は、弾正には脅威の存在というべきであった。

(平島の父子を唆《そそのか》すときがきたようだ)

阿波《あわ》国那加《なか》郡平島《ひらじま》の地に、長年将軍職を夢見ながら、これを果たせぬ失意の足利《あしかが》の血筋が生きている。義輝の亡父義晴《よしはる》の異母兄にあたる義維《よしつな》と、その嫡子義栄《よしひで》であった。

三好兄弟は、阿波細川氏のあとをうけて足利父子を扶養《ふよう》したが、これを擁立せんとする愚行は避けてきた。過去に幾例もみる通り、将軍職をめぐる争いは、必ず戦乱を泥沼化させ、結局はこれに関わった者の力を削《そ》いでしまうものなのである。

だが、一挙に声望の高まった義輝を叩《たた》くには、対抗馬を蘇生《そせい》させるに如《し》くはない。弾正は、某日ひそかに、その意を体した者を平島へ赴かせ、足利父子を焚《た》きつけた。

三好一党の首脳が、足利義維・義栄父子から火急の呼び出しをうけたのは、それから数日後の夜のことである。

何事ならんと平島館に伺候した弾正、篠原長房、三好康長、三好三人衆の六名を前にして、義維はいきなり本題を切り出した。

「義栄の上洛の日取りは決まったか」

一同、啞然《あぜん》とした。寝耳に水とはこのことであろう。

義栄の上洛とは、即ち将軍職に就くこと。それ以外を意味せぬ。だが、一党の面々は、足利父子にそんな約束をしたおぼえはなかった。

異変が生じたのは、

「おそれながら……」

と長老格の三好長逸が進み出たときである。

「曲者《くせもの》」

戸外に湧《わ》いた怒声に、列座中の豪の者である岩成友通が、いち早く座を蹴《け》った。

庭で対峙《たいじ》する二つの影がある。忍び装束に面体を隠した曲者は、泉池に踏み込んで窮していた。これを追い詰めた者は、地にしっかりと半身の構えをとり、大刀を青眼《せいがん》につけている。

「平田和泉《いずみ》か」

友通が誰何《すいか》するのへ、左様にござる、と落ち着いた声で応《いら》えがあった。平田和泉守は、阿波侍の中でも、

「武略そなはって智ふかく、万事にこころえたる仁」

と『室町殿物語』に記されている。

「いずれの手の者か知りたい。生け捕れ」

「難しゅうござる。こやつ、女なれども、覚悟なまなかならず」

「曲者は女とな」

その友通と平田和泉の会話を室内で聞き取った弾正は、義輝配下の忍びに違いないと思った。

（尾《つ》けられたとは不覚であったわ……）

浅い泉池の中で、じりじりと後退しているのは十二天衆のひとり、風天である。背後の塀までは三間余り。あれを乗り越えれば逃げ了《おお》せる、と風天は思った。

屋敷の警固の者たちが、わらわらと庭へ駆けつけてくる。猶予はならぬ。風天は、やにわに袖奥へ両腕を引き、上衣を肩脱ぎにぱっと脱いだ。乳房が揺れ、夜目にも眩《まぶ》しい白磁の肌が露出した。

この女の武器に眼を奪われぬ男はいない。平田和泉も、駆けつけた警固衆も、おっと足を止めた。転瞬、風天は身を翻《ひるがえ》して、泉池を脱し、一息に塀際まで跳んだ。

阿波衆に和泉ありといわれた平田和泉守もさすがである。咄嗟《とっさ》に脇差《わきざし》を投げうった。

「うっ……」

塀の縁に両手をかけたところで、無念なるかな、風天は背から胸へと刺し貫かれた。

が、しかし、ずり落ちそうになった風天の躰《からだ》を、塀上から曳き上げる者がいた。これは伊舎那天《いしゃなてん》であった。多聞山城から堺、堺から商船に乗って阿波へと、二人一組で弾正を追跡してきたのである。

「上洛の日取りは……」

そこまで伝えた風天の口から、ごぼっと血の固まりが出る。絶命したのが分かった。

伊舎那天は、風天の手を放した。自分ひとりだけでも、京へ生還せねばならぬ。

飛来した矢を間一髪に躱《かわ》し、伊舎那天は、とんぼをきって塀外へ逃れた。

「追え」

「逃がすな」

警固衆が追尾にかかる。

「無駄よ。捕らえられはすまい」

と弾正が云った。

「だ、弾正。そちは、曲者が何者か知っておるのか」

すっかり動転している若い義栄が、血走った眼を弾正へ向けた。将軍職を狙おうというほどの者が、総身をわなわな顫《ふる》わせている。

（従兄弟《いとこ》同士であろうに、当代とは似もつかぬ小心者よな……）

弾正は、無意識のうちに義輝と義栄を比べた自分に、内心で苦笑した。なればこそ義栄はわが意のままになるのではないか。

「おそれながら、公方さまの手の者にござりましょう」

「まことか、それは」

「公方さまが尋常ならざるくノ一衆を飼《こ》うておられるを、この弾正、突きとめてござる」

「では、将軍家は、予《よ》を、この義栄を亡き者にせんと致したのか」

阿呆めが、と弾正は思った。義輝がその気ならば、今夜のような警固厳重のときに、暗殺者を差し向ける筈《はず》がなかろう。くノ一は、今夜の密議の内容を探っていたにすぎぬ。

しかし、義栄には刺客に襲われたと思わせておいたほうがよいだろう。弾正は、義栄を煽《あお》った。

「滅多なことを仰せあそばしますな。公方さまは寛闊《かんかつ》なご気象にて、かような卑劣な手段を用いる御方ではござらぬ。万が一、曲者どもが刺客であったとしても、必ず側近どもの先走りに相違なし」

「弾正。何故、将軍家を庇《かば》いだて致す。そちは、予をこのまま、かような鄙《ひな》に朽ち果てさせるつもりか」

義栄のこめかみに青筋が浮き出た。

「予を将軍に致せ」

義栄は、皆を蹴散らすようにして、部屋を出る。が、敷居を跨《また》いだところで振り返り、両眼を引きつらせて喚《わめ》いた。それは弾正が、義栄自身の口から、是が非でも吐いてもらいたかった台詞《せりふ》であった。

「義輝など殺してしまえ」

三人衆は互いの顔を探るようにして見合わせ、篠原長房と三好康長はいずれも眉宇《びう》をひそめた。

弾正だけが、平伏して床を眺めながら、蝙蝠《こうもり》顔に会心の笑みを刻んだ。

三

鞍馬《くらま》山の桜は、いまを盛りと咲き誇っていた。

この地の桜を、義輝は好んだ。

三月十四日の夜。

毘沙門天《びしゃもんてん》を本尊とする山岳霊場の鞍馬寺の宿坊《しゅくぼう》に、義輝は一宿中であった。

浮橋、梅花《メイファ》、伊舎那天を伴《つ》れた鯉九郎が、義輝の寝所を密《ひそ》かに訪れたのは、三更頃のことである。

「また一人、失うたか……」

義輝は風天の死を悼んで暫《しば》し瞑目《めいもく》した。これで十二天衆の生き残りは、僅《わず》か五名となった。

「伊舎那天。風天は末期《まつご》に、上洛の日取りは、と申したのだな」

鯉九郎があらためて質《ただ》した。

「左様にございまする」

鯉九郎には、それが誰の口から発せられた言葉で、何を意味するかまで察することができる。

「大樹。如何思し召されます」

「左馬頭《さまのかみ》父子は、いまだ将軍職を欲しておるようだ……」

左馬頭とは、足利義維の官位名である。

「三好一党の談合がまとまったか否か、そこが肝要にございましょう」

「そのような談合がまとまっては堪《たま》りませぬわい。下剋上《げこくじょう》の極みではござりませぬか」

浮橋が鯉九郎に向かって抗議の口調で云う。

「浮橋。これまでの弾正のやり方を思い出せ。まさかと疑うような非道を、あの男は平然としてのけてきたではないか」

「若《わか》」

浮橋は、鯉九郎のことをいまだに、若、と称《よ》ぶ。

「余の儀ではございませぬぞ。畏《おそ》れ多くも将軍家の廃立を意のままに致すなど叶うことではございませぬわい。百歩譲って、弾正がその悪心を抱いたとしても、三好一党の総意を得られは致しますまい」

「浮橋。将軍の首をすげ替えることは、さしたる難事ではない。わが父も祖父も、その争いの中で幾度も流浪した」

呟《つぶや》くように云った義輝だが、但し、と付け加えた。

「将軍の首をすげ替えるについては、よほどの覚悟を要する。何故なら、その後に長い動乱の起こるは必至ゆえな。動乱によって疲弊したところを、別の勢力に衝《つ》かれて衰亡の憂き目に遇う。そのような先見なき者が、応仁《おうにん》ノ大乱以後、どれほど興《おこ》っては潰《つい》えていったことか……」

今まさに将軍職に在る人間の述懐である。浮橋は、粛として聞き入った。

「修理大夫長慶は、その愚を弁《わきま》えておった。なればこそ、わしを悪御所と厭《いと》いつつも、新たに将軍家を樹《た》てようとはせなんだ。もし弾正が廃立を企んでおるとしたら、あの男にも漸く滅びの兆しが現れたということであろう」

「なるほど。弾正めは焦っておるということにございますな」

「篠原右京は弾正の尻馬《しりうま》に乗るを厭うに相違ございませぬが、推し量り難いのが三人衆……」

と鯉九郎が云った。

「やつがれと梅花どのとで、三人衆に探りを入れてみましょうわい」

「そうしてくれ。将軍廃立という大それた謀事を、三好一党が本気ですすめるつもりならば、彼奴《きゃつ》らも平静ではいられぬ筈。すぐにでも綻《ほころ》びをみせるは必定」

また、三好一党の総意が足利義栄擁立にまとまったとして、渠らはいかなる理由をもって義輝に隠退を強いるつもりか、これも探り出さねばなるまい。

「早々に探索を始めねばならぬが、このことは十兵衛にも伝えておいたほうがよい」

鯉九郎の言に、すかさず梅花が、では伊舎那天を尾張へ赴かせましょうと申し出た。

明智十兵衛の才覚は、すっかり信長の気に入るところとなり、今ではその勢力伸長のためになくてはならぬ存在となった。斎藤《さいとう》氏麾下《きか》の東美濃の土豪を寝返らせたり、或いは北近江の浅井氏との盟約締結に奔走したりと、十兵衛は八面六臂《はちめんろっぴ》の活躍をしている。

むろん十兵衛は、信長を伸ばすことが将来必ず義輝に利すると信ずればこそ、尾張で遮二無二《しゃにむに》働いているのであった。

浮橋は、立入宗継を護衛して尾張へ赴いた折り、再会した十兵衛から、上杉輝虎《うえすぎてるとら》のことを聞かされた。

不犯《ふぼん》に眼をつけ、十兵衛自身が越後春日山城まで赴いて、輝虎へ養子取りをすすめた
「信長の伜《せがれ》をな」

「それで、春日山はご承知なされたのか」

「斎藤山城入道に見込まれた明智十兵衛がやることよ。抜かりはない」

この養子話は、聴《やが》て立ち消えになってしまうが、少なくともこの時点において、越後の上杉輝虎、尾張の織田信長、三河の松平家康《まつだいらいえやす》という三英雄が、いずれ義輝の輔《ほ》佐《さ》たらんと同心へ至りつつあったことは確実であった。

「松平家康どのも三河一国の平定をほぼ了えられた由。祝着《しゅうちゃく》にございますわい」

と浮橋がいつもの笑顔を取り戻したのを機に、皆が御前を辞す。

鯉九郎が寝間へ戻って暫くすると、密やかな声で戸外より訪《おとな》いをいれる者があった。

「鯉九郎さま……」

梅花の声である。

「如何した、梅花」

「お話し申し上げたき儀がございます」

「入るがよい」

梅花が入ってくると、微《かす》かに甘やかな香りが鯉九郎の鼻腔を刺した。義輝の御前では匂わなかった。

鯉九郎は、遽に困惑する。夜中の密議は幾度も行ってきたが、梅花と二人きりというのは記憶にない。

事実を云えば鯉九郎は、六年前に梅花を初めて見た瞬間、この異国の女性《にょしょう》の虜《とりこ》になった。だが、ともに義輝の下で働きはじめると、梅花は義輝を思慕していると感じ取れ、鯉九郎はおのれの意馬心猿《いばしんえん》を断《た》ったのである。

夜のことで、離れて話すこともできぬ。鯉九郎は、近くへ寄るよう梅花を手招いた。一穂《いっすい》の灯火がもたらす小さな光の輪の中に、男と女は対《むか》い合うことになった。

「鯉九郎さまは、弾正ら三好一党がまことに公方さまに御隠退を強いるとお考えにございますか」

一瞬でも艶《なま》めいたことを妄想した鯉九郎には、切り口上のように聞こえた。

（何を云い出すのか、梅花は……）

三好一党の首脳が平島館へ集合し、足利父子が、上洛の日取りは、と洩らしたのではなかったか。

「ほかにどう考えようがある」

「鯉九郎さま。わたくしが懸念致しますのは、弾正らの謀る公方さまの御隠退とは、いかなるものかということにございます」

「ありていに申せ、梅花」

「わたくしの故国の歴史では……」

と梅花は云った。すなわち、中国の歴史では、ということである。

「帝位にある者が、これを逐《お》われるとき、血を見ること少なしと致しませぬ」

鯉九郎は、おのれの息を呑《の》む微かな音が、室内に響き渡ったような気がした。

（弑逆《しいぎゃく》……）

思うだに忌まわしい言葉であった。平島館の謀議の報告を伊舎那天より受けたとき、そのことが鯉九郎の脳裡をまったく掠《かす》めなかったといえば嘘になる。

だが、武士の集団たる三好一党が征夷大将軍《せいいたいしょうぐん》という武門の棟梁を殺すことは、おのれの存在をも否定することにほかならぬ。その時点で、将軍というものを完全に廃し、全く新しい形の政体をつくるというのならまだしも、渠らは次期将軍に足利義栄を用意している。自家撞着《じかどうちゃく》も甚だしいというべきであろう。

憶かに足利将軍の歴史を思い起こせば、一度だけ、将軍暗殺事件があった。

六代義教《よしのり》は、当代の義輝同様に悪御所とよばれ、赤松満祐《あかまつみつすけ》の弑逆によって横死している。しかし義教の場合は、将軍独裁をめざして有力守護の粛清を急ぐあまり、恐怖に駆られた満祐に先手を打たれたにすぎぬ。満祐には、政権簒奪《さんだつ》とか、新将軍擁立といった野心は微塵もなかった。

かつて勢力を得ては衰亡していった斯波、畠山、山名、大内、細川たちも、将軍交代劇を演出する場合、将軍を京から追い出すことで、その場の結着としてきたのであり、決して弑逆に至ることはなかった。

義輝殺害が三好一党にもたらす利は、一時の政権保持、それのみであろう。軈《やが》て澎《ほう》湃《はい》として反三好の旗が翻ることは、火を見るより明らかである。いかに下剋上の乱世とは申せ、将軍殺しを断行するような没義道《もぎどう》の徒輩に、心から服する人間がいるとは、鯉九郎には思えなかった。

「梅花。そなた、何故、三好一党がそこまでやりかねぬと思うた」

「一党と申すより、弾正にございます。あの男は、篠原右京や三人衆と違うて、公方さまの御器量の尋常ならざるを骨身にしみて弁《わきま》えておりましょう。まして、公方さまは御齢《おんよわい》三十の男盛り、老残の弾正には手強すぎる対手にございます。おのれに力あるうちに、と弾正が思い詰めたとしても、不思議ではございますまい」

「…………」

鯉九郎は、梅花の意見を否定することができぬ。

思えば、三好長慶さえ手玉にとってきた弾正ほどの者に、義輝は幾度となく煮え湯を飲ませている。勝軍山と淀城では弾正自身を絶体絶命の窮地へ追い込み、久米田では弾正の諜報戦と護衛に欠かせなかった黒京衆《こくぎょうしゅう》を殲滅《せんめつ》した。いずれの場合も公《おおやけ》にならぬ暗闘であったが、弾正にしてみれば、さぞ義輝を憎かろう。剰《あまつさ》え、奥州・北国の兵と倭寇《わこう》の大船団とで東西より三好を挟撃するという、義輝の壮大な奇策を知ったときには、弾正はほとんど戦慄《せんりつ》したに違いない。

「梅花。そなたは、弾正がこの大逆に、一党を加担させられると思うか」

「難しゅうございましょうが、今の弾正の力をもってすれば、できぬこととも思えませぬ」

「…………」

鯉九郎の面が、突然、老人のそれのようなくたびれたものに変貌する。

（鯉九郎さま……）

梅花の胸はしめつけられた。義輝のためにどれほど鯉九郎が尽くしてきたか、六年間、つぶさに瞶《みつ》めてきた梅花には、この男の心情を察することができる。おのれの身が八つ裂きにされるというのなら破顔して受けて立つが、義輝の生命が危険に曝《さら》されることには堪えられないのが、鯉九郎なのである。

（この御方ほどの忠臣は、二人といはしない……）

そんな鯉九郎に、いつごろから恋情を募らせはじめたのか、今となっては梅花もおぼえていない。表情にはおろか、言葉の端にも、その想いを吐露してはならぬ、と自身に強いてきた。想いを打ち明ければ、三好・松永との暗闘をぎりぎりのところで凌《しの》ぎつづける男を惑わすことになる。男女の愛憎が思わぬ大事を引き起こすことを、おのれの経験から弁えている梅花であった。

だが、いまの梅花は、手を伸ばして、

（鯉九郎さまに触れたい……）

と切ないばかりに思う。触れて、その心労を少しでも和らげてあげたいと思う。云っておかねばならぬこととは申せ、義輝弑逆が案じられるなどと、鯉九郎の心を抉《えぐ》るような真似をした自分が、梅花は憎かった。

互いの息遣いさえ聞こえる近さなのに、どうして手を伸ばすことができないのであろう。

平戸では放埓《ほうらつ》にも薄衣一枚で義輝の寝所を訪ねた梅花が、鯉九郎に触れようか触れまいかと躊躇《ためら》うだけで、眼を伏せ、小鳥のように身を顫《ふる》わせてしまった。

「花冷えか……」

耳許《みみもと》でしたその声に、梅花は、はっと面をあげる。片膝立ちに寄った鯉九郎が、白身の道服を脱いで、梅花の肩へ掛けた。

灯火がゆらめき、その光と影の中で、互いに想いを秘し隠しつづける男と女の眼が合った。

鯉九郎が直《す》ぐに眼を逸《そ》らせ、もとの座へ戻る。

「かたじけのう存じます」

寂しげな梅花の声であった。

「万一のときにそなえて、いちど平戸へ赴くお許しをいただけましょうか」

梅花は、何かを思い切ったように、声を強くして云った。

「平戸へ……」

「はい。摂津ノ海へ戦船《いくさぶね》を廻航《かいこう》して戻る所存にございます」

「大樹を落とし奉るためのそなえということだな」

梅花は、はい、と頷いた。

「いつ戻る」

「五月中には必ず」

「あい分かった」

梅花は、伊舎那天ら十二天衆は残していくつもりであった。

「では、わたくしはこれにてお暇《いとま》仕《つかまつ》ります」

「道中、よい風が吹くよう祈っていよう」

梅花が道服を脱ごうとするのを、そのままと鯉九郎は制した。

「鞍馬は洛中と違うて冷える」

「ありがとう存じます」

梅花は、鯉九郎の道服を羽織《はお》ったまま、立ち上がり、戸口まで退いた。

梅花が舞良戸《まいらど》へ手をかけたとき、

「佳《よ》い匂《にお》いよな……」

鯉九郎はぽつりと洩《も》らした。

「お気づきになられませぬものと思うておりました」

火明かりの中で鯉九郎が初めてみせたはにかんだような微笑《ほほえ》みは、梅花の眼裏にしかと焼き付けられた。

縁へ出ると、微風に枝先を揺らす桜花が艶《なま》めかしい風情をたたえて、濃密に薫った。

鯉九郎の案じたように夜気が冷たい。梅花は、道服の前を合わせた。一瞬、鯉九郎に抱かれたような気がする。

これが今生《こんじょう》の別れになろうとは、思いもよらぬことであった。

四

朝からの大雨は午刻には熄《や》み、一転して、からりとした青空が京洛を被《おお》った。

「これは気持ちがよい。久々に與一郎《よいちろう》と茶を喫するか」

義輝は、出かけた。與一郎の洛中の邸宅は、当時一条小川の地にあった誓願寺の東側で、武衛陣の将軍御所から北へ十丁ばかりのところにあった。

ごく短い道中にもかかわらず、供の鯉九郎は至る所で尾行者の眼を感じた。

往く手の法衣屋の前で、遊行僧が通りに背を向けて佇《たたず》んでいるのを、鯉九郎は馬上からちらりと見やる。笠をつけていて面体も分からぬが、肩のあたりに緊張感を漂わせて硬くなっているのが、みてとれた。

（弾正の狗《いぬ》だな……）

と馬の歩みを止め、鐙《あぶみ》から足を抜きかけた鯉九郎へ、

「往来での諍《いさか》いは、民の迷惑ぞ」

制止の声が投げられた。乗物の中に在っても、鯉九郎の動きや尾行者の存在に、義輝は気づいていたのである。

「面目ございませぬ」

鯉九郎は、おのれの短気を慚《は》じた。

そのまま何事もなかったかのように、義輝の一行は法衣屋の前を通過していく。

笠の下で顔面を冷や汗で濡《ぬ》らしている遊行僧は、鯉九郎の睨《にら》んだ通り、弾正の横目《よこめ》であった。

名を林久太夫。

「万事にさかしき男」

と『室町殿日記』は評す。

（命拾いとはこのことだぜ……）

右袖をひらひらさせつつ、危機を逃れ得た安堵に、ほうっと大きく息を吐き出したこの男こそ、鬼若《おにわか》の成れの果てであった。

「去る程に久太夫、京都に着きて、七条なる朱雀の辺に、したしきもの有りければ、爰《ここ》に宿をとりて、毎日御所中のやうをぞうかがいける」

かつて、下京《しもぎょう》悪王子に傾城屋《けいせいや》歓喜楼《かんぎろう》を営んだ鬼若である。京に知辺《しるべ》があったとしても不思議ではない。

　その歓喜楼で、鬼若は義輝の一刀によって右腕を断たれた。数年後には、平戸の川《かわ》内《ち》峠で義輝を待ち伏せしたが、逆に銃弾を浴びて瀕死《ひんし》の重傷を負った。以来、いつか義輝に復讐《ふくしゅう》を果たすことを夢見て、諸方で悪事を重ねた挙げ句、再び畿内へ舞い戻り、松永弾正の配下となったのである。

（公方。血まみれでのたうつ貴様の姿が、今から眼に見えるようだぜ）

　小さくなっていく義輝の乗物を、憎悪の炎を燃やす双眼に映しながら、鬼若は薄い唇の間から毒蛇のようにちろりと舌を出した。

　この日、細川邸で、義輝は與一郎と昔話に花を咲かせた。

「牛殺しの異名をとった與一郎が、公家にもまさる学問の大家になろうとは、思いもよらなんだ」

「大家などと、汗の出る思いが致します。大樹のご武芸に比ぶれば、童の手習いほどにも達しえませぬ」

　この頃の與一郎は、和歌・連歌《れんが》・音曲《おんぎょく》・茶道・料理・有職故実《ゆうそくこじつ》・刀剣鑑定など、あらゆる学術芸能に端倪《たんげい》すべからざる才能を発揮し、京畿の武人で屈指の文化人と認められていた。官位は従五位下《じゅごいのげ》兵部大輔《ひょうぶたいふ》にすぎないが、門地の高さと学才ゆえに、高位の公卿衆との交わりも深い。

「おかしなものよ。幼少のころは、そちが武芸自慢で、わしが学問専一だったのだから」

「まことに」

二十年にも及ぼうという主従は、微笑を交わし合った。

「学問と申せば、そちは、ときに興福寺《こうふくじ》へ赴き、覚慶《かくけい》に教授しておるそうな」

奈良興福寺一乗院門跡で、義輝の一歳下の同母弟が覚慶である。

「はい、和歌をいささか。畏れ多いことゆえ、はじめはご辞退申し上げたのでございますが、覚慶さまに是非にと請われましたので。尤《もっと》も、教授というほどのこともございませぬが」

「いや。與一郎が教えるのだ。覚慶の和歌も忽《たちま》ち上達いたそうよ」

「畏れ入りましてございます」

しばらくすると義輝は、同座の鯉九郎に座を外すよう命じた。

「兄弟のことで、いささか與一郎にだけ知っておいてもらいたいことがある」

鯉九郎は、不審にも思わず退《さ》がった。

與一郎と二人きりになると、義輝は寄れと命ずる。実は、義輝が與一郎を訪れたのは、このことを話すのが目的であった。

義輝が語りはじめて程もなく、與一郎は顔色を変えた。

息の詰まるような時が過ぎていく。

「万が一のときは、いま申したように……」

義輝が言葉を切ったところで、與一郎は喉仏を上下させた。

「なれど、酷《むご》いことゆえ、これは下知ではない」

数瞬の沈黙の後、與一郎は意を決したように、両眼を吊り上げ、口を開きかけたが、

「返辞は致すな。言葉に出せば、そちはそれに縛られよう。時至りし折り、おのが心にまかせるがよい」

義輝は、穏やかな微笑を湛えて、頷いた。與一郎は無言のまま平伏するほかない。

「では、暇を致そう」

義輝は座を立った。いつのまにか夕闇が迫っていた。

五

「子をみる事父にしかず。宰相中将殿を御覧ずるに公の御かためとして天下を治むべ

き器用有り」

前将軍義晴のその遺言から十五年の歳月を経た。宰相中将殿とは、当時十五歳だった義輝のことである。

義晴は、近江落魄《らくはく》中に穴太《あのう》の万松院で没したが、その後、洛東慈照寺に葬られた。慈照寺は、八代将軍義政《よしまさ》の山荘を、その遺命によって禅院に改めたもので、現今《いま》も銀閣寺の通称で親しまれる。

命日の五月四日、義輝の代参で、小侍従が洛東慈照寺を訪れた。供には、女房衆と警固の侍の他に、石見坊玄尊と小四郎が付き添い、かつて義晴を近江朽木館で養ったことのある朽木稙綱《たねつな》も随行した。

臨月の近い躰だが、御所内の部屋でじっとしていることは性に合わぬ。生まれついての高貴の姫君ではない小侍従は、躰をよく動かして母体を丈夫にしていればこそ、元気な赤子が産まれてくる、というのが持論であった。

しかし、慈照寺代参には、実は隠された目的がある。義輝や鯉九郎が外出すると、必ず松永弾正の密偵につきまとわれるゆえ、敵が無警戒に違いない女の小侍従が赴くことになったのであった。

小侍従は、焼香をすませると、観音殿（銀閣）へ入る。慈照寺は応仁ノ大乱から幾度も兵火を被ったが、義政が仏堂として建てた東求堂と、観音殿のみが、奇蹟《きせき》的に残っていた。二層楼の観音殿は、書院風の下層を心空殿、禅宗仏殿式の上層を潮音閣という。

小侍従は、稙綱、玄尊、小四郎を伴って、潮音閣へ上がった。

密会の対手は既に、方三間の室内でひとり端座している。その姿を見るなり、小侍従は歓声をあげた。

「小侍従ノ御局《おつぼね》さまの御尊顔を拝し、恐悦至極に存じ奉りまする。それがし、織田尾張守が一の家来、木下藤吉郎秀吉《きのしたとうきちろうひでよし》と申しまする」

蛙《かえる》のように床にへばりつきながら、柄にもなく丁重な挨拶をした藤吉郎に、小侍従はぷっと吹き出した。大仰な言葉遣いをしたのはよいが、日吉丸らしさは隠しきれぬ。

「一のご家来なのですね」

と小侍従に念を押されて、あっと藤吉郎は失敗に気づき、

「おいらとしたことが、織田尾張守が奉行人《ぶぎょうにん》と申し上げるつもりだったのになあ……」

勝手に面をあげて、自分のおでこをぴしゃりと叩き、照れたように笑った。

「控えよ」

玄尊が気色ばんだ。将軍家側室の御前で人もなげな振る舞いではないか。

「よいのです、石見坊。藤吉郎どのは、わたくしの幼馴染《なじ》みなのです」

「えっ、こんな貧相な猿面が」

玄尊は、心からびっくりしたようであった。

「口の悪いご従者にござりまするなあ」

そう云いながらも、貧相な猿面はにこにこしている。

「六年前はお足軽でしたのに、いまはお奉行とは、なんとお早いご出世。祝着なことにございます」

「嬉《うれ》しや。この藤吉郎、御局さまにご褒詞《ほうし》を賜ることほどの栄誉はござりませぬ。もっとも、それがしの出世は、ここところで獲《と》ったものにて……」

藤吉郎は、自分の唇と頭を指さしてから、ぺろっと舌を出してみせた。

「さもありなん」

武辺者《ぶへんもの》の植綱が呆《あき》れて頷いた。眼前の男の痩《や》せこけた躰では槍も持ち上げられまいとみたのである。

「それにしても、おどろきました。織田どのの使者と申せば、針阿弥どのとばかり思うておりましたのに、藤吉郎どのがみえられるとは」

永禄三年に今川義元を討った信長が、その報告の使者に立てたのが、同朋衆で側近の一雲斎針阿弥であった。以来、針阿弥は数度、京へ上って、義輝を訪ねている。今回、尾張で信長のために才覚を揮《ふる》う明智十兵衛から、大事の使者を上洛させる旨をしたためた書状が届いたときも、当然、使者は針阿弥であろうと考えられた。

「針阿弥は、おそらく三好、松永の眼に触れたことがあろうゆえ、というわが主の深慮にて候」

「藤吉郎どののことゆえ、みずから、このお役を望まれたのでは……」

「図星にござりまする」

ついでに申せば、と藤吉郎は顔をつるりと撫でる。

「前将軍家のご命日に慈照寺にて御局さまと密会するのが、三好、松永の眼を欺《あざむ》くにはよろしかろうと進言致したのも、かく申す藤吉郎めにござりまする」

「まあ……」

さすがに小侍従も眼をまるくする。

稙綱も、ほうっという顔をしたのは、この猿面冠者《さるめんかじゃ》の才覚を見直したからであった。

「さて、木下藤吉郎。これより先の話は、この朽木稙綱が公方さまの名代として承る。織田尾張守の大事の用向きとは何か」

「されば、言上仕る」

居住まいを正した藤吉郎は、

「畏れながら、公方さまには尾張へご遷座あそばしますよう、伏して願い申し上げ奉る」

がばと額を床へこすりつけた。主君信長になりかわっての致し様である。

半年前、立入宗継の下向で、朝廷から三好・松永征伐の密勅をうけた信長だが、やはり美濃攻略が成功するまでは、どうにも動きがとれぬ。ただ朝廷に期待されたことで、織田家の重臣らが一層奮励するという効果はあった。

しかし信長は、京と頻繁に連絡を交わす十兵衛から三好一党に謀叛《むほん》の疑いあるを聞き、落ち着かなくなる。

「万一、謀叛の輩が云うを憚《はばか》る悪心を勃《おこ》せば、公方さまご在京のままでは……」

弑逆にかかわることだけに、さすがに藤吉郎も小侍従を気遣って、言葉を濁した。

身重の躰によい話ではない。が、小侍従は眉毛一筋動かさぬ。

（さすがに真羽。並の女子《おなご》ではない）

藤吉郎は、ひとり頷いた。

すると稙綱が、阿呆と藤吉郎を笑った。

「三好一党も武士であるからには、武門の神にも等しき征夷大将軍を、亡き者としたい筈はなかろう。鯉九郎も十兵衛も、おぬしのお主《しゅう》も、要らざる懸念ばかり致しおるわ。将軍廃立は、ご当代を京より追放奉るのが、謀叛人どものいつに渝《かわ》らぬやり方よ」

数代にわたって将軍職をめぐる争いを直《じか》にみてきた老武士の言葉だけに、説得力があった。小侍従の気持ちを忖度《そんたく》したというより、実際に稙綱はそう信じているのである。

「では、公方さまがご幽閉され奉ったときは如何に。御身柄を取り返すは難しゅうございましょう」

三好一党は弑逆を思い止まったとしても、義輝の身柄を永遠に拘束するぐらいはやりかねぬ、と信長は案じていた。

「京にご幽閉奉れば争乱の火種となるゆえ、島流しとなろう。そうなれば、御身柄を奪回し奉るぐらい容易なものよ。細川政元《まさもと》にご幽閉され奉った恵林院さまにおかせられては、御自らご脱出あそばしたほどじゃ」

恵林院とは十代将軍義稙《よしたね》をさす。朽木稙綱の「稙」は、その偏諱《へんき》を授かったものである。

「なれど、尾張守の忠節、公方さまもさぞお歓びあそばされよう」

「それは、ご遷座はまかりならぬとの御諚《ごじょう》にござりましょうや」

「なるまいの。尾張どころか、何処へも」

「何故に」

「いまだ謀叛も起こらぬ前に、御自《おんみずか》ら京よりご移徙《いし》あそばせば、将軍職の放棄とみなされても致し方なし。三好一党は労せずして阿波の義栄どのを新将軍に据えることができよう。むろん、義栄どのの将軍職襲封《しゅうほう》の前に、速やかに義輝公を奉じて京へ攻め上る目算が尾張守に立つのであれば、別儀ではある」

　その目算が立たぬからこそ、信長はひとまず義輝の身柄の安全を確保しておきたいのではないか。それに対しても、稙綱は首を横へ振った。

「いったん将軍廃立が行われてしまえば、義輝公のご復帰は到底望めぬ」

「将軍職ご再任の先例はありましょう」

　藤吉郎は、先の足利義稙を例に持ち出した。

　義稙は、八代将軍義政の没後、その正室日野富子《ひのとみこ》を後ろ楯《うしだて》に、九代義尚《よしひさ》の遺志を継ぐ形で十代将軍職に就いたが、やがて富子に疎まれ、その意を含んだ細川政元の謀叛のために河内へ出陣して留守中の京を占拠され、周防《すおう》の大内義興《おおうちよしおき》のもとへ逃亡するはめになった。このとき政元が新将軍に樹《た》てたのが、当時十五歳の足利義澄《よしずみ》、すなわち義輝の祖父である。

「慥かに恵林院さまは、再び将軍職に就かれたが、それは大内義興の力による」

義稙に頼られたとき、義興は対明貿易の利で富強を誇る西国五ケ国の太守で、当時の守護大名中、随一の実力者であった。その義興にして、義稙を奉じて上洛できたのは、細川氏が政元の後継者をめぐって分裂を起こした十数年後のことである。

「公方さまは尾張守を非凡の将才と思し召しだが、将才の図抜けておることが実力のあることと同然でないのは、尾張守自身が美濃攻めで、いやというほど思い知らされていよう。大内義興ほどに数ケ国を富ませ、兵を強く養っていてこそ、はじめて堂々たる牙軍《がぐん》になりうる。十年後でもよい、果たして尾張守がそれだけの実力者に成長致そうや」

「この木下藤吉郎、わがお屋形《やかた》こそ天下一の大名になられると信じて、お仕え申し上げております る」

ほとんど笑顔を絶やさぬ藤吉郎が、めずらしく眼を三角にして、憤慨している。稙綱は、愛すべき男だな、とでも云いたげに微笑した。

「家臣たる者はそうあるべきよ」

稙綱にすれば、足利義栄を戴《いただ》いた三好・松永の新政権樹立が成った場合、義輝と違って意のままになる義栄を操り、より強固な体制の作られることを危惧《きぐ》せずにはいられなかった。それを回避するには、義輝は事の起こる前に京を離れてはならぬ。三好一党の謀叛で無理やり逐《お》われた形をとってこそ、義稙のように将軍職復帰を可能ならしめるのである。

「ともかくも尾張御遷座の儀、公方さまに言上なされて下さりませ」

藤吉郎は食い下がった。

「ご下命あり次第、わが織田家の精兵を密かに京へ上らせ、公方さまを速やかに尾張まで警固仕る所存」

「あい分かった。間違いなく奏上致そう」

あまり長居をしては、後に怪しまれる。稙綱は、立って、小侍従を急《せ》かした。

このとき藤吉郎の視線が、わずかに泳いだのを、小侍従は見逃さなかった。

「石見坊も小四郎も下で待っていなさい。わたくしも、すぐにまいりますから」

小侍従は、三人を先に外へ出すと、あらためて藤吉郎を瞶《みつ》めた。

「何か云いたいことがあるんやないの、日吉丸」

藤吉郎が話しやすいように、小侍従は真羽に戻ってみせた。

「うん……」

と藤吉郎も、真羽と放浪した少年時代へ心を移す。

「ゆうて」

一瞬、躊躇《ためら》った後、藤吉郎は思い切ったように云った。

「真羽だけでも尾張へ来ないか」

「そないなことゆうて、大層美しい奥方さま貰《もろ》うたて聞いたよ」

「賀茂川の水で洗われた真羽とは比べものにならないさ」

四年前に藤吉郎は、織田家の弓足軽頭浅野長勝の養女ねねを娶《めと》った。秀吉生涯の賢夫人、後の北政所《きたのまんどころ》である。

「気立ては日の本一だけどね」

と藤吉郎は付け加えて、えへへと笑った。

「惚気《のろけ》やわ。御馳走《ごちそう》さん」

小侍従も喉を反らせて笑う。

すると、また居住まいを正した藤吉郎は、顔つきまで真剣なものとした。

「小侍従ノ御局さまに尾張御下向をお願いしたは、戯《ざ》れ言《ごと》ではござりませぬ。謀叛の兆し瞭《あきら》かなる今、京におわしては、御躰にも障《さわ》りましょう」

「藤吉郎どのは、いまでも、わたくしのことを案じていてくれるのですね」

忝《かたじけ》なく思います、と小侍従は軽く頭を下げた。

「勿体ない」

藤吉郎は平伏する。

「なれど、わたくしは、たとえ謀叛が起ころうとも、公方さまのお側を離れるつもりはありませぬ。今は、若君を……」

小侍従は、おのが腹を撫でて微笑んだ。

「公方さまのお側で産むことが、わたくしの願いなのです。そして、もし三好、松永が公方さまの御命を奪い奉らんとするのなら、わたくしは楯となりまする」

微笑の中に、凜然《りんぜん》たる決意がほの見えて、藤吉郎が茫然とするほど小侍従は美しかった。

「今日は藤吉郎どのにお会いできて、嬉しゅうございました」

小侍従は、身重にもかかわらず、軽やかに座を立った。義輝の種を宿している歓喜と充実感を、その仕草に表している。

「次にお会いするときは、お城持ちになられているやもしれませぬな」

くすっ、と小侍従は笑った。かつて藤吉郎は、橘屋《たちばなや》又三郎《またさぶろう》のもとを離れるに際して、城持ちとなって真羽を迎えにくると宣言した。

「ご息災《そくさい》に」

小侍従が藤吉郎に残した最後の言葉である。

遠ざかる衣擦《きぬず》れの音を聞きながら、藤吉郎はひどく切ない思いに駆られた。もう二度と会えないような気がする。

「真羽……」

猿面の双眼から、大粒の泪が溢《あふ》れ出て止まらなかった。

六

「無粋な男よ」

義輝は苦笑まじりに云った。

五月に入って、降りみ降らずみの、どんよりした日がつづいており、この十五夜も京洛は暗雲の下で鬱々《うつうつ》と蟠《わだかま》っている。

三好一党に対して要心深く探りを入れてきた浮橋以下の探索方が、竟《つい》に謀叛計画の全容を摑み、今その最終報告が義輝の御前でなされたところであった。

謀叛決行日は六月十四日。この日は、同月七日から始まる祇園会《ぎおんえ》の最終日で、将軍家も四条道場へ出座して、これを見物することになっている。

京の庶民が沸点を超えてのめり込むその大祭の喧騒を利用して、三好一党は宴席の義輝を包囲し、かねて義輝を唆《そそのか》して六角氏や紀州勢を挙兵させた側近を差し出すよう、強要するつもりなのである。

「君側《くんそく》の奸を除く」

という大儀だが、むろん捏造《ねつぞう》以外のなにものでもない。これは臣が主を恫喝《どうかつ》する常套《じょうとう》手段である。奸臣の筆頭に鯉九郎の名が挙げられるらしい。

そのような理不尽な要求を義輝が呑む筈はない。

「ご承引あそばされぬとあらば、ご政道成り立ち難し。畏れながら、ご隠退を願い上げ奉る」

それをも義輝が拒んだときには、弑逆もやむなしというのが謀叛の筋書きであった。

右は、三好一党の首脳を別々に探って得た断片を繋《つな》ぎ合わせた結果である。

それでも最後の最後の確認をとるために、浮橋は三日前、丹波へ密行し、八木城主・松永甚助長頼を見張った。この世でただひとり信頼する実弟に、弾正が、謀叛に参加させるか否かは別として、計画が決まれば事前に知らせぬ筈はないと考えたのである。

浮橋が城内に潜んだその夜、弾正の使者が忍ぶようにして八木城へやってきた。使者の声は、まさしく六月十四日に謀叛を決行する旨を伝えていた。

無粋な男、と義輝が苦笑したのは、云うまでもなく、祇園会の夜に謀叛などという血腥《ちなまぐさ》い悪行を為さんとする松永弾正のことである。

「大樹、如何なされます」

鯉九郎が義輝の判断を仰いだ。

「そうよな……」

脇息《きょうそく》に肘を凭《もた》れさせて、義輝は、沈思しはじめる。

鯉九郎には、秘策があった。

祇園会の夜は、三好一党の首脳も、篠原長房を除いて、ほとんどが列席する。弾正も幕府御供衆として必ず同席せねばならぬ。

（ならば返り討ちにしてくれる）

当夜までに鯉九郎は反三好党を密かに糾合《きゅうごう》するつもりであった。

紀伊へ逃れている畠山・安見・遊佐に根来寺衆徒、大和の筒井、さらには丹波の山野に小勢ながら未だ蟠踞《ばんきょ》する細川氏の残党。これらのうちから精鋭のみを京へ呼び寄せ、潜伏させておき、謀叛当夜、山鉾《やまほこ》巡行の警固集団の中に紛れ込ませる。それなら武器を携帯していても怪しまれぬ。

　同時に、その隠密部隊の動きに合わせて市中へ乱入する大軍を、洛北に待機させておく。

　大軍の出兵を要請する先は、義輝の実妹を室とする若狭武田氏でも、反三好の最右翼である南近江の六角氏でもない。前者は家督争いと家臣の叛乱によって弱体化しているし、後者も過去の対三好における無様な戦いぶりから、とてものこと恃《たの》みにはできぬ。

　鯉九郎が視野に入れているのは、北近江の浅井氏であった。

　当主長政は、智勇兼備の大将との呼び声高く、弱冠十六歳で、野良田の合戦に六角義賢（承禎）を斥けると、義賢の偏諱を賜った初名の賢政を弊履《へいり》の如く棄て去った。この剛毅な若者に早くから眼をつけていた織田信長は、明智十兵衛の奔走で盟約を結んだ。鯉九郎は、その繋がりをもって信長から長政へ話を通じ、浅井氏を動かすつもりでいる。

「鯉九郎」

　義輝が沈思から醒《さ》めたように、ふっと視線を向けてきた。

「梅花はこの五月のうちには戻るのだったな」

「左様にございます。梅花の約したことゆえ、必ず戻ってまいりましょう」

鯉九郎の秘策は、両面作戦である。謀叛の当夜、万一こちらの反撃が失敗に了わった場合、義輝を京より脱出させ、梅花の回航してきた船に乗せて西国へ落ちのびさせる。

「七郎丸か……」

義輝は遠い眼をして呟いた。これには浮橋が無言で頷く。

十一年前の春、浮橋のみを供として廻国《かいこく》修行の旅に出た義輝は、倭寇の巨魁《きょかい》五峰王《ごほうおう》直《ちょく》の娘梅花の強引な招きにより、千二百石積の大船に乗って瀬戸内海を西航し、平戸まで渡った。三本の帆柱をもち、艫《とも》屋形に二層の望楼を設けたその大船の名こそ、七郎丸である。

「鯉九郎。梅花が戻ってまいったら、わしは七郎丸で阿波へ渡る」

一同、眼をまるくした。予想だにしなかったことを、義輝が口走ったからである。

「大樹。それはいかなる思し召しにございましょうや」

鯉九郎は、膝をすすめた。

「知れたこと。談判じゃ」

「ご談判とは……」

「将軍ほど割に合わぬ身分はない。それをわしから平島の父子に説いてきかせる」

義維・義栄父子に将軍職を諦《あきら》めさせるということであった。

「将軍の首をすげ替えようにも、なり手がいなければ、弾正らの謀叛も画餅《がべい》であろう」

「畏れながら、大樹。平島の御父子が将軍職をお諦めになるとは、それがしには思われませぬ」

「諦めまいな」

あっさり肯定した義輝だが、

「浮橋。平島の館は海に近いか」

と訊いたときには、口許にうっすらと笑みが刷《は》かれている。

「近うございます」

「では、脅かしてやろうではないか。ふらんき砲で」

一同、ほとんど胆を潰した。仏狼機《フランキ》砲を最もよく知る十二天衆など、眼を白黒させている。

「そう驚くこともあるまい。これでもわしは、ふらんき砲の射放《いはな》ち方を知っておるのだ」

梅花とともに平戸行きの航海の途上、塩飽《しあく》海賊の軍船めがけて、義輝は七郎丸の船上から仏狼機砲をぶっ放した経験をもつ。義輝の京落ちにそなえて七郎丸を回航してくる梅花のことゆえ、当然、仏狼機砲を積んでいるであろう。

「大樹……それは、機先を制して平島の御父子をお討ちあそばすとの御企みにございましょうや」

さすがの鯉九郎も性急な問いを発してしまう。その慌てぶりが可笑《おか》しくて、義輝は声を立てた。

「左馬頭父子はわが伯父と従兄弟ぞ。胆を冷やさせるだけよ」

「なれど、南蛮渡来の大砲をお用いあそばすとなれば、ご合戦は必定」

「合戦にはなるまいよ」

義輝は自信ありげに云った。

「五百匁の玉をひとつ浴びせるだけで、左馬頭父子は間違いなく顫えあがる。将軍職を奪うには自らの命も懸けねばならぬことが身にしみてわかるであろう。公家かぶれの父子に堪えられることではない」

これは義輝の捨て身の策だ、と鯉九郎は察した。弾正さえ怖れる義輝ほどの者に捨て身となられて、義維・義栄父子にこれを跳ね返す力はあるまい。

（謀叛は未然に禦《ふせ》げるやもしれぬ……）

漸く鯉九郎も本気でそう思った。

「大樹の思し召し、鯉九郎しかと承ってござりまする。あとのことは、われらにお任せあそばしますよう」

義輝と小侍従を残し、鯉九郎たちは御座所を出た。

「皆に談合したいことがある」

鯉九郎は、皆を自室へ誘う。義輝の阿波行きの方策と併行して、祇園会の夜の謀叛にもそなえるため、秘策を皆に語って、それに応じた命令を下すつもりである。

どこかで、子刻《ねのこく》の鐘が鳴った。

「また降るな」

寝所に入った義輝が云った。

小侍従は、つと顔をあげ、はい、と微笑んだ。が、まだ雨音は聞こえぬ。

「そなたにも分かるか、鐘の音が湿っていることが」

「いいえ、分かりませぬ。若君に教えていただきました」

「お腹の子に……」

「若君は、異変の起こるとき、必ず強くお蹴りあそばします」

「空模様の変わるのも異変か」

「左様にございます」

「なんと陰陽師《おんみょうじ》のようではないか」

「はい。この五月は若君はお忙しゅうございます」

義輝と小侍従は笑い合う。幸福感に充たされていた。

「待ちきれぬな」

義輝は、小侍従の腹へ、そっと耳をつけた。小侍従の頰が薔薇《ばら》色に輝く。

雨音が聞こえてきた。

終章　雲の上まで

一

梅花《メイファ》をのせた七郎丸が堺湊《さかいみなと》へ入ったのは、永禄八年（一五六五）五月十八日の夕刻のことであった。

めずらしく朝から晴れて、巨大な湊に蝟集《いしゅう》した船舶は、久々の光が水平線の彼方へ落ちゆくのが名残惜しいのか、吹貫《ふきぬき》や幟《のぼり》などの船飾りを手を振るように風に揺らめかせている。

七郎丸の艢楼《しょうろう》の遠見籠《かご》から、遠眼鏡にそのようすを捉えた鱸《すずき》の仙太が、

「ひゃあ。今日は、やたらと三好《みよし》の船が多いわ」

驚いたように叫んだ。仙太は、遠くの小魚の描く微《かす》かな波動を感じる鱸のように、

夜の航海中でも、密《ひそ》かに接近する海賊船に気づく能力をもつことから、その異名をつけられている。

小間（甲板）に、梅花と並んで佇《たたず》んでいた九右衛門が、阿呆《あほ》くさと云《い》った。この男は、水夫《かこ》ではなく、対海賊用の戦闘員で、仏狼機《フランキ》砲の射手でもある。

「堺は三好の出城みたいなもんや。釘抜《くぎぬき》紋の商い船が多くて当たり前やろ」

九右衛門は遠見籠へ声を投げ上げる。

「何云うとるんや、九右衛門はん。商いの船と違いまっせ。どれもこれも戦船《いくさ》ですがな」

それまで二人のやりとりを気にしていなかった梅花が、戦船の一言に遽《にわか》に顔色を変じた。

「仙太。三好の兵の姿は見えますか」

梅花の声音は緊張している。

「見えまへんな。皆もう陸《おか》へ上がったんでっしゃろ。静かなもんでっせ」

「今日の湊入りは、わいらで終《しま》いですやろ」

と九右衛門も、近づきつつある湊町を肉眼で眺めやりながら云った。

（いま阿波の三好が兵を動かすのは奇妙なこと……）

梅花は首を傾《かし》げた。

平戸にいる間も、堺の商船が毎日のように入湊してくるので、畿内《きない》の情勢は手にとるように分かっていた。近いうち大乱が起こるという噂《うわさ》は聞いていない。とすれば、阿波《あわ》兵の堺集結は、秘密策戦《さくせん》か何かの準備、或いは遂行を目的としたものではないのか。

梅花は、微かに潮焼けのした面に、不安の色を過《よぎ》らせた。

「九右衛門」

「へい」

「皆に戦仕度をさせなさい」

「三好と戦いなはるおつもりでっか」

九右衛門は冗談のつもりで云った。

「そうです」

梅花は決然と云い放つ。

その夜は、京の町でも久しぶりに星が瞬《またた》いた。

すでに深更《しんこう》というのに、まだ火明かりの漏れる町屋があった。洛中《らくちゅう》のどこにでもある石置き板葺《いたぶき》屋根の家で、目の粗い格子窓の内側に、頬《ほお》がこけ、顎《あご》の尖《とが》った男の顔がのぞく。男の向こうには、遊《あそ》び女《め》らしい女が、しどけない姿で睡《ねむ》っている。

頻《しき》りに酒盃を上げ下げしつつ、格子窓から星空を見上げて、男は薄笑いを浮かべた。

唇が異様に紅《あか》い。

（公方《くぼう》、最後の夜だ。明日は貴様の死に様を、とくと拝ませてもらう……）

今は松永弾正《まつながだんじょう》の横目《よこめ》となって、林久太夫と名乗る鬼若《おにわか》が、これほどの満足感に浸ることができたのは、何年ぶりであろう。下京《しもぎょう》悪王子に妓楼《ぎろう》を営んで放埓《ほうらつ》の日々を送ってより絶えてなかったことであった。

微風が入りこんできた。

（いまから公方の血が匂《にお》うようだぜ）

暗い愉悦に総身を酔わせていく。

ひたひたと迫る足音を聞いた。音が耳に大きくなるにつれて、血の匂いは強くなる。

本物だったのか、血の匂いは。

家の前を足早に歩き過ぎていく武士の姿を、窓越しに鬼若の酔眼は捉えた。

「あやつは……」

知り人である。

鬼若は立ち上がった。足許《あしもと》がふらついたが、追えぬほどではない。

（あやつ、何処《どこ》からきたのか……）

七条通を東へすすむ男を尾行しながら、鬼若は酔った頭で考えた。

男は大和《やまと》から来た筈《はず》だが、とすれば、伏見口か鳥羽口から入京するであろう。それが、この七条朱雀から入ったということは、丹波方面より上ってきたのか。尤《もっと》も、寄る所があって、途中で道をかえたのなら、俗に七口と称す京のどこの出入口を使おうと、たいした問題ではない。

見過ごしにできぬのは、男が何故、この大事の直前に、たったひとりで入京したのかということであった。

急ぎ足に前を往《ゆ》く男は、鬼若が才覚を認められて横目の頭分《かしら》に抜擢《ばってき》されたように、知謀を買われて大和の国人との折衝役のひとりに登用された。松永家ではともに新参者ということもあって、鬼若はこの男のことを些《いささ》か気にとめていたのである。

男は室町通を上りはじめた。

京の街路には、至る所に釘貫《くぎぬき》とよばれる木戸門が設けられている。夜の都大路は物騒ゆえ、釘貫は当然閉ざされているが、関銭の高《たか》しだいで門は開く。

男は、心得たもので釘貫に行き当たるたびに、関守に銭を払い、室町通をひたすら上っていく。鬼若は慎重にあとを尾《つ》けた。

（まさか公方のところへ……）

このまま上りつづければ、武衛《ぶえい》の将軍御所へ到達する。しかし、弾正の手先である男が、今この時、義輝に用がある筈などないではないか。

（分からねえ……）

酒の酔いが思考力を鈍くさせている。鬼若は面倒になった。

ちっと舌打ちすると、足を速めて、男との距離を縮める。もう足音を殺しもしなかった。何をしている、と声を懸ければ済むことではないか。

奇《く》しくも、義輝《よしてる》が数年の間、仮御所として住んだ妙覚寺の塀の前であった。男が、足音に驚いて、振り返る。

「お前《めえ》さん、本多弥八郎だろう」

と鬼若は声を懸けた。

「そこもとは何方《どなた》か」

弥八郎は、差料《さしりょう》の栗形《くりかた》へ左手をかけ、近づいてくる影に向かって誰何《すいか》した。

「お前さんのほうに見覚えがあるかどうか知らねえが、おれも松弾《まつだん》の家来よ。横目の林久太夫だ」

鬼若にすれば、名乗ったことで、弥八郎が警戒を解くと信じきっていた。それが鬼若の運の尽きであったろう。

弥八郎は、腰を落とし、差料の鯉口《こいぐち》を切った。刀技に自信のあるほうではないが、隙《すき》だらけで歩み寄ってくる者を斬《き》り損ねるほど、弥八郎とてやわではない。

鬼若の躰《からだ》が抜き討ちの間合いに入った。瞬間、弥八郎は、むっと低い気合を発して鞘走《さやばし》らせ、鬼若の胴を薙《な》いだ。

「あっ……」

鬼若は、小さく、唸《うな》った。それから俯《うつむ》いて、自分の腹へ手をあててみる。ぬるっとした。

「お前《め》え……おれを斬ったのか……」

面を上げる。刹那《せつな》、二ノ太刀《たち》に脳天を割られた。

鬼若は、よろよろと後ずさりして、妙覚寺の塀に背中をつけ、ずるずると崩れ落ちた。脳天から流れ出る血が、顔に無秩序に模様を描きはじめた。

弥八郎と鬼若のほかには人気のない筈の街路に、激しい喘《あえ》ぎ声が熄《や》まぬ。それが自身のものだと気づいて、弥八郎は、はっと我に返った。

本多弥八郎正保は、三河《みかわ》に一向一揆《いっこういっき》が勃《おこ》った際、松平家《まつだいら》への忠義心よりも、真宗《しんしゅう》への信仰心に殉《したが》って、主君家康《いえやす》に刃《やいば》を向けた。一揆が鎮定された後、宗門側に味方した家臣にお咎《とが》めなしという家康の寛大な処置がとられたにもかかわらず、弥八郎は逐《ちく》電《でん》した。これを機会に、廻国《かいこく》の旅に出て、見聞を広めようと決意したのである。

松永弾正に仕えたのは、畿内で最も実力ある武将とみたからであった。弾正自身が成り上がり者であるせいかもしれぬが、人材登用に躊躇《ちゅうちょ》のないところが、弥八郎のような新参者には向上心をもたせた。

しかし、松平家康という心根の涼やかな若き武将を主君としてきただけに、自己の利のためなら手段を選ばぬ弾正には、半年もすると嫌気がさしてくる。

その弥八郎が、大和多聞山城において、耳を疑うような命令を弾正からうけたのは、本日、五月十八日朝のことであった。

「明早暁《そうぎょう》、公方さまにご隠退を勧告し奉る。この儀、急ぎ甚助に知らせよ」

甚助とは、弾正の実弟の丹波八木城主・松永長頼のことである。謀叛《むほん》への加担を促すのではなく、何か不都合が生じて、不首尾に了《お》わった場合、長頼の力が必要になるので、出陣準備の要請であった。

後で弥八郎は知るが、本当の謀叛決行日を承知していたのは弾正、篠原長房《しのはらながふさ》、三好三人衆、三好康長の六人のみであったという。平島の足利《あしかが》父子さえ祇園会《ぎおんえ》の夜と信じ込まされていた。

丹波への急使派遣は、弾正が実弟の長頼にも直前まで大事を秘していたことの証拠というべきであろう。

そして、弥八郎は知る由もないが、五日前の夜に八木城へ忍び入った浮橋《うきはし》もまた、弾正の詐術にまんまと引っ掛かったのである。

三河を逐電するまでは、明智十兵衛《あけちじゅうべえ》を通じて義輝と家康との連絡役をつとめていた弥八郎にすれば、すぐにでも将軍御所へ駆けつけたかったが、腕におぼえの警固者たちを振り切って道を変えることはできなかった。弥八郎は、弾正の命令通り、丹波八木城へ赴いた。

しかし、八木城全体が明日に備えて遽《にわか》に慌ただしくなったことが幸いする。そのどさくさに紛れて、弥八郎は暮れ方に城を抜け出した。

京まで僅《わず》か五里許《ばか》りだが、保津川沿いの道は平坦《へいたん》ではない。火明かりもなく進む夜の山中で、乗馬《じょうめ》が脚を折った。生きたまま山犬の餌食《えじき》になるのも不憫《ふびん》ゆえ、弥八郎は馬を突き殺した。そのさい衣類に付着した血の匂いを、鬼若は嗅《か》いだのである。

（もはや公方さまの御所は近い……）

妙覚寺から武衛陣の将軍御所まで、あと五、六丁。弥八郎は、鬼若の死体に一瞥《いちべつ》をくれると、再び室町通を上りはじめた。が、一丁と往かぬところで、首の後ろに重い衝撃をおぼえて、五体を前へつんのめらせた。

弥八郎が歴史を変える機会は、追剝《おいはぎ》によって唐突に断たれたのである。

崩れかけた土塀の内側の空き地から跳び出してきた数個の影が、殴り倒した弥八郎の躰を空き地へ曳《ひ》きずり込むや、忽《たちま》ちのうちに身ぐるみを剝《は》いで、闇《やみ》の中へ消え去る。

「く……公方さまに……ご注進……」

力一杯の大声を出したつもりだが、実際は囁《ささや》き程度の掠《かす》れ声にすぎぬ。

霞んでいく眼の隅を流星が過《よぎ》った。そのまま睡《ねむ》るように、弥八郎は気を失った。

二

お腹《なか》を内側から蹴《け》られて、小侍従《こじじゅう》は目覚めた。

微かに雨音が聞こえる。

(ほんまに陰陽師《おんみょうじ》はんみたいやわ……)

傍らには義輝が寝ている。将軍御所内の離屋《はなれ》に、いや、この世界に親子三人きり。

小侍従の求めていたものであった。

ふいに義輝の寝息は熄《や》み、すうっと瞼《まぶた》があげられる。自分が動いたせいで、義輝を起こしてしまったのかと思ったが、そうではなかった。

義輝は、暗がりの中で、上体を立てる。雨音の中に、何か別の音を聞き取ろうとするかのように、ゆっくりと頭《こうべ》を回していく。

小侍従の総身に緊張が走った。胎児の合図は、空模様の変化を知らせたものではなかったようだ。

「小侍従。着替えを致せ」

永禄八年（一五六五）五月十九日未明。この運命の日、足利義輝が最初に発した言葉であった。

義輝は、夜具を滑り出て、刀架《とうか》から童子切安綱《どうじぎりやすつな》を執る。刹那、離屋の建物を揺らすほどの鯨波《とき》が、どっと噴き上がった。

「大樹《たいじゅ》」

慌てふためいた声が、外から掛けられた。宿直《とのい》の沼田上野介であろう。

「夜討ちにござりまする」

「苦しゅうない。開《あ》けよ」

御免とひと声あって、沼田上野介が外から戸を開ける。

縁へ出た途端、義輝は魔に魅入られたような感覚に襲われた。未明の薄闇の底にこんもりと蟠《わだかま》る庭の木々や石が、眼に邪悪な生き物のように映り、一瞬、頭の中が空白になった。

（あれは予兆であったか……）

義輝は、我に返って、思った。安宅冬康《あたぎふゆやす》が誘殺《ゆうさつ》されると察知したとき、同じ感覚を味わったのである。

ときも同じ五月。あの夜も小雨が降っていた。

もう一度、鯨波が襲ってきて、御所の塀外に夥《おびただ》しい光が湧《わ》いた。松明《たいまつ》の火である。炎は雨粒を吸って、しゅっしゅっという音をひっきりなしにたて、揺れる灯火に照らされた無数の旗や幟《のぼり》が翻る。

「上野介。ようすを見てまいれ」

上野介が直ちに走り去るのと入れ違いに、小具足《こぐそく》を手早く着けながら馳《は》せつけてきた者がいる。鯉九郎《こいくろう》であった。

「大樹……」

庭へ折り敷いた鯉九郎は、絞り出すように云った。

その面《おもて》に接しただけで、義輝はこの友の胸中を察することができた。松永弾正にたばかられた自身の腑甲斐《ふがい》なさを烈《はげ》しく責めている。謀叛決行日は祇園会の夜と故意に洩《も》らし、それで束の間、義輝方の探索の手が引かれた時機を狙《ねら》いすまして、弾正は兵を動かしたのである。何故そこまで思い至らなかったか。この愚か者めが、と鯉九郎はおのれの心を抉《えぐ》らずにはいられないのに違いなかった。

「それがしの……」

鯉九郎が呻《うめ》くように云いかけたのを、義輝は温かい微笑でもって制し、

(不覚などであるものか)

眼で告げた。

「鯉九郎、時を稼げ。彼奴《きゃっ》ら、火縄銃に雨覆いの備えはしておろうが、雨が強くなれば、つづけて射放《いはな》つことは難しかろう」

弓矢・刀槍《とうそう》の闘いでは易々《やすやす》と討たれぬという義輝の自信を示す言葉である。鯉九郎は一時でも狼狽《ろうばい》したおのれを慚《は》じた。

「はっ」

鯉九郎は、直ちに大手《おおて》へ馳せ向かう。

すでに門矢倉《もんやぐら》へ上っていた奉公衆の面々が、濠際《ほり》へ押し寄せた軍兵へ怒声を叩きつけている。

「畏《おそ》れ多くも将軍御所と知っての夜討ちなるか。名乗れ」

これに対し、大手前に架かる橋まで戛々《かつかつ》と馬をすすめた甲冑《かっちゅう》武者が、大音声《だいおんじょう》に呼ばわった。

「夜討ちのお疑いは心外。三好長慶《ながよし》入道、公方さまに訴訟の儀あり、斯《か》く罷り越して候。はや門を開《ひら》かれよ」

その戦場鍛えの声は、邸内の離屋まで聞こえてくる。

「ぬけぬけと云うわ。あれは、くたばり損ないの日向《ひゅうが》よ」

義輝のもとへすっとんできた石見坊玄尊《いわみぼうげんそん》が、巨体を憤怒で膨らませ、大薙刀《おおなぎなた》の石突きで地を突いた。三好長慶は疾《と》うにこの世にない。喪を秘しているのをよいことに、三好一党は謀叛の首謀者を長慶にするつもりに相違なかった。玄尊が罵《ののし》ったくたばり損ないの日向とは、三好一族の最長老の日向守長逸《ながゆき》をさす。

「笑止」

と門矢倉より長逸の口上を笑ったのは、あとから上ってきた鯉九郎である。

「鎧兜《よろいかぶと》を着けて何の訴訟ぞ」

「おお、それなるは朽木《くつき》鯉九郎であろう」

「いかにも」

「汝《うぬ》がような君側《くんそく》の奸《かん》を除かれんことを、公方さまに願い上げ奉る。それが、われらの訴えよ」

　されば、と長逸はつづけた。

「戦仕度《いくさ》は、奸賊どもの謀叛にそなえての要心」

「謀叛とは語るに落ちたぞ、三好日向」

　押し問答をつづけつつ、鯉九郎は早暁の空を見上げる。雨脚がやや速くなってきた。

　その頃、義輝は源氏重代の着背長《きせなが》を用意させ、みずからは具足を着けながら、表書院へ足を運んでいる。

「酒の仕度をいたせ」

　その下知に、近習《きんじゅう》らは面を引きつらせた。別盃を交わすという意味なら、すでに義輝が死を覚悟したことにほかならぬ。

　小侍従は、玄尊を連れて、奥へ入った。義輝の生母慶寿院をはじめ、女房衆が狼狽の極に達していると知らせがあったからである。女たちを鎮められるのは、小侍従しかいない。

　すでに義輝は、沼田上野介から、御所が完全に包囲されているとの報告を受けた。総勢二千ばかりという。むろん、この兵数は包囲陣のみの数であり、市中の要所要所にも兵の配備が済んでいるであろう。三好一党は、御所より蟻《あり》一匹這《は》い出させせぬ構えで臨んでいるに違いない。

対する将軍御所内の人数は、老人と婦女子を含めて凡《およ》そ二百人。刀槍を揮《ふる》える者は、その半数に満たぬ。全滅は必至であろう。

(浮橋、十兵衛、小四郎《こしろう》、梅花、十二天衆……。渠《かれ》らだけでも難を逃れ得たのは、せめてものこと)

と義輝は思った。浮橋は祇園会の夜の謀叛計画のことを告げるために尾張の十兵衛のもとへ赴き、小四郎は義輝の庶弟周暠《しゅうこう》が住持をつとめる北山鹿苑寺《きたやまろくおんじ》に一宿中。梅花は平戸から京への帰途の最中《さなか》に違いなく、十二天衆は反三好の諸侯のもとへ鯉九郎の密書を届けるべく奔走中であった。

大手では、依然、押し問答がつづいている。

「こうまで頼み入っても、開門せぬと申すか」

苛立《いらだ》ちを募らせる三好長逸へ、

「断じて、門は開かぬ」

門矢倉から鯉九郎は決然たる声を投げ下ろす。

「しからば押し破るが、それでもよいか」

「将軍御所の御門を押し破らんとは、いかなる存念にや。押し破ったが最後、謀叛の張本人は三好日向長逸であったと、後世まで消えることなき悪名を残すこととなろう。成り上がりの飛鼠《ひそ》どのに唆《そそのか》されて、そこまで三好の名を汚すか、ご老体」

嘲《あざけ》るような、蔑《さげす》むような鯉九郎の云い方であった。

「くっ……」

長逸は、たじろいだ。この三好一族の最長老は、将軍方は三好の兵威を怖れて直ちに開門するとたかをくっていた。ところが、案に相違して、初手から徹底抗戦の意気を示された。

実は長逸はじめ下野守政康《まさやす》、山城守康長らは、この期《ご》に及んでも、弑逆《しいぎゃく》を避けたかった。弾正と岩成友通《いわなりともみち》は不服であろうが、義輝を隠退、幽閉という形に追い込めれば、それが最良と思っている。

戦えば全滅は火を見るより明らかである以上、側近の何人かの首を差し出すことで、義輝の生命の安全が保障されるのなら、このさい将軍職退位もやむなしと将軍方は決断するに相違ない。それが長逸の予断であった。

なればこそ長逸は、この御所西側の室町通に面した大手口を受け持ち、三好長慶の名代という形をとって将軍方との交渉に臨んだのである。ここをもし弾正に委《まか》せたら、直《す》ぐにでも暴走しかねない。それに、将軍への訴訟事のやりとりを弾正が代表したとなれば、三好一党の総帥の座を世人に取《と》り沙汰《ざた》されることにもなろう。

この御所包囲陣は、東側の三本木東洞院に総大将三好義継の本陣を据えて、これに三好政康を付け、西の大手前を長逸と三好康長、北側の室町勘解由小路《かげゆこうじ》を岩成友通が固めている。そして南側の烏丸春日《からすまかすが》おもてに、松永弾正が布陣していた。

(こんなことなら……)

と長逸は、後悔する。交渉は弾正にさせるべきであった。将軍廃立には同意したが、弑逆の首謀者に堕《だ》すつもりはない。

同時に長逸は、阿波に留まって出陣しなかった篠原右京進長房の要心深さを思った。

(右京はさすがに切れ者よ)

長逸は、背後の康長を振り返った。康長の眼にも動揺の色が見え隠れする。

このとき御所南側に布陣する弾正は、床几《しょうぎ》から幾度も腰を浮かせ、じりじりしていた。頻《しき》りに空模様を気にしてもいる。

「日向め、何をのろのろと……」

雨脚が少しずつ速まっている。このままでは、鉄炮《てっぽう》が使えなくなる。いくら火縄や火皿に雨覆いを施しても、二発目、三発目と装弾を重ねる際に、火薬や銃口内を濡《ぬ》らすのは避け難い。

（まさか日向は……）

兵を退《ひ》かせるなどと云いだしはすまいな、と弾正は疑った。

「よし」

弾正は、決然と床几《しょうぎ》を蹴ると、使番を呼んだ。

弾正が使番に何事か命令を下す傍らで、その背後に黙然と佇む巨軀《きょく》があった。背に異形の大剣を負っている。

使番を何処かへ奔《はし》らせると、弾正は巨軀の男に声をかけた。

「熊鷹《くまたか》。ほどなく総掛かりじゃ。おぬしの異常の剣を存分に揮《ふる》うがよいわ」

熊鷹の表情は、ぞっとするほど暗い。弾正に返辞すら返さなかった。

熊鷹が弾正の護衛者として松永家に随身したのは、半月ほど前のことにすぎぬ。多聞山城下で、小笠原湖雲斎《おがさわらこうんさい》に果たし合いを無理強いし、これに手傷を負わせた手錬《しゅれん》を買われたのである。

湖雲斎は、長慶亡き後も、弾正の身辺警固役を勤めていた。この律儀な武辺は、長慶の喪が公表されるまでは、約定を守ろうとしたのである。だが、弾正にすれば、湖雲斎の剣は必要でも、その人物は煙たいものであった。そこへ、熊鷹という野獣のような男が現れ、湖雲斎を凌駕《りょうが》する強さを見せつけた。弾正は湖雲斎を見限った。

熊鷹は、この謀叛に欣《よろこ》んで参加したのではない。本音を云えば、こんな形で義輝を死なせたくなかった。だが、それが避けられぬからには、おのが剣で義輝の息の根を止めたい、と望んだのである。

（公方の秘剣一ノ太刀を破る）

その決意も熊鷹は秘めていた。

御所の周辺の輪郭が、見分けられるようになってきた。仄々《ほのぼの》と明けはじめたのである。

鯉九郎は空を見上げた。雨雲の背後の暁天に、はっきりと曙光《しょこう》を感じる。この分では、或いは雨は上がるかもしれぬ。明るくなれば、謀叛人たちは心中の疚《やま》しさを白日の下に曝《さら》されたようで、必ず狼狽する。

（大樹を逃がし奉ることができるやもしれぬ……）

鯉九郎の心に希望の光が湧いたとき、床下で何か大きく軋《きし》む音がした。

窓から下を覗き見た鯉九郎が、

「あっ」

と驚愕《きょうがく》したのも無理はあるまい。大手門が内側から少しずつ開かれていくではないか。

「ばかな……」

開門すれば、三好軍が雪崩込《なだれこ》んでくる。一体、誰《たれ》がそんな愚かなことを命じたのか。

鯉九郎は、矢倉から下りるべく、急ぎ梯子《はしご》へ足をかけた。

「美作《みまさか》どの、なりませぬ。美作どの」

「放せ。開門は慶寿院さまの御意思である」

そのやりとりが、鯉九郎の耳に入った。

『足利季世記』によれば、

「公方様の御母儀様慶寿院殿は御女儀たるにより、彼等（三好勢）が訴訟叶えさせ給はば、公方御恙《つつが》有るべからずと思し食《め》し」

進士《しんし》美作守晴舎《はるいえ》を交渉役に遣わしたのである。

フロイスの『日本史』は、この進士美作守を公方の舅《しゅうと》と記しているが、定かではない。事実であったとしても、小侍従以外の側室の父であったろう。そういう故をもって、将軍家の奥向きと昵懇《じっこん》だったのかもしれぬ。

鯉九郎が、矢倉から大手門内の門際へ下り立った瞬間、一発の銃声が轟《とどろ》いた。

その乾いた音の直後、人々の耳朶《じだ》を顫わせる霹靂《へきれき》にも似た爆発音が鳴り渡った。数百挺の鉄炮の一斉射撃である。

三好長逸と将軍方の長々しい押し問答に業を煮やした弾正が、岩成友通と示し合わせて、南北から御所へ向けて銃弾の雨を降らせたものであった。

「弾正め、わが下知も待たずに……」

銃声に驚いて棹立《さおだ》つ馬を、橋上で輪乗りに宥《なだ》めながら、長逸は唇を噛んだ。

次いで、どっと兵らの喚声《かんせい》があがった。

「松永軍が総掛かりを開始したぞお」

「岩成軍もじゃあ」

「われらも後れをとるなあ」

大手前の三好勢も、怒濤《どとう》となって動きだした。兵らが橋へ殺到する。

長逸は、一瞬、制止しようかと迷ったが、思い切った。これが勢いというものである。松永・岩成両軍が南北から攻め掛かってしまった以上、もはや大手口だけ静観というわけにはいかぬ。おそらく東側の三好政康も総攻撃に移ったことであろう。

開きかけていた大手門が、また閉じられようとしている。

「門だ、門を閉めさせるな」

肚《はら》を括《くく》ったからには、長逸も攻撃の下知を放った。

三好兵は、橋板を突き破らんばかりに、橋上を駆け抜け、門へ取りついた。

「門《かんぬき》だ、早く門を掛けい」

　門内では、鯉九郎以下、二十名許《ばか》りが門を閉じるべく、必死の力を振り絞った。進士美作守は、三好勢の獰猛《どうもう》な雄叫《おたけ》びをあげての猪突《ちょとつ》に怖れをなし、へたりこんでいる。

　それでも進士美作守は、この直後、

「かれら（三好方）に方便《たばか》られ無念の御使仕《つかまつ》り候事口惜しと申して」

　切腹した、と『足利季世記』は伝える。

　三好兵は、強悍である。門へ取りついたばかりでなく、濠へ飛び込み、土居をよじ登り、塀に梯子をかけ、次々と邸内へ押し入ろうとする。

　そうはさせじと将軍方も、犬走《いぬばしり》から矢を射放ち、槍を繰り出して、死に物狂いの防戦につとめる。

　門を死守せんとする鯉九郎たちは、押されに押された。無理もない。敵方は五十人、百人、百五十人と門へ殺到してくる。二十名程度の味方で押し返すなど不可能であった。

「皆、中へ戻れ。戻って、屏重門《へいじゅうもん》を閉ざせ」

　大手の表門と母屋との中間を仕切る屏重門を最後の防禦線《ぼうぎょせん》にせよ、と鯉九郎は皆に命じたのである。

「ご師範おひとりで残ると仰せられますのか」

びっくりして訊《き》いたのは、大館《おおだち》岩千代丸という義輝の御供衆《おともしゅう》のひとりであった。まだ十五歳の少年にすぎぬ。

「大樹がおぬしらと別盃を交わす刻《とき》ぐらいは稼いでみせよう」

鯉九郎は莞爾《かんじ》として微笑《わら》った。

「それがしも、ご師範とともに、ここを死所と致します」

岩千代丸が叫ぶように云い放つと、それがしもと同調した者がいた。こちらはまだ前髪を下ろしてもいない。

「九郎、よく云うたぞ」

と岩千代丸も、十四歳の畠山九郎の覚悟を褒めた。

この二人の少年武士は、鯉九郎に剣の手ほどきをうけており、鯉九郎の人柄を慕っている。

四つのつぶらな眸子《ひとみ》に瞶《みつ》められて、鯉九郎はふと、初めて出会った頃の義輝を思い出した。

（大樹は十二歳にあらせられた……）

足利義輝は、恋した真羽《まは》を救うべく、細川與一郎《よいちろう》ひとりを供に、歓喜楼《かんぎろう》へ乗り込んだ見事な男子であった。

　思い出の中で、大館岩千代丸と畠山九郎の姿が、少年義輝のそれに重なって、鯉九郎は胸を詰まらせる。切ないものがこみ上げてきそうであった。

　その刹那、鯉九郎たちの躰は、大きく後方へ吹っ飛ばされた。竟《つい》に門を掛けることができず、三好勢に大手門を押し破られたのである。

「戻れえ」

　再度の鯉九郎の命令に、何人かが走り去り、屛重門を閉めた。

　表門と屛重門の間の溜まりに、鯉九郎、岩千代丸、九郎以下十余名が孤立することになった。対する三好勢は、数百である。

　鯉九郎は、義輝拝領の青江貞次二尺五寸余を抜き放った。

　抜き放ったときには、数間を奔《はし》り、三好兵の首をひとつ、宙へ飛ばしていた。敵方の動きを凍りつかせるに充分な、凄《すさ》まじい一閃《いっせん》というべきであろう。

　一瞬の沈黙のうちに、鯉九郎はつつっと元の位置へ退き、刀身を懐紙で拭《ぬぐ》うと、音もたてずに再び鞘《さや》へ収めた。

「岩千代。九郎。敵は多勢でも、慌てるでない。斬り合いは必ず一対一ぞ」

　実践直後の教えである。

「はい」

応じた両人の声音は凛《りん》としたものであった。

残る御供衆も、奮い立つ。

天から一筋の光明が降ってきた。義輝が降らせてくれたのだと鯉九郎は信じた。

その光へ向かって、鯉九郎は呟《つぶや》く。

「これは、今生《こんじょう》、最後の御奉公。黄泉《よみ》にてもお仕えいたす所存」

それから鯉九郎は、眼前に群がる敵兵へ、穏やかな視線を当てた。三好兵は一斉に身を固くする。

「まいる」

鯉九郎の腰間から、火を吐くような一刀が迸《ほとばし》り出た。

三

表書院では、義輝を上座に、二十余名の御供衆、同朋《どうぼう》らが小具足姿のまま別盃を酌み交わしている。

「宮内少輔《くないしょうゆう》、ひとさし舞《も》うてみせよ」

義輝に命じられて、細川宮内少輔隆是《たかこれ》が、女房小袖《こそで》を着けて舞いはじめた。

舞いを囃《はや》す音曲《おんぎょく》は、人馬の叫び、銃声、矢唸り、陣鐘や陣太鼓の音などであった。

そこへ、屛重門の防ぎをしていた者がひとり、駆け込んできた。髪はざんばらで、背中の母衣《ほろ》に矢を突き立てている。

「朽木鯉九郎どの。御討死にござりまする」

泣き叫ぶように、その者は報告した。

一瞬にして、座は重苦しい沈黙に支配された。隆是も舞を途中で止める。

「最後まで舞《ま》うがよい」

義輝は声音も乱さず命じてから、ちらと庭を見やった。かなり明るくなってきたが、まだ細かい雨が降っている。

（鯉九郎……。いま暫《しば》し、魂魄《こんぱく》をここに留《とど》めよ。留めて、わしが最期《さいご》を見届けよ）

義輝が辞世の歌を詠《よ》んだのは、このときであった。

五月雨は　露か涙か　ほととぎす
　わが名をとげん　雲の上まで

この歌は、なかばは鯉九郎の心情を託したものといってよい。何故なら、義輝の名をあげて、天下を平定せんと命懸けで奔走したのは、鯉九郎だったからである。義輝から鯉九郎への感謝の三十一文字《みそひともじ》であった。

細川隆是の舞が終わったところへ、また馳せてきた者がいる。

「三好日向の申し条を言上仕りまする」

「申せ」

「御台《みだい》さまは関白さまの御妹君ゆえ、恙《つつが》なく近衛家へお返し申し上げたいとのことにございまする」

義輝の正室の実兄は、従一位関白近衛前久《さきひさ》である。謀叛が成功裡に終わっても、廷臣として最高位にある人間に臍《へそ》を曲げられては、戦後処理がやりにくいと三好長逸は考えたに違いない。

「そうか」

と義輝は云うと、立ち上がり、女房衆の籠もる奥へ向かった。

奥では、上臈《じょうろう》女房《にょうぼう》衆はじめ、中居《なかい》、下婢《はしため》にいたるまで百人近い女たちの大半が、健気《けなげ》にも鉢巻き襷掛《たすきが》けで、薙刀《なぎなた》をひっ抱えて、闘う意志を示していた。その中心にいるのが、腹を円《まる》く膨らませた小侍従であった。

玄尊が女たちに闘い方を指示している。

「さすがに武門の女子衆。天晴れである」

義輝は明るい声で褒めた。

正室も、公卿の姫君ながら、気丈にも顫《ふる》えを抑えているではないか。

（思えば……）

薄幸の女人であった、と義輝は正室への憐憫《れんびん》を湧かせる。上流のならいとは申せ、愛情で結ばれたのではない、形ばかりの夫婦ではなかったか。

正室は、おとなしいだけの女で、武門の棟梁たる義輝を、微かに怖れていたようである。しかし、その認識が誤っていたことを、間もなく義輝は思い知らされることになる。

「御台。そなたは実家へ戻らねばならぬ」

そういう云い方を義輝はした。

きょとんとする正室へ、義輝の扈従者《こじゅう》が三好長逸からの申し条を伝えた。

「添うてわずか六年であったが、よき妻であったと思うておる」

その言葉に、義輝夫人の表情は一瞬、茫然《ぼうぜん》としたものになった。

早う仕度をいたせ、と義輝がやさしく急《せ》かすと、正室付きの女たちが、いそいそと

仕度をはじめたが、

「おそれながら……」

と正室は申し出た。声はかぼそいが、何やら決意が込められているようである。

みずから何かを云う正室を、義輝ははじめて見た。

「小侍従ノ局を伴《つ》れてまいりとうございます」

今度の声は、明瞭であった。

「御台さま」

驚いた小侍従が、進み出る。もとより、義輝と死をともにする覚悟の小侍従なのである。

「わたくしは公方さまと……」

そこまでしか小侍従は云わせてもらえなかった。

「お控えなされ。側室の分際で差し出がましい」

ぴしりと名門近衛家の息女は決めつけた。その冒しがたい勁烈《けいれつ》さに打たれて、小侍従は退く。

「小侍従。そなた、おなかの御子を、何と心得る。将軍家の御子ぞ。将軍家の御子の母は、正室のわたくしです」

まさしく、その通りであった。武家では、腹は借り物ゆえ、側室の産んだ子でも、その子の行く末に関しては、正室がこれを統《す》べる権限を有する。

「小侍従。公方さまとわたくしの子を死なせること、断じて許しませぬ」

「御台さま……」

女と女の眼が合う。

小侍従には、正室の温情が身に沁《し》みた。だが、事ここに到っては、義輝と自分とおなかの若君と親子三人、ともに手をたずさえて黄泉路《よみじ》へ旅立ちたい。それが小侍従の幸福というものであった。

「おそれながら、わたくしが御台さまの御供に加われば、直ちに露顕致します。さすれば、三好は怒り、御台さままで害せんと欲するやもしれませぬ」

小侍従は、御所に残らねばならぬ理由を探して、云い募る。義輝のそばを離れるくらいなら、いまここで、みずから生命を断ちたいほどの必死の思いであった。

「小侍従。わたくしは死を怖れます。なれど、子の命を救うためなら、おのが死など何程のこともない。女とは、そうしたものではありませぬか」

正室にそこまでの覚悟を披瀝《ひれき》されては、さすがの小侍従にも抗弁の手だては思いつかなかった。

小侍従は、義輝へ縋《すが》るような眸子《ひとみ》を向ける。

(倶《とも》に死ねと云うて、菊さま。お願いや、お願い……)

微笑を湛《たた》えた義輝の頭《かぶり》が、ゆっくり振られた。

(生きよ、真羽。わしとそなたの子とともに……)

義輝の思いが小侍従に伝わる。

(いやや、菊さま。いやや)

泪が溢れた。

「小侍従。御台に随《したご》うてゆけ」

「菊さま」

正室の前も憚《はばか》らず、小侍従は思わずそう叫んでいた。

義輝は、扈従者に、三好日向への口上を託して、走らせた。これから正室とお付き女臈らを外へ出すが、万一の要心に護衛者を数人付けるというものである。

「石見坊玄尊」

「はっ」

「護《まも》り抜け」

「わが命に代えて、必ず」

玄尊の声も、早くも湿っている。

軈《やが》て、乗物が二挺用意され、正室の一行は屏重門のほうへ向かった。義輝は、玄尊のほかに、大森伝七郎と亀松三十郎も護衛に付けて、一行を送り出す。

小侍従は、正室の乳母を装って、乗物の人になった。すでに破られた屏重門を抜けるとき、三好長逸の手で乗物の窓を開けられたが、長逸が皺《しわ》深い老婆を小侍従だと疑うことはなかった。

「変装して宮殿から逃れ出た」

とルイス・フロイスが『日本史』に記した通り、小侍従は三好の眼を欺くことに成功した。顔の皺を作る変相術は、玄尊が浮橋より教わったもので、これを小侍従に施したのである。

「それ、掛かれえ」

「焼き討ちにせよ」

正室の一行が御所の外へ出た途端に、謀叛軍は四方から邸内へどっと押し寄せ、建物へ向かって夥《おびただ》しい火矢を放ち、松明《たいまつ》を投げつけた。

細雨は、依然降りやまぬが、謀叛軍の狂気を宿した火を消し止めるほどの力はない。

将軍御所のあちこちから、めらめらと炎が燃え広がっていく。女子衆の悲鳴が絶え間ない。

義輝は、源氏重代の大鎧《おおよろい》を着け、鍬形《くわがた》打ったる五枚甲《かぶと》の緒をしめ、手に重籐《しげどう》の弓を引き寄せて、表書院前の広庭へ据えた床几に、悠然と腰を下ろしていた。その威風は、おのずからあたりを払う凛然《りんぜん》たるものである。

そして、凄まじいのは、義輝の周囲の大地に、十数余の抜き身が突き立ててある景色であったろう。いずれも、将軍家に伝わる名刀ばかりであった。

その義輝を護って、細川宮内少輔以下、凡そ三十名も、決死の覚悟を面に漲《みなぎ》らせ、謀叛軍の殺到するのを待った。生き残った御供衆は、これで全員である。

物を打ち壊す音、乱れた足音、兵らの狂ったような叫喊《きょうかん》、怒号、悲鳴。それらが、地鳴りのように迫り、竟《つい》に広庭へ謀叛の輩が躍り込んできた。

義輝は、一瞬裡に重籐の弓に矢をつがえ、

「むっ」

低い気合声を発すると同時に射放った。

その矢を眉間《みけん》へ射込まれた三好兵がもんどりうったのと同じ刻限、北山鹿苑寺でも異変が生じていた。

謀叛軍は、義輝の弟周暠をも禍々《まがまが》しい牙《きば》にかけるべく、この禅院へ乱入していたのである。

周暠抹殺の指揮を命じられたのは、阿波に和泉《いずみ》ありと謳われた武辺、平田和泉守であった。平島館へ忍び入った風天を斬った男である。

「周暠どの、われらにご同道願いたい。拒むとあらば、寺に火をかけ申す」

和泉守は、二十余名の兵を率いて、方丈へ踏み入り、周暠に迫った。

「拙僧《せっそう》を殺《あや》めたところで、何の益もござらぬであろうに」

周暠はむしろ、和泉守を憐れむように云って、鹿苑寺を出た。これに随行したのが、下男を扮《よそお》った小四郎である。

洛北は、将軍御所のある洛中よりも、雨脚が強かったが、周暠も小四郎も、笠《かさ》も蓑《みの》も着けさせてもらえなかった。ということは、和泉守は護送の途中で二人を殺すつもりに相違あるまい。

腰に小太刀《こだち》を帯びた小四郎は、その小軀の中に、たとえおのれの身は斬り刻まれようとも、周暠の命だけは護り抜くという決意を秘めて、黙々と歩いた。

一行は、軈《やが》て、左右を竹林に覆われた道へ差しかかった。奇しくも先年、十河一存が義輝に一騎討ちを挑んで敗れた場所《やぶ》である。

「ここでよかろう」

ひとり馬上の和泉守は、兵らに周暠と小四郎を囲ませ、槍衾《やりぶすま》を作らせた。

「周暠どの。公方さまが御弟君にお生まれあそばした宿運を恨まれよ。不憫《ふびん》ながら、御命頂戴仕る《ちょうだいつかまつ》る」

その殺害宣言が終わるか終わらぬかのうちに、小四郎が小軀を沈ませた。そのまま、蛇が地を這《は》うにも似た迅さで、正面の阿波兵たちの槍の下へ滑り入った。

「ぎゃっ」

「うあっ」

「おっ」

三人の阿波兵が、ひっくり返る。その元いた場所に、膝から下の脚が三本残っていた。斬り口から鮮血が噴水となって迸り出る。

「なんと……」

和泉守は、瞠目《どうもく》した。まさか寺の下男が、これほどの業の持ち主であったとは。

「こやつは、まかせよ」

和泉守は、下馬すると、小四郎の前へ六尺近い体軀を運び、腰の二尺五寸の打刀の鞘を払った。

さすがに小四郎は、義輝に剣の天稟《てんぴん》を見込まれただけあって、和泉守の構えを見ただけで、対手が尋常の遣い手でないことを見抜いた。小四郎は絶望した。和泉守と斬り結びながら周暠を護ることはできぬ。

背後の周暠を振り返ると、微笑を湛えたままの頷きが返された。濡《ぬ》れ鼠《ねずみ》にもかかわらず、後光がさしているように見える。

小四郎は唇を顫わせた。顫わせたまま、懸命に口を開《あ》けた。

「しゅ……しゅ……しゅうこう……さま……」

唖者《あしゃ》の小四郎が言語を発したのである。

周暠の面に歓喜がひろがった。名僧の風韻《ふういん》を漂わせる若き禅僧は、小四郎に向かって合掌してみせた。

その周暠の腹から槍の穂先が飛び出てきた。阿波兵が後ろから貫き通したのである。名僧の表情は渝《かわ》らなかった。

「うおおおっ」

小四郎は、和泉守に背を向け、周暠を刺した兵へ向かって猛然と斬りかかった。

小四郎の一颯《いっさつ》は、兵の頸根《くびね》へ深々と打ち下ろされた。おのが背を和泉守に斬られたことに気づいたのは、その後である。

小四郎は怯《ひる》まぬ。殺意を剝き出しにして、和泉守の手もとへ五体を跳び込ませた。

あまりに無謀なその間合いの詰め方に、和泉守がたじろいだ一刹那、小四郎の渾身《こんしん》の一閃は、

「和泉守がほそくび、ちう（宙）に打ちおとしけり」

と『室町殿物語』は活写する。

和泉守の首を刎《は》ねた後、疵《きず》を負った躰で、残る十数名の阿波兵と烈しく斬り結んだ小四郎だったが、その半数まで斬り仆《たお》したところで、小太刀が半ばから折れた。

折れた小太刀を、小四郎はおのが腹へ突き立てた。

四

ぶっつり、と弦が切れた。

百筋を数える矢を射放ったのだから無理もない。

義輝は、重籐の弓を棄てた。

すでに御供衆のほとんどが討たれ、広庭の其処此処《そここ》に無惨な屍《しかばね》を曝《さら》している。

心身を襤褸《らんる》と化して、いまだ刀槍を揮っているのは、今生最後の舞をみせた細川宮内少輔と、将軍方の戦闘者の中で最年少の摂津糸千代丸のみであった。糸千代丸は十

三歳である。

　この主従三人へ迫る謀叛軍は、広庭に入りきらぬほど兵数を増していた。

　炎上しはじめた将軍御殿のあちこちから、女の泣き叫ぶ声が聞こえてくる。早くも凌辱《りょうじょく》と掠奪《りゃくだつ》が開始された。

　それでも女子衆《おなご》の大半は、辱《はずかし》めをうける前に、みずからを炎の中へ投じて、その身を焼き尽くした。

　当初はうろたえて、進士美作守に三好方との交渉を命じた義輝の生母慶寿院も、最期は立派なものであった。守刀《まもりがたな》で胸を刺し貫いて自害した。深窓の公卿の息女でも、武家に嫁いで三十年も経れば、それなりの覚悟というものができていたのだと思われる。

「宮内少輔、糸千代丸。もうよい」

　義輝は、最後の家臣二人へ声をかけた。

　二人は、義輝の前に、へたりこんだ。いずれも総身ほとんど血まみれであり、生きているのが不思議なくらいであった。

　謀叛の兵どもは、その隙を衝いて、だだだっと走り寄る。

「武士《もののふ》の情けを知らぬか」

凜然たる義輝の叱咤《しった》に、謀叛兵どもは、びくっと足を止めた。

義輝は、数百の敵兵を、じろりと睥睨《へいげい》してから、宮内少輔と糸千代丸を犒《ねぎら》った。

「大儀であった。そのほうらの忠義、あの世にても忘れはせぬ」

二人は、大樹、と呻くように吐き出したなり、無念の泪を流すばかりである。

謀叛軍の中には、この光景に眼をそむける者が少なくなかった。おのれたちの行為の理不尽さを知らぬではないだけに、正真の武士の姿は正視に堪えないものなのである。

「糸千代丸」

宮内少輔が、まだ童《わらべ》の匂いをとどめる者を促した。

「はい」

両人とも見事な割腹を披露して果てた。

義輝は、左腕を片手拝みに挙げながら、右手で地へ突き立てた刀の欛《つか》を摑んでいた。十数ふりの名刀のうちのひとつである。

義輝は、その太刀を青眼《せいがん》に構えた。刃渡り二尺二寸ばかりなのに、身幅広く、反りの高い、ややずんぐりした形で、力感溢れる姿といってよい。

「尊氏《たかうじ》公以来のわが将軍家が重宝、典太光世《てんたみつよ》である」

と義輝は宣言した。平安時代、筑後三池に住した名匠・典太光世作のこの太刀は、世に名物大典太と称され、当時、天下五剣のひとつに数えられた名刀中の名刀である。

「わしが首を掻《か》いた者に授けよう」

挑発するように義輝はつづけた。

将軍へ刃を向けるのを躊躇《ためら》っていた謀叛軍将兵らは、途端に眼を輝かせた。大典太を手にするほどの名誉はないし、売れば莫大な金銀を得ることもできる。

正面と左右の武者が、ほとんど同時に、義輝へ斬りかかった。

三人の武者は、いずれも喉笛を割られて、絶鳴すらあげ得ず、仆れ伏した。が、義輝が動いたとは見えなかった。青眼につけたまま、もとの場所に佇立したままである。

変化といえば、大典太の白けた地肌の切っ先が紅に染まっていることだけであった。

魔神の業としか思われぬ。広庭に群がる数百の軍兵は、挙げて声を失った。

「ご武芸、鬼神の如し」

という世評が真実だったことを、渠《かれ》らは今、はじめて思い知った。

だが、ただひとりだけ、三人を斬った義輝の神速の動きを眼に捉えた男がいる。その男は、足を竦《すく》ませた将兵どもの間を縫って、義輝の眼前へ進み出た。

「公方。いまの技が、一ノ太刀か」

義輝は、懐かしい友に遇ったように、眼許を綻《ほころ》ばせる。

「熊鷹。仕官致したとは、おぬしらしゅうない」

「仕官やない。金で傭《やと》われただけや」

ちらっと背後を気にしたように、熊鷹は云った。

義輝は、軍兵の波の後ろのほうに、松永弾正の姿を発見した。その視線をうけて、弾正の眼に微かな怯《おび》えが走ったのも、義輝は見逃さぬ。

「一ノ太刀か、と訊いたのだったな」

「おう」

「そうでもあり、またそうでもなし」

曖昧《あいまい》な云い方をした義輝の表情は、冷然たるものであった。

「おれを虚仮《こけ》にするのんか」

熊鷹は、背負うた異形の大剣の欛に手をかける。

「おのれの双の眼で、しかと見極めよ」

突き放した一言を熊鷹へ浴びせておいて、義輝はみずから軍兵の中へ斬り込んだ。

熊鷹は、愕然とした。何故なら、義輝が横をすり抜けるさい、これを両断する一瞬の機を捉えられなかったからである。

義輝の動きが迅《はや》すぎたわけではない。むしろ、その動きは、熊鷹の眼に明瞭に映っていた。にもかかわらず剣を抜けなかった。

更に云えば、熊鷹が抜剣できなかったということは、逆に義輝はすり抜けるさいに熊鷹の胴を薙ぐことが出来たということではないか。

（公方は……神か……）

その茫然自失の思いから、熊鷹を現実へ引き戻したのは、間断なく噴きあがる恐怖と断末魔の悲鳴であった。

急激に振り返った熊鷹の眼に、軍兵の群れを左右へ大きく割って疾駆する義輝の姿が映った。疾駆しながら、閃光を放っている。

光が閃くたびに、兵が地へ転がった。

義輝は、弾正めがけて、突き進んでいるのである。

「熊鷹、熊鷹。何をしておる。公方を斬れ、早う斬れい」

軍兵を楯としつつ、こけつまろびつ遁《に》げる弾正の怒声が聞こえた。

「退《の》けい」

熊鷹は、前を塞ぐ兵を殴り飛ばし、義輝の背を追った。

ところが、だしぬけに義輝が弾正を追うのをやめて、くるっと向き直ったではないか。熊鷹は、双刃の大剣を抜き、大上段へ振りあげる。

その完全なる刃圏内を、義輝は微笑を浮かべながら過《よぎ》った。

(あっ……)

熊鷹は、うろたえた。どうして大剣を振り下ろさなかったのか。だが、義輝は、そこにいるのに、いなかった。熊鷹にはそう見えた、いや、そう思えた。

この間に弾正は、あたふたと広庭から逃れ出ている。

「刃がこぼれた」

義輝は、典太光世を地へ突き刺し、別のひとふりを執った。

「鬼丸國綱。欲しゅうはないか」

義輝はまた、軍兵へ誘いをかける。が、義輝の声を聞いただけで、皆、おぞけをふるって、後退《あとずさ》ってしまう。

謡曲「鉢の木」に伝説を残す鎌倉幕府執権北条五郎時頼《ほうじょうごろうときより》が、夜毎に出現する悪鬼に悩まされたとき、みずから鞘を抜け出て、火鉢の足に化けていた悪鬼を両断したのが、その愛刀だったという。これが山城国粟田口《あわたぐち》派で後に鎌倉の住人となった左近《さこん》将監《しょうげん》國綱の作刀で、その由来をもって鬼丸國綱と称す。やはり天下五剣の一である。

「まいるぞ」

義輝は再び斬り込んだ。

軍兵は、義輝の動きを見ながら、前へ後ろへ、右へ左へと、ひたすら遁げ惑った。ほとんど死に物狂いの態である。数百の兵が、たったひとりのために恐慌状態に陥った。

熊鷹は、案山子《かかし》と化して突っ立っている。なす術《すべ》もない。

（公方の剣は無敵や……）

間違いなく塚原卜伝《ぼくでん》よりも強い、と熊鷹は感じた。だが、一ノ太刀が、どのような技なのか、いまだに熊鷹の眼には見えぬ。義輝はただ敵軍の中を風のように疾《はし》っているだけではないか。

義輝は、刀が折れ曲がったり、刃こぼれすると、また元の場所へ戻って、次のひとふりを執っては斬り込むという手順を、飽かず繰り返した。

大包平《かねひら》、九字兼定、朝嵐勝光、綾小路定利、二つ銘則宗、三日月宗近など、義輝は天下に名高い太刀に次々と惜しげもなく生き血を吸わせたのである。

右のようすを、『足利季世記』は以下のように伝える。

「公方様御前に利剣をあまた立てられ、度々とりかへ切り崩させ給ふ御勢に恐怖して、近付き申す者なし」

七百年の武家時代を通じて、尊貴の身で、これほど抜きん出た剣士は類を見ぬ。やはり卜伝に一ノ太刀を伝授された三位中将北畠具教《きたばたけとものり》も強かったが、義輝には及ぶまい。

義輝のあまたの利剣が尽きた。残るは腰のひとふり、童子切安綱のみとなった。謀叛軍は息を詰めた。差料を揮って、それも刃こぼれなどで斬れなくなれば、その後の義輝は無手となる。そのときはじめて、渠らは、すすんで斬りかかることができよう。

義輝は、しかし、安綱の鯉口を切らぬ。

「熊鷹。一ノ太刀、しかと見極めたか」

息も乱さず、義輝は云った。

「見えへん。おれには見えへん」

正直なところを熊鷹は吐き出す。

「一ノ太刀は、ここにある」

義輝はおのが鎧の胸のあたりを押さえて、謎々の答えを明かさない少年のような笑みをみせた。

（どういうことや……）

熊鷹は眉間に皺を寄せる。ますます分からなくなった。

義輝が、兜を脱ぎ、鎧の紐《ひも》を解きはじめた。謀叛の軍兵どもは、訝《いぶか》って、互いの顔を見合わせる。

兜と鎧を床几の上へ静かに置くと、義輝は書院の縁へ上がり、空を仰ぎ見た。晴れやかな顔であった。

いつのまにか雨はあがっている。

雲を割って降ってきた一条の光が、義輝を照らした。

鯉九郎の討死の直前と同じ光景である。ひと足先に天へ昇った鯉九郎の降らせた光かもしれぬ。

義輝は、炎と黒煙の荒れ狂う座敷へと歩をすすめた。

「射放てえい」

十数挺の火縄銃が、義輝の背めがけて、筒先を揃えた。弾正が、鉄炮隊を率いて戻ってきたのである
熊鷹は、憤怒した。

「弾正。弓矢刀槍ならば知らず、将軍を鉄炮玉の的にするなど、武士のすることやないぞ」

「食いつめ者が殊勝げなことをほざくな」

「食いつめても魂は売らん」

怒号を叩きつけるなり、熊鷹は、鉄炮隊の銃手たちを斬り伏せてから、大剣を弾正の喉もとへ突きつけた。そして、義輝の姿をもとめて、視線を振る。

紅蓮《ぐれん》舌に搦《から》めとられる背が、一瞬、見えた。それが最後であった。

「公方おおっ」

熊鷹は、弾正を突き飛ばすや、地を奔り、広庭から書院の縁へ躍り上がった。が、火炎地獄は、熊鷹の足を竦《すく》ませた。

熊鷹は、がくりと膝をついた。

「おれは……おれは、どないして生きていったらええんや……」

義輝を終生の宿敵と決め、これを斃《たお》すためのみに孤独の修行に堪えてきた稀代《きたい》の剣鬼は、この瞬間、おのれの存在もまた無に帰したことを感じた。潤んだ眸子に、燃え熾《さか》る炎だけが映っている。

ふらふらと立ち上がったとき、銃声が轟《とどろ》いた。

振り向いた熊鷹が顔前に立てた大剣の、幅広の刀身に銃弾は食い込んだ。

広庭の軍兵の口から、おうっ、と一斉に驚嘆の声が沸き起こった。

銃手の弾正ひとりが慌てた。絶対に外す筈のない至近距離から撃ったのである。

熊鷹には、危険を察知した意識も、大剣を動かした記憶もない。

（一ノ太刀とは、もしやして……）

剣鬼が面上へ生気を蘇《よみがえ》らせた瞬間、早朝の冷気を顫わせる斉射音が谺《こだま》した。

五

小侍従の偽装は露顕し、近江へ落ちるべく賀茂川を渡ろうとしたところで、松永軍に追いつかれた。

「叡山随一の悪僧、石見坊玄尊とは拙《せつ》がことよ。汝ら謀叛人ども悉《ことごと》く、わが大薙刀の贄《にえ》にしてくれるわ」

護衛が次々と討たれた後、最後まで阿修羅《あしゅら》となって闘い、敵の素っ首三十余を刎《は》ね飛ばした玄尊は、無数の銃弾を浴びながら、竟に倒れず、仁王立ちのままで逝った。

一弾浴びるごとに、義輝ら愛《いと》しい人々の名を呼んだという。

全《まった》き孤身となった小侍従は、得意の印地打《いんじうち》で手向かったが、臨月の身では如何《いかん》ともしがたく、捕縛のうえ、洛東の知恩院へ護送された。

そこで住持より、南無阿弥陀仏《なむあみだぶつ》の名号《みょうごう》を受けて仏と結縁《けちえん》する十念《じゅうねん》を授けられ、小侍従は従容《しょうよう》として処刑の場に臨んだ。

長き黒髪をみずからの手で高々と持ち上げて首を差し出す健気さに、介錯《かいしゃく》役の中《なか》路勘之丞《じかんのじょう》という者は、躊躇いをおぼえつつ、刀身を振り下ろした。そのため、切っ先が逸れて、小侍従の左頬をざっくりと割ってしまった。

「御身は武芸の達者を見込まれて、介錯を命ぜられたのでありましょうに……」

冷やかに小侍従は嗤《わら》って、

「無様《ぶざま》」

そうきめつけた、とフロイスの『日本史』は描写する。

首は二ノ太刀で落とされた。

将軍御所襲撃が決行されたとき尾張にあった明智十兵衛は、その変報に接するや、急ぎ京へ馬をとばしたが間に合わず、義輝も周暠も小侍従も亡き者となったことを知る。

その足で十兵衛が奈良へ急行したのは、興福寺一乗院門跡で義輝の実弟である覚慶の生命を危ぶんだからだが、興福寺では僧兵が松永勢の乱入をゆるしていなかった。

しかし、院内で十兵衛の見た光景は、意外なものであった。細川與一郎藤孝《よいちろうふじたか》が覚慶《かくけい》の胸へ短刀を突きつけていたのである。

「堪忍じゃ、與一郎。自害はいやじゃ。死にとうない、死にとうない」

いずれ暗殺の憂き目をみるのなら、いまのうちに覚慶に亡き兄弟のあとを追わせようと、與一郎は図ったのに違いない。そう察した十兵衛であったが、泣きじゃくる覚慶を不憫に思い、制止した。

覚慶が死なねばならぬ本当の理由を知るのは、與一郎だけである。

かつて鹿島参籠中の義輝へ多羅尾《たらお》ノ杢助《もくすけ》ら刺客を放ったのは、この覚慶であった。義輝が廻国の旅に出る直前、替え玉がつとまるか否か人物を観られたことで、勃然と野心を湧かせたのである。

義輝は、しかし、覚慶を殺《あや》めよとは命じなかった。その処分は、與一郎一人《いちにん》の胸先三寸に委ねられたのである。

（大樹、ご容赦下さりませ。やはり與一郎には御弟君を殺《あや》め奉ることはできませなんだ……）

名状しがたい思いに苛《さいな》まれる與一郎を、十兵衛が励ますつもりでこう云った。

「細川どの。いずれ覚慶さまを、亡き義輝公のお世継ぎに奉じ、三好・松永ら謀叛人を成敗してくれましょうぞ」

図らずも、後にこれは、両人の奔走によって達成される。覚慶は還俗《げんぞく》して足利義昭《よしあき》と名乗り、織田信長の支援を受けて、三年後に入京を果たすのである。

謀叛からひと月余り経った六月末のこと。

足利義維《よしつな》・義栄《よしひで》父子は、阿波平島荘のうちにある西光寺に詣《もう》でた。紀伊水道へ注ぐ那賀川の河口より凡《およ》そ一里も遡《さかのぼ》ったあたりで、左岸へ上がって二丁も歩くと、この寺へ着く。西光寺には、将軍の座を逐われて阿波に果てた、義維の養父義稙《よしたね》の墓がある。義維自身、阿波へ落ちてきた当初は、この寺に仮寓《かぐう》した。

義輝暗殺後の処理も順調にすすんでいるので、愈々《いよいよ》ご上洛のお仕度を。そう弾正と三好三人衆が伝えてきたのは、昨日のことであった。竟に、父子の長年の念願だった征夷大将軍の座が、義栄にめぐってきたのである。そのことを、義稙の墓へ報告にきた次第であった。

天竜寺領平島荘は、那賀山の物資を扱う商港でもある。雲ひとつない夏の青天の下、川に白帆をあげた船舶が行き交い、陸へ上がった船人足たちの威勢のよい掛け声が響き渡ってくるのは、心地がよい。

門前に、しばし足を止めて、その景色を眺めやる足利父子の顔から、自然と笑みがこぼれた。

「見よ、義栄。今朝は大きい船が入っておるわ」

「まことに。千石より上にございましょうな」

三本の帆柱を立て、艫屋形《ともやかた》に二層の望楼を設けたその大船は、水深のある川の中央近くに錨を下ろしている。

その船上で、何かが陽光を弾いて光った。直後、聞いたこともないような大音響が、夏空を顫わせた。

父子も、供衆も胆を潰した。

ひゅうんと風を切る音が、遽に接近してくる。

次の瞬間、凄絶な破壊音とともに、西光寺の門が吹っ飛んだ。瓦やら木片やらが、父子の行列に雨となって降り注ぐ。

「あっ、あっ、あっ……」

義維は、家臣にひきずり倒されるようにして地に伏せ、歯の根も合わぬほど恐怖した。

仰のけにひっくり返った義栄は、腰を抜かして、袴《はかま》を濡らしてしまった。

これより後、弾正と三好三人衆が不和となったために、足利義栄は征夷大将軍襲職まで、さらに二年半余りも待たされる。それも、摂津富田まで進んだところで再び足踏みを余儀なくされ、入京を果たすことなく病没してしまう。将軍在位期間は僅か七、八ケ月にすぎなかった。

「大当たりい」

艢楼《しょうろう》の遠見籠の中から、仙太が大はしゃぎで小間（甲板）の人々へ報告する。

足利父子の望見した大船は、七郎丸であった。

仏狼機砲の筒口から、白煙が立ち昇っている。射手の九右衛門は自慢げに鼻をうごめかし、

「どないです、若さま。うまいもんでっしゃろ」

梅花の腕に抱かれている赤子の顔をのぞきこんだ。

赤子は、黒眼ばかりのように見える愛らしい眸子を、いっぱいに開いている。だが、いまの号砲にも驚かないのか、泣きだしそうな気配はない。

「さすがに義輝公のご嫡男にあらせられる」

と浮橋が思わず布袋《ほてい》顔をくしゃくしゃにする。その表情を見て、赤子が小さな声を立てた。

「まあ、お笑いあそばした」

「ほんに」

「なんて可愛《かわい》い」

　これらは、伊舎那天《いしゃなてん》ら十二天衆の生き残りたちの嬌声《きょうせい》である。

　船上の人々の心の傷が癒《い》えたといえば嘘《うそ》になるであろう。

　九右衛門、仙太ら配下二十余名を引きつれ、謀叛の起こる半日前に堺を発ち、ひたすら京をめざした梅花であったが、至る所で厳戒態勢を布《し》く三好軍の眼を掠《かす》めることができず、入京したときには、すでに将軍御所は燃え尽きていた。小侍従だけでも救いたいと知恩院へ急ぐも、こちらも僅《わず》かの差で間に合わなかった。

　浮橋は、尾張の十兵衛に祇園会の夜の謀叛計画を知らせた後、三河の松平家康に乞われて二、三日という約束で甲斐武田の動きを探っていたために、京へ戻るのが後れた。

「やつがれは……やつがれは、大不覚者にござるう」

　知恩院で梅花と再会した浮橋は、小侍従の遺骸を取り戻すべく土を掘り起こしながら、子供のように声を放って泣いた。

　両人が奇蹟を予感したのは、亡骸《なきがら》の腹に耳を押しつけたときである。微かに息づく生命があった。

その昔、斬首されたお玉の肉体から小四郎を産み落とさせ、これを荼吉尼天《だきにてん》の秘術をもって他の女人の腹へ移し、育てあげた謎の術者、風筝《ふうそう》。その正体を、義輝は看破し、浮橋はこれを伝えられていた。

洛西嵯峨に隠棲《いんせい》中のその人は、決して紙鳶《たこ》のように薄っぺらな躰でもなければ、幽鬼の如き恐ろしげな顔貌の持ち主でもない。それらは変化《へんげ》術の結果にすぎなかった。

九条稙通《たねみち》。

それが、風筝の正体である。

二十七歳で関白氏長者《うじのちょうじゃ》に任ぜられた稙通卿は、武家の世を潔しとせず、これを辞して放浪の旅に出るや十数年、山中に籠もって飯綱《いづな》の魔法を会得し、空を飛べる意をもって行空と号した。いわば、公家の中では、最大の変種である。

稙通卿が、風筝に変化《へんげ》して武家の世界へ踏み入り、得体の知れぬ行動をするのは、武家同士を争わせて疲弊させることが目的であった。だが、淀城で義輝と対峙してからは、異常な行動を打ち切った。義輝に男惚れしてしまったからだという。

なればこそ稙通卿は、浮橋と梅花の頼みを、快く引き受けた。

小侍従の胎児の場合は、すでに臨月に入っていたので、他の女人の腹をかりる必要はない。

「躬《み》はろくな死に方をせぬであろうな」

　などと云いながら、稙通卿は快活に笑った。荼吉尼天の修法を用いる者は、死後にこの夜叉神へおのが心臓を捧《ささ》げねばならぬとされる。

　蘇生《そせい》させた義輝の遺児の命名も、稙通卿が行った。

「海王丸」

　大海を駆けめぐる商人に育てあげたいという、梅花と浮橋の希望を託した名であった。武門の争いに義輝の子を決して巻き込むまい、と二人は誓ったのである。

　海王丸をのせた千二百石積の大船は、紀伊水道をあとにして、瀬戸内海を西航し、平戸へ向かう。

　その夜、

「星、南北に飛び乱る」

　と『日本天文史料』にある。

　降るような流星の競演であった。

　三十年前、義輝が誕生したときも、星が流れた。その星をしかと眼に焼きつけたのは、梅花の亡父五峰王直《ごほうおうちょく》である。

　梅花は、海王丸のふわふわした小さな躰を、天へ向かって突き上げた。

「ご覧なさい、海王丸。あの星はどれも、そなたの御父上です」
浮橋も星降る夜空を仰ぎ見る。
海王丸の朱唇がぽっと開いた。すると、唾《つば》が膜を作り、それが透明の風船となって、
ふうわりと浮きあがった。
海王丸の風船は、風に乗り、天空へと上昇していく。
あそぼ。
そのまま流星群に抱き取られた……。

解説

澤田瞳子

室町幕府第十三代将軍・足利義輝と聞いて、読者の方々はどういったイメージを抱かれるだろう。室町最後の将軍・足利義昭の兄、武田信玄や織田信長を始めとする諸国大名との修好を盛んに行った政治手腕に長《た》けた人物、そして三好義継・松永久通らによる裏切り（通称・永禄《えいろく》の変）によって没した悲劇の将軍……などなど、その逸話の数々は実のところ、一般的に知られる「戦国時代」の前日譚として語られることが多い。

なんとなれば、天文五年（一五三六）生まれの義輝は、同三年生まれの織田信長より二歳年下。義輝が三十歳で非業の死を遂げた時、信長は尾張統一を果たしたばかりであり、東国ではその前年に上杉謙信と武田信玄が第五次川中島の合戦を繰り広げている。つまり義輝の生涯は戦国時代初期とほぼ一致し、名だたる武将たちが本格的に覇を競い始めるには、ほんの少し時代が早すぎたのだ。

それだけに足利義輝はこれまで歴史小説の世界において、織田信長や松永久秀といった戦国の立役者たちの物語に、ほんの少し顔をのぞかせるばかり。一九九四年に発表された池宮彰一郎の短編「無明長夜の剣」を別にすれば、義輝その人に光が当てられることは稀《まれ》であった。

本作はそんな戦国期の早すぎた英傑、足利義輝の成長と人生を描くとともに、安土桃山期前夜の日本を活写する長編歴史小説。前述の信長・久秀を始め、斎藤道三、明智光秀、更には倭寇の首魁《しゅかい》として名を馳せた明人・王直や武田信玄とその愛妾・諏訪御寮人など多彩な人物が入り乱れた、豪快かつ奇想天外な大長編である。

……とこう書いてしまうと、本作の主題は群雄割拠の混乱と権謀術数だと勘違いする方もおいでかもしれないが、さにあらず。本作を一読した読者は必ずや、全作を彩る底抜けの爽やかさ、明るさに一驚するはずだ。どこまでも広がる大海原にも似たその筆致は、悲劇的な事実を物語りながらもなお希望を孕《はら》み、戦国期の動乱の血なまぐささを涼しげに吹き払ってくれる。

本作のタイトルともなっている「剣豪将軍」は、義輝が戦国期の剣豪の一人・塚原卜伝の直弟子の一人であったという伝承に基づいたもの。実際、義輝の武芸の腕前は名高かったらしく、ルイス・フロイスはかの『日本史』の中で、三好・松永の寄せ手に取り囲まれた際の義輝について以下のように記している。

「公方様は生来たいそう猛く、勇気のある人であったので、薙刀《なぎなた》を手に取ってまずそれで戦い始め、皆が驚きいったことに、数名の者に傷を負わせ、他の者たちを殺した。（中略）自分はこっそりと人知れず死のうとは思わない。皆の目の前で自分は公方らしく戦って死のうと言って、戦うために出て行った。それから彼はもっと敵に近寄るために薙刀を投げ捨てて、剣を抜き、勝利を目前にしている者にも劣らない勇敢さを示した」

とはいえ本作において、この「剣豪」設定はただの主人公の腕前だけで終わりはしない。何故なら塚原卜伝や義輝の直接の師となる朽木鯉九郎との関わりはそのまま、本作のヒロインとも呼ぶべき犬神人の娘・真羽、主人公の終生のライバルとなる熊鷹との縁を呼び、我々を虚実入り交じった宮本ワールドに引きずり込む大きなきっかけとなる。いわば「剣豪将軍」とは義輝その人自身のありようをも示す、重要な二つ名というわけだ。

わたしと宮本作品との関わりは、今から二十年余り前、『藩校早春賦』という氏の短編集を何気なく手に取ったのが始まりである。時代はちょうど、バブル崩壊後、一向に底が見えぬ景気の低迷期。藤沢周平、池波正太郎といった時代小説の書き手たち

代小説と随分違うと驚いた。

の作品が、大人気を博していた折である。そんな中でこの作品に触れた時、わたしはそこに描かれた登場人物たちの直向《ひたむ》きな姿に、これは今まで自分が読んできた歴史時代小説と随分違うと驚いた。

　『藩校早春賦』の舞台は、東海地方のとある小藩。同じ藩校に通う三人の少年たちを中心に、藩を揺るがせるお家騒動が描かれるため、あえてジャンル分けをすれば「武家小説」と呼んでもよかろう。だが一見、山本周五郎・藤沢周平を思わせる物語構成と見せかけながら、本作の眼目に据えられているのは、少年たちの青春とお互いへの深い信頼。それだけにまだ学生だったわたしは、江戸幕府崩壊の足音が近づく時代設定、主人公たちの暮らす社会における身分秩序といったものを忘れ、生き生きとした少年たちの群像劇として本書を楽しんだ。

　それはこの『剣豪将軍義輝』とて同様で、仮に戦国期の動乱や社会構造に詳しくなくとも、本書を読む上ではなんの不自由もない。ある時は真羽との身分違いの恋を実らせるべく、あるときは真の武芸を学ぶべく奮闘する義輝の実直さは、時代や社会の隔《へだ》たりを軽々と越え、読者の胸をまっすぐに貫くからだ。

　作中において、剣術家・朽木鯉九郎はそんな義輝の人柄に魅せられ、それまでのつむじ曲がりの態度を改めて彼の師範となる。忍びの浮橋、回想場面にのみ登場する侍女のお玉、はたまた織田信長や斎藤道三といった著名な戦国武将など、虚実入り交じった多彩な登場人物たちもまた、義輝との関わりの中で自らの軌跡を刻むに至るのだが、中でも特に個性的に描かれているのは後に太閤となる豊臣秀吉だ。まだ信長に仕える以前の若き日の彼をここに持ってくるのか！　と思わず膝を打った。

思えば人間の一生とは古今東西を問わず、老若男女、様々な人間との出会いによって構築される。多様な人々と深く関わり、その人生を燃やし尽くした義輝は、唯一無二の剣豪将軍であるとともに、我々の人生の時代を越えた代弁者であるのだ。

ところで本書三冊を読み終えた読者の方々の中には、義輝との別れがつらいと仰る方もおいでだろう。そんな方にぜひお知らせしたいのは、本書の外伝とも呼ぶべき短編集『義輝異聞　将軍の星』が刊行されている事実だ。霞新十郎の偽名で廻国修業を行う義輝が主人公の「将軍の星」、義輝亡き後の明智光秀十兵衛と細川與一郎藤孝を描いた「遺恩」など、あの登場人物たちの思いがけぬ横顔が垣間見えるのも嬉しい限り。

更に宮本氏は本書同様の全三巻の大著、『海王』をすでに上梓していらっしゃるが、こちらの主人公はなんと、本作のラストで生まれ落ちた義輝と真羽の遺児・海王丸。倭寇の首領・五峰王直の孫として育てられた彼が、更に混迷を増す戦国の動乱を縦横無尽に駆け回る。当然、義輝自身は直接登場しないが、海王丸と出会う懐かしい人々の驚きを通じて、我々は再度、若木の如くのびやかな若き将軍に巡り合うに違いない。

生きることの苦しさ醜さを——戦の空しさを描いてもなお爽やかなる風の吹き通る宮本ワールドを、存分にお楽しみいただきたい。

二〇二二年十一月

本書は2011年11月に刊行された徳間文庫『剣豪将軍義輝下流星ノ太刀』の新装版です。

徳間文庫

剣《けん》豪《ごう》将《しょう》軍《ぐん》義《よし》輝《てる》 下

流星ノ太刀

〈新装版〉

2022年12月15日 初刷

著者 宮《みや》本《もと》昌《まさ》孝《たか》

発行者 小宮英行

発行所 株式会社徳間書店

東京都品川区上大崎三—一—一 〒141—8202
目黒セントラルスクエア

電話 編集〇三(五四〇三)四三四九
販売〇四九(二九三)五五二一

振替 〇〇一四〇—〇—四四三九二

印刷 製本 大日本印刷株式会社

ISBN978-4-19-894806-1 (乱丁、落丁本はお取りかえいたします)

徳間文庫の好評既刊

宮本昌孝

剣豪将軍義輝 上

鳳雛ノ太刀

十一歳で室町幕府第十三代将軍となった足利《あしかが》義藤《よしふじ》(のちの義輝《よしてる》)。その初陣は惨憺《さんたん》たるものだった。敗色濃厚の戦況に幕臣たちは城に火を放ち逃げ出した。少年将軍は供廻りだけで戦場に臨むも己《おのれ》の無力に絶望する。すでに幕府の権威は地に墜《お》ち下剋上《げこくじょう》の乱世であった。窮地《きゅうち》で旅の武芸者の凄《すさ》まじい剣技を目撃した義藤は、必ずや天下一の武人になると心に誓う。圧倒的迫力の青春歴史巨篇、堂々の開幕!